ullstein

Das Buch

Eine überraschende Nachricht verschlägt die 27-jährige Mia nach Italien. In einem kleinen Dorf in der Toskana hat ihre Familie ein Haus geerbt. Mia verliert sofort ihr Herz an die wunderschöne Gegend. Sie findet neue Freunde und verliebt sich prompt in den gutaussehenden Alessandro. Da kommt ihr der Fluglotsenstreik, der sie zwingt, länger zu bleiben, eigentlich ganz gelegen.

Doch Alessandro verhält sich auf einmal merkwürdig. Als dann noch der nette Filippo Interesse an Mia bekundet, steht Mias Welt endgültig kopf. Und nicht jedem gefällt es, dass ihre Familie der neue Besitzer des Grundstücks ist. Auch Mias Mutter will das charmante, gemütliche, aber alte Haus so schnell wie möglich loswerden und das Geld lieber in eine Luxusferienwohnung investieren. Soll Mia wieder einmal den Plänen anderer folgen? Oder endlich für ihre eigenen Träume kämpfen?

Die Autorin

Clara Weißberg, geboren 1968, ist Germanistin und Ethnologin. Für eine wissenschaftliche Forschungsarbeit verbrachte sie viele wunderbare Monate in der Toskana. Inzwischen lebt sie mit ihrer Familie in der Nähe von Hamburg auf dem Land. *Toskanafrühling* ist ihr erster Roman.

Von Clara Weißberg ist in unserem Hause außerdem erschienen:

Meerhimmelblau

Clara Weißberg

Toskana-frühling

Roman

Ullstein

Besuchen Sie uns im Internet:
www.ullstein-taschenbuch.de

Originalausgabe im Ullstein Taschenbuch
1. Auflage Mai 2016
3. Auflage 2018

Umschlaggestaltung: ZERO Werbeagentur, München
Titelabbildung: © FinePic®, München
Satz: LVD GmbH, Berlin
Gesetzt aus der Janson
Druck und Bindearbeiten: CPI books GmbH, Leck
ISBN 978-3-548-28787-4

1. Kapitel

Ein Haus in der Toskana

Mia sah aus dem Fenster. Unter ihr lagen die Alpen. Welch majestätischer Anblick! Die Gipfel waren noch mit Schnee bedeckt, in den Tälern, wo er geschmolzen war, zeigte sich bereits das Grün. Alles leuchtete unter einem wolkenlos blauen Himmel. Fast meinte sie, eine Gämse springen zu sehen. Wie schön das ist, dachte Mia, und presste die Nase an die Plexiglasscheibe, um einen See zu erkennen, der dunkelgrün wie ein Smaragd in die Berge gebettet war.

Eigentlich sollte sie zu Hause in Stuttgart am Schreibtisch sitzen, um ihre Doktorarbeit vorzubereiten. Sich durch Fachliteratur lesen und die Ergebnisse auf den Punkt bringen. Literatur in der Universitätsbibliothek sichten. Weiße Buchseiten statt weißer Berghänge – so sollte es sein.

Stattdessen saß sie im Flugzeug nach Florenz, auf dem Weg in die Toskana, um für ihre Mutter eine Erbschaft anzutreten.

Nein, eigentlich konnte sie sich diesen Flug nicht erlauben. Vorgestern erst hatte Professor Tretmüller angekündigt, dass die neue Stelle bald ausgeschrieben werden würde, und Mia aufgefordert, sich auf das Vorstellungsgespräch vorzubereiten. Dafür müsste sie das Konzept für ein eigenes wissenschaftliches Projekt vorlegen. Diese Stelle war genau das, was Mia sich erträumt hatte. Deshalb hatte sie studiert und schon lange als studentische Hilfskraft für ihren Professor gearbeitet. Ihr Herz schlug für die Wissenschaft, und feste Stellen an der Universität waren rar, dies war die einmalige Chance, richtig einzusteigen in die Forschung, die ihr so viel bedeutete.

Mia seufzte.

Ihre Mutter hatte das wenig interessiert, als sie Mia angerufen und ihr von dem Testament einer Tante Mara berichtet hatte, die Mia nicht kannte und die zudem in Italien gelebt hatte.

Verwandtschaft war für Mias Mutter ein notwendiges Übel, dem man sich nur schlecht entziehen konnte und von dem man sich bestenfalls distanzierte. So kam es, dass Mia von dieser Großtante erst erfuhr, nachdem diese gestorben war.

»Was willst du, Mia, ich meine, sie ist weggegangen, das war ihre Entscheidung, und Italien war damals sehr weit weg, Reisende soll man nicht aufhalten. Warum hätte ich dir von ihr erzählen sollen?«

»Weil sie meine Verwandte ist?«

»Ach, Mia.« Ihre Mutter klang mitleidig. »Am Ende bist du mit der ganzen Welt verwandt, wenn man es genau nimmt.«

Zumindest was ihren Nachnamen betraf, hatte sie recht. Schneider war nicht gerade ein Nachname, der Exklusivität für sich beanspruchte. Anders als Thurn und Taxis. Oder zu Sayn-Wittgenstein. Und trotzdem.

»Mama, der Mensch möchte wissen, wo er herkommt und wo er hingehört. Das hat etwas mit Zugehörigkeit zu tun. Mit Identität«, versuchte Mia zu erklären.

Ihre Mutter sog die Luft ein. »Ich weiß, wo ich herkomme. Und ich weiß, dass ich dort immer wegwollte.«

Ja, Mia erinnerte sich, wie ihre Mutter stets die Nase gerümpft hatte, wenn sie in dem kleinen saarländischen Dorf ausstiegen, aus dem sie stammte. Jeder Besuch bei ihrer eigenen Mutter schien sie große Überwindung zu kosten. Dabei waren diese Besuche selten genug, und seitdem Mias Großmutter nicht mehr lebte, waren sie nie wieder an diesem Ort gewesen.

»Aber das gilt vielleicht nicht für mich!«

»Ach Mia, sei froh, dass du in der Stadt aufgewachsen bist. Du weißt alles, was du wissen musst.«

Also gab es doch mehr, als sie wissen sollte, dachte Mia, aber ihre Mutter war nicht zum Weitersprechen zu bewegen gewesen.

Mia öffnete ihren Rucksack, der auf dem Nebensitz stand, das Flugzeug war nur zur Hälfte besetzt, zog einen Apfel heraus und rieb ihn sauber.

Nein, auf Familie stand ihre Mutter nicht, auch nicht auf ihre eigene.

Komisch war nur, dass sie von Mia immer etwas wollte.

»Mialein, komm einen Nachmittag zu mir, dann machen wir es uns nett«, flötete ihre Mutter. Nett machen bedeutete dann, mit ihrer Mutter shoppen zu gehen und ihr zu sagen, ob die Bluse, die sie sich ausgesucht hatte, nicht zu eng war, die Hose zu jugendlich und so weiter und so fort. Essen zu gehen und dabei endlose Geschichten über ihre Freundinnen anzuhören. Und über deren

Töchter. Und Ehemänner. Und Liebhaber. Mia wurde den Verdacht nicht los, dass ihre Mutter sich mit ihr schmückte, um selbst jünger zu erscheinen. Als sie klein war, hatte sie sie Kerstin genannt. Das fand ihre Mutter passend, sie wollte keinesfalls Mutti oder Mama genannt werden. Mittlerweile hielt sie den Namen für altmodisch und bestand darauf, dass Mia Mum sagte, wie in einer amerikanischen Serie. Mia hatte für solche Serien nichts übrig. Sie blieb bei der Anrede Kerstin und kehrte manchmal zu »Mama« zurück, was ihre Mutter jedes Mal zusammenzucken ließ.

Zwischendurch versuchte sie, auch Mia ein Kleidungsstück anzudrehen. »Würdest du nur etwas mehr aus dir machen ... Du bist doch ein hübsches Mädchen, deine blonden Haare sind doch etwas ganz Besonderes ... du musst dich doch nicht verstecken ... immer diese alten Pullover und ausgeblichenen Jeans ... trag doch mal einen Rock, du hast doch schöne Beine ...«

Mia erwiderte immer das Gleiche: Nein, Mama, ich interessiere mich nicht für Mode, nein, Mama, dafür ist mir mein Geld zu schade, ja, Mama, Jeans finde ich praktisch, nein, Mama, meine Oberweite muss ich nicht extra hervorheben ... Sie hielt einen Vortrag über fairen Handel, Kinderarbeit in Indien, Staublungen und die Ausbeutung der Näherinnen in den Textilfabriken in Bangladesch – »In denen deine Jeans hergestellt werden, Mama!« –, aber es war zwecklos.

»Ach Mia, sei doch nicht so streng, entspann dich doch mal«, murmelte ihre Mutter, hielt prüfend die nächste Bluse vor sich und zwängte sich in die sandgestrahlte Jeans, um festzustellen, dass sie noch ein Kilo abnehmen musste.

Mia verdrehte die Augen. Es hatte keinen Sinn. Sie fand sie verdammt anstrengend.

Ihr Vater hatte sich von ihrer Mutter getrennt, als Mia zwölf war. Diese wiederum hatte längst eine Daueraffäre mit Thoddi, ihrem Zahnarzt. Mia hatte es mit acht durchschaut. Es war nicht so schwer gewesen. Ihre Mutter blieb jedes Mal zwei Stunden fort und kam mit geröteten Wangen wieder. Zupfte sich die Kleider zurecht und fragte: »Na, hast du schön gelesen?«

Nur manchmal, wenn der Weltschmerz sie überkam, begann Kerstin zu brüten und stellte mit Grabesstimme fest, dass sie verlassen worden war und gar nicht wusste, womit sie es verdient hätte. Sie öffnete eine Flasche Wein und versuchte nachzudenken. Das hielt nicht lange an. Die nächste Shoppingtour half.

Mias Vater, der ein großes Architekturbüro besaß, überwies ihrer Mutter weiterhin Unterhalt, vielleicht hatte er ein schlechtes Gewissen. Seine neue Frau war vierzehn Jahre jünger als Kerstin und hieß Sylvia. Weihnachten, wenn ihre Mutter eine Fernreise unternahm, oft eine Kreuzfahrt in wärmere Gefilde, verbrachte Mia meistens bei ihnen.

»Ich halt das nicht aus, Süße«, jammerte Kerstin, »der Winter hier ist mir zu lang!« Meistens vergaß sie, vorher ein Geschenk zu besorgen. Dafür erreichten Mia Heiligabend mindestens drei SMS. In der ersten stand, dass sie sie sooo vermisste. In der zweiten, dass es sooo schön wäre, wenn sie bei ihr wäre, in der dritten, dass sie sich bald treffen würden, wenn sie zurück wäre. Im Januar packte Kerstin die Souvenirs, die sie unterwegs bei den Landgängen gekauft hatte, in Weihnachtspapier. Von ihrem Vater und Sylvia bekam Mia einen Umschlag mit Geld und eine Konzertkarte, die sie sich gewünscht hatte.

Vielleicht war Familie bei ihnen schwierig. So insgesamt betrachtet.

Es war also kein Wunder, dass Mia nichts von ihrer Großtante wusste. Umso überraschter war sie, als ihre Mutter sie am Telefon fragte, ob sie hinfahren könnte.

»Ich?«

Ihre Mutter wurde ungeduldig. »Natürlich du, wer sonst? Du bist schließlich ihre nächste Verwandte!«

»Ich. Bin ihre …«

»Mein Gott, jetzt mach es nicht kompliziert, Mia, ich hab eine Reise gebucht! Auf die Seychellen. Da wollte ich schon immer mal hin.«

»Und deshalb soll ich meine Arbeit unterbrechen und zu einer Beerdigung nach Italien fahren, in ein Dorf, von dem ich noch nie etwas gehört habe, zu Menschen, mit denen ich noch nie etwas zu tun hatte.«

»Da sind keine Menschen, mit denen du etwas zu tun haben müsstest! Weder in dem Kaff noch in der Familie, und unter der Erde liegt sie auch schon. Mia, es geht nur um das Testament. Sie war Omas einzige Schwester. Unverheiratet, kinderlos. Es gibt keine Verwandten.«

»Doch: dich.«

»Mia«, jetzt wurde ihre Mutter scharf. »Ich fahre nicht. Ich habe eine Beerdigungsallergie.« Damit war alles gesagt.

»Mama«, versuchte Mia es, »ich bereite meine Doktorarbeit vor. Ich habe bald diese Anstellung als wissenschaftliche Mitarbeiterin, der Professor braucht mich und …«

»Papperlapapp. Den Gefallen tust du deiner Mutter.«

Mia überlegte, wann sie eine Mutterallergie haben würde.

*

Jetzt saß sie also im Flugzeug. Alle Argumente, dass sie sich den Erbschein bestimmt schicken lassen könnten, dass niemand erwarten könnte, dass sie extra anreisten, hatte ihre Mutter überhört. Sie hatte Mia noch einmal getroffen und ihr ein Foto in die Hand gedrückt. »Hier, das ist sie.«

Mia hatte das Bild eingehend studiert. Ein altes Bauernhaus, unverputzt, aus Feldsteinen, Olivenbäume drum herum, eine Frau mittleren Alters vor der Tür. Langer Rock, ein scharfer Blick, klare Gesichtszüge – Mia fand, dass sie aussah wie eine Filmdiva aus den Fünfzigerjahren, ein wenig an Anna Magnani erinnernd.

Vergeblich versuchte sie, mehr über diese Tante zu erfahren. Ihre Mutter stöhnte nur und fuhr sich über die Stirn. »Ich habe sie doch nie kennengelernt! Sie wanderte Knall auf Fall nach Italien aus, als sie zwanzig war. Zu Beginn der Sechzigerjahre. In die Toskana. Und sie hatte offenbar keine Lust, ihre Heimat jemals wiederzusehen. Sie war die jüngere Schwester deiner Großmutter, das sieht man übrigens.« Ihre Mutter musterte Mia kritisch. »Würdest du nur etwas mehr aus dir machen …«

»Mama!«

»Ich meine ja nur. Irgendwann wird es Zeit. Je eher du anfängst, desto besser. Jede Frau ist selbst dafür verantwortlich, wie sie ab 35 aussieht. Ganz zu schweigen davon, wie es wird, wenn du einmal Kinder bekommst. Kinder machen das Ganze nur schlimmer.«

Mia holte tief Luft.

»Vielleicht willst du auch keine Kinder. Wäre kein Wunder, so viel, wie du liest. Du lernst ja nur. Das ist nicht gerade attraktiv für Männer, das sollte dir klar sein.«

»Mama!«

»Deine Großtante hatte jedenfalls keine Kinder. Und meine Mutter hat nur selten von ihrer Schwester gesprochen.«

Aha, dachte Mia, die Probleme mit den eigenen Verwandten lagen also in der Familie.

»Seid ihr nie hingefahren?«, fragte sie.

»Nein, nie. Das kam nicht in Frage. Wir blieben diesseits der Alpen. Wir waren höchstens in Bayern, wandern.« Ihre Mutter zog eine Grimasse. Wandern, das kam für sie einer Folter gleich, was Mia bedauerte, denn sie selbst wanderte für ihr Leben gern.

»Und sonst?« So schnell war Mia nicht bereit aufzugeben. »Du musst doch irgendetwas wissen!«

»Es gab da eine Liebesgeschichte.« Ihre Mutter runzelte die Stirn. »Aber die endete unglücklich, soweit ich weiß. Jedenfalls hat Tante Mara nie geheiratet.« Sie schwieg einen Moment. »So, und jetzt muss ich meine Sachen packen.«

Auf einmal hatte sie es sehr eilig, weil ihr einfiel, dass sie noch zur Fußpflege wollte, zur Schneiderin, um einen gekürzten Rock abzuholen, und so weiter und so fort. Für Mia war das nichts Neues. Es war der übliche Stress, in den ihre Mutter jedes Mal verfiel, wenn sie verreiste. Also ungefähr alle sechs Wochen.

Kurz vor ihrem Abflug rief sie noch einmal an. »Und, Mia, vergiss nicht, meine Blumen zu gießen, ja? Jeden zweiten Tag, das reicht.«

»Ich bin in der Toskana«, erklärte Mia mit Grabesstimme. »Deine Tante ist nämlich gestorben.«

Im Hintergrund erklang durch einen Lautsprecher eine Ansage. »All Passengers from Flight 254 to Gate 6, please.«

»Stimmt«, stellte ihre Mutter fest. »Das hatte ich tatsächlich vergessen. Gute Reise, meine Süße, ich muss jetzt zum Gate. Wir sehen uns, wenn ich wieder da bin, ja?«

*

Am Abend hatte auch Mia zu packen begonnen. Frieda, ihre beste Freundin, saß auf dem Bett. »Abgefahren!«, war ihr Kommentar, sie war sofort vorbeigekommen.

Bei Mia ging das Packen schnell: Ein paar Jeans, Socken, T-Shirts. Einen Cardigan, falls es kalt werden sollte, immerhin war es erst Ende März. Eine Jacke.

Frieda schüttelte den Kopf, als Mia ihre Wanderstiefel neben den Koffer stellte. »Was willst du denn damit? Die Alpen zu Fuß überqueren?«

»Wandern.«

»Soweit ich weiß, kleiden sich die Italiener eher schick, ›farc bella figura‹ und so, die legen Wert aufs Äußere.«

»Na, welch ein Glück, dass ich keine Italienerin bin.« Mia lachte.

»Trotzdem, nimm noch ein paar Stiefel mit.«

Mia wusste, dass Frieda nie, aber wirklich niemals,

ohne Stiefel nach Italien fahren würde. Nirgendwohin, genau genommen. Bei Frieda hätten die Stiefel zehn Zentimeter hohe Absätze. Und sie würden hervorragend zu ihren langen schwarzen Haaren passen. Wenn sie zusammen unterwegs waren – und Frieda und sie waren oft zusammen unterwegs, sie kannten sich seit dem ersten Semester und hatten gemeinsam studiert –, zog Frieda alle Blicke auf sich, während sich nach Mia nie jemand umdrehte. Und das lag nicht nur an ihrer Körpergröße, mit der sie eher Absätze gebrauchen konnte als Frieda. Wen störten also ihre Wanderschuhe?

Mia schüttelte den Kopf. »Passt nicht. Ich möchte mit leichtem Gepäck reisen.«

»Dann nimm wenigstens Boots. Die passen zum Rock und zu Hosen. Hast du überhaupt einen Rock eingepackt?«

Mia griff in ihren Schrank. Der graue Tweedrock musste reichen. »Zufrieden? Und meinetwegen auch die.« Sie stellte die knöchelhohen Boots dazu.

Frieda nestelte einen roten Schal von ihrem Hals. »Hier, nimm den noch mit. Die Farbe steht dir so gut. Und ein bisschen Farbe kannst du gebrauchen.«

»Du sprichst wie meine Mutter!«

»In diesem Fall hab ich recht!« Frieda faltete den Schal und legte ihn in Mias Koffer. Dann lächelte sie aufmunternd. »Italien, das ist schon toll. Ich gönne es dir. Du hast so viel geackert in der letzten Zeit.«

»Du doch genauso.« Mia sah die Freundin verwundert an.

»Im Gegensatz zu dir kümmere ich mich gleichzeitig um mein Vergnügen.« Frieda lachte. Dann wurde sie nachdenklich. »Frederik hat bald eine Produktion in

Florenz, im nächsten Monat gibt es dort eine Vorbesprechung. Vielleicht kann ich ihn ja begleiten.«

Frederik war Friedas zehn Jahre älterer Freund, ein Filmregisseur, der für seine Arbeit oft wochenlang unterwegs war. Mia hatte manchmal den Eindruck, dass es Frieda ganz recht war. Sie konnte machen, was sie wollte, und war trotzdem gebunden. Wenn Frederik mit ihr auftrat, in Film- und Schauspielerkreisen, spielte Frieda an seiner Seite die Hauptrolle, und das war eindeutig die Rolle, die ihr am meisten lag. Frieda war eigentlich immer der Star, auf jeder Party. Frieda genoss es, bewundert zu werden, und Mia hatte sich daran gewöhnt, dass die Mitstudenten ihre Freundin umkreisten wie die Bienen das Honigglas. An sie, Mia, wandten sie sich höchstens in der Hoffnung, wenigstens indirekt bei Frieda zu landen.

»Apropos Florenz«, Frieda griff nach den Unterlagen, die Mia in aller Eile im Internet recherchiert und ausgedruckt hatte. »Dein Dorf, wo liegt das überhaupt? Treviano ... In der Nähe von Florenz ist es jedenfalls nicht. Ist das überhaupt noch die Toskana?« Sie runzelte die Stirn.

»17 Kilometer südlich von Siena. Die Adresse stand auf dem Schreiben des Notars. Ansonsten frag mich nicht, ich war erst zwei Mal in Italien. Bei unserer Exkursion nach Pompeji und diese drei Tage in Rom, da warst du auch dabei.«

Mia stand an ihrem Schreibtisch und überlegte, welche Fachbücher sie einpacken sollte. Zwei würden in ihren Rucksack passen, drei weitere würde sie nachher auf ihren E-Book-Reader laden.

»Südlich von Siena?« Frieda studierte eine Landkarte. »Da ist nichts. Das Chianti-Gebiet liegt weiter nördlich … das Meer hundert Kilometer weiter südlich … irgendwie beginnt da ein bewaldetes Gebiet … Nee, Mia, da ist nichts.«

»Na, irgendetwas wird da schon sein, ich soll schließlich hin.« Mia lachte. »Und selbst wenn nicht – umso besser, dann habe ich mehr Zeit zum Lesen.«

»Du nimmst Bücher mit? Ach, Mia, das ist so typisch für dich.« Kopfschüttelnd sah Frieda zu, wie Mia die Bücher in ihrem Tagesrucksack verschwinden ließ, einen Notizblock und eine kleine Wasserflasche für unterwegs dazupackte, prüfend die Schachtel mit den Lakritzpastillen schüttelte.

»Du bist unverbesserlich. Wann geht es mit der Stelle eigentlich los? Hat Tretmüller schon etwas gesagt?«

»Na, bald, hoffe ich. Tretmüller hat die Gelder schon beantragt, über Drittmittel, und wenn alles gutgeht, kann ich Ende April anfangen. Der Fachbereich ist einverstanden und hat der Stelle zugestimmt. Es fehlt nur noch die endgültige Bewilligung.«

»Und du sollst die Stelle bekommen?« Frieda zwirbelte eine Haarsträhne.

»Das ist so gut wie abgemacht. Deshalb muss ich ja auch das Exposé für die Doktorarbeit vorbereiten, damit ich, wenn ich die Stelle antrete, gleich die Zulassung zur Promotion beantragen kann. Aber das weißt du doch!« Überrascht sah Mia auf.

Frieda verzog ihren Mund zu einem unvergleichlich schönen Lächeln. »Sicher, Süße. Komm, wir gehen los und trinken zum Abschied bei Paolo um die Ecke einen leckeren Campari.«

»Sag mal, kannst du überhaupt Italienisch?«, fragte Frieda und rührte mit ihrem Strohhalm in der orangeroten Flüssigkeit, dass die Eiswürfel klimperten.

»*Ciao, bella*«, raunte Mia mit tiefer Stimme.

»Nein, ich meine wirklich.«

»Hab mal einen Kurs gemacht, ganz am Anfang des Studiums, für Kunstgeschichte, bevor ich das wieder aufgegeben hab. Außerdem kann ich Latein, vergessen? Das ist quasi altes Italienisch.«

Frieda sah skeptisch aus. »Meinst du, das kannst du gebrauchen?«

»Klar«, erwiderte Mia, aber so sicher war sie sich nicht. Himmel, hatte sie es sich ausgesucht, nach Italien zu fahren? »Außerdem bin ich bald wieder da. Zur Not verständige ich mich mit Händen und Füßen.«

»Genau, mit dem Körper.« Frieda grinste. »Verlieb dich bloß nicht, die Italiener sind Machos vom Feinsten.«

»So, sind sie das?«

»Oh Gott, ja, ich hatte mal einen …« Eine von Friedas Geschichten. Es gab eine Menge davon. »… der Sex mit ihm dauerte fünf Minuten, und danach schlief er sofort ein. Ich meine, das musst du dir mal vorstellen.« Schwer vorstellbar allerdings, bei einer Frau wie Frieda. »Ratzfatz, zugegriffen, zimperlich war der nicht, und das war's. Meine Güte. Dabei flirtete er wirklich gut.« Frieda nahm einen tiefen Schluck und prostete Mia zu.

»Aber so sind vielleicht nicht alle Italiener«, wandte Mia ein, »das kann ich mir gar nicht vorstellen.«

Friedas rechte Augenbraue beschrieb einen ausdrucksvollen, skeptischen Bogen. »Vielleicht.«

*

Mia zog ihr Handy aus dem Rucksack. »Drei Tage, dann bin ich wieder da«, tippte sie. Die Nachricht würde sie bei ihrer Ankunft an Frieda schicken.

Dann sah sie wieder aus dem Fenster und betrachtete die Landschaft tief unter sich.

Reisen ist doch etwas Schönes, dachte sie, und sogar fliegen. Sie hatte sich immer dagegen gewehrt und ihren Urlaub konsequent in Deutschland verbracht. Und so war sie, außer bei der Exkursion zu Studienbeginn, noch nie in Italien gewesen. Vielleicht lag es daran, dass ihre Mutter exotische Orte bevorzugte. Urlaub hatten sie, als Mia ein Kind war, in der Dominikanischen Republik gemacht, in der Türkei, auf Bali. Alles, nur nicht Wandern im Alpenvorland. Als ob ihre Mutter zeigen müsste, was finanziell möglich war, als ob das, was vermeintlich alle machten, nicht zählte. Dabei machte längst alle Welt Fernreisen, seitdem jeder sie sich leisten konnte und All-inclusive-Reisen im Discounter verscherbelt wurden.

Mia genügten Radtouren ins Umland, entlang eines Flusses oder an den nächsten See, oder sie fuhr mit dem Zug in den Bayerischen Wald, um dort zu wandern. Je abgelegener die Gegend, desto besser.

»Wandern.« Dafür hatte ihre Mutter nur Verachtung übrig. »Du bist doch keine Rentnerin, Mia. Die machen Busreisen und gehen wandern. Aber na ja«, sie seufzte, »du hattest schon immer etwas eigenartige Vorlieben.« Damit war das Thema erledigt.

Für Mia hatte die Toskana auf der Landkarte der bildungsbürgerlichen Wohlstandsreisen gelegen, die sie deshalb mied. Für Kirchen und Fresken hatte sie durchaus etwas übrig, für Kulturschätze aller Art, aber Landgüter mit Pools, das war nichts für sie. Ebenso wenig wie die vielbeschworene italienische Lebensart. Mia fand, dass ihre Lebensart zu Hause perfekt war, dass man nicht reisen musste, um etwas von der Welt zu begreifen. Kreuzfahrten, Charterflüge und Massentourismus in Form von Fernreisen lehnte sie ab. Mia fand, dass die Welt sauberer und intakter wäre, wenn es diese moderne Form der Kolonisierung nicht gäbe. Sie sah einfach keinen Sinn darin, solange die deutschen Mittelgebirge vor der Tür lagen, ebenso wie die Nord- und Ostseeküsten. Sie erkannte den Schatten des Flugzeugs auf einem der Berge, wie er sich langsam vorwärtsbewegte, und folgte ihm mit den Augen.

*

Am Flughafen in Florenz, er trug den klingenden Namen Leonardo da Vinci, nahm Mia den Bus in die Innenstadt und stieg um in den Schnellbus nach Siena. Die Toskana, soweit sie sie am Rand der Schnellstraße erkennen konnte, ähnelte tatsächlich den Bildbänden und Kalenderansichten, die allerorts erhältlich waren. Sie sah knorrige Olivenbäume und schlanke, dunkelgrüne Zypressen, die sich auf Hügelkuppen aneinanderreihten. Was würde sie wohl erwarten? Genauso wenig, wie sie sich auf die Region hatte vorbereiten können, hatte sie es geschafft, sich vorab um eine Unterkunft zu kümmern. Hoffentlich würde sie etwas Schlichtes und Günstiges auf Empfehlung bekommen. Für ein Hotel hatte sie nicht genug Geld, ihr schwebte etwas Privates vor. Und schließlich machte sie keinen Urlaub, sondern kümmerte sich um das Erbe einer Tante ihrer Mutter. Um das Kerstin sich eigentlich selbst hätte kümmern müssen.

Mia reckte den Hals, als sie in einiger Entfernung eine runde mittelalterliche Festungsmauer, aus der zahlreiche Wehrtürme ragten, erspähte.

Als sie in Siena ausstieg, sah sie als Erstes eine massive Kirche. Mia trat neugierig näher. Sie hatte eine Stunde Zeit, bevor sie nach Monteroni d'Arbia weiterfahren würde, der Kleinstadt in der Provinz, zu deren Gemeinde das Dorf gehörte, in dem Tante Mara gelebt hatte. San Domenico, entzifferte sie auf einer Tafel neben dem Eingangsportal. Warum nicht hineingehen? Mia mochte Kirchen. Sie genoss die Stille in den Innenräumen, die Andacht, die in der Luft lag, und das Aus-der-Zeit-gehoben-Sein. Es war, als ließ man in einer Kirche nicht nur die Welt, sondern auch die Sorgen des Lebens hinter sich. Es war ein Ort, an dem man für sich sein durfte, es sogar sein sollte, lautes Reden war unerwünscht. Wo gab es das sonst?

Der Innenraum war nicht besonders schmuckvoll. Unter dem Altar lag ein Schädel, offenbar eine Reliquie. Mia wunderte sich, dass bunte Fahnen in der Kirche hingen. Solche Fahnen hatte sie bisher nicht gesehen.

Vor dem Portal der Kirche lagen Zweige, offenbar noch von Palmsonntag, und gegenüber zog sich die Stadt Siena einen Hügel hinauf, hellbraune Mauern und Dächer, ineinander verschachtelt, über denen sich der schwarz-weiß-gestreifte Turm einer weiteren mächtigen Kirche erhob. Der Himmel darüber erschien Mia so blau, wie sie es von zu Hause nicht kannte. Die Luft war erfrischend klar. Ein paar Schwalben flitzten um die Häuser.

Mia spazierte ein Stück in die nächste Gasse hinein,

in der keine Autos fuhren, und warf einen Blick in kleine Läden mit bemaltem Geschirr, getrockneten Kräutern und bunten Nudeln. Sie nahm die Kühle des Schattens wahr und die Wärme der Sonne. Es herrschte eine Alltagsgeschäftigkeit, die Mia mochte, die Menschen sahen sie freundlich an, einige grüßten sie.

An den Häuserecken hingen lila-gelb-grün-farbene Fahnen, Mia meinte einen Drachen darauf zu erkennen. Verschiedenfarbige Fahnen gab es auch zum Verkauf vor den Läden. Welche Bedeutung sie wohl haben mochten?

Vor einem größeren Gebäude hielten sich junge Menschen mit Büchertaschen auf. »Biblioteca comunale degli Intronati«, stand über dem Eingang. Eine öffentliche Bibliothek. Mia musste lächeln. Studiert wurde also auch hier.

Sie ließ sich weiter durch die schmalen Gassen treiben. Gerade rechtzeitig stieg sie in den Bus, der sie nach Monteroni d'Arbia brachte.

2. Kapitel

Der Etrusker

»Cappellini. Notaio«. Das Messingschild hing an einer Hauswand mitten im Zentrum von Monteroni d'Arbia, blank geputzt mit ein paar matten Stellen, nicht besonders auffällig.

Mia stieg die ausgetretenen Stufen hinauf. Eine dunkle Holztür versperrte ihr den Weg, eine Klingel war nicht zu entdecken. Sie zog am dicken Knauf. Dann drehte sie ihn versuchsweise. Ja, das klappte. Sie wollte gerade eintreten, als die Tür von innen aufgerissen wurde und Mia, die Hand noch am Knauf, in den Hausflur stolperte.

Der junge Mann, der durch die Tür stürmte, streckte reflexartig die Arme aus, um sie aufzufangen.

»Hey. Du bist schnell!«, rief er überrascht.

Mia sah in ein fröhliches, rundes Gesicht, umrahmt von rotblondem Haar, das in alle Richtungen abstand. Im Gegensatz dazu stand seine tiefe Stimme.

»Ich …« Mia öffnete den Mund, aber es kam nichts heraus. Sie und schnell? Er war derjenige, der es eilig gehabt hatte. Und zwar ziemlich.

Der junge Mann sammelte ein paar Briefe ein, die zu Boden gesegelt waren. Er trug einen ganzen Stapel unter dem Arm. Dann reichte er ihr die Hand. »Alles in Ordnung bei dir?«

Mia nickte.

»Wirklich? Gut.« Er lächelte sie noch einmal an. »Ich muss dann.«

Mit diesen Worten sprang er die Treppen hinunter und verschwand in der Gasse.

Mia sah ihm hinterher. Sie musste schmunzeln. Eindeutig war er es, der es sehr eilig hatte.

Kurz darauf stand Mia im Büro des Notars. Dieser erhob sich zur Begrüßung von einem schweren Schreibtischstuhl. »Schön, dass Sie den Weg gefunden haben. Cappellini, sehr erfreut. Setzen Sie sich.« Er zog eine Mappe hervor und begann, ihr den Ablauf der Erbschaftsannahme zu erklären. Zunächst sprach er ein unbeholfenes Englisch, doch als er merkte, dass Mia sein Italienisch verstand, ließ er immer wieder Sätze auf Italienisch einfließen.

Mia war froh, dass Frieda ihr zu einem Rock geraten hatte, das war eindeutig die angemessene Kleidung in dieser Umgebung. Selbst der Kerl, der sie eben umgerannt hatte, hatte auf lässige Weise gepflegt ausgesehen, gut gekleidet, trotz der strubbeligen Haare und des offenen Jacketts.

In Tante Maras Haus war nach ihrem Tod kein Testament gefunden worden, weshalb die gesetzliche Erbfolge griff. Mias Mutter wurde das Haus als Tochter ihrer Mutter zugesprochen, der es wiederum als Schwester der Erblasserin zugestanden hätte, wenn sie noch gelebt hätte.

Nicht leicht sei es gewesen, sagte der Notar, ihre Mutter als Nichte und nächste Angehörige auszumachen.

»Signora Mara war sehr bekannt und beliebt im

Dorf.« Er sah nachdenklich aus dem Fenster, dann blickte er Mia an. »Aber von ihrer Familie hat kein Mensch etwas gewusst.«

Mia fühlte sich schuldig, obwohl sie nun wirklich keine Schuld traf. Sie selbst hätte den Kontakt bestimmt nicht abgebrochen, sondern ihn sicherlich eher gesucht. Auf dem Foto, das ihre Mutter ihr gezeigt hatte, hatte Mara ihr zwar Respekt eingeflößt, aber auch ihre Neugier geweckt. Sie wirkte so unabhängig und selbstbewusst.

Mia hob entschuldigend die Schultern. Dann überreichte sie ihre Vollmacht, und der Notar begann, einige Paragraphen vorzulesen. Mia musste mehrere Unterschriften leisten. Nicht jedes Mal verstand sie, was sie unterschrieb, doch der Notar erklärte es ihr so eindringlich und wortreich, dass es sicherlich seine Richtigkeit hatte. Mia fand, dass er freundlich aussah und seine Sache sehr ernst nahm, und was sollte sie auch sonst tun, als ihm zu glauben?

»Es ist also Ihr Haus, bitte sehr.« Schließlich lächelte der Notar und überreichte Mia einen altmodischen Schlüssel, der schwer in der Hand lag.

Die ganze Situation erschien ihr unwirklich. Genau genommen war es das Haus ihrer Mutter, und diese sollte an ihrer Stelle hier sitzen und den Schlüssel an sich nehmen. Sie wüsste vielleicht auch, was zu tun wäre. Aber Kerstin war lieber auf die Seychellen geflogen, und nun war Mia diejenige, die, zumindest in praktischer Hinsicht, das Erbe antrat. Ihre Finger schlossen sich um den verzierten Griff. Für einen Moment war es wie im Märchen, als wäre dies der Schlüssel zu einem Geheimnis oder zu einem anderen Leben.

Mia schüttelte den Kopf, als ob sie aufwachen müsste. Sie rief sich zur Ordnung. Jetzt war nicht der passende Augenblick für Träumereien. Nachher würde sie Kerstin eine Nachricht schreiben und sie über den Hergang in der Kanzlei informieren. Dann würde sie sich eine Unterkunft suchen. Und in drei Tagen wäre sie wieder zu Hause.

In diesem Moment wurde mit Schwung die Tür geöffnet, und der rotblonde junge Mann von vorher betrat den Raum – nahezu im Laufschritt. Verdutzt blieb er stehen.

»Das ist Signor Novelli, unser Referendar«, stellte Signor Cappellini ihn Mia vor.

»Wir kennen uns«, sagte Mia und musste ein Lachen unterdrücken. »Wir haben uns vorhin auf der Straße getroffen.«

Der junge Mann zwinkerte ihr zu, als er ihr erneut die Hand reichte. »Ich heiße Filippo.«

»Wie praktisch«, sagte der Notar. »Vielleicht magst du Signora Schneider mit nach Treviano nehmen?« Er wandte sich an Mia. »Oder haben Sie ein Auto? Auf den Bus müssten Sie eine Weile warten, und ich halte es für möglich, dass Signor Novelli nach Treviano fährt, ist das richtig?«

»Tatsächlich«, beeilte dieser sich zu sagen, »also, ich meine, ja, ich muss dorthin, ich wollte noch zu meiner Tante.«

»Na also.« Der Notar nickte zufrieden.

Mia gestand, dass sie noch nicht wüsste, wo sie übernachten sollte, und fragte die beiden, ob sie ihr eine Unterkunft empfehlen könnten. »Gerne privat«, fügte sie etwas verlegen hinzu, »für ein günstiges Budget.« Was die beiden wohl von ihr halten mochten? Vielleicht sahen sie ihr an, dass sie sich kein teures Hotel leisten konnte? Mia hoffte, dass die Frage nicht allzu peinlich war.

Der Referendar überlegte nur kurz. »Meine Tante hat ein Gästezimmer. Das würde sie vielleicht vermieten. Ich kann sie fragen.«

Das war ein großzügiges Angebot.

Das Telefon klingelte. Der Notar verabschiedete sich von Mia, und zusammen mit Filippo Novelli verließ sie die Kanzlei.

*

»Ich hoffe, ich bereite dir keine Mühe«, sagte Mia, als sie auf der Straße standen. Es schien ihr das Natürlichste, beim ›Du‹ zu bleiben. Filippo war ungefähr so alt wie sie, und auch er hatte sie bei ihrer ersten Begegnung spontan geduzt.

»Überhaupt nicht.« Filippo hob ihren Koffer in den Kofferraum. »Ich wollte meinen Onkel und meine Tante tatsächlich noch besuchen. Es passt perfekt, glaub mir. Solange du mit meiner Luxuskarosse Vorlieb nehmen magst …« Er wies auf den dunkelblauen Fiat Punto, der offensichtlich ziemlich betagt war und mehrere Schrammen und Beulen aufwies.

»Das ist bestens«, versicherte Mia.

»Gut!« Filippo lächelte ein sehr breites Lächeln – ein Lächeln, das fast bis zu den Ohren zu reichen schien. Mia horchte seiner Stimme hinterher. »Dann los!«

Zügig fuhr er aus dem Ort hinaus und mitten in die Landschaft hinein. Die gewundene Straße führte leicht bergauf durch weitläufige Hügel, deren Felder von zartem Grün bedeckt waren. Mia vermutete, dass es Weizen war. Hin und wieder lag ein einzelnes Gehöft auf den Hügelkuppen, umgeben von Pinien und Zypressen.

Dann hatte die Straße keinen Asphalt mehr. Es rumpelte beim Fahren. Filippo hupte, als sie um eine Kurve fuhren. Das sei eine *strada bianca*, erklärte er, eine unbefestigte Straße, davon gäbe es viele in der Gegend. Sie durchquerten einen kleinen Ort, hinunter ging es in einen Hügeleinschnitt und wieder hinauf auf die Höhe. Kurz darauf passierten sie eine Fläche, auf der stellenweise Erde ausgehoben war. Mehrere Leute standen dort mit Spaten und Werkzeug, Mia sah Plastikplanen und schlichte Holzkonstruktionen über verschiedenen Gruben.

»Das ist eine Ausgrabungsstätte«, erklärte Filippo. »Treviano ist jetzt berühmt. Vorletztes Jahr wurden hier die Überreste einer etruskischen Siedlung entdeckt.«

»Wow. Tatsächlich?«

Mias Herz schlug höher. Natürlich kannte sie die Etrusker, auch von ihrem Studium, die lateinischen Schriften, die sie las, hatten teilweise mit der Geschichte jenes geheimnisvollen Volkes zu tun, über das man nicht viel wusste, das im Dunkel der Geschichte verschwunden war, nachdem die Römer ihr Gebiet erobert hatten. Dass sie sich hier auf Etruskergebiet befand, war ihr über der Aufregung mit dem Erbe und so kurzfristig, wie sie diese Reise angetreten hatte, jedoch entgangen. Aber natürlich, langsam dämmerte es ihr, genau hier, zweihundertfünfzig Kilometer nördlich von Rom, war etruskisches Kernland gewesen. Sogar der Name Toskana leitete sich von den Etruskern ab.

»Es hat ziemliches Aufsehen erregt. Es ist eine zivile Siedlung, ähnlich wie Poggio Civitate, und Siedlungen dieser Art wurden bisher kaum erforscht. Poggio Civitate, das ist eine Ausgrabungsstätte bei Murlo, dort, wo sich auch das Museum befindet.«

Mia verstand nicht alles. Poggio Civitate. Murlo. Sie würde sich die Orte merken. Vielleicht reichten drei Tage aus und sie konnte einmal hinfahren, vielleicht war es nicht weit entfernt.

Das erinnerte Mia daran, dass sie ihre Bücher dabeihatte, dass diese Reise bei der Vorbereitung ihrer Doktorarbeit alles andere als eingeplant gewesen war und sie die verlorene Zeit, so gut es ging, aufholen musste.

Aus einer der Gruben, in der er zuvor gekniet hatte, erhob sich jetzt ein Mann und streckte sich. Wie ein Nomade hatte er ein Tuch um den Kopf geschlungen und trug ein staubiges Hemd. Er musste an die zwei Meter groß sein, und seine Haltung war auffallend aufrecht. Als er Filippos Auto sah, hob er grüßend die Hand.

»Und das ist der Etruskerfürst«, platzte es aus Mia heraus.

»Quasi.« Filippo lachte und grüßte zurück. »Es ist der Ausgrabungsleiter. Der Archäologe Dottore Alessandro Munotti.«

Mia meinte einen prüfenden Blick wahrzunehmen, der sie direkt traf, bevor der Archäologe sich umwandte, um in die nächste Grube zu steigen.

»*È tutto antico*. Es ist alles alt hier. Eine Katastrophe und ein Glück zugleich. Wir wandeln hier auf antiken Steinen. Teilweise stecken sie in den Häusern, mit Sicherheit darunter, man weiß es nicht immer. Aber jetzt«, sagte Filippo, »fahren wir zu deinem Haus. Das ist etwa fünfhundert Jahre alt, du kannst beruhigt sein, es ist also fast neu.«

Sie erreichten eine etwas größere Ortschaft, die auf der Höhe lag, oberhalb der Hügel am Rand eines ausgedehnten Waldes.

Filippo lächelte. »Willkommen in Treviano.«

*

Tante Maras Haus lag in Treviano Alto, einer Häuserreihe oberhalb des Dorfes. Es war sehr schlicht. Ein schmales Haus mit einem Obergeschoss, das durch eine Seitenwand mit dem Nachbarhaus verbunden war. Die andere Seite, früher offenbar ein Stall, war eingestürzt und lag als Steinhaufen neben dem Wohnteil.

Im ersten Moment war Mia betroffen. Dann entdeckte sie die Anemonen, die daneben blühten. Sie sah den Wein, der sich an einer Pergola entlangrankte, die Blattknospen hatten sich offenbar erst kürzlich geöffnet, bemerkte die Stufen, die zum Eingang führten, den gelb blühenden Mimosenbaum an der Hausecke. Sie trat näher. Die sonnenbestrahlte Mauer strahlte Wärme ab. Eine Eidechse flitzte die Hauswand entlang. Mia musste lächeln. Die Eingangstür bestand aus verblichenem Holz. Mia strich mit der Hand darüber.

Filippo beobachtete sie. »Es gibt einen Garten. Du musst um das Haus herumgehen.«

Mia stieg über ein paar Steine. Hinter dem Haus befand sich ein kleiner Gemüsegarten, der von einem niedrigen Zaun eingefasst wurde, und den Hang hinab zog sich das von Bäumen durchsetzte Grundstück, das schließlich in einen Olivenhain überging. Ihr Blick schweifte über die sanft geschwungenen Hügel, über denen ein leichter Dunst lag, es war eine schier unendliche Weite.

Der Ausblick verschlug Mia die Sprache. Sie konnte nur nicken, als sie wieder vor Filippo stand. Verlegen setzte dieser mit Erklärungen an. Etwas heruntergekommen sei das Haus natürlich, ihre Großtante sei alt gewesen und hätte nicht so gerne Hilfe in Anspruch genommen, aber eigentlich sei es ein schönes Haus, mit ein bisschen Arbeit könnte man daraus bestimmt etwas …

»Es ist schön«, unterbrach ihn Mia, »es ist sogar wunderschön.«

Filippo schaute überrascht. Ob es ihr wirklich gefiele? Ja, bekräftigte Mia, sie hätte nie ein schöneres Haus gesehen.

Nun, es gäbe durchaus schönere Häuser, schmunzelte Filippo, sie hätten ein paar sehenswerte Paläste in der Gegend. Aber er würde sich freuen, dass sie das Einfache zu schätzen wisse. Er sei zwar nicht direkt von hier, aber ein Teil seiner Verwandtschaft würde hier leben, und er wüsste nicht warum, aber er hinge an diesen alten Häusern. Leider würden die Leute immer älter, und nicht immer würden ihre Kinder die Häuser übernehmen, wenn sie starben. Viele Häuser stünden leer oder würden von reichen Leuten aufgekauft, um dort Ferienwohnungen einzurichten. Die Toskana sei ein beliebtes Urlaubsziel.

»Reiche Leute?«

Filippo wies unbestimmt in Richtung des Dorfes.

Mit Verwunderung stellte Mia fest, dass ihr Italienisch ausreichte, um das Gespräch zu führen, eigentlich hätte sie ihn gar nicht verstehen dürfen, aber sie verstand nahezu jeden Satz, zumindest schien es ihr so. Vielleicht lag es an Filippos deutlicher Aussprache. Er hatte nicht nur eine angenehme tief klingende Stimme, sondern sprach mit großer Selbstverständlichkeit mit ihr, so als würden sie einander schon lange kennen. Manchmal wiederholte er einzelne Wörter und unterstrich sie mit Gesten. Mia erinnerte sich, damals im Sprachkurs gelernt zu haben, dass in der Toskana quasi Hochitalienisch gesprochen wurde, das heutige Italienisch hatte sich aus dem florentinischen Dialekt entwickelt.

Gegenüber der Häuser begannen niedrige Wälder aus Steineichen, Edelkastanien und Macchia-Gestrüpp, derzeit waren die Bäume noch winterlich kahl, dahinter erhob sich in der Ferne die Silhouette eines kegelartigen Berges.

Filippo war Mias Blick gefolgt. »Der Monte Amiata«, erklärte er. »Ein heiliger Berg. Zumindest glaubten das die Etrusker.« In den Kastanienwäldern dort könne man herrlich wandern, gerade im Herbst, und im Winter sogar Ski fahren. Der Amiata sei vulkanischen Ursprungs. Heiße Quellen waren dort in der Nähe übrigens auch, sie müsse nach Bagno Vignoni fahren, dort gäbe es ein römisches Thermalbad zu besichtigen, und anschließend könne man sich in die Quellen legen, die über den Kalkstein sprudelten, das sei gesund und sehr zu empfehlen. Oder nach Bagno San Filippo, ein echter Geheimtipp.

Mia hörte staunend zu. Schon wieder die Etrusker.

Aber jetzt würde sie erst mal das Haus erkunden. Wenn sie schon hier war. Sie war neugierig geworden.

Mia fingerte den Schlüssel aus der Tasche, steckte ihn ins metallene Schloss und drehte vorsichtig um. Tatsächlich, er passte. Der Schlüssel drehte sich erstaunlich leicht, und die Eingangstür öffnete sich. Mia trat über die Schwelle. Es roch modrig, ein wenig nach Steinen. Das Haus war ausgekühlt. Mia durchschritt den kleinen Flur und kam in einen dämmrigen Wohnraum mit einer Küchenecke. Er wirkte sauber und aufgeräumt. Drei Fenster gab es an der Längsseite. Mia öffnete sie und schlug die hölzernen Läden auf. Licht fiel herein, auf den Boden mit den schräg verlegten Terrakottafliesen und einen Ofen mit einem schlanken Rohr an der gegenüberliegenden Wand. Ein Sofa mit hellem Überwurf stand neben dem Ofen, vor der Küchenzeile ein Tisch aus grobem Holz. Nichts von dem üblichen italienischen Kitsch.

Filippo, der ihr gefolgt war, räusperte sich. »Sie war Deutsche, das sieht man. Die Italiener mögen es lieber, nun ja, vergoldet.«

Neben dem Wohnraum befand sich eine Schlafkammer, auch sie hatte ein Fenster, das nach hinten hinausging. Die Wände waren weiß verputzt, und an der Decke lagen dunkle Balken frei. Das breite Bett mit dem geblümten Überwurf passte eben hinein. Im Vorflur war Mia ein schwerer Schrank aufgefallen, vermutlich wurde darin Wäsche aufbewahrt.

Hier hatte Großtante Mara also gelebt.

Mia holte tief Luft. Es war, als wäre sie zu Besuch und die Gastgeberin nur verreist, als käme sie morgen wieder und hätte gesagt: Mach es dir solange bequem.

Filippo räusperte sich erneut. Mia meinte ihm anzusehen, dass er unruhig war und bereits seinen nächsten Termin im Kopf hatte, was nur allzu verständlich wäre. Er hatte ihr mehr Zeit gewidmet, als sie erwartet hatte.

»Was meinst du, soll ich meine Tante und meinen Onkel fragen, ob sie dich aufnehmen?«, fragte er.

»Ich bleibe hier.« Mia war selbst überrascht, als sie das sagte. Aber warum nicht? Das Haus gefiel ihr, der Schlüssel war ihr übereignet worden, und es gab ein Bett. Nur ein wenig Feuerholz würde sie besorgen müssen, denn eine Heizung konnte sie nicht entdecken. Der Ofen musste reichen und würde das Häuschen sicherlich behaglich wärmen. Wenn sie sich nicht täuschte, hatte sie einen Stapel mit Scheiten hinter dem Haus gesehen.

»Gut.« Filippo schien erstaunt. Dann hatte er offenbar eine Idee, und sein Gesicht hellte sich auf. »Aber zum Essen darf ich dich einladen, ja? Du kommst heute Abend einfach zu meinem Onkel und meiner Tante. Wir essen sowieso zusammen. Sie sind einverstanden, das weiß ich.«

Und als Mia nickte, setzte er hinzu: »Also, um acht. Ich hole dich ab.«

3. Kapitel

Frische Eier

Mia schlug die Decke beiseite. Wie gut sie geschlafen hatte! Gestern Abend hatte sie sich einfach auf das Sofa im Wohnraum gelegt. Tante Maras großes Bett hatte ihr zu viel Ehrfurcht eingeflößt, Mia hatte befürchtet, ständig an ihre verstorbene Großtante zu denken, wenn sie darin geschlafen hätte. Passender als Gast war ihr das Sofa erschienen, und dort lag sogar eine Wolldecke.

Mia öffnete erst die Fenster, dann die Fensterläden und lehnte sich hinaus. Der Garten glänzte im Morgenlicht, Sonnenschein lag auf den weitläufigen Hügeln, ein Hahn krähte. Sie ging durch die Räume und öffnete auch die anderen Fenster. Die Luft, die von draußen eindrang, war frisch und klar. Mia sog sie tief ein. Herrlich fühlte sich das an! Sie dehnte und streckte sich. Ein wohliges Urlaubsgefühl machte sich in ihr breit. Nun gut, sie war aus praktischen Gründen hier, und in zwei Tagen wäre sie wieder weg, aber durfte sie den Aufenthalt nicht auch mit allen Sinnen auskosten?

Obwohl es spät geworden war gestern Abend, fühlte sie sich bestens ausgeruht. Bis um elf Uhr hatte sie bei Simona und Lorenzo gesessen, der Tante und dem Onkel von Filippo, die sie freundlich aufgenommen hatten. »*La pronipote della Mar*a!« Sie waren so aufmerksam und interessiert gewesen, gleichzeitig waren sie ihr nicht zu nahe getreten, hatten sie nicht ausgefragt, sondern in aller Ruhe ihre eigenen Gespräche geführt. Es war, als ob sie zur Familie gehörte. Auch ein Cousin von Filippo war dabei gewesen, mit seinen zwei kleinen Kindern, die gespielt hatten und fröhlich herumgelaufen waren.

Filippo hatte Mia immer wieder scherzhafte Bemerkungen zugeworfen, über die sie herzlich lachen musste.

»Er steckt in einer ernsten Situation, aber er nimmt das Leben nicht ernst«, seufzte seine Tante.

Für einen Augenblick sah Filippo nachdenklich aus, doch dann lachte er wieder. »Wo denkst du hin? Niemals!«

Mia hätte gerne gewusst, was für eine ernste Situation das war, die Simona angedeutet hatte, aber kurz darauf hatte sie es wieder vergessen. Und auch wenn die Familie ausgesprochen freundlich zu ihr war, intime Details gingen sie nichts an.

Nach einem großen Teller Pasta mit Pilzen und Käse, für die Simona sich entschuldigt hatte: »Es ist nur ein einfaches Essen«, die Mia jedoch köstlich erschienen war, sowie zwei Gläsern roten Landweins war Mia zurück zum Haus ihrer Großtante gegangen, Filippo hatte sie mit einer Taschenlampe begleitet. Sie hatte sich in die Wolldecke gewickelt und aufs Sofa sinken lassen. Vorher hatte sie noch eine Antwort an Frieda getippt, die im Lauf des Tages schon zwei Nachrichten geschickt hatte (»Und?! Wie sehen die italienischen Männer aus? Machen sie eine gute Figur?«): »Italien ist traumhaft. Die italienischen Männer sind manchmal blond und ausgesprochen nett. Ich habe sogar einen echten Etruskerfürsten gesehen.«

Es war, als wäre sie schon viel länger hier als nur eine Nacht.

Mia wollte eben ins Bad gehen und sich frischmachen, als es unter dem Schlafzimmerfenster laut gackerte. Mia beugte sich hinaus. Hinter dem Haus stand ein schwarzes Huhn und reckte ruckartig und wie fragend den Kopf in alle Richtungen.

»Heh, mein liebes Huhn, du hast dich verlaufen!«

Das Huhn gackerte erneut und sah sie auffordernd an.

Rasch zog Mia einen Pullover über und lief hinaus. Das Gras war noch feucht, Bienen summten, und kleine Insekten flogen über die Anemonen im Gras. Der Mimosenbaum verströmte einen zarten Duft. Darunter scharrte das Huhn in der Erde.

»Du gehörst hier doch bestimmt nicht her.« Mia wollte es behutsam vom Grundstück scheuchen. Das Huhn flatterte ein wenig, schien jedoch keine Eile zu haben. Mias Überraschung war nicht gering, als ein zweites Huhn auftauchte, das ähnlich mit Futtersuche beschäftigt war wie das erste. Kurz darauf entdeckte sie ein drittes, schließlich ein viertes.

»*Vivono qua, le galline. Sono della Signora Mara. Povera.*«

Auf der anderen Seite des Zauns, der das Grundstück seitlich begrenzte, stand ein älterer Mann, einen Strohhut auf dem Kopf und einen Eimer in der Hand. Er hob grüßend die andere.

»Guten Morgen, Signor!« Mia trat näher, dabei strich sie sich rasch über die Haare. »Ist es tatsächlich so, gehören die Hühner hierher?«

»Aber ja. Vier sind noch übrig. Die anderen hat der

Fuchs geholt. Sehen Sie.« Der Mann wies auf einen Hühnerstall in der Ecke des Gartens. Ein Drahtverhau, darin ein kleines Holzhäuschen, in das eine Leiter führte. Es war ein echtes Hühnerhaus.

»Ich kann Ihnen Futter geben.« Der Mann reichte ihr seinen Eimer. Auch auf seinem Grundstück gackerte es, dort stolzierte zwischen einigen Hennen mit schwarzem Gefieder auch ein großer schwarzer Hahn umher, der einen prächtigen roten Kamm trug.

»Nehmen Sie nur, den Eimer geben Sie mir später wieder.«

»Danke, das ist sehr freundlich.« Mia nahm den Eimer entgegen. Für die Hühner musste sie sich etwas einfallen lassen, sie würde ja nicht hierbleiben, aber jetzt wollte sie nicht unhöflich erscheinen.

Der alte Mann drehte sich wortlos um. Dann wandte er sich noch einmal zu ihr und sah sie nachdenklich an. »Sind Sie ihre Nichte?«

»Nicht direkt. Signora Mara war die Schwester meiner Großmutter, also meine Großtante.« Den italienischen Begriff dafür hatte Mia beim Notar gelernt und am gestrigen Tag schon öfter verwendet, um ihre Verwandtschaft zu *Signora Mara* zu erklären. Mia ging noch einmal auf ihn zu und streckte herzlich die Hand aus: »Ich heiße Mia Schneider.«

»Sehr erfreut. Bruno Martelli.« Der Mann ergriff ihre Hand. Sein Gesicht war wettergebräunt und von tausend Furchen durchzogen, darin saßen zwei freundliche, lebendige Augen.

»Na, dann kümmern Sie sich gut um die Hühner.« Signor Martelli tippte an seinen Hut, dann drehte er sich endgültig um.

»Ich habe Hühner. Nicht zu fassen«, murmelte Mia, während sie zum Hühnergehege lief. Eine Seite war aufgerissen. Jemand hatte den Draht notdürftig geflickt, aber das hatte offenbar nicht verhindert, dass der Fuchs seinen Kopf hineingesteckt hatte. Um die Hühner zu schützen, würde man das Gehege erneuern müssen, überlegte Mia. Aber was hieß erneuern, sie würde die Hühner einfach ihrem Nachbarn schenken, bevor sie abreiste. Der schien sich ja auszukennen. Mia schüttete den Mais aus dem Eimer in die Futterschalen. Tante Mara hatte sich offenbar bis zum Schluss um alles gekümmert, und seit ihrem Tod gab es niemanden mehr, der Haus und Hof pflegte. Wie wenig sie über die letzten Tage ihrer Großtante wusste, ach, überhaupt über ihr Leben! Sie schob das Stroh auseinander und staunte nicht schlecht, als sie gleich fünf Eier fand. »Frühstück, danke«, rief sie den Hühnern zu. Dann ging sie ins Haus, um einen Topf mit Wasser aufzusetzen.

*

An der Hauptstraße entlang marschierte Mia durch den Ort. Rechts und links lagen schlichte, zweistöckige Häuser, viele davon alt. Sie erinnerte sich, am Tag zuvor in Treviano eine Bar gesehen zu haben, und sie hatte das Bedürfnis nach einem starken Kaffee. Kaffeepulver hatte sie in Tante Maras Küche nicht gefunden, und zwei gekochte Eier im Magen, das reichte doch nicht für den Tag.

Bei einem Kaffee, dachte sie, würde sie ihrer Mutter von dem Haus berichten und fragen, was sie tun sollte.

Irgendjemand musste sich um das Haus kümmern. Es gab einen zweiten Schlüssel, er hatte auf einer Kommode gelegen, und es erschien Mia sinnvoll, dass jemand das Haus, wenn sie wieder abgefahren war, hütete. Allein der Garten musste versorgt werden. Aber auch das Haus selbst, so empfand Mia, brauchte Luft und jemanden, der dort regelmäßig ein und aus ging. Sie mochte dieses Haus, sie mochte es sogar ganz außerordentlich, es war wie ein Kindertraum von einem eigenen Haus, das man bewohnte, wo man seine Ruhe hatte und ganz man selbst war.

Nun ja, Kerstin würde das Richtige entscheiden. Und sie, sie musste daran denken, dass bis zum Antritt der neuen Stelle an der Universität nicht mehr viel Zeit war und sie sich Häuserträumereien nicht erlauben konnte. Mia schritt kräftiger aus. Beim Kaffee würde sie nicht nur eine Nachricht an Kerstin schreiben, sondern auch ihre Bücher aufschlagen. Sie hatte sie in ihren Rucksack gesteckt, Textmarker und Notizblock dazu. Mia besaß kein Laptop. Ihr gefiel das Kratzen des Bleistifts auf Papier, angeblich aktivierte das Schreiben mit der Hand die rechte Gehirnhälfte. Außerdem genoss sie es, unabhängig von einem Stromanschluss zu sein.

Schon aus einiger Entfernung entdeckte sie zwei runde Tische an der Straße. Die Straße war schmal, allzu viele Autos schienen hier nicht durchzufahren. Ein Schild wies den Laden als »Alimentari, Bar Sport« aus, einen kleinen Lebensmittelladen mit Bar.

Eine Glocke klingelte, als Mia ihn betrat.

»*Buongiorno.*« Mia hörte eine Frauenstimme, doch erst ein paar Sekunden später eilte eine junge Frau durch den klackernden Schnürvorhang, der den hinteren Ladenteil abgrenzte. Sie hatte Topflappen und ein Backblech in Händen, es roch süß und leicht angebrannt.

»*Merda*«, fluchte die Frau leise, doch als sie Mia erblickte, verwandelte sich ihre eben noch ärgerliche Miene in ein strahlendes Lächeln. »Guten Morgen noch einmal. Sie wünschen?«

Sie war ausgesprochen hübsch, ungefähr so alt wie Mia, hatte hochgesteckte, schwarze Haare, dunkle Augen und eine ausdrucksvolle Nase.

Mia lächelte zurück. »Einen Kaffee, ich hätte gerne einen Kaffee. Mit Milch.« Meine Güte, manchmal waren die einfachsten Dinge am schwierigsten auszusprechen.

»*Un cappuccino.* Aber natürlich. Möchten Sie draußen sitzen?«

Jetzt sah Mia, dass es auch drinnen Tische gab. Sie nickte. »Gern.« Keinen Moment dieses sonnigen Italien-Tages wollte sie verpassen.

»Gehen Sie nur, Ihr Kaffee kommt sofort. Möchten Sie noch etwas anderes?« Einladend wies die Frau auf das Blech mit offenbar frisch gebackenen Hörnchen. Der Duft stieg Mia in die Nase. Oh ja, sie würde sich ein Hörnchen dazu genehmigen. Ihr lief das Wasser im Mund zusammen.

»*Una brioche, va bene.*« Diese Ladenbesitzerin konnte die Wünsche ihrer Kunden offenbar erraten, bevor sie sie ausgesprochen hatten.

Mia trat wieder hinaus und setzte sich an einen der beiden Tische. Sie waren von der Sonne beschienen. Sie holte ihre Sonnenbrille hervor, dann begann sie eine Nachricht auf ihrem Handy zu tippen. Kerstin auf den Seychellen anzurufen wäre vermutlich teuer, außerdem wusste sie gar nicht, wie spät es dort war. Sie schilderte ihrer Mutter den Ablauf der Erbschaftsannahme, die Aushändigung des Schlüssels und sagte, dass ihr das Haus gefiel, auch wenn es klein war. »Wir könnten es erst einmal behalten«, schrieb Mia und war selbst überrascht. Bisher hatte sie diese Möglichkeit nicht bedacht. »Vielleicht ist der Unterhalt gar nicht so teuer. Wir könnten hier Urlaub machen.« Sie sendete die Nachricht.

Im Laden zischte die Espressomaschine. Kurz drauf erschien die Bedienung und stellte einen cremigen Cappuccino und das duftende Gebäckstück bei ihr ab. So köstlich das Gebäck, so vertrauenerweckend erschien ihr diese junge Frau. »Danke! Ich bin übrigens Mia, ich bin zu Besuch hier, weil meine Großtante gestorben ist.«

»Anna Maria!« Herzlich ergriff sie Mias Hand. »Sag ›du‹ zu mir. Und warum du hier bist, das weiß ich bereits. Es ist ein kleines Dorf. Hier bleibt nichts geheim, keine Chance auf Privatsphäre, weißt du?« Sie lächelte belustigt. »Aber mach dir nichts daraus, es ist trotzdem schön hier.«

»Auf jeden Fall«, beeilte sich Mia zu sagen.

»Du brauchst nicht höflich zu sein. Aber zumindest das Brioche, das wird dir schmecken.« Sie schmunzelte und sah auf, als ein Motorrad vor dem Laden hielt und der Fahrer seinen Helm abnahm.

Es war der Archäologe. Diesmal ohne Tuch um den Kopf. Seine dichten Haare waren von einem dunklen Braun, er trug einen kurzen, gepflegten Bart.

»*Ciao, Anna Maria. Mi fai un buon caffè?*«

»*Ciao*, Sandro. Den mache ich dir sofort. Aber vorher möchte ich dir einen Gast aus Deutschland vorstellen. Das ist Mia, sie hat hier bei uns im Dorf ein Haus geerbt. Mia, das ist Alessandro Munotti. Bestimmt darfst du Sandro sagen, so wie wir alle.«

Was waren das nur für blaue Augen, die sich ihr zuwandten. Mia spürte, wie sie rot wurde.

»Herzlich willkommen.« Alessandro lächelte.

»*Piacere*«, erwiderte Mia. Diese Formel hatte sie gestern oft gehört, sie war offenbar üblich, auch unter jungen Leuten.

Sie hätte gerne mehr gesagt, aber ihr fiel absolut nichts ein. Es war, als hätte sie Watte im Kopf. Sie kannte die Situation, und sie hasste sie. Sobald jemand Eindruck auf sie machte, wurde sie verlegen. Anders als Frieda, für die es selbstverständlich war, dass jemand, den sie gut fand, sich umgekehrt auch für sie interessierte, hielt Mia es für ein Versehen, wenn ein imponierender und gut aussehender Mann sie ansprach, ein Missverständnis, das sich schnell aufklären würde. Bis dahin hieß es durchhalten.

Anna Maria rettete sie. »Sandro kommt eigentlich aus Arezzo. Er arbeitet seit einigen Monaten hier. Er gräbt unseren Untergrund auf, nicht wahr, Sandro? Vorletztes Jahr sind hier die Grundsteine einer Etruskersiedlung entdeckt worden. Er dreht jeden Stein um, um zu sehen, welche Schätze er findet.«

»So ungefähr. Die Spuren sind tatsächlich sehr wertvoll, weil sie uns Aufschluss über die Lebensweise der Etrusker geben. Diese Siedlung ist eine Besonderheit, denn sie offenbart etwas über ihren Alltag. Bisher sind es hauptsächlich die Fundamente eines Wohnhauses samt Nebengebäuden, die freigelegt wurden«, bestätigte der Archäologe. Er sah Mia forschend an, während er seinen kleinen Vortrag hielt, als überlegte er, wer sie wohl war und was sie von dem, was er sagte, verstand.

Mia hörte ihm gerne zu. Er sprach so bedächtig. Wie ruhig er dastand, hoch aufgerichtet, die Beine in den Motorradhosen, darüber eine geöffnete Lederjacke. Um seinen Hals hing an einem Lederband etwas, das Mia für ein silbernes Amulett hielt. Unwillkürlich griff sie an ihren eigenen Anhänger mit dem winzigen stilisierten Kleeblatt, den sie nie ablegte, seitdem eine Verkäuferin auf einem Flohmarkt ihn ihr geschenkt hatte. »Du kannst ihn gebrauchen, das weiß ich«, hatte sie gesagt. Eine alte Hexe, sicher, aber Mia hatte sie trotzdem Vertrauen eingeflößt. Frieda hatte sich totgelacht, fand den Anhänger aber hübsch. »Trag ihn halt«, sagte sie, »schaden kann es ja nicht.« Dass Mias Glückszahl seitdem die Vier war, brauchte Frieda ja nicht zu wissen. Auch unter Freundinnen gab es Geheimnisse.

»Ich mach dir den Espresso, ich bin gleich wieder da.« Anna Maria nickte Sandro zu und verschwand im Laden.

»Darf ich?« Sandro deutete auf den zweiten Stuhl an Mias Tisch. In Mias Bauch begann es zu flattern. Er setzte sich tatsächlich zu ihr. Sie musste etwas sagen. Jetzt. Sofort.

Sandro nahm ihr den Einstieg in die Unterhaltung ab.

»Du kommst aus Deutschland?« Er duzte sie wie selbstverständlich. Tatsächlich schien er nur wenige Jahre älter zu sein als sie, vielleicht lag es auch an der gemeinsamen Bekanntschaft mit Anna Maria. Vor allem aber sagte dieser Mann den Satz auf Deutsch! Jedes Wort war klar und deutlich artikuliert.

»Ja, aus Stuttgart«, erwiderte Mia überrascht.

Sandro sah sie abwartend an, als erwarte er, dass sie mehr über sich erzählte.

»Ich habe ein Haus geerbt«, fuhr Mia fort, »das Haus meiner Großtante. Mara Klarenburg. Genau genommen hat meine Mutter das Haus geerbt, aber sie konnte nicht kommen, sie ist gerade verreist. Woandershin.«

Meine Güte, was stotterte sie da nur zusammen, konnte sie nicht in zusammenhängenden Sätzen sprechen?

Dem Archäologen schien das jedoch nicht aufzufallen. »Und wie lange bleibst du?«

Er wollte wissen, wie lange sie blieb. Mein Gott. Vor Aufregung verschüttete Mia fast ihren Kaffee. »Leider nur bis übermorgen.«

Na, prima. Damit hatte sie sein Interesse an einem Kontakt bestimmt mit einem Schlag vernichtet. Wer interessierte sich schon für jemanden, der bald wieder weg war? Und wirklich:

»Schade«, sagte Sandro, »sonst hättest du mal bei unserer Ausgrabung vorbeischauen können.«

»Das würde ich sehr gerne, unbedingt sogar. Es passt, passt … zu meinen Studien.« Nur eine halbe Lüge. Sie beschäftigte sich derzeit zwar mit der epikureischen Philosophie in den Briefen von Horaz, dem Steckenpferd ihres Professors, aber Latein und die Etrusker, das passte trotzdem zusammen. Na klar. Und wie.

»Ah, du bist eine Studentin.« Sandros Miene wurde aufmerksam. »Was studierst du?«

»Genau genommen bin ich sogar Doktorandin. Ich habe Griechisch und Latein studiert. Klassische Philologie. Jetzt beginne ich mit meiner Doktorarbeit.«

»Aber dann sollte dich die Ausgrabung erst recht interessieren. Die Etrusker lebten schließlich noch zur Zeit der Römer. Man nimmt an, dass die Römer die etruskischen Städte in ihr Reich eingliederten, wodurch die etruskische Kultur nach und nach verschwand.«

»Gerne.« Mia konnte sich in diesem Moment nichts Schöneres vorstellen, als die Ausgrabung zu besuchen. Sie musste es irgendwie einrichten, auch wenn sie bald wieder abreisen würde. Aber was auch immer ihr Sandro angeboten hätte, sie hätte Ja gesagt, und wenn es ein stinkender Schweinestall gewesen wäre.

»Woher kannst du Deutsch?«, fragte sie, um endlich auch etwas zur Unterhaltung beizusteuern.

»Ich habe es in der Schule gelernt. Unglaublich, nicht wahr? Ich weiß, man sagt den Italienern schlechte Sprachkenntnisse nach. Meistens stimmt das auch. Aber ich interessiere mich einfach für Sprachen, warum sollte ich mich also dagegen wehren?«

Seine Ausdrucksweise war etwas umständlich, doch Mia fand sie sehr charmant.

Dann brachte Anna Maria den Espresso und verwickelte Sandro in ein Gespräch über ein Dorffest, das in zwei Wochen stattfinden sollte und offenbar eine große Angelegenheit war, die viel Vorbereitung erforderte und alle Bewohner einbezog.

Während er an seinem Espresso nippte, erklärte Sandro, dass er noch nicht genau wüsste, ob er an dem Tag vor Ort sei.

Dann nahm er einen letzten Schluck, stellte die Tasse ab und stand auf. »Ich muss los, zur Arbeit.« Er reichte Mia die Hand.

Mia hielt vor Aufregung den Atem an. Sie sah ihm

hinterher, wie er sein Motorrad startete und kräftig Gas gab. Erst als er in die Straße eingebogen war, die zur Ausgrabung führte, ließ sie die Luft aus ihren Lungen und rieb sich über die Stirn. Was für eine Begegnung!

Sie beeilte sich, ihren Kaffee ebenfalls auszutrinken und das Hörnchen zu verzehren. Meine Güte, sie hatte schon viel zu viel Zeit vertrödelt. Sie musste ihre Bücher aufschlagen.

Ihr Handy gab einen Signalton von sich. Eine Nachricht von Frieda: »Cool! Ein echter Etrusker! Mach was draus, Mia!«

Aber erst einmal musste sie dringend etwas aus ihrem Exposé machen. Mia bezahlte und verabschiedete sich von Anna Maria. Dann ging sie mit zügigen Schritten die Hauptstraße hoch und bog in den Feldweg zu Tante Maras Haus ein. Dort wollte sie sich in den Garten setzen und endlich, endlich ihre Artikel lesen.

*

Unter einem Olivenbaum, dessen Zweige lichten Schatten spendeten, las Mia in ihren Aufsätzen. Sie nahm Markierungen am Text vor, exzerpierte die wichtigsten Aussagen und notierte sich, wie sie diese in ihre Einleitung, aus der sie dann die Aufgabenstellung ihrer Doktorarbeit ableiten würde, einbauen würde. Mia liebte die wissenschaftliche Arbeit, sie mochte die Ruhe, die Geordnetheit, die Langlebigkeit der wissenschaftlichen Fragestellungen. Auch wenn es manchmal anstrengend war, so vertiefte sie sich gern stundenlang in die alte

Literatur in den Bibliotheken, in die antiken Schriften, die sie übersetzte und deutete. Es war, als hätte sie hier Ruhe vor der Welt, als wären die alten Sprachen eine Insel, auf der sie ganz sie selbst sein konnte. Ohne die Fragen nach der nächsten Party, dem coolsten Club, der angesagtesten Mode, wie sie Frieda meistens beschäftigten. Dass diese es trotzdem geschafft hatte, das hohe Arbeitspensum des Studiums zu bewältigen, war erstaunlich. Aber Frieda war eben toll. Eine echte Ausnahmefrau. Solche Frauen gab es selten, die mit unermüdlich guter Laune und scheinbar unerschöpflicher Energie quasi alles bewältigten und auch noch gut aussahen. Ihre großartige Freundin! Mia seufzte. Sie war froh, dass sie Frieda hatte, wer weiß, wie sehr sie sich sonst in sich zurückziehen würde. Und ab einem bestimmten Punkt war das nicht mehr gut, da drohte die Einsamkeit, das war ihr durchaus klar. Na ja, wenn sie erst einmal die Stelle hätte, würde ihr Leben in geregelten Bahnen verlaufen. Mia steckte sich eine Lakritzpastille in den Mund und rollte sie mit der Zunge hin und her. Der herb-süße Geschmack beruhigte sie und schenkte ihr gleichzeitig neue Energie.

Frieda wollte Lehrerin werden. »Für Latein, die werden gesucht«, hatte sie erklärt. »Außerdem ist das cool. Stell dir mal vor, ich so richtig lehrerinnenhaft mit Brille auf der Nase.« Aus irgendeinem Grund hatte sie jedoch keinen Referendariatsplatz bekommen und war auf die Warteliste gesetzt worden. Sie hatte Gefallen an der Vorstellung gefunden, ebenso wie Mia zu promovieren. »Eine promovierte Lateinlehrerin ist noch cooler. Außerdem verdiene ich dann vielleicht mehr.« Auch die Entwicklung einer möglichen Fragestellung für eine Doktorarbeit war Frieda leichtgefallen. »Na, ich hab ja mein Steckenpferd«, hatte sie gesagt und mit den Augen gerollt. Frieda hatte sich, logisch denkend, wie sie war, auf Zählweisen spezialisiert, darüber hatte sie bereits ihre Abschlussarbeit geschrieben. Für eine Doktorarbeit würde sie das Thema schlicht erweitern. Auch Mia hatte ein Steckenpferd gehabt, aber sie hatte es zugunsten der Wünsche von Professor Tretmüller zurückgestellt. Es sei besser, wenn sie an dem Thema arbeiten würde, an dem er selbst seit Jahren säße, hatte er ihr deutlich gemacht, als sie ihm in seiner Sprechstunde gestanden hatte, dass sie über den Studienabschluss hinaus gerne weitermachen und an der Uni bleiben würde. Sie beide könnten ihre Kräfte bündeln, Synergieeffekt, und das käme ihr, Mia, bei ihrer Karriere als Wissenschaftlerin in jedem Fall zugute. Er hatte eine bedeutungsvolle Pause gemacht. Professor Tretmüllers Spezialthema interessierte Mia nicht wirklich, lieber hätte sie ihr eigenes Thema verfolgt, und den Synergieeffekt zweifelte sie an, aber sie mochte nicht nein sagen. Wichtiger erschien es ihr, dass Tretmüller sie als Doktorandin annahm und dass sie eine Stelle als wissenschaftliche Mitarbeiterin erhielt, so wie er es ihr in Aussicht gestellt hatte. Das wäre der erste wichtige Schritt in die Fachwelt. Dann könnte sie irgendwann auch ihre eigenen Themen verfolgen. Sie musste sich nur anstrengen, dann fände sie auch Anerkennung, davon war Mia überzeugt. Nein, sie würde keinen einzigen Vorschlag ihres Professors ablehnen.

Nach drei Stunden ließ Mia die Bücher erschöpft sinken. Die Sonne stand hoch am Himmel, die Bienen summten, und Mias Blick blieb an einem Raubvogel hängen, der über den Hügeln kreiste. Es roch so angenehm. Nach Frühling und Kräutern und Mittelmeer. Ganz anders als Stuttgart mit seinem ewigen Nebel und Smog, bedingt durch die Kessellage. Viel frischer und aromatischer. Als ob man hier freier atmen könnte.

Das helle Grün, das die Hügel überzog und sich mit dem silbrigen Grün der Olivenbäume mischte, die an den Hängen des Ortes wuchsen, tat ihrem Blick wohl. Anders als in Stuttgart, das sich zwar auch einiger Weinberge rühmte, wo aber Industrie die Stadt und die Landschaft beherrschte, sah man hier keine einzige Fabrik. Stattdessen gab es kleine Häuser aus toskanischen Feldsteinen, in einem hellen Braun, mit braunen Ziegeldächern, außerdem sandgelb getünchte Villen, deren Auffahrten von Zypressen gesäumt waren, und mittendrin, auf den Hügelkuppen, kleine mittelalterliche Städtchen. Es war traumhaft.

In der Ferne sah Mia eine Stadt auf den Hügeln, zwei Türme ragten hell und schlank heraus, wenn sie genau hinschaute. Das musste Siena sein. Wie schade, dass sie keine Gelegenheit haben würde, diese Stadt und überhaupt die ganze Gegend genauer kennenzulernen. Ich muss wiederkommen, dachte Mia, am besten bald. Immerhin haben wir hier jetzt sogar ein Häuschen.

Mia stand auf und streckte sich. Sie betrachtete die Hühner, die auf der Suche nach Futter durch den Garten liefen. Sie sahen glücklich aus. Aber damit sie glücklich blieben, würde sie den Drahtverhau reparieren müssen. Außerdem hatte sie ebenfalls Appetit, und zwar auf ein vernünftiges Mittagessen.

Mia meinte sich zu erinnern, dass in der Küche etwas

zu essen gelegen hatte. Wie selbstverständlich es schon war, die Schwelle zu überschreiten und das kleine Landhaus zu betreten. In einem Regal neben dem Herd fand sich tatsächlich ein Paket Nudeln. Es war eine Art, die Mia nicht kannte. *Pici*, entzifferte sie auf der Verpackung. Aber trockene Nudeln? Auch wenn sie so aussahen, als wären sie angenehm sämig, wenn sie gekocht wären. Sie suchte weiter und fand in einem Schrank, neben dem Salz und hinter dem Mehl, ein Glas mit etwas, was offenbar Steinpilzsoße war. Perfekt. Dann brauchte sie nur noch etwas Käse, und den könnte sie aus dem kleinen Supermarkt holen, der sich ebenso wie die Bar an der Hauptstraße befand. Oder bei Anna Maria. Dieses Dorf war für alles gerüstet. Und auch im Haus schien es an nichts zu mangeln. Neben dem offenen Regal mit Töpfen und Pfannen stand ein Einkaufskorb aus Bast. Mit dem würde sie losziehen. Mia war überrascht, als sie unter der Einkaufstasche eine schmale hölzerne Luke entdeckte. Sie war mit einem Riegel verschlossen. Er klemmte, offenbar war sie länger nicht benutzt worden. Ob dort auch noch Vorräte lagerten? In alten Häusern waren Kellergewölbe oft ein Kühlschrank-Ersatz gewesen. Zum Glück hatte Tante Mara aber einen Kühlschrank, auch wenn er abgestellt war. Alles im Haus war so ordentlich zurückgelassen, als hätte Mara gewusst, dass sie nicht wiederkommen würde. Vielleicht war sie aber auch einfach so ordentlich gewesen. Und wer wusste schon, wann er aus dem Krankenhaus zurückkehrte, wenn er mit einer Lungenentzündung eingeliefert wurde. Wie auch immer, den Keller würde sie bei Gelegenheit inspizieren. Vielleicht lagen dort aber auch nur tote Ratten.

Mia trat auf die Straße. Mit ihrem Handy machte sie rasch noch ein Foto vom Haus, um es ihrer Mutter zu schicken. Der zerfallene Stall wirkte größer, als er eigentlich war. Egal. Kerstin würde schon erkennen, um was für ein zauberhaftes Häuschen es sich handelte. Dann lief sie los in Richtung Supermarkt.

*

Sie hatte gerade die ersten Bissen Pici verspeist, mit einer wohlschmeckenden Steinpilzsoße, als ein Auto vor dem Haus hupte. Kurz darauf klopfte es an der Tür. Mia öffnete überrascht.

Vor ihr stand Filippo. Verlegen fuhr er sich durch die Haare.

»Hey. Ich dachte, ich schau einfach mal, also … Ich wollte einfach mal sehen, wie es dir geht. Und dich fragen, ob du vielleicht etwas brauchst.« Ein wenig rot war er geworden, und seine blonden Strubbelhaare standen in alle Richtungen ab.

Mia musste lachen. »Nein, es ist alles in Ordnung. Möchtest du hereinkommen? Ich habe noch einen Teller Nudeln übrig. *Pici*«, ergänzte sie.

»*Pici*«, seufzte Filippo. »Ich sterbe für *Pici*. Auch wenn nicht Essenszeit ist«, dabei sah er sie fast vorwurfsvoll an, »und auch, wenn die *Pici* meiner Großmutter natürlich besser sind.«

»Natürlich, und das bleiben sie.« Mia lachte. Beim Abendessen bei Filippos Tante hatte sie schon mitbekommen, dass Mahlzeiten hier ein großes Thema waren. Oder überall in der Toskana? Vielleicht sogar in ganz Italien? Die Familie hatte sich lange über die Zubereitungsart eines bestimmten Gerichts unterhalten und über das beste überlieferte Rezept gestritten. Ob es nun das der Tante oder das der Großmutter sei. Am Ende einigte man sich auf beide.

»Na, dann komme ich rein!« Filippo freute sich.

Als er ihr gegenüber am Tisch saß und die Gabel nahm, fiel Mia auf, was für große Hände er hatte. Sonst gehörte Filippo nicht gerade zu den größten Männern, er war vielleicht zehn Zentimeter größer als Mia, die sich mit ihren 1,65 Metern recht klein fand. Anders als Sandro, dachte Mia und konnte nichts dagegen tun, dass ihr Herz für ein paar Sekunden schneller schlug.

Filippo hatte relativ helle Haut und zarte Sommersprossen. Nein, ebenso wenig wie der Archäologe entsprach er dem Bild, das man in Deutschland von italienischen Männern hatte. So wie Frieda es geschildert hatte, gab es hier nur pomadeverschmierte, goldkettenbehängte Machos, und auch Mia musste sich eingestehen, dass sie diese Vorurteile gehabt hatte.

Filippo hingegen wirkte ganz gewöhnlich. Soweit sie es sehen konnte, trug er weder Schmuck noch ein halb offenes Hemd. Im Gegenteil, sein Hemd … Mia musste schmunzeln. Filippo trug ein kariertes Freizeithemd, dessen obere Knöpfe schief geknöpft waren. Von Pomade ganz zu schweigen, wenn man seinen Strubbelkopf betrachtete. Um den Hals hatte er einen Baumwollschal geschlungen.

»Musst du heute nicht arbeiten?«, fragte Mia, während sie ihm den Käse reichte.

»Nein.« Filippos Gesicht verdüsterte sich. »Heute musste ich etwas anderes erledigen.« Er lächelte, aber

Mia merkte, dass er sie nur beruhigen wollte. Etwas schien ihn zu beschäftigen. Hatte es mit dem Geheimnis zu tun, von dem Mia nichts wissen sollte? War das der Grund für die Eile, mit der er sein Hemd nicht richtig zugeknöpft hatte?

»Aber kurz bei dir vorbeischauen, das wollte ich gerne.« Filippo war wieder obenauf. »Erzähl, was hast du heute gemacht?«, fragte er munter.

»Ich habe Anna Maria kennengelernt.« Und den Archäologen, wollte Mia hinzufügen, aber sie kam nicht dazu.

»Ah, Anna Maria«, sagte Filippo. »Sie ist sehr nett. Und hübsch«, fügte er verschmitzt hinzu.

Oh ja, auf Männer musste Anna Maria äußerst attraktiv wirken, das konnte Mia sich gut vorstellen. Ob Filippo in sie verliebt war? Mia glaubte es nicht. Er passte so gar nicht zu Anna Maria. Andererseits ... Sie wischte die Überlegung beiseite. Filippo war Filippo, sie wollte nicht darüber nachdenken, wie er zu Frauen stand.

»Leider, leider hat sie einen Freund«, sagte Filippo mit gespieltem Bedauern. »Aber der ist auch sehr nett.« Er lachte.

»Außerdem habe ich ...«, versuchte Mia es noch einmal, aber Filippo hatte schon das Thema gewechselt und wies durch den Raum. »Und das Haus? Ich meine, dein Haus? Wie fühlst du dich darin?« Neugierig sah er sie an.

»Prächtig.« Wie sehr das der Wahrheit entsprach. »Es ist beinahe so, als wäre es mein Haus. Oder als wäre ich zu Gast bei einer Tante, mit der ich mich sehr gut verstehe. Es ist wirklich schade, dass ich sie nie kennengelernt habe. Apropos: Meinst du, dein Onkel kann mir beim Reparieren des Hühnerstalls helfen? Es müsste wohl bald sein, sonst hat der Fuchs auch die letzten Hühner gefangen.«

»Ich frage ihn«, sagte Filippo. »Sonst helfe ich dir. Ich bin zwar jeden Tag in der Kanzlei, aber nur halbtags, und Cappellini ist in Ordnung, er lässt mich auch mal früher gehen. So wie gestern. Aber was sagst du da von einem Fuchs?«

Mia berichtete von den Hühnern, dem Garten und Signor Martelli. Filippo hörte zu und erzählte, dass sich hier viele, vor allem ältere Leute, noch selbst versorgten, zumindest teilweise. »Der Garten wird genutzt. Ein Garten zum Vergnügen, das kennt man eigentlich nicht, jedenfalls nicht bei den einfachen Leuten. Und trotzdem macht ihnen ihr Garten Freude.«

Nach zwanzig Minuten sah Filippo auf die Uhr und sprang auf.

»Ich muss los.« Er sah wieder ernst aus. Mia dachte, dass die Fröhlichkeit ihm viel besser stand.

»Wir sehen uns.« Er stutzte. »Sehen wir uns überhaupt noch? Wann fährst du ab?«

»Übermorgen«, sagte Mia, »übermorgen geht mein Flug von Florenz.«

»Das ist schade. Ich bin nicht sicher, ob wir uns dann noch sehen.« Wieder schien Filippo etwas anderes zu beschäftigen.

»Ach, ich bin ganz zuversichtlich«, sagte Mia. »Klopf einfach an, wenn du in der Nähe bist, ja?«

»Das mache ich«, versprach Filippo. »Okay, wir sehen uns also. Sagen wir einfach, wir sehen uns. Alles andere wäre viel zu dramatisch. *Ci vediamo*, Mia. Und geh mal ins Bad.« Er zwinkerte.

Als Filippo im Auto davongefahren war, sah Mia in den Spiegel, der im winzigen Bad über dem Waschbecken hing und einen goldverzierten Rahmen hatte, ein echter Tribut an den italienischen Einrichtungsgeschmack.

Neben ihrer Nase, fast direkt auf ihrer Wange, prangte ein großer Tomatenfleck.

*

Eigentlich kann ich den Hühnerverschlag auch selbst reparieren, dachte Mia und ging hinaus, um den Stall auf Werkzeuge zu inspizieren. Von der Straße aus bot er zwar den Anblick eines beachtlichen Schutthaufens, auf der rückwärtigen Seite war er jedoch noch intakt. Und dort befand sich tatsächlich ein winziger Raum, in dem alles Mögliche für die Gartenarbeit aufbewahrt wurde: Harken, Körbe, Eimer, diverse zerbeulte Kanister verschiedenen Inhalts, zusammengerollte Netze, deren Zweck sich Mia nicht erklären konnte, und ein kleiner Motorroller offenbar schon älteren Datums, eine Vespa. Der Sattel war staubig, die Bleche dreckverklebt. Soweit man es im Dämmerlicht erkennen konnte, war er hellblau. Wer ihn hier wohl abgestellt hatte? Tante Mara hatte er ja wohl kaum gehört. Oder etwa doch?

Schließlich fand Mia etwas Brauchbares, nämlich eine Drahtrolle sowie Hammer, Nägel und Zange, und es gelang ihr tatsächlich, den Hühnerstall wenigstens notdürftig zu reparieren. Dabei plauderte sie ein wenig mit Signor Martelli, der wieder am Zaun erschienen war. Er lobte ihre Arbeit und gab ihr noch etwas Hühnerfutter sowie den Hinweis, wo sie etwas kaufen könne. Am liebsten aber, sagte er in verschwörerischem Ton und schmunzelte, würden die Hühner fette Regenwürmer, Schnecken und Gras fressen.

»Gras?«, wunderte sich Mia.

»Ja, Gras. Das ist ihr Salat.«

»Na, dann.« Mia lachte.

Apropos Salat, sagte Signor Martelli, Signora Mara hätte immer so schönen Salat gehabt, so zart und saftig. Er sei fast sicher, dass sie schon welchen ausgesät hätte. Das wäre in diesem Jahr bereits Ende Februar möglich gewesen. »Es gibt ein wunderbares Gewächshaus, dort gedeiht er sehr gut. Schauen Sie mal hinein.«

Und schon hatte Signor Martelli sich ohne ein Abschiedswort umgedreht. Mia sah ihn nur noch von hinten, wie er mit seinem Hut auf dem Kopf bedächtig auf sein Haus zuging. Sie musste lächeln. Sie mochte den alten Mann.

Ein Gewächshaus? Mia wurde neugierig. Jetzt, da sie die Hühner geschützt hatte, zumindest vorerst, konnte sie sich um alles andere in Tante Maras Garten kümmern. Sie dachte immer »Tante Maras Haus« und »Tante Maras Garten«, fiel Mia auf, dabei gehörte das Haus jetzt offiziell ihrer Mutter. Egal, sie war jetzt hier.

Zum Gewächshaus führten ein paar Steinplatten. Die Luft darin war warm und stickig, das schmale Glashaus lag direkt in der Sonne. Beete mit dunkler, krumiger Erde, sauber aufgeteilt, in einigen sprießte es zartgrün. Tatsächlich, Signor Martelli hatte recht: In einem der Beete waren bereits deutlich die Kopfsalatsprösslinge zu erkennen, ordentlich in Reihen gepflanzt.

Ob sie gegossen werden mussten? Mia sah sich um,

eine Gießkanne aus Zink stand beim Eingang, eine weitere aus Plastik lag daneben. Und Wasser? Wo gab es Wasser? Suchend lief Mia durch den Garten. Schließlich entdeckte sie einen Brunnen, eingefasst mit Feldsteinen, neben dem an einer Kette ein Eimer stand. Als sie ihn herunterließ und wieder hochzog, plätscherte es, und klares Wasser war darin.

Nachdem sie die Pflanzen gegossen und ein paar Schnecken abgesammelt hatte, die sie kurzentschlossen den Hühnern zum Fraß vorwarf – Mia schüttelte sich dabei, aber es erschien ihr sinnvoller, als die Schnecken zu verbrühen oder gar mit einer Schere durchzuschneiden, wie sie es beim Vater einer Schulfreundin als Kind erlebt hatte –, holte sie erneut Wasser vom Brunnen und goss kurzerhand auch die Kübel mit den Pflanzen auf dem Grundstück. Dazwischen wuchsen duftende Kräuter mit winzigen blauen oder weißen Blüten, Mia erkannte Thymian und Rosmarin. Außerdem Gänseblümchen und kleine gelbe Blumen. Auch die Zwiebeln von Osterglocken und Anemonen steckten im Boden und hatten sich bei bestem Frühlingswetter entfaltet. Tupfer von leuchtendem Gelb, Blau und Rot, verteilt im Gras.

Lange betrachtete Mia einen Baum, der seine Zweige mit rosafarbenen Blüten in alle Richtungen streckte. Sie vermutete, dass es ein Pfirsichbaum war. Bei Gelegenheit würde sie Signor Martelli fragen.

Am Abend heizte Mia den Ofen ein. Das Rohr zog offenbar gut, denn schon nach kurzer Zeit loderte ein Feuer. Mia schnitt das helle, saftige Brot, das sie aus dem Supermarkt mitgebracht hatte, und aß Käse dazu,

Pecorino, einen Rohmilchkäse aus Schafsmilch. Einen *stagionato* hatte sie ausgewählt, nachdem sie ihn an der Theke hatte kosten dürfen, gereift und würzig. Es war die richtige Wahl gewesen. Das nächste Mal würde sie die anderen Arten und Reifegrade probieren: *fresco*, *semistagionato*, *rosso*. Gerne hätte sie jetzt noch einen Schluck Wein gehabt, aber den hatte sie sich versagt. Sie trank nicht viel und wollte, wenn sie abfuhr, keine halbvolle Flasche stehen lassen. Wohlig müde und erschöpft starrte Mia in die Flammen. Wie gut, dass es Feuerholz und Kleinholz gab, denn am Abend, mit beginnender Dunkelheit, wurde es kühl. Wie angenehm es gewesen war, sich um die Hühner und den Garten zu kümmern. So einfach war es und gleichzeitig so sinnvoll. Mia dachte, dass sie Gefallen daran finden könnte. Eine reine Erholung für den Kopf war das, sie hatte nicht nachgedacht, während sie Wasser geschleppt und den Drahtverhau repariert hatte. Ja, Urlaub für die grauen Zellen. Ihre Mutter wäre sicherlich zufrieden, wenn sie davon wüsste, schließlich verbrachte Mia ihrer Ansicht nach viel zu viel Zeit in staubtrockenen Bibliotheken. »Mein Gott, Mia, du wirst ja vollkommen weltfremd«, stellte sie regelmäßig fest.

Nichtsdestotrotz plante Mia, am nächsten Vormittag zwei Artikel in ihrem Fachbuch zu lesen. In ungefähr drei Wochen würde sie das Thema ihrer Doktorarbeit vor der Fachbereichskommission vorstellen, wenn alles gutging. Aber sie zweifelte nicht daran. Tretmüller hatte ihr versichert, dass es sich nur noch um Formalitäten handelte. Ein kurzes Bewerbungsgespräch müssten sie natürlich führen, das verlangte der Fachbereich. Sie sei zwar seine Wunschkandidatin, das wüsste sie ja, aber eine Auswahl müsse es schon geben. Er würde also noch zwei, drei andere Bewerber einladen. Reine Formsache, hatte er versichert und ihr die Hand auf die Schulter gelegt.

Bis dahin musste sie jedenfalls alles gelesen, exzerpiert und ein zwanzigseitiges Exposé verfasst haben. Morgen würde sie den ganzen Tag mit Lesen verbringen. Keine Hühner, kein Salat, kein Brunnen. Das nahm sie sich fest vor.

4. Kapitel

Gräbersuche

Ein heller Ton durchschnitt ihre Träume.

Mühsam erwachte Mia und wusste im ersten Moment nicht, wo sie war. Der Signalton ihres Handys. Sie hatte vergessen, es auszuschalten, so wie sonst immer, wenn sie sich schlafen legte. Verschlafen griff Mia nach dem Gerät. Es war halb sieben Uhr morgens. Eine neue Nachricht war eingegangen.

»Mia, Mäuschen, das sind ja gute Nachrichten! Das machst du sehr gut. Das Haus sieht allerdings grauenhaft aus! Check doch mal die Immobilienpreise, vielleicht können wir es gewinnbringend verkaufen. Ich kann das Geld ganz gut gebrauchen, und du kaufst dir dann endlich einen Laptop, den spendiere ich dir. Küssi, deine Mum.«

Einen Laptop. Mia sank aufs Sofa zurück, auf dem sie wie schon in der ersten Nacht traumhaft geschlafen hatte. Das Haus verkaufen. Sie wollte keinen Laptop. Sie wollte hierbleiben. Und das Haus behalten. Aber in dem Moment, als sie das dachte, wusste sie, dass es illusorisch war. Sie hörte die Stimme ihrer Mutter: »Mia, Mäuschen, du glaubst doch nicht wirklich, dass ich mich mit so einem alten Steinhaufen belaste? Nach Italien bringen mich keine zehn Pferde. Was du dir nur wieder eingebildet hast! Mäuschen, du musst mal in der

Realität ankommen, ein wenig Bodenhaftung täte dir ganz gut.«

Mia stöhnte. Wozu hatte sie den Salat gegossen? Wozu den Hühnerkäfig repariert? Eigentlich hätte sie gleich wieder nach Hause fahren können, nachdem die Erbschaft geregelt worden war. Sich in den nächsten Zug setzen, *arrivederci Italia*, und direkt zur Bibliothek fahren. Treviano hätte sie nie kennenzulernen brauchen.

Sie hätte es wissen müssen.

Ein Kaffee. Sie brauchte einen starken Kaffee. Einen doppelten Espresso. Ob Anna Maria den Laden schon geöffnet hatte? Öffneten die Geschäfte in Italien nicht später? Andererseits gab es sicher auch noch andere Leute, die morgens auf dem Weg zur Arbeit bei Anna Maria hielten.

Mia klappte die Fensterläden auf. Als sie die Sonne sah, die ihre ersten Strahlen über die Hügel schickte, ging es ihr schon ein wenig besser. Kurz darauf verließ sie das Haus.

*

Mittlerweile war es halb acht Uhr, und am Tisch an der Straße saßen zwei Arbeiter, die von einer Baustelle kamen, die hundert Meter weiter an der Straße lag. Das ein oder andere Auto fuhr vorüber, die Bauarbeiter grüßten die Vorüberfahrenden. Es schienen sich wirklich alle zu kennen. Mia hatte richtiggelegen, am Morgen war hier schon einiges los.

Anna Maria stellte einen Espresso und ein Hörnchen, das noch verführerischer duftete als am Tag zuvor, auf Mias Tisch.

»Wer backt diese leckeren Hörnchen eigentlich?«, erkundigte sich Mia.

»Ich«, erklärte Anna Maria, »zumindest im Moment. Nach einem Rezept meiner Mutter, sie ist berühmt für ihre Hörnchen. Ich bin aber nur in den Semesterferien hier, um auszuhelfen. Meine Eltern sind gerade bei den Eltern meines Vaters in der Gegend von Viterbo. Sie machen eine Woche Urlaub.« Sie lachte. »Es ist ihr erster Urlaub seit einem Jahr. Sonst stehen sie immer im Laden.«

»Und du?«, fragte Mia neugierig. »Was machst du sonst, wenn du nicht hier bist?«

»Ich studiere in Rom.«

»Rom!«, entfuhr es Mia. »Wow.«

»Ja, es ist großartig. Ich liebe Rom. Es ist einfach eine fantastische Stadt. Kennst du Rom?«

»Ich war einmal dort, aber nur drei Tage, auf einer Exkursion mit anderen Studenten. Wir haben die antiken Stätten besichtigt.«

»Dann musst du noch einmal hinfahren. Es ist gar nicht so weit von hier. Drei Stunden mit dem Bus. Ich sage dir dann, wo du hingehen sollst und wo es schöne Cafés gibt. Oder wir fahren zusammen. Rom lohnt einen Ausflug, glaub mir.«

Mit Anna Maria nach Rom. Was für eine verlockende Vorstellung! Bestimmt war sie eine tolle Begleiterin. Dass Anna Maria nicht ständig hier lebte, hatte Mia im ersten Augenblick überrascht, aber eigentlich war es nicht verwunderlich, sie wirkte viel zu wach, flink und interessiert, um ihr Leben auf dem Dorf zu verbringen. Allerdings hatte sie an dieses Dorf offenbar eine enge Bindung.

»Was studierst du denn?«

»Jura, genau wie Filippo übrigens.« Sie sah Mia schmunzelnd an.

»Aber er studiert nicht in Rom!«, entgegnete Mia.

»Das stimmt. Er hat in Siena studiert. Filippo ist mehr der häusliche Typ.« Sie lachte.

In diesem Ort schienen sich wirklich alle zu kennen. »Ist er denn ein Kommilitone von dir?«, fragte Mia.

»Er ist mein Cousin.«

»Nein!«

»Doch.« Anna Maria genoss Mias Überraschung.

»Meine Mutter ist die Schwester seiner Mutter. Sie ist früh gestorben. Sein Vater lebt allein mit ihm in Poggibonsi.«

»Und Simona und Lorenzo?« Jetzt wollte Mia die Familienzusammenhänge genau verstehen.

»Simona wiederum ist die Schwester seines Vaters. Sie hat hierher geheiratet. Lorenzo kommt von hier, es ist der Hof seiner Eltern, auf dem sie leben.«

Dann riefen die Bauarbeiter sie zum Zahlen, und Anna Maria ließ Mia mit ihrer Überraschung allein.

»Hui. Das ist etwas komplizierter als bei uns«, murmelte Mia. Geschwister hatte Anna Maria sicher auch noch, so selbstgewiss, wie sie ihre Familie präsentierte. Sie konnte einfach kein Einzelkind sein.

Mia hatte nur ihre Mutter und ihren Vater. Weder einen Bruder noch eine Schwester. Wie sehr hatte sie sich als Kind eine kleine Schwester gewünscht. Und später, als Jugendliche, einen älteren Bruder, der sie mitnahm und ihr die Welt zeigte. Und als sie erwachsen war, wünschte sie sich überhaupt Geschwister, egal, wie alt, egal, welches Geschlecht, die die Aufmerksamkeit ihrer

Mutter ablenken und verteilen würden. Was auch immer Mia machte, sie war nun mal die Einzige, die es also besonders schlimm oder besonders gut machte. Nach ihrer Beobachtung waren Eltern mit mehreren Kindern da weitaus großzügiger. Sie wussten, dass sich alles relativierte.

Na ja, es gab auch Gegenbeispiele. Frieda hatte eine Schwester, die anderthalb Jahre jünger war als sie, zu der sie allerdings in ständiger Konkurrenz stand. Friedas Schwester Ina war sehr vernünftig. Sie hatte eine Banklehre gemacht und sich schnell zur Filialleiterin hochgearbeitet. Sie lebte mit ihrem Freund zusammen und plante demnächst Haus und Kinder. Das Baugrundstück für eine Doppelhaushälfte hatten sie bereits gekauft.

Frieda lebte ebenfalls mit ihrem Freund zusammen, aber nur manchmal, weil Frederik als Regisseur europaweit unterwegs war. Für eine Produktion wohnte er oft über Wochen woanders. Gelegentlich trennten Frieda und er sich, aus Eifersucht und Missverständnissen heraus, um dann voller Reue wieder zusammenzufinden, dann war es wieder, als wären sie frisch verliebt. Frieda genoss den Glamour, der mit einer Premiere verbunden war, und zeigte sich gerne an seiner Seite. Überhaupt war sie wie magisch an den selbstbewussten, gut aussehenden Mann gebunden. »Ich bin verliebt, echt, vollkommen verliebt in Frederik«, versicherte sie Mia immer wieder. Aber sie genoss auch die Wochen und Monate, in denen sie in aller Ruhe und ungestört ihre Studien verfolgen und auf Partys gehen konnte, ohne Rücksicht auf einen Partner nehmen zu müssen, der zu Hause auf sie wartete. »Ist auch angenehm«, sagte sie.

Mia war sich nicht sicher, ob Frederik nicht auch andere Freundinnen hatte, zumindest die ein oder andere Liaison. Aber Frieda schien das nicht zu stören, solange er nur Augen für sie hatte, wenn er wieder im Lande und in Stuttgart war. Dann durfte er keine andere ansehen.

Sowohl für diese Beziehung als auch für Friedas akademische Ambitionen hatte Ina nur Verachtung übrig. Vielleicht lag es auch daran, dass Frieda ihr deutlich zeigte, wie unendlich piefig sie ihrerseits das Verlobter-Neubaugebiet-Kind-Modell fand. Trafen die beiden im Haus ihrer Eltern zusammen, flogen recht schnell die Fetzen. Ihre Eltern taten nichts, um die Konkurrenz zu schlichten. Frieda gegenüber hoben sie Inas Zielstrebigkeit hervor, Ina gegenüber Friedas akademische Laufbahn.

Mias Mutter dagegen verwies regelmäßig auf die Kinder von Nachbarn, Freundinnen und Bekannten, um Vergleiche zu ziehen, die meistens zu Mias Ungunsten ausfielen. Egal, um was es ging, Kerstin wusste darüber Bescheid. Von ihren Freundinnen. Von anderen. Und daran maß sie Mia.

Probehalber nahm Mia einen Schluck Espresso. Sie ließ noch ein wenig Zucker hineinrieseln und rührte um. Dann nippte sie wieder. Wie heiß und stark und süß er schmeckte. Einfach wunderbar und geeignet, alle trüben Gedanken zu vertreiben. Dazu ein Bissen von diesem köstlichen Brioche, das leicht und luftig gebacken war und eine feine karamellisierte Zuckerschicht hatte. Mia schloss die Augen. Sie genoss diesen Moment.

In ihr Bewusstsein drang das Geräusch eines Motorrads. Als sie die Augen wieder aufschlug, hielt es bereits neben ihr.

Sandros Lächeln, vieldeutig, süffisant, war allerdings noch besser geeignet, alle Sorgen mit einem Schlag zu vertreiben. Mehr noch: jeden klaren Gedanken.

Mias Herz schlug viel zu schnell.

»*Ciao*, Mia.« Er kam an ihren Tisch und rief Anna Maria die Bestellung eines Espressos zu.

Vor dem Laden hielt ein Lastwagen, und ein Mann begann, Lebensmittel abzuladen. Anna Maria eilte hin und her. Zwischendurch brachte sie den Espresso und stellte ihn vor Sandro ab. Mia legte sie kurz die Hand auf die Schulter. »Wir sprechen miteinander, okay? Jetzt ist gerade viel los.«

Sandro schob das Zuckertütchen beiseite. Als er die kleine Tasse zum Mund hob, fiel Mia auf, dass er zwei Silberringe an der rechten Hand trug. Sie sah, wie er die Lippen spitzte, es waren volle Lippen, die man gut erkannte, obwohl er einen Bart trug. Als Sandro bemerkte, dass sie ihn beobachtete, vertieften sich die Fältchen um seine Augen.

Konnte man sich eigentlich auf den ersten Blick verlieben? Gab es das? Oh ja! Und ob! Sie war verliebt gewesen, vom ersten Moment an, in dem sie Sandro gesehen hatte.

Und jetzt saß er ihr gegenüber.

Sandro schloss die Lider, öffnete sie wieder und sagte nichts. Er nahm einen weiteren Schluck. Wie vornehm er wirkte. Trotz des langärmeligen Shirts, dessen Ärmel er hochgeschoben hatte, trotz des Schals, den er am ersten Tag wie einen Turban um den Kopf getragen hatte und der jetzt locker um seinen Hals lag.

Mia wusste nicht, was sie sagen sollte. Und auch Sandro sagte nichts. Nachdem er den Kaffee getrunken hatte, zog er ein Päckchen Tabak aus der Tasche und drehte sich eine Zigarette. Eigentlich mochte Mia es nicht, wenn Leute rauchten, aber bei Sandro sah es so genussvoll aus, wie er den Tabak im Blättchen verteilte, um es dann mit seinen langen, kräftigen Fingern zusammenzurollen, dass sie fasziniert zusah.

Ob er aufbrechen würde, ohne dass sie miteinander geredet hätten? Fieberhaft suchte Mia nach einer Frage, die nicht allzu plump klingen würde. Ihr fiel nichts ein. Wie immer fiel ihr im richtigen Moment nichts ein. Herrgott noch mal!

Mia sah erst zu Boden, dann zu Sandro, lächelte, wurde rot, merkte es und tippte verlegen in die Krümel auf ihrem Teller.

Sandro steckte die Zigarette weg. »Die rauche ich später. Jetzt muss ich los.« Er sah Mia an. »Hast du Lust, heute bei uns vorbeizukommen?«

Ja, das hatte sie. Und wie. »Gerne. Wann?«, krächzte sie.

»Heute Nachmittag? So um zwei Uhr? Dann kann ich mir ein wenig Zeit nehmen.«

Mia nickte wild und kam sich vor wie einer dieser altmodischen Wackeldackel.

»Gut, bis dann.«

Mias Herz hüpfte nicht mehr, Mias Herz schlug Purzelbäume.

*

Mia schlug ihre Bücher auf, konnte sich auf die Fachartikel jedoch nicht konzentrieren. Die Sätze tanzten in ihrem Kopf. Wenigstens einen Zeitplan gelang es ihr zu erstellen. In drei Jahren wollte sie fertig sein mit der Doktorarbeit, das wurde von einer Mitarbeiterstelle normalerweise verlangt. Wenn sie fertig war, hätte sie eine gute Aussicht auf eine weiterführende Stelle an der Universität. Und das war ihr lieber, als unruhige Schüler zu unterrichten. Nein, ein Lehrerinnendasein konnte Mia sich nicht vorstellen. Sie hatte alles auf eine Karte gesetzt. Es musste einfach klappen.

Noch zwei Stunden Zeit. Viel lieber wäre sie spazieren gegangen und hätte die Gegend erkundet. Aber sie blieb hart sich selbst gegenüber. Mia konzentrierte sich fest auf den nächsten Artikel. Seite um Seite las sie, unterstrich und fasste zusammen. Seite um Seite und Satz für Satz, den Bleistift in der Hand, den sie manchmal nachdenklich zwischen den Fingern drehte.

Darüber wurde es schließlich Nachmittag. Endlich.

Noch rasch ins Badezimmer vor den goldenen Spiegel – diesmal prangte kein Fleck in ihrem Gesicht – und die Haare gebürstet. Kurzentschlossen band sie Friedas rotes Tuch hinein. Ob sie sich umziehen sollte? Mia schaute in ihren Reisekoffer. Groß war die Auswahl nicht. Dort lagen ein weißes, ein hellblaues und ein dunkelblaues T-Shirt. Immerhin waren die Wanderschuhe diesmal das Richtige.

*

Die Ausgrabungsstätte befand sich ein Stück hinter dem Dorf. Das Gelände war nicht eingezäunt, nur an der Straße gab es ein provisorisches Sperrgitter mit einem Hinweis auf die Ausgrabungsarbeiten in staatlichem Auftrag. Eine junge Frau trat Mia entgegen. »Sie können hier nicht weiter«, sagte sie kurz angebunden. In einiger Entfernung waren die anderen Archäologen zu sehen, zu weit weg, um sie genau zu erkennen.

»Ich möchte zu Herrn ...« Mia konnte sich nicht an Sandros Nachnamen erinnern. »Mulatti?«, versuchte sie es.

Misstrauisch sah die junge Frau sie an. »Den gibt es hier nicht. Bitte, wir haben zu tun, das sehen Sie doch.« Sie wandte sich ab und setzte sich auf die Stufen eines Bauwagens, der am Eingang des Geländes stand, stützte die Ellbogen auf die Knie und nahm einen Schluck aus einer Wasserflasche. Sie war erhitzt und wirkte, als ob sie sich geärgert hätte. Mia fiel auf, wie hübsch sie war. Sie hatte ein fein gezeichnetes Gesicht und tiefschwarzes, volles Haar, das sie zu einem Knoten geschlungen hatte. Über ihre Schulter, das sah Mia, denn sie trug ein ärmelloses Shirt, lief eine zierliche Tätowierung. Sie warf Mia noch einen skeptischen Blick zu und sagte nichts. Sie nahm einen weiteren Schluck und schien an etwas Bestimmtes zu denken, denn ihre Stirn blieb gerunzelt.

»Munotti.« Jetzt war Mia der Name eingefallen. »Alessandro Munotti. Wir sind verabredet«, setzte sie hinzu. Sollte sie einfach weitergehen? Und hoffen, dass sie Sandro entdeckte?

Die Schöne musterte sie von oben bis unten. Dann nickte sie. »Kommen Sie mit.« Dass sie sich nur widerwillig in Bewegung setzte, war nicht zu übersehen.

Das Grabungsgelände zog sich ziemlich weit. Es bestand aus Gras und dunkler Erde, dazwischen einige Gruben, teilweise bedeckt mit Planen, in die Erde gesteckten Holzstäben, offenbar zur Markierung.

In einer Gruppe, die im hinteren Teil des Geländes arbeitete, erkannte Mia den Archäologen. Im selben Moment richtete er sich auf und verschränkte die Hände im Nacken, während er den Rücken dehnte. Aufmerksam sah er Mia und ihrer Begleiterin entgegen. Letztere schien sich zusammenzunehmen, als sie ihn erreichten. »Besuch für dich.« Sie hob die Augenbrauen, wie um anzudeuten, dass sie nicht wüsste, wen sie da mitgebracht hätte, und ihre Zweifel an dieser Person auszudrücken.

»Danke«, sagte Sandro knapp.

»Komm«, sagte er zu Mia, »ich zeig dir alles.« Und an die junge Frau gewandt, die immer noch abwartend und sichtlich skeptisch dastand: »Auch du solltest weitermachen, Adriana, nichts anderes habe ich dir vorhin gesagt.«

Adriana schenkte Sandro ein blendendes Lächeln. Mia warf sie einen wütenden Blick zu.

»Adriana begleitet die Ausgrabung schon seit Monaten. Sie macht hier ein Praktikum. Es ist gleichzeitig ihre Abschlussarbeit«, erklärte Sandro, während Mia neben ihm herging. »Sie ist sehr begabt. Aber manchmal überschätzt sie sich und möchte Entscheidungen treffen, die letztlich ich zu verantworten habe. Also bin ich auch derjenige, der sie trifft.«

Abschlussarbeit, dachte Mia. Es war, als würde Adriana sie als ihre Feindin betrachten, obwohl sie, Mia, ihr nun wahrlich nichts getan hatte. Dass sie hier auftauchte, schien Adriana zu genügen. Und vielleicht betrachtete sie jeden, der etwas von Alessandro Munotti wollte, als Eindringling.

»Wie viele seid ihr hier?«, fragte Mia.

»Wir sind zu siebt. Aber es wechselt auch. Manchmal zehn, manchmal weniger. Ich leite diese Ausgrabung. Aber es gibt diverse andere Archäologen, die die Ergebnisse begutachten. Die Grabung wird von mehreren Archäologen begleitet und von wechselnden Studenten durchgeführt. Adriana ist am längsten da. Sie ist sehr ehrgeizig.«

Aha. So sah es also aus. Mia verspürte einen Stich. Ob Adriana in Sandro verliebt war? Ob er umgekehrt Adriana attraktiv fand? Was ging es sie an? In jedem Fall beanspruchte Adriana Sandros volle Aufmerksamkeit.

Mia drehte sich instinktiv um. Tatsächlich, die Hände in die Hüften gestemmt, stand Adriana immer noch dort, wo sie sie verlassen hatten, und sah ihnen hinterher.

Sandro war stehen geblieben. »Dies alles«, er deutete über das gesamte Areal, »war eine etruskische Siedlung. Dass Treviano auf etruskischen Mauern steht, vermuten wir schon lange. Sieh nur die Lage.«

Die Lage, ja, Mia wusste, was er meinte. Dieser ungeheure Weitblick in alle Richtungen.

»Hier das Tal der Crete, und dahinter, gleichsam im Rücken, zieht sich das Mersetal mit seinen Höhenzügen bis in die Maremma. Es war ein geschützter Platz. Und wir befinden uns hier im etruskischen Kernland. Die großen Städte wie das heutige Orvieto, Cortona, Volterra lagen eher am Rand. Doch dazwischen gab es viele kleinere Siedlungen, deren Namen nicht erhalten sind.«

Sandro war an einer Kuhle stehen geblieben und deutete hinein. »Hier haben wir Spuren eines Ofens gefunden, einer Werkstatt, die zur Eisenverarbeitung genutzt wurde. Das ist eine Sensation.«

Er ging weiter. »An anderen Stellen haben wir Fundamente entdeckt, die zu Ställen gehört haben könnten. Insgesamt handelt es sich um eine große Hofanlage mit Kornkammer, Ställen und Werkstätten. Im Moment legen wir einen Raum frei, der vermutlich die Küche war.«

»Wie lange arbeitet ihr schon hier?«, wollte Mia wissen.

»Hier?« Sandro fuhr sich übers Kinn. »Hier wird seit vorletztem Jahr gearbeitet. Ich habe die Leitung letztes Jahr übernommen. Es ist ein großer Glücksfall. Wie ich gesagt habe, solch eine Siedlung gibt es hier in der Nähe bisher nur einmal, das ist Poggio Civitate. Fahr einmal hin. Dort kannst du sehr gut sehen, wie sie angelegt war und wie sie funktionierte.«

Sie kamen bei der mutmaßlichen Küche an, in der zwei junge Leute, offenbar Studenten, mit einem Spatel einzelne Erdschichten abtrugen.

»Sie müssen sehr vorsichtig sein«, sagte Sandro, »um keine Scherbe, keine Verfärbung der Erde, keine Knochensplitter oder Ähnliches zu übersehen oder gar zu zerstören. Schau mal, hier war die Feuerstelle.«

Er stieg in die Grube, reichte Mia die Hand, damit sie folgen konnte, und kniete sich hin. »Die Veränderung der Farbe in der Erde zeigt die Holzbalken an, die hier standen.«

Sandro richtete sich auf und stieg wieder aus der Grube. »Die Küche – oder vielmehr das, was wir dafür halten – ist das Letzte in dieser Ecke, dann machen wir am anderen Ende des Areals weiter.«

»Wenn Treviano auf etruskischen Mauern steht, wie du sagst«, bemerkte Mia, »müsste es doch eigentlich mehr zu finden geben.«

»Auf vielen Grundstücken wurde niemals gegraben. Teilweise stehen die Häuser dort seit Jahrhunderten. Hier jedoch durfte gegraben werden, als ein Bauer einen alten Tonkrug auf seinem Acker fand. Er erhielt eine Entschädigung. Ja, du hast recht, vermutlich befinden sich große Schätze in der Erde. Wenn ich könnte, wie ich wollte, würde ich Maulwurf spielen und alles durchpflügen.« Sandro lachte. »Aber enteignen kann man niemanden. Wer nicht will, dass auf seinem Grundstück gegraben wird, hat das Recht, dieses Ansinnen zu verweigern. Wir wüssten auch nicht, wo wir anfangen sollten. Obwohl, doch, das Castello hat die geeignete Lage.«

Das Castello. Mia kam dort vorbei, wenn sie von Treviano Alto ins Dorf hinunterging. Hoch ragte es über dem Ort auf, eine viereckige Festung, umgeben von ebenso hohen Zypressen, direkt an der Hügelkuppe.

»Was ist das, dieses Castello?«

»Das Castello di Treviano, ein alter Landsitz. Im Mittelalter hat er einer berühmten Sieneser Familie gehört, den Piccolomini. Heute gehört er der Familie Ombrone. Sie veranstalten dort Konzerte und Ausstellungen. Die Nebengebäude dienen als Gästehäuser. Ihnen gehört ein großer Teil der Ländereien drum herum. Und viele Olivenhaine. Sie pressen ein bekanntes Olivenöl, sogar in biologischer Qualität.«

Mia hörte aufmerksam zu. Sie bewunderte Sandros

klar artikuliertes Deutsch, genoss seine klangvolle Stimme und verstand ihn sehr gut.

»Bislang möchten die Ombrones jedenfalls nicht, dass wir sie beehren, und das Grab des etruskischen Fürsten, der diesen Hof vermutlich bewohnte, müssen wir ohnehin woanders suchen. Gräber befanden sich außerhalb der Siedlungen.«

Was Mia hörte, elektrisierte sie, und zwar ebenso wie der Mann, der es ihr erzählte. Die Etrusker erschienen vor ihrem inneren Auge, es war, als könne sie sie vor sich sehen, wie sie damals hier in den Hügeln lebten, ihre Siedlungen bauten und auf ihren Pferden ritten. Fast wie die Menschen heute und doch ganz anders.

Mia wusste, dass über die Sprache der Etrusker wenig bekannt war. An schriftlichen Quellen gab es zwar jede Menge Gräberinschriften und Aufschriften auf Keramiken oder Waffen, die Wissenschaftler hatten sie jedoch nur teilweise entschlüsselt, zumal sie meist recht kurz waren. Etwa 200 Worte der etruskischen Sprache waren überliefert. Das Alphabet schien dem Griechischen entlehnt, so wie es überhaupt viele Einflüsse aus der griechischen Kultur gab, die damals, vor 2500 Jahren, auch die Apenninhalbinsel erobert hatte. Einerseits waren die Etrusker immer da gewesen. Sie hatten diese Gegend bewohnt und beherrscht, bis ihr Reich endgültig von den Römern übernommen wurde. So wie die Römer ganz selbstverständlich etruskische Errungenschaften übernommen hatten, hatten die Etrusker sich am Ende ins Römische Reich eingefügt. Man konnte davon ausgehen, dass ihre Spuren bis in die heutige Zeit reichten. Andererseits lag ein großer Teil der Geschichte dieses Volkes im Dunkeln. Man wusste weder, wo sie herkamen, noch genau, wie sie verschwanden. Bekannt waren sie als friedliches Volk, das, soweit man wusste, nie einen Krieg angezettelt hatte. Bei Ausgrabungen waren prachtvoller Schmuck, verzierte Tonkrüge und kunstvolle Statuetten gefunden worden. Das Eindrucksvollste aber, das erhalten war, waren ihre Gräber, regelrechte Totenstädte, bestehend aus in Tuffstein gehauenen Höhlen und Gängen, versehen mit Inschriften, Wandmalereien und prächtigen Sarkophagen.

In diesem Moment bedauerte Mia es unendlich, dass sie morgen schon abreiste. So gern wäre sie in dieses Museum gefahren, um mehr über die Etrusker hier in der Gegend zu erfahren, und genauso gern, das fühlte sie, hätte sie Sandro öfter getroffen.

Als hätte er ihre Gedanken erraten, sah Sandro sie an und lächelte. »So ist das also. Jetzt kennst du diese Stätte. Komm gerne wieder, wenn du magst. Ein wenig Zeit finde ich immer für dich.«

Oh ja, dachte Mia, wann immer du willst. Am liebsten wäre sie sofort dageblieben und hätte eine Schaufel in die Hand genommen. Das ging leider nicht.

»Ich fahre morgen ab.« Ihre Stimme klang rau.

Sandro sah irritiert aus. Mia wunderte sich. Hatte sie es ihm nicht erzählt?

»Morgen schon.« Er machte eine Pause. »Gut, aber wenn du einmal wiederkommst, dann sieh dir doch gerne an, was hier entstanden ist. Vielleicht gibt es bei deinem nächsten Besuch schon ein Museum.«

»Oder ihr habt das Grab gefunden«, platzte es aus Mia heraus.

Sandro schmunzelte. »Ja, vielleicht haben wir auch das Grab gefunden. Und wenn du den Grafen dazu bringst, uns graben zu lassen, vielleicht sogar eine Kultstätte oder einen Palast.« Er sah sie von der Seite an. »Wir brauchen auch immer wieder Freiwillige. Solltest du also Lust haben …«

Lust, oh ja, das hatte sie, mehr Lust, als er ahnte. Lust auf ihn, Lust auf die Etrusker, Lust auf alles hier.

Sandro unterbrach ihre Gedanken jäh. »Ich muss noch ein wenig weiterarbeiten.« Er hob die Hand. »*Ciao*, Mia.«

Mia sah ihm hinterher. Der Abschied war kürzer ausgefallen, als sie es erhofft hätte. Er hatte ihr überhaupt keine Frage mehr gestellt, weder, was sie zu Hause machte, noch, ob und wann sie plante wiederzukommen. Andererseits – ja, er musste natürlich arbeiten. Und er hatte ja deutlich gemacht, dass sie jederzeit willkommen wäre.

Mia ging langsam zur Straße. Adriana lief grußlos an ihr vorbei.

5. Kapitel

Abreise

Ihr Wecker klingelte. Es war sechs Uhr. Mia erwachte fröstelnd und mit leichten Kopfschmerzen. Sie hatte von einem Etrusker geträumt, der turbangleich ein Tuch um den Kopf geschlungen und sich ins Grab gelegt hatte. Als Grabbeigabe hatte er ein Glas eingeweckter Pfirsiche in Händen gehalten. Das Grab hatte sich in Maras Keller befunden.

Mia erschauerte, rollte sich noch einmal zusammen und zog die Decke zur Nasenspitze. Aber es nützte nichts, sie musste aufstehen.

Simona hatte abends bei ihr geklopft und ihr die besten Grüße von Filippo ausgerichtet. Er hätte sich gerne verabschiedet, könnte aber nicht kommen. Dabei hatte sie traurig ausgesehen.

Außerdem hatte sie Mia ein Glas eingeweckter Pfirsiche gereicht: »Nimm das mit nach Deutschland«, hatte sie gesagt, »das passt noch in deine Tasche. Wenn du Sehnsucht hast, erinnern sie dich an uns.«

Der Ofen war in der Nacht ausgegangen, es war kalt im Haus. Rötliches Sonnenaufgangslicht verdrängte langsam die Nacht, im Tal lag Nebel. Mia packte ihren Koffer und steckte die restlichen Sachen hinein, Zahnbürste et cetera, als Letztes das Pfirsichglas. Sie warf einen wehmütigen Blick durch das Haus. Es kam ihr vor, als wäre sie viel länger hier gewesen als nur drei Nächte. Es war ein Anfang gewesen, der viel zu schnell zu Ende war. Aber Kerstin hatte ja recht, was sollten sie mit diesem Erbe?

»*Ciao*, Mara«, murmelte Mia, während sie die Haustür abschloss. Mit Simona, der sie den zweiten Schlüssel anvertraut hatte, hatte sie vereinbart, dass sie gelegentlich nach dem Haus schauen würde, bis es verkauft wäre.

Mia stapfte zur Bushaltestelle. Sie hatte sich die Verbindungen schon bei ihrer Hinreise herausgesucht. Zuerst ging es mit dem Bus nach Siena, dann würde sie in den Fernbus nach Florenz umsteigen, und um 11:30 Uhr startete der Flieger nach Stuttgart.

Der Busfahrer hielt mit laufendem Motor, und Mia löste gerade eine Fahrkarte, als sie eilige Schritte hörte und eine Stimme, die ihren Namen rief. »Halt, Mia, warte noch!«

Es war Anna Maria, die offenbar nur rasch eine Jacke übergeworfen hatte und jetzt mit wehenden Haaren und in einer Trainingshose atemlos neben der offenen Bustür stand. »Die Flüge fallen aus, Mia. Das Flughafenpersonal streikt! Der ganze öffentliche Transport ist zusammengebrochen!«

Mia war verwirrt. Wer streikte? Und welche Flüge fielen aus? Sie verstand nicht, was Anna Maria ihr sagen wollte.

»Du wusstest es nicht, stimmt's? Das dachte ich mir, deshalb bin ich hergelaufen!«

»Was bedeutet das?«

»Dass die Italiener ihrer Lieblingsbeschäftigung nachgehen. Und es bedeutet, dass du nicht wegkannst. Komm«, Anna Maria nahm sie am Arm, »ich mach dir einen Kaffee. *Ciao*, Mario«, warf sie dem Busfahrer zu, der achselzuckend abfuhr.

Anna Maria erläuterte, dass sie die Nachrichten eben im Radio gehört hätte, »beim Zähneputzen!«, und sie wusste ja, dass Mia heute abreisen wollte. Es sei ein Generalstreik, von dem man nicht wüsste, wie lange er dauern würde. »Die wollen ihre Forderungen nach mehr Lohn durchsetzen. Die Verhandlungen laufen schon seit Wochen. Diese Maßnahme, der Streik, wurde jetzt sehr kurzfristig entschieden. Und das ausgerechnet vor Ostern!«

»Und wenn ich mir ein Taxi nehme?«, fragte Mia.

»Das nützt nichts. Dann kommst du ab Florenz nicht weiter. Da ist die Hölle los. Alle Pendler und alle Fernreisenden sitzen fest. Sei froh, dass du hier bist und nicht am Flughafen stehst.« Mit einem Handgriff band Anna Maria ihre Haare zusammen. »Komm, ich mach uns beiden einen Kaffee. In einer halben Stunde muss ich den Laden öffnen, aber bis dahin habe ich Zeit. Vielleicht hilfst du mir bei den Brioches.«

In Mia wirbelten die Gefühle durcheinander. Sie konnte nicht weg. Das war ungünstig. Schließlich hatte sie die Abreise fest geplant. Andererseits gab es nichts, was in Stuttgart wirklich dringend auf sie wartete, und den Hausverkauf konnte sie von hier aus sogar besser betreiben. Aber es verwirrte sie, denn sie war es nicht gewohnt, ihre Pläne zu ändern.

Mias Blick fiel auf Anna Maria, die bereits in der Küche hantierte.

»*Che cazzo*!« Anna Maria fluchte, als ihr die Teigschüssel aus den Händen rutschte, und fing sie geschickt auf. Dann schlug sie den Teig zusammen, rollte ihn aus, stach kleine Stücke ab und formte sie zu runden Gebilden. Diese schob sie Mia zu. »Hier, immer mit zehn Zentimetern Abstand aufs Blech legen.«

Kurz darauf zog der vertraute Duft durch den Laden. Anna Maria bereitete Mia und sich einen Espresso und setzte sich ihr gegenüber. »So, pass auf, zehn Minuten habe ich. Jetzt unterhalten wir beide uns.«

Mia sah Anna Maria fasziniert an. Obwohl auch sie nicht viel geschlafen zu haben schien, sah sie frisch und strahlend aus. Wie eine echte Italienerin. Ob die Etruskerfrauen auch so schön gewesen waren?

»Ich such dir gleich die Nummer des Flughafens raus, dann kannst du dich erkundigen, wie es zurzeit aussieht. Oder du rufst deine Fluggesellschaft direkt an und buchst um. In einer Woche sollte alles vorbei sein.«

»In einer Woche!«

»Hast du etwas Wichtiges vor in Deutschland?«

»Nein, das heißt, ja, eigentlich nicht, aber …« Mia erzählte Anna Maria von ihrer Doktorarbeit, der Stelle, die sie antreten sollte, und der bevorstehenden Prüfung.

»Kein fester Job, keine Verpflichtungen, sonst nichts?«, fragte diese nach.

»Nebenbei bin ich als Hilfskraft beschäftigt, aber das kann ich aussetzen. Im Moment ist nicht so viel zu tun, schließlich ist Ostern. Alles, was für den Professor in der Woche danach anfällt, kann ich auch dann erledigen. Wichtiger ist dieses Vorstellungsgespräch, die Präsentation meines Projekts.«

Mia fand es wieder einmal schwierig, ihre Doktorarbeit zu erklären. Die meisten Leute, ihre Mutter eingeschlossen, verstanden nicht, was es damit auf sich hatte. Ihre Ehrfurcht vor dieser wissenschaftlichen Arbeit war entweder zu groß oder ihr Verständnis für den Aufwand, den sie erforderte, zu gering. Meistens vermischte sich beides.

Für Anna Maria schien es anders zu sein. »Habe ich verstanden.« Sie überlegte zwei Sekunden. »Pass auf, ich habe ein altes Laptop, ich bitte meinen Freund, es mir aus Rom mitzubringen, er kommt dieses Wochenende. Dann kannst du weiterarbeiten. Die notwendigen Unterlagen lässt du dir schicken. Manches findest du bestimmt im Netz, die Bibliotheken haben ihren Bestand ja zunehmend digitalisiert. Wenn du ins Internet musst, kommst du hierher, wir haben WLAN. Im Übrigen hilft dir möglicherweise die Bibliothek in Siena weiter, dort gibt es eine große Universität.« Anna Maria strahlte. »Und das alles, ohne dass du diese Gegend verlassen musst.«

Anna Marias Gewissheit. Der Espresso. Die Brioches, die Anna Maria mittlerweile aus dem Ofen gezogen hatte. Das Allheilmittel. Warum nicht?, dachte Mia. Ja, wirklich: Warum nicht?

In Mia breitete sich Wärme aus. Glück. Noch ein wenig hierbleiben. Gestern erst hatte sie es sich gewünscht. Und wie zur Bestätigung ihrer Gedanken fiel ein Sonnenstrahl durch das Fenster in die Küche. Als Mia auf die Straße trat, hatte der Morgennebel sich gelichtet und enthüllte einen strahlend blauen Himmel.

*

»Was? Du bleibst da?!«

Die Verbindung war gestört. Mia stellte sich ans Fenster, dort war der Empfang besser. »Ja!«, rief sie.

Maschinengeräusche im Hintergrund und ein Hämmern am anderen Ende. Ein kreischendes Bohren. Frieda sagte etwas, doch Mia hörte nur akustische Fetzen.

»Ich verstehe dich nicht!« Mia presste ihr Mobiltelefon ans Ohr.

»Das sind Bauarbeiten. Sie reißen das Haus nebenan ab!«

Es brauchte einige weitere geschriene Sätze, bis Frieda begriffen hatte, dass Mia ihren Flug umbuchen musste und länger in Italien blieb, und bis Mia im Gegenzug wusste, dass Frieda es in ihrer Wohnung kaum noch aushielt, weil auf der Baustelle nebenan von morgens bis abends gearbeitet wurde.

»Es ist direkt hinter meiner Wand. Hörst du den Schlagbohrer? Ich werde fast wahnsinnig!«, schrie Frieda.

Mia musste nicht lange überlegen. »Willst du solange zu mir ziehen?«, bot sie Frieda an.

In ihrer Anderthalbzimmerwohnung war niemand, die Nachbarin hatte einen Schlüssel und konnte Frieda hereinlassen, diese fühlte sich dort sowieso wie zu Hause und hätte erst einmal ihre Ruhe.

»Das wäre toll, du bist ein Schatz. Geht das wirklich?« Trotz des Schreiens war Friedas Freude zu hören.

»Ja, klar!«

»Super, Mia, du hast was gut!«

Das brachte Mia auf eine Idee. »Frieda, du könntest tatsächlich etwas für mich tun. Ich bräuchte noch ein paar Texte, um weiterarbeiten zu können. Einige habe ich mit, aber es gibt da ein bestimmtes Fachbuch, das müsste ich bald lesen …«

Mia erklärte Frieda, um welches Buch es sich handelte. »Ich schick dir noch mal eine Nachricht mit Titel und Standort in der Bibliothek. Wenn es ausgeliehen ist, fragst du bei Tretmüller nach. Er hat auf jeden Fall ein Exemplar. Zum Kopieren würde er es dir bestimmt überlassen.«

»Wenn's weiter nichts ist! Das krieg ich schon hin!« Frieda versprach, alles zu tun, was nötig wäre, damit Mia sich unbesorgt auf ihre Prüfung vorbereiten könnte. Sie würde das passende Buch besorgen, noch heute, die Texte einscannen, die Mia brauchte, und sie ihr per E-Mail schicken.

»Und wenn du sonst noch etwas brauchst, sag Bescheid, ja?« Friedas muntere Stimme, ihre Unternehmungslust, die trotz des Hintergrundgeräuschs der Bauarbeiten durchklang.

Mia wurde warm ums Herz, sie war erleichtert. Frieda war eben ihre beste Freundin, sie half ihr auch in dieser Situation, was würde sie nur ohne Frieda tun?

»Toll wäre es auch, wenn du Tretmüller anbieten würdest, meine Arbeiten zu übernehmen, falls es dringend ist. Das dürfte aber kaum der Fall sein, schließlich ist Ostern, und alles Anfallende für seine Seminare kann ich auch erledigen, wenn ich wieder da bin.«

»Wie lange willst du denn bleiben?«

»Mal schauen. Ich versuche gleich, bei der Airline durchzukommen und frag nach, auf wann ich umbuchen kann. Es gefällt mir hier jedenfalls.«

»Oh, das glaube ich! Vor allem der Etruskerfürst, ja?«

Mia lachte. »Aber ich muss natürlich zurück. Jeder Tag hier hält mich letztlich auf.«

»Hast du den Fürsten denn noch mal getroffen?«

»Stell dir vor, ja!«

»Und?«

»Er hat mir die Ausgrabung gezeigt!«

»Sonst nichts?«

»Das ist doch eine Menge!«

»Ach, Mia, verabrede dich mit ihm, lass dich auf einen Wein einladen, zieh ihm das Fürstengewand aus!«

»Ich tu mein Bestes!«

»Ich ruf dich wieder an, ja? Da muss Bewegung rein, scheint mir. Streng dich an! So einen echten Etruskerfürsten, den findest du in Stuttgart nicht! Genieß die Zeit!«

Nach mehreren Anläufen erreichte Mia ihre Fluggesellschaft. Sie boten Mia eine Umbuchung an, entweder zwei Tage oder dreizehn Tage später. Zwei Tage, das war viel zu kurz. Also dreizehn. Mia stöhnte innerlich kurz auf, dann sagte sie den Termin zu. Es fühlte sich an, wie vom 5-Meter-Brett zu springen, und das hatte Mia immer sehr hoch gefunden. Sie schrieb Frieda eine Nachricht: »Hab den Rückflug um dreizehn Tage verschoben. Bin ich verrückt?«

»So verrückt, wie es dir guttut. Ein bisschen Verrücktheit hat noch niemandem geschadet. Außerdem kümmere ich mich um die Bücher, mach dir keine Sorgen.« Zwei Minuten später kam noch: »Viel Spaß mit dem Fürsten.«

Damit hatte sie ins Schwarze getroffen. Denn nach dem Schreck über ihre eigene Courage freute Mia sich geradezu unbändig. Wenn sie länger blieb, könnte sie Sandro noch einmal treffen. Sicherlich würde sie ihm morgens in der Bar begegnen, wie schon gestern und vorgestern. Es musste ihr einfach gelingen, das Gespräch mit ihm fortzusetzen. Vielleicht könnte sie sich vorher ein paar schlaue Fragen überlegen. Er freute sich bestimmt, wenn er merkte, dass sie sich für die Etrusker interessierte. Und das stimmte im Übrigen tatsächlich.

Ach, und mit Signor Martelli könnte sie über Hühner fachsimpeln. Mit Anna Maria plaudern! Für einen Ausflug nach Rom würde die Zeit wahrscheinlich nicht reichen, aber wer weiß? Das Museum in Murlo würde sie sich anschauen und, und, und. Nein, sie würde sich nicht langweilen, ganz sicher nicht. Und vor allem konnte sie sich um Tante Maras Haus kümmern. Endlich!

Mia jauchzte. Sie öffnete Türen und Fenster und ließ die Sonne herein, sie lief in den Garten und sagte den Hühnern Guten Morgen, stellte ihren Koffer in die Ecke, öffnete den Kühlschrank und sagte laut zu sich selbst: »Jetzt kaufe ich erst mal richtig ein.«

*

Eine halbe Stunde später hatte Mia einen gefüllten Einkaufskorb aus dem kleinen Dorf-Supermarkt nach Hause geschleppt und Kühlschrank und Regale in der Küche gefüllt. Brot, Butter, Käse, Nudeln und Tomaten – Kräuter hatte sie ja im Garten. Sie sortierte den Inhalt ihres Koffers und wusch ein paar Kleidungsstücke aus. Viel war es nicht, was sie dabeihatte, aber sie würde schon zurechtkommen. Mia hatte schon immer improvisiert, was ihre Kleidung betraf, und Friedas rotes Tuch sorgte für den schmückenden Farbklecks, sie war froh, dass sie es hatte.

Auf der Suche nach einer Wäscheleine lief sie durch den Garten, als sie Signor Martelli bei seinen Hühnern entdeckte.

»Signor Martelli, stellen Sie sich vor, ich bleibe hier!« Das stimmte zwar nicht ganz, aber in ihrem Überschwang kam es Mia fast so vor.

»*Molto bene.*« Signor Martelli hob die Hand, kam aber nicht an den Zaun. Nein, geschwätzig war er nicht, er war ein wundervoller Nachbar. Nur kurz streiften Mias Gedanken ihre Vermieterin in Stuttgart, die im Erdgeschoss desselben Hauses wohnte. Ihre ewige Neugier, ihre weißen Gardinen, ihre staubfreie Fußmatte – sie war ein wandelndes Klischee. Wie sie wohl mit Frieda zurechtkommen würde? Die Vermieterin mochte Mia, die immer leise war, freundlich grüßte, wöchentlich kehrte und sich auch sonst wunschgemäß verhielt. Aber Frieda? Die sich nichts sagen ließ? Die die Musik erst recht lauter drehte, wenn sie merkte, dass es jemanden störte? Die ihre Schuhe mit den 10-Zentimeter-Absätzen erst dann auszog, wenn es ihr passte, auch wenn sie nachts um drei nach Hause kam und damit über die Dielen stöckelte? Mia hob die Schultern. Egal. Jetzt war sie weit weg und hatte ihr eigenes Häuschen, die Vermieterin in Stuttgart brauchte sie wirklich nicht zu kümmern.

Ein beglückendes Freiheitsgefühl breitete sich in ihr aus.

Nahe am Haus entdeckte sie eine Holzstange und am Schuppen einen Haken in der Wand. Dort könnte man eine Wäscheleine spannen. Fehlte nur noch die Leine.

Mia öffnete die Schuppentür. Ein Streifen Tageslicht fiel auf das Durcheinander. Irgendwo war sicher eine Leine oder eine Schnur, die sie verwenden könnte. Vielleicht gab es sogar Wäscheklammern, wer weiß.

Mia zog einen Stuhl zur Seite. Mit einem Krachen brach die Lehne ab. »Ach, herrje«, murmelte sie und stellte beides in den Garten. Eine alte Schubkarre, Körbe mit ausgegrabenen Blumenknollen, Spaten, Gartenwerkzeuge, ein alter Bettrahmen mit Metallfedern … Je länger Mia sich umsah, desto mehr entdeckte sie. Gläser mit undefinierbarem Inhalt, gefaltete Plastikfolie, vielleicht für das Frühbeet, die Drahtrolle von neulich. Schließlich, Mia jubelte, fand sie eine zusammengerollte Wäscheleine und einen Beutel mit bunten Plastikklammern.

Dann fiel ihr Blick auf den Motorroller. Damit wäre sie mobil. Na ja, er hatte wohl keinen TÜV mehr. Außerdem war sie noch nie mit einem Motorroller gefahren. Ein Fahrrad wäre praktischer. Andererseits, ein Fahrrad? In Italien? Die drei Tage bisher hatten gereicht, um festzustellen, dass in dieser Gegend zwar immer wieder Rennradfahrer unterwegs waren, die sich in voller Montur mit gebeugtem Rücken und Helm abstrampelten, niemand sonst jedoch ein Fahrrad benutzte. Kleine dreirädrige Lastautos und Motorroller waren eher ein gängiges Fortbewegungsmittel. Kein Wunder, die Hügel sahen zwar sanft aus, waren aber steil, und so etwas wie Fahrradwege gab es schon gar nicht.

Mia strich über das Blech. Vielleicht konnte sie Filippo fragen, ob er den Roller mit ihr testete. Sie wusste nicht, warum ausgerechnet Filippo ihr einfiel, aber sie dachte, dass er sich mit solch praktischen Sachen möglicherweise auskannte. Da fiel ihr auf, dass sie und Filippo keine Telefonnummern ausgetauscht hatten. Na ja, im Zweifel würde sie ihn über die Kanzlei oder seine Tante und seinen Onkel erreichen. Hier schien man sich eher spontan zu besuchen, als sich anzurufen oder SMS zu schreiben.

Sandros Nummer hatte sie auch nicht. Aber der war an der Ausgrabungsstätte zu finden. Wie lange müsste sie warten, bevor sie ganz unverfänglich wieder hingehen könnte? Oder wäre es peinlich, dort überhaupt wieder aufzutauchen? Na, Frieda würde ihr schon einen Rat geben, und der war Gold wert, davon war Mia überzeugt. Sie gestand sich ein, dass sie insgeheim froh war, dass Frieda nicht hier in Italien war. Sandro hätte bestimmt auch ihr gefallen. Frieda war sehr groß, und Sandro war größer als sie. Ein Mann auf Augenhöhe, das imponierte Frieda in der Regel. Auch die Ruhe des Archäologen, sein fester Blick und seine aufrechte Haltung hätten sie beeindruckt. Dabei wirkte er eben kein bisschen verstaubt, im Gegenteil, äußerst selbstbewusst und völlig in der Gegenwart verankert.

Hatte Sandro sie nicht eingeladen wiederzukommen? Und zum Abschied gesagt: »*Ci vediamo.* Wir sehen uns?« Das war eine Floskel, Mia wusste es, aber trotzdem schien es ihr so, als hätte der Archäologe ihr gerne mehr von der Ausgrabung gezeigt. Und Adriana, die hatte er nicht mehr beachtet, als Mia mit ihm über das Gelände gegangen war.

Mia zerrte die Leine aus dem Schuppen und ging rückwärts. Dabei stieß sie gegen etwas Weiches.

Sie fuhr herum.

»*Scusi.*« Signor Martelli hob die Arme. Mia bemerkte wieder einmal die freundlichen Falten um seine Augen.

Über ihren Gedanken hatte sie gar nicht bemerkt, dass er auf ihr Grundstück gekommen war.

Er wies an ihr vorbei in den Schuppen. »Sie fährt.«

»Wer?«

»Na, die Vespa.«

»Sind Sie sicher?«

»Signora Mara ist damit gefahren. Und es ist noch gar nicht lange her. Na ja«, er kratzte sich am Kopf und sah einen Moment nachdenklich aus, »vielleicht sind es doch ein paar Jahre. Wenn man älter wird, gewinnt man einen anderen Blick auf die Zeit.«

Mia musste lachen. »Ein paar Jahre? Oder eher ein paar Jahrzehnte?«

»Nein, nein, ein paar Jahre!« Er nickte mit Bestimmtheit. »Setzen Sie sich doch einmal darauf!«

»Ich! Auf eine Vespa! Das kann ich nicht.« Mia sah ihn erschrocken an. Sie unternahm gerne Wanderungen und fuhr auch gerne mit dem Fahrrad; und sie hatte zwar einen Führerschein, jedoch nie Fahrpraxis gewonnen, da Kerstin kein Auto besaß und Mia den Mercedes ihres Vaters nicht fahren wollte, auch wenn er es ihr wiederholt angeboten hatte. Mia benutzte die öffentlichen Verkehrsmittel. In Stuttgart reichte das.

Signor Martelli schüttelte verwundert den Kopf. »Alle jungen Leute machen das. Ach, was sage ich, auch die alten!«

»Ich ...« Nein, sie konnte es ihm nicht erklären. Mia überlegte einen Moment. »Also gut!« Sie schob die Schubkarre zur Seite, auch Signor Martelli fasste mit an, und gemeinsam zogen sie die himmelblaue Vespa aus dem Schuppen.

»*Bene*.« Mit fachmännischem Blick umrundete ihr

Nachbar das Gefährt. Mia war sich nicht sicher, ob er wirklich Ahnung hatte oder ob er nur so tat. Aber der alte Motorroller gefiel auch ihr. Er hatte etwas Zuverlässiges und etwas Übermütiges, etwas Grundsolides und Urlaubshaftes zugleich. Jetzt bei Licht sah man den Staub und die Schmutzpartikel auf dem Blech noch deutlicher, gleichzeitig hatte er lange nicht so viele Rostflecken wie angenommen. Sie würde ihn putzen, dann sähe er gleich viel besser aus. Ja, vielleicht konnte man tatsächlich damit fahren, vielleicht wäre gar nicht viel nötig, um den TÜV zu erneuern, und wer achtete hier auf den Feldwegen schon darauf?

»Wollen wir eine Runde drehen?« Signor Martelli sah sie verschmitzt an. Meinte er es ernst? Signor Martelli mit seinem bedächtigen Gang, unübersehbar alt und gebrechlich? Oder hatte sie sich getäuscht und war er gar nicht so gebrechlich, wie er aussah?

Der alte Mann schob den Motorroller hoch zur Straße, ohne Mias Antwort abzuwarten.

Mia eilte hinterher. »Signor Martelli, warten Sie! Gern, ich meine … Aber vielleicht ist es besser, wenn Sie … Also, natürlich würde ich …«

Auf einmal ertönte ein kräftiges Hupen. Es war ein Hupen, das Mia bereits kannte.

»Mein lieber Bruno, wollen Sie einen Ausflug machen?« Filippo lehnte sich aus dem Fenster seines Wagens.

»Einen kleinen Ausflug mit Signora Mia, ja, den wollte ich machen«, erwiderte Signor Martelli fröhlich, »aber wenn Sie für mich fahren, dann wäre ich dankbar. Zwei junge Leute machen sich natürlich besser.«

Mia war sich immer noch nicht sicher, ob er wirklich

mit ihr hatte losfahren wollen oder ob er einen Spaß gemacht hatte. Zuzutrauen war ihm alles. So bejahrt ihr Nachbar wirkte – manchmal saß ihm offenbar der Schalk im Nacken.

»Hey, Mia.« Filippo stieg aus. Zerzaust sah er aus, wie immer, Mia musste unwillkürlich lächeln.

»Ich habe gehört, dass du noch hier bist, wegen des Streiks, da wollte ich …« Er hob die Schultern.

»Hey, Filippo, alles gut, ich freue mich. Schau dir dieses Fahrzeug an. Was meinst du: Fährt es?«

»Lass es uns ausprobieren.« Filippo startete den Motor, und tatsächlich – die Vespa sprang an. Ein Abgaswölkchen kam aus dem Auspuff, dann knatterte der Motor gleichmäßig. Filippo forderte Mia mit einem Kopfnicken auf, sich hinter ihn zu setzen. »Komm, wir drehen eine Runde!«

Mia schluckte. »Und wenn …«

Filippo sah sie fragend an. »Wenn was?« Dann lachte er. »Na komm!«

Der Sitz war nicht gerade breit. Kaum saß sie darauf, fuhr Filippo los, und Mia blieb nichts anderes übrig, als ihre Arme um ihn zu legen. Sie war überrascht, wie gut sich das anfühlte. Filippos Oberkörper war kräftig und muskulös.

»Halt dich fest!«, rief Filippo. Mit einem Jauchzer bog er vom Schotterweg auf die Asphaltstraße ein, die mitten durchs Dorf führte. Knatternd fuhren sie am Laden vorbei. Anna Maria stand gerade mit einer Frau davor und plauderte, sie stützte die Hände in die Hüften, als sie die beiden sah. Filippo machte das Victory-Zeichen. Vor dem Ortsausgang kehrte er um, fuhr ein Stück zurück und nahm, als wäre ihm etwas eingefallen, die Straße nach Monteroni. Dort war die Ausgrabung. Mia wusste nicht, warum, aber sie wollte nicht, dass Sandro sie so sah, auf dem Sitz einer alten Vespa, die Arme um Filippo geschlungen. Sie hoffte, dass der Archäologe sich am anderen Ende des Geländes befand und nicht zur Straße schaute.

Filippo fuhr, ohne das Tempo zu verringern, an der Ausgrabung vorbei und bog kurz darauf ab. Er hielt an einer kleinen Kirche, die unter ein paar Bäumen mitten in den Feldern stand. Dahinter lag der Friedhof.

»Hier liegt sie. Komm, wir sagen ihr mal Guten Tag.«

Mia stieg ab. Simona und Lorenzo hatten ihr an ihrem ersten Abend von Tante Maras Begräbnis erzählt. Die Leute aus der Nachbarschaft waren gekommen, der Bürgermeister, ein paar Freunde. Es wäre ein ruhiges und unspektakuläres Begräbnis gewesen, ganz wie es dem unspektakulären Leben von Mara Klarenburg entsprochen hätte.

Auf Maras Grab standen ein paar Gestecke, auch ein Foto war in einem Rahmen aufgestellt, so wie es in Italien offenbar üblich war, denn auch die anderen Gräber hatten kleine Fotos der Verstorbenen auf dem Grabstein.

Mia schluckte. Es war dasselbe Foto wie das, welches ihre Mutter ihr gegeben hatte. Mit scharfem Blick sah Mara sie an, schön, eigenwillig und sehr frei von Konventionen.

»Die Leute hier – mochten sie sie?«, fragte Mia.

»Ich glaube schon. Ich weiß es nicht genau, ich bin ja nicht hier groß geworden, sondern in Poggibonsi. Aber ich denke, ja, so wie Lorenzo und Simona es erzählt haben. Sie war sehr unabhängig, freundlich zu allen, aber letztlich machte sie, was sie wollte, das war ihr wichtig.«

»Und was wollte sie?«

Filippo lachte. »Nichts Besonderes, schätze ich. Das Besonderste war wohl, dass sie nicht verheiratet war. Dabei sah sie sehr schön aus, wie du unschwer erkennen kannst.«

»Ja, das sehe ich«, murmelte Mia.

»Du siehst ihr übrigens ein bisschen ähnlich«, sagte Filippo in neutralem Tonfall.

»Ich bin blond. Sie ist dunkel.«

»Ja, schon, es ist eher ... die Mundpartie.« Filippo musterte Mias Gesicht sachlich.

Mia runzelte die Stirn. Vielleicht hatte sie nie richtig in den Spiegel geschaut, aber sie konnte keine Ähnlichkeit mit dieser schönen, unabhängigen Frau, die ihre Großtante gewesen war, ausmachen. Andererseits war sie ihr, Mia, auf eigenartige Weise nahe.

»War sie wirklich nie verheiratet?«

»Nein, soweit ich weiß, nicht.«

»Vielleicht eine geheime Liebschaft?«

»Das ist möglich, das weiß man nie, oder?« Filippo lachte. »Komm, wir stellen ihr einen Mimosenzweig hin.« Er reckte sich und pflückte einen Zweig vom Baum, der winzige gelbe Blüten trug.

Als sie zurück nach Treviano kamen, war Signor Martelli verschwunden, nur seine schwarzen Hühner pickten vor dem Haus herum.

»Die ist super.« Filippo klopfte auf das Blech der Vespa. »Der Auspuff klappert ein wenig, der hat sich durch die Fahrt gelöst, aber das kann ich bei Gelegenheit reparieren.« Dann lächelte er Mia an. »Und wo fahren wir morgen hin?« Die Antwort gab er selbst. »Hast du Lust, einen Ausflug nach Siena zu machen? Übermorgen ist Samstag, da habe ich frei, was meinst du?«

Diese eine Fahrt hatte gereicht, dass Mia sich in das kleine, praktische Gefährt verliebt hatte. Und Filippo war ein zuverlässiger Fahrer. Aber bis Siena war es vielleicht doch ein wenig weit. »Braucht die Vespa keinen TÜV, keine Zulassung?«, fragte sie ihn.

»Doch, das braucht sie. Lorenzo hat einen Bekannten, der sich um solche Sachen kümmert. Wenn du mit ihr fahren willst, könnte ich ihn ansprechen.« Da war es wieder, sein breites Lächeln. »Dann nehmen wir besser doch den Fiat. Siena, ja, am Samstag?«

Er warf einen Blick auf die Uhr. Seine Miene verdüsterte sich schlagartig. »*Cazzo di merda*, ich muss los. Wir sehen uns.«

Bevor Mia antworten konnte, war Filippo ins Auto gesprungen. Mit quietschenden Reifen setzte er noch einmal zurück. »Entschuldige, Mia. Ich hol dich am Samstag um 10 Uhr ab, ja? *Ciao.*« Weg war er.

Mia schüttelte den Kopf. Was war es nur, was Filippo in dauerhafte Eile versetzte? Irgendetwas schien ihn, der sonst ein sonniges Gemüt hatte, zu beunruhigen. Egal, sie war jetzt hier. Und eine verlockende frühlingshafte Woche lag vor ihr!

6. Kapitel

Der Schrank

Eine halbe Stunde später hatte Mia die Decken ausgeschüttelt und den Boden gefegt. Nun war sie auf der Suche nach Bettwäsche, um das Bett frisch zu beziehen. Jetzt, da sie länger hierblieb, wollte sie in einem richtigen Bett schlafen, Tante Mara wäre das sicher recht. Es war, als würde eine unsichtbare Mara zu ihr sagen: »Richte dich ein, Mädchen, du kannst das Haus gerne bewohnen, ich freue mich, wenn es nicht in einen Dornröschenschlaf fällt.«

Sicher war das Einbildung, auch wenn es Leute gab, die daran glaubten, dass verstorbene Seelen in der Welt der Lebenden anwesend blieben. Miriam, Mias beste Freundin in der Kindheit, ein Nachbarskind, das auf einer Waldorfschule gewesen war und eine Heilpraktikerin zur Mutter hatte, hätte sicherlich eine Vorstellung davon gehabt. Für ihre Familie war es selbstverständlich, dass alles in irgendeiner Weise miteinander verbunden war, alles, was lebte und gelebt hatte, in einer Art kosmischem Gleichgewicht.

Miriam war sehr still gewesen, fast in sich gekehrt, aber wenn sie mit Mia zusammen war, konnte sie ausgelassen und übermütig sein. Manchmal sahen die beiden sich an und mussten lachen und hörten gar nicht wieder auf. Mia wusste nicht mehr, was so komisch gewesen war, sie wusste nur, dass sie beide es in dem Moment so empfunden hatten.

Mias Mutter, Kerstin, hatte diese Nachbarn stets argwöhnisch beäugt. Mia hatte sich bei ihnen immer wohlgefühlt. Sie liebte die warmen Farben an den Wänden, die geschwungenen Formen, die frischen Blumen und Zweige, die auf den Tischen und Kommoden standen, egal, zu welcher Jahreszeit, die runden Hölzer und Steine in Ecken und Nischen und die Freundlichkeit, mit der sie aufgenommen wurde. Während Kerstin eigentlich immer mit sich beschäftigt war oder mit ihrem Zahnarzt, war es für Mia, als würde sie bei Miriam und ihrer Mutter Anja erst richtig wahrgenommen. Manchmal war auch Jörg, der Vater, zu Hause, ein Musiker. Er sang beim Kochen und zauberte die tollsten Gerichte, und Mia genoss die heimelige Atmosphäre in dieser kleinen Familie und wünschte sich manchmal, sie und Miriam wären Schwestern.

Leider hatte sie den Kontakt zu Miriam verloren, als diese mit ihren Eltern siebzig Kilometer entfernt aufs Land gezogen war, wo Jörg und Anja eine alte Mühle sanierten, ein lang gehegter Traum. Was wohl aus Miriam geworden war? Mia nahm sich vor, bei Gelegenheit zu schauen, ob sie Miriam über das Internet ausfindig machen konnte. Dann würde sie sie anschreiben. Vielleicht könnten sie sich einmal wieder treffen. Ihr würde es hier gefallen, da war Mia sich sicher.

Mias Blick fiel auf den schweren Schrank im Flur, der in einer Nische vor der Tür zum Schlafzimmer stand. Bestimmt lag darin die Bettwäsche. Na klar, wo auch sonst? Und hatte sie mit dem Erbe nicht alles übernommen? Das Haus samt Inventar? Es gab also rein formal keinen Grund, Zurückhaltung zu üben. Mara lag auf dem Friedhof, und sie, Mia, befand sich hier im Haus. Es gab niemand anderen, der sich kümmern konnte. Und demnächst würden hier fremde Menschen leben, dann war es sowieso vorbei mit der Zurückhaltung gegenüber Tante Maras Eigentum.

Bei dem Gedanken wurde Mia ganz wehmütig zumute. Es schien ihr unvorstellbar. Das Haus gehörte doch ihrer Mutter und damit auch ein wenig ihr. Mia hatte das Gefühl, als hätte es das Haus immer gegeben, als hätte es nur auf sie gewartet. Mia wusste nicht, woran das lag. Es war alles so schlicht und doch so richtig. Als ob es genau so gehörte und nicht anders. Alles passte an seinen Platz, und Mia fiel auf, dass diese Harmonie die ganze Landschaft prägte, das ganze Dorf. Es gab nicht mehr und nicht weniger, als man brauchte.

Der Schrank war aus dunkelbraunem Holz und nahm fast den ganzen Raum zwischen Eingang und Schlafzimmer ein. Der Schlüssel lag in einer Nische in der Wand, einer weiß getünchten Nische, in der auch eine kleine Vase mit getrockneten Gräsern stand.

Mia steckte ihn ins Schloss und zog die Türen auf.

Von innen wirkte der Schrank fast noch mächtiger als von außen. Tatsächlich, sie hatte richtig vermutet, hier lagen Laken, Handtücher und gefaltete Stoffe, offenbar Tischdecken. Es war Tante Maras Wäscheschrank. Aber da war noch mehr. Es gab nicht nur überschaubare Regale, sondern auch Schubfächer und kleinere Türen, zudem eine Kleiderstange. Mia konnte nicht glauben, dass all dies in einen einzigen Schrank passte. An der Stange hingen Kleider, dazwischen baumelten an seidenen Bändern kleine Leinensäckchen, die mit Lavendel gefüllt waren. Mantelstoff, Taft und Spitze und sogar einen Pelzkragen erkannte Mia. Auf einem Regalbrett standen Döschen und hölzerne Schachteln, denen man nicht ansah, was sie enthielten. Ein rundes Behältnis war offenbar eine Hutschachtel. Und unten im Schrank, unter den Kleidern, standen sorgfältig aufgereiht mehrere Paar Schuhe. Schuhe aus braunem und schwarzem Leder, mit geschwungenen Absätzen, glatt und mit Verzierung.

Mia staunte. Wie wohlgeordnet alles wirkte. Sie strich über die Kanten dessen, was sie für Bettwäsche hielt, und fühlte den glatten, weißen Stoff. Sie wollte einen Bezug und ein Laken herausziehen und den magischen Schrank wieder schließen.

Dabei bemerkte sie, dass das Element neben dem Stapel, das sie für einen festen Teil des Schranks gehalten hatte, offenbar hohl war. Ein leeres Schlüsselloch zierte die Tür. Als Mia die Wäsche herausgezogen hatte, fiel der Schlüssel klirrend auf den Boden.

Mia hob ihn auf und steckte ihn ins Schlüsselloch. Er passte. In dem versteckten Fach lagen eine Schatulle, ein paar zerfallene getrocknete Blütenblätter und ein mit Stoff bezogenes Album. Es war offenbar ein Fotoalbum. Überrascht betrachtete Mia die Schätze und strich über die mit Samt bezogene Schatulle. Es schien, als sei sie in Tante Maras Allerheiligstes vorgestoßen, zumindest an einen Ort, an dem sie Dinge aufbewahrte, die ihr lieb waren. Mia war gerührt von der altmodischen Sorgfalt, mit der hier Sachen verwahrt waren, die sicher jahrzehntealt waren.

Ihr Mobiltelefon im Wohnzimmer brummte und

vibrierte. Es war Mia, als ob sie aus einem Traum erwachte. Sie griff nach dem Album und zog es behutsam aus dem Fach. Der Stoff fühlte sich rau an. Vorsichtig schlug sie es auf. Tatsächlich, es war ein Fotoalbum. Seiten aus Pappe mit raschelnden Trennblättern, darauf waren mit Klebeecken Fotos befestigt, einige schwarz-weiß, andere in ausgeblichenen Farben.

Auf einem der Fotos war Tante Mara zu sehen, sie stand am Fuß einer großen Freitreppe. Es war die Spanische Treppe in Rom. Mia schlug eine Seite um. Tante Mara auf einer Vespa, in einem kurzen Rock und einem gestreiften Shirt, mit offenen Haaren, strahlend, den Mund zu einem Lachen verzogen, so dass man ihre weißen Zähne sah. Wer das Bild wohl aufgenommen hatte?

Daneben ein Bild von Mara vor dem Kolosseum. Und noch einmal Mara, vor irgendeiner antiken Säule. Und dann, Mia staunte, Mara mit einem Mann an ein Brückengeländer gelehnt. Den Arm hatte sie um seine Taille gelegt und ihren Kopf an seine Schulter gelehnt. Wieder das schöne Lachen, die Vergnügtheit bei diesem Ausflug, das Sechzigerjahre-Outfit, wie Mia es aus alten Filmen kannte, die leicht verblassten bräunlichen Farben. Der Mann, der sich auf dem Brückengeländer abstützte und siegesgewiss in die Kamera sah, auch er groß, breit, mit einem kräftigen Gesicht, gut rasiert, im Pullover, ganz leger. Mia staunte. Wer war dieser Mann?

Ihr Handy brummte wieder. Aufdringlich schob sich das Geräusch in Mias Bewusstsein. Offenbar versuchte jemand hartnäckig, sie zu erreichen. Mia legte das Fotoalbum zur Seite.

»Kerstin?«

»Mia, Liebling!« Rauschen im Äther, die Verbindung war schlecht.

»Ich habe dir drei Nachrichten geschrieben, wo steckst du denn, wieso antwortest du nicht?«

»In Italien, und ich lege das Handy tatsächlich auch mal zur Seite, entschuldige.«

»Solltest du nicht längst zu Hause sein?«

»Theoretisch ja, aber es wird gestreikt.«

»Wieso gestreikt?«

»Ich weiß nicht, wieso, aber es wird gestreikt. Ich konnte nicht weg.«

»Das verstehe ich nicht. Aber egal. Mia, weshalb ich anrufe: Ich hab hier auf den Seychellen jemanden kennengelernt. Er besitzt Wohnungen und hat ein sehr nettes Apartment in der Anlage hier am Strand, das zu verkaufen ist!«

»Schön für ihn.«

»Ich möchte es haben. Mia. Das ist ja jetzt möglich. Wir verkaufen diesen Schuppen in Italien und nehmen das Apartment am Strand.«

Mia war sprachlos. »Wir.«

»Ich, meinetwegen, ja, ich. Nun sei doch nicht so spitzfindig, du hast doch auch was davon!«

In Mia wirbelten die Gedanken. Ich habe nichts davon. Ich kann mir keine Reise auf die Seychellen leisten. Ich hasse Fernreisen. Ich vertrage keine Hitze. Ich WILL nicht auf die Seychellen.

Sie sagte nichts.

»Ich muss mich bald entscheiden. Das heißt, entschieden habe ich mich schon. Das Apartment ist super. Mia!«

»Hm?« Mia fühlte sich auf einmal unendlich müde.

»Mach was, ja? Und dann teilst du mir den Preis mit. Das Wichtige ist der Preis. Ich muss wissen, welche Summe man für die Hütte kriegen kann.«

Die Hütte. Der Schuppen. Das war das Häuschen, in dem Mia gerade stand. In das durch die offenen Fenster die Sonne schien und den Terrazzoboden leuchten ließ. Von dem aus man in einen klaren, strahlenden Frühlingstag sah, hinaus in die Weite der Toskana.

»Mia, nun reiß dich einmal zusammen und hör mir zu. Tu es einmal, mir zuliebe, ich bitte dich. Du findest heraus, was man für das Haus bekommt, und schreibst es mir, ja? Ich erwarte deine Nachricht, und zwar noch heute.«

Damit legte Kerstin auf.

Mia wurde übel. Sie hatte nicht einmal Appetit auf Lakritz.

Sie fuhr sich mit dem Handrücken über die Stirn und wollte sich gerade resigniert aufs Bett fallen lassen, als ein aufgescheuchtes Gackern von draußen hereindrang.

Ein Flattern. Knurren. Bellen.

Noch lauteres Gegackere.

Die Hühner.

Mia rannte hinaus.

*

»Hau ab!«

Der Hund zog die Lefzen hoch und knurrte. Zwischen seinen Fängen zappelte ein Huhn.

Mias Herzschlag setzte für einen Moment aus. Vor Hunden hatte sie schon immer großen Respekt gehabt, es sei denn, sie waren ausgesprochen klein und wedelten freundlich mit der Rute. Dieser hier war größer. Und er wedelte nicht. Das Knurren kam aus der Tiefe seines Brustkorbs. Seines schwarzen Brustkorbs, denn dieser Hund war tiefschwarz und hatte langes, zottiges Fell.

»Weg mit dir!«, schrie Mia und stampfte kräftig mit dem Fuß auf. Das beeindruckte das Tier allerdings wenig. Er verstärkte sein Knurren.

Mia wich zurück.

Das Huhn schlug in höchster Not mit den Flügeln, eingeklemmt zwischen die kräftigen Hundekiefer.

Einen Stock. Gab es irgendwo einen Stock? Mia fand keinen. Stattdessen griff sie nach einem herumstehenden Eimer und schlug mit der Faust dagegen. Es schepperte. »Wirst du wohl!«, zischte sie.

Der Hund beachtete sie nicht.

Das Gegacker wurde für einen Moment lauter, dann verstummte es. Ein Zucken noch, dann hing das Huhn schlaff herunter. Der Hund hatte ihm die Kehle durchgebissen.

Mia spürte, wie ihr die Tränen kamen. Sie wusste nicht, wie nah sie dem Hund kommen durfte. Wie sie diese Viecher hasste. Seit Kerstin in ihrer Kindheit einmal einen neurotischen Windhund angeschafft hatte, den sie einmalig elegant fand, der Mia aber ständig anknurrte, war ihre kindliche Liebe zu Hunden geschwunden. Der Hund war nach einigen Monaten weggegeben worden, weil auch Kerstin nicht mit ihm zurechtkam, aber Mia hatten sich diese Monate traumatisch eingeprägt.

Was sie jetzt sah, war unerträglich.

»Verschwinde!« Sie hatte nicht einmal mehr die Kraft zu schreien und warf nur den Eimer weg.

Der Hund trollte sich, auf einmal ganz friedlich, und trottete mit seiner Beute davon.

»Was ist das hier für ein Lärm?« Das war die Stimme von Signor Martelli.

Mia wandte sich um und wies wortlos auf das Tier, das gerade das Grundstück verließ. Die anderen Hühner hatten sich in die hinterste Ecke geflüchtet, man vernahm keinen Mucks.

»Ah, hat er es wieder getan.« Signor Martelli runzelte unwillig die Stirn. »Es ist das Tier der Familie Carbone. Diese Bestie. Sie halten ihn an der Kette, aber manchmal reißt er aus. Es ist nicht das erste Mal.«

Mia war immer noch sprachlos. Signor Martelli sah sie bedauernd an. »Nichts zu machen. Ich sage den Leute Bescheid, wenigstens bezahlen müssen sie den Schaden. Und dass es ihr Hund war, das kann ich bezeugen.«

Unter aufgebrachtem Gemurmel entfernte er sich. »Dieser Hund ist schlimmer als der Fuchs«, glaubte Mia noch zu verstehen, dann war er in seinem Haus verschwunden.

Mia wischte ihre Tränen weg. Es nützte ja nichts. Drei Hühner waren ihr geblieben. Sie machte sich auf die Suche nach ihnen.

*

Später saß Mia auf einem Stein im Garten und starrte auf den Boden. Bienen summten und flogen an die offenen Frühlingsblüten, doch sie war zu bedrückt, um es richtig wahrzunehmen. Eines der Hühner war tot. Signor Martelli hatte ihr erklärt, dass die Hundebesitzer für den Schaden aufkämen. Er hatte gesagt, dass er ihr ein neues Huhn besorgen würde, er wüsste schon, wo. Mia hatte sich bedankt und ihren Kummer zu verbergen versucht. Aber es änderte nichts daran, dass sie mit einem Schlag aus ihrem Wohlgefühl gerissen worden war.

Vielleicht sollte sie einen Spaziergang machen, das würde sie aufmuntern. Vielleicht könnte sie noch einmal zur Ausgrabungsstätte gehen, Sandro würde sich sicher freuen. Wenn sie an die bisherigen Begegnungen zurückdachte, hatte er eigentlich immer erfreut reagiert. Nein, es musste ihr nicht peinlich sein, ihn aufzusuchen. Als Mia sich vorstellte, ihm gegenüberzustehen, fühlte es sich warm an und genau richtig. Ja, sie hatte ein großes Bedürfnis, Sandro zu sehen. Es war das Selbstverständlichste der Welt, ihn zu besuchen, sie kannten sich doch bereits ein wenig, auch von seiner Seite aus gab es Sympathie, das war offensichtlich.

Mia stand auf und ging ins Haus. Sandro würde sich ihre Sorgen aufmerksam anhören. Er machte einen so vernünftigen Eindruck. Und er würde ihre Probleme an die richtige Stelle rücken. Auch die Etruskerausgrabung lenkte sie ab, da war Mia sich sicher. Außerdem würde ihr der Fußweg guttun. Sie brauchte Bewegung, und Gehen war immer noch ihr bevorzugter Sport, auch wenn ihre Mutter es altmodisch fand und ihr letztes Jahr zu Weihnachten sogar eine Schnupper-Mitgliedschaft im Fitnessclub geschenkt hatte. Frieda hatte sich gefreut, und Kerstin hatte von dieser Illoyalität nie erfahren. Ein paar neue Wanderschuhe wären Mia lieber gewesen.

Sie schnürte die alten und lief los.

Auf dem Weg ins Dorf kam Mia wieder am Castello vorbei, dessen Wehrturm hoch in den Himmel ragte. Ob es die mächtige Architektur war, die in Mia stets ein wenig Beklommenheit auslöste, wenn sie einen Blick daraufwarf? Oder lag es an dem schmiedeeisernen Zaun, der das weitläufige Grundstück eingrenzte?

Das hohe Tor, das Mia bisher nur geschlossen gesehen hatte, öffnete sich, als sie gerade vorbeiging, und heraus glitt ein Auto, ein schnittiger, glänzender Sportwagen. Das Tor schloss sich lautlos hinter ihm. Das elegante Auto fuhr langsam über den Schotterweg und hielt neben ihr. Die Scheibe wurde heruntergefahren, und der Mann am Lenkrad sprach Mia an. Ob sie die Nichte der verstorbenen Deutschen sei? Mia bejahte überrascht.

Der Fahrer nahm seine Sonnenbrille ab, und Mia sah in haselnussbraune Augen. Er reichte ihr die Hand.

»Mein Beileid.«

»Danke. Sehr freundlich.« Mia wusste nicht, was sie sagen sollte. Wer war dieser Mann, der ihre Hand fest und ruhig in seiner hielt? Sie schätzte sein Alter auf etwa vierzig Jahre, er war glatt rasiert, hatte ein kantiges Gesicht, klar modellierte Lippen und war das, was man landläufig einen gut aussehenden Mann nannte. Sein Hemdkragen war blütenweiß.

Er musterte sie prüfend.

Mia spürte, wie sie rot wurde.

Ein Lächeln umspielte die Lippen des Mannes.

»Ombrone«, stellte er sich vor. »Achille Ombrone. Sie werden von mir hören.« Damit legte er die Hand wieder ans Lenkrad und fuhr davon.

Wer war das gewesen? Auf jeden Fall nicht der Gärtner. Hatte Sandro nicht gesagt, dass die Besitzerfamilie Ombrone hieß?

Mia schritt schneller aus. Sie fühlte sich schon leichter, ja, das Gehen hatte geholfen, wie immer.

Die Ausgrabungsstätte lag verlassen da. Ein paar Planen flatterten im Wind, aber der Bauwagen war offenbar abgeschlossen, und niemand war zu sehen. Merkwürdig. Als sie am Mittag mit Filippo vorbeigefahren war, hatte Mia Bewegung auf dem Gelände wahrgenommen. Aber vielleicht war es schon zu spät, vielleicht hatten die Archäologen bereits Feierabend gemacht. Schade. Mia hätte Sandro gerne verkündet, dass sie noch länger blieb, sie war gespannt auf seine Reaktion.

Dann blieb ihr also nichts als die Suche nach einem Immobilienmakler. Sie lief zum Laden, vielleicht konnte ihr Anna Maria einen Tipp geben. Aber auch Anna Maria war nicht da, der Laden war abgeschlossen, ein Schild hing an der Tür: *Chiuso.*

Es war wie verhext.

*

Den folgenden Tag verbrachte Mia damit, die restlichen Fachartikel zusammenzufassen, die sie mitgenommen hatte. Das hatte sie auch am Abend zuvor getan. Ziemlich lustlos erledigte sie diese Aufgabe, aber es war wenigstens sinnvoll. An den Universitäten gab es nur wenige freie Stellen, und die waren heiß begehrt. Wenn sie eine bekommen wollte, so wie Professor Tretmüller es ihr in Aussicht gestellt hatte, musste sie alles tun, um zu beweisen, dass sie den Anforderungen gewachsen war.

Dazu gehörte es, die besten Seminararbeiten einzureichen, die klügsten Referate zu halten und sich gründlich auf die Vorlesungen vorzubereiten. Mia hatte immer alles getan, um bei ihrem Professor einen guten Eindruck zu hinterlassen. Stets hatte sie alle verfügbaren Bücher zu einem Thema gelesen, ihr Wissen bestmöglich aufbereitet und es den anderen Studenten in den Seminaren präsentiert. Diese hatten sie teilweise befremdet angeschaut, aber sie hatte nicht gewusst, was sie anders machen sollte. Tretmüller jedenfalls hatte ihr Anerkennung gezollt. »Sie sind meine beste Studentin.« Das hatte Mia angespornt. Teilweise hatte sie ihr Wissen auch an Frieda abgegeben, wenn diese es nicht geschafft hatte, einen Abgabetermin einzuhalten. »Ach, Mia, du weißt doch sowieso alles!« Mit diesen Worten und einem Augenaufschlag hatte Frieda sie weichgekriegt, und Mia hatte Friedas Arbeit die letzten entscheidenden Absätze hinzugefügt oder ihr die entsprechenden Stichpunkte auf Karteikärtchen geschrieben.

Tretmüller merkte es nicht und zollte Frieda dieselbe Anerkennung für ihr Referat wie Mia. Eigenartigerweise schien er bei Frieda oft gar nicht richtig hinzuhören, wenn sie referierte, sondern sah mit verträumter Miene aus dem Fenster. Als Mia dies Frieda gegenüber einmal bemerkte, sagte Frieda wegwerfend: »Lass ihn. Der hat einfach Probleme mit Frauen.« Das glaubte Mia nicht. Professor Tretmüller war gut aussehend und wirkte relativ modern für einen altsprachlichen Professor. Anstelle einer staubigen Aktentasche trug er ein Ultrabook, und zur Uni kam er nicht mit dem Fahrrad, wie so viele andere Dozenten und die meisten Studenten, sondern mit einem BMW Coupé Cabrio vorgefahren.

Aber vielleicht hatte er Probleme mit besonders gut aussehenden Frauen.

Mit Mia hatte er jedenfalls keine. Ihr legte er freundlich die Hand auf die Schulter, wenn er sie traf. Mia war das immer etwas unangenehm, aber übergriffig erschien es ihr nicht, und letztlich drückte es seine Anerkennung aus. »Sie sind so fleißig«, sagte er lächelnd und verschwand in seinem Büro, in dem moderne Gemälde an den Wänden hingen. Nein, von einem verknöcherten Professor hatte er nichts. Gerüchte unter den Studenten besagten, dass er auch schon mal in einem Club beim Tanzen gesehen worden war. Vielleicht ist er schwul, dachte Mia, was wusste man schon.

Die nächste frei werdende Stelle als Wissenschaftliche Mitarbeiterin, mit der sie halbtags für Forschung und Lehre angestellt wäre und gleichzeitig ihre Doktorarbeit verfassen würde, hatte er ihr jedenfalls zugesagt. »Sie können das«, hatte er gesagt und Mia angelächelt. »Und unsere Zusammenarbeit ist ja quasi schon erprobt.« Damit meinte er Mias langjährige Beschäftigung als studentische Hilfskraft, bei der sie ihm zugearbeitet hatte. Das Heraussuchen von Literatur, Zusammenstellen von Seminarunterlagen, das Abtippen von Entwürfen, das alles hatte zu ihren Aufgaben gezählt.

»Du ackerst ganz schön viel, ich weiß nicht, ob das so im Rahmen ist«, hatte Frieda gesagt und die Augenbrauen gehoben. »Nutzt er dich nicht aus?« Mia hatte den Kopf geschüttelt. Sie machte ihre Arbeit gern, und die Stelle erforderte diesen Einsatz. Sie war froh, dass sie an der Universität Geld verdienen konnte und nicht, wie andere, in einem Café oder in einem Copyshop jobben musste. Und Zuarbeit wäre auch eine ihrer Aufgaben bei einer Stelle als Wissenschaftliche Mitarbeiterin. Es würde viel Arbeit werden, auf jeden Fall, aber daran war sie ja gewöhnt.

Am späten Abend signalisierte das Handy, dass Frieda eine Nachricht geschickt hatte. Diese fiel ungewöhnlich knapp aus. »Über diesen Link findest du die neuen Texte. Ich hab sie in eine Cloud eingestellt. Tretmüller hat sie mir persönlich rausgesucht.«

7. Kapitel

Bunte Fahnen

Am Samstagmorgen gegen zehn Uhr ertönte das Hupen von Filippos blauem Fiat. Mia hatte die Hühner gefüttert und ebenfalls gefrühstückt, rasch und im Stehen, wie die Italiener, die, das hatte sie von Anna Maria gelernt, zu Hause oft nur einen trockenen Keks in ihren Espresso tunkten. Sie hatte überlegt, was sie anziehen sollte, und sich für den Rock, ein hellblaues T-Shirt und den Cardigan darüber entschieden. Um ihre blonden Haare hatte sie Friedas Schal geschlungen.

Filippo stand in einem T-Shirt und einer sportlichen Kapuzenjacke vor ihr. Die geglätteten Haare, offenbar mit Wasser an den Kopf gelegt, verrieten, dass er seine Kleidung sorgfältig ausgewählt hatte. Auch seine Schuhe waren tadellos. Er trug grüne Sneakers.

»Schick«, sagte er und wies auf Mias Wanderschuhe.

Mia errötete. Sie hatte zwar den Rock angezogen, schließlich fuhren sie in die Stadt, aber zum Laufen waren ihr, wie immer, die bequemen Schuhe am passendsten erschienen. Damit fühlte sie sich einfach freier. »Ist das verkehrt? Ich kann auch andere …«

»Nein«, bestimmte Filippo, »wir fahren genau so. Außerdem ist es vorausschauend, denn Siena wurde auf drei Hügeln erbaut. Das bedeutet …«

»Es ist steil.«

»Richtig.«

Mia genoss die Fahrt auf der kleinen Landstraße. Sie hatte das Fenster heruntergekurbelt, spürte den Fahrtwind auf ihren Armen und beobachtete, wie sie Siena immer näher kamen. Nach einer Viertelstunde kamen sie zu einem Kreisverkehr und an eine dicht befahrene Umgehungsstraße. Das Stadtzentrum erhob sich steil über ihnen.

»Wow«, entfuhr es Mia.

Filippo lenkte den Fiat auf einen übervollen Parkplatz und quetschte ihn vor einen Müllcontainer.

»Passt das?«

»Man muss nur die Tricks kennen. Parken ist ziemlich teuer in der Stadt, aber diesen Parkplatz haben sie aus unerfindlichem Grund noch nicht als Einnahmequelle entdeckt«, erklärte er, während sie ausstiegen. »So, und jetzt zeige ich dir die Stadt. Siena gilt als ausgesprochen sehenswert. Ich meine, die Touristen kommen in Scharen hierher, und zwar aus aller Welt. Irgendeinen Grund muss es ja haben.«

Sie passierten ein Bauwerk, das Mia nicht einordnen konnte. In einem ummauerten Geviert lag eine spiegelglatte Wasserfläche. »Fontebranda«, erläuterte Filippo, »das ist der Brunnen der Oca.«

»Oca?«

»*Goose*. Gans.« Filippo schnatterte und fauchte, und Mia musste lachen. Trotzdem: der Brunnen der Gans?

Filippo musste ihr ihre Ratlosigkeit angesehen haben. »Schau.« Er wies auf eine grüne Fahne mit einem roten Streifen, die an einer Hauswand hing. Es war eine der Fahnen, wie sie Mia schon auf der Hinreise aufgefallen waren. Sie erkannte eine weiße Gans in der Mitte. »*La Nobile Contrada dell'Oca*, das Viertel der Gans.« Dann erzählte er von den sogenannten *Contrade*, den Stadtvierteln, in die der historische Stadtkern von Siena unterteilt war.

»Es sind siebzehn, und sie stammen aus dem Mittelalter. Es ist eine alte Geschichte, denn früher gehörte jeder Bewohner der Stadt einem dieser Viertel an. Heute ist es nicht mehr so, aber sie haben immer noch eine große Bedeutung.« Er lachte. »*Sono pazzeschi i senesi.*«

»Und warum gibt es diese Viertel?«, wollte Mia wissen.

»Keine Ahnung. Früher waren es wohl Wehrgemeinschaften, heute halten sie den Palio ab.«

»Palio?« Mia schürzte ratlos die Lippen.

»Das Palio-Rennen. Es ist ein Pferderennen, das zweimal im Jahr stattfindet, und zwar mitten in der Stadt.« Filippo musterte sie verwundert. »Hast du wirklich noch nie davon gehört?«

Mia schüttelte den Kopf. »Nein, nie.«

»Hm, Deutschland ist weiter weg, als ich dachte. Aber gut, dann lernst du wenigstens etwas Neues. Diese Contraden also«, fuhr er fort, »sind quasi wie Vereine organisiert. Sie beruhen auf der freiwilligen Arbeit ihrer Mitglieder. Es gibt alle möglichen Untergruppen und Ausschüsse, einen Rat und verschiedene Repräsentanten. Einen Repräsentanten im Frieden und einen im Krieg.«

»Krieg?! Oh, Filippo.« War er jetzt völlig durchgedreht? Vielleicht ein Sonnenstich? Aber so heiß ist es doch gar nicht, dachte Mia. Im Gegenteil, eine frühlingshaft frische Brise wehte durch die Gassen, und die

Sonne brachte das helle Braun der Häuser zum Leuchten.

»Der Palio. Während des Palios sieht sich die Contrada im Krieg. Schließlich tritt sie gegen alle anderen Contraden an. Es ist ein echter Wettkampf. Aber kein fairer!«

»Nein?« Mia wusste nicht mehr, was sie von all dem halten sollte. Vielleicht verstand sie ihn auch falsch? Filippo wirkte so vergnügt bei seiner Erzählung, als erklärte er ihr etwas ausnehmend Verrücktes. Na ja, verrückt hatte er sie auch genannt, die Sieneser.

»Jede Contrada möchte gewinnen, und dafür ist ihr jedes Mittel recht. Da wird schon mal ein Jockey, ein Reiter, bestochen oder eine befreundete Contrada, damit sie ihm den Vortritt lässt. Und der Sieg, du glaubst es nicht, ein Sieg des Palios ist für einen echten Contradaiolo das größte Ereignis im Leben. Es kommt gleich nach der Geburt seiner Kinder.«

»Okay, ich verstehe. Die Sieneser sind beschäftigte Menschen«, sagte Mia.

»Das sind sie. Und zufriedene. Siena wird gern als glückliche Insel gesehen. Viele soziale Probleme, die es woanders gibt, haben wir hier nicht. Obwohl – das hat sich seit dem Bankenskandal auch geändert. Monte dei Paschi di Siena ist eines der größten Bankhäuser Italiens und gilt als älteste Bank der Welt. Mit der Finanzkrise gab es auch hier Probleme, und zwar erhebliche. Sie sind bis heute nicht gelöst.«

Filippo sah ernst aus, und Mia war gespannt, was er erzählen würde. Zu ihrer Überraschung erklärte er nichts weiter, sondern lachte das Filippo-Lachen, breit, über das ganze Gesicht. »Aber darüber können wir ein anderes Mal reden, dafür ist der Tag heute viel zu schade! Komm, wenden wir uns lieber etwas Erfreulicherem zu!«

Sie waren an einer Querstraße angekommen. Der Aufstieg über die Gasse, in der keine Autos fuhren, war steil gewesen.

Filippo wies auf ein Gebäude mit Innenhof und einem Arkadengang. »Zum Beispiel der Heiligen Katharina von Siena. Sie ist eine Schutzheilige der Stadt und eine bedeutende Mystikerin. Dies ist ihr Geburtshaus. Hier hat sie gelebt. »

»Hier?« Mia kam aus dem Staunen nicht mehr heraus.

»Genau hier«, bekräftigte Filippo. »Na ja, so erfreulich ist sie vielleicht auch nicht, immerhin hat sie sich selbst gegeißelt und in jungen Jahren fast zu Tode gehungert. Aber sie hat später auch anderen Menschen geholfen und sogar dem Papst ins Gewissen geredet. Ihre Überreste liegen dort hinten.« Filippo wies auf eine mächtige Kirche, die die Dächer überragte. »In San Domenico.«

»Da war ich schon einmal«, sagte Mia erfreut. »Auf meiner Hinreise. Ich habe hier Halt gemacht und auf den Bus gewartet.«

»Dann hast du ja bereits einen Eindruck gewonnen. Komm, ich zeige dir den Dom.«

Filippo spazierte mit Mia durch die Straßen in Richtung des über die Dächer ragenden schwarz-weißen Turms. Erklärte ihr hier etwas und wies dort auf etwas hin. Er zeigte ihr kleine Embleme, die in die Mauern der Häuser eingelassen waren. Sie stellten die Tiere dar, die als Symbol einer Contrada galten und das Gebiet des jeweiligen Viertels markierten.

Es dauerte nicht lange, da standen sie auf dem Vorplatz des Doms. Mia staunte über die Pracht des riesigen Innenraums, auch die Säulen waren aus weißem und schwarzem Marmor.

Schwarz und Weiß seien die Farben des sienesischen Wappens, erklärte Filippo.

»Sieh hier«, sagte Filippo, als sie wieder draußen standen, und wies auf den Anbau. »Das sollte eine Erweiterung werden, man plante eine größere Kirche als der Petersdom in Rom. Sie ist aber nie fertig geworden, die Pest kam dazwischen.«

Nach dem Dombesuch schlug Filippo den Besuch eines Imbisses vor. »Eine kleine Stärkung wäre nicht schlecht, oder? Wir machen es unkompliziert und nehmen eine *Pizza a taglio*.« Sie wählten eine Sorte von einem der Bleche, die hinter der Theke lagen, und nahmen das geschnittene Stück auf die Hand.

»Schmeckt gut«, stellte Mia fest.

Nachdem sie den letzten Happen verspeist und das Papier weggeworfen hatten, machte Filippo eine theatralische Ankündigung. »*And now, ladys and gentlemen, the most beautiful piazza in the world*!«

Mia lachte.

Kurz darauf staunte sie. Filippo hatte nicht zu viel versprochen. Der muschelförmige Platz, der zu einem langgestreckten Gebäude mit einem schlanken Turm hin sanft abfiel, war tatsächlich der schönste, den sie je gesehen hatte. Er war gepflastert und im Halbkreis von eindrucksvollen gotischen Gebäuden umgeben. Dicht an dicht standen sie nebeneinander und umschlossen das Halbrund der Piazza wie ein hoher brauner Schutzmantel.

»Was ist das?« Mia wies auf das lang gezogene Gebäude in der Senke.

»Der *Palazzo Pubblico*, das Rathaus.«

Fast unwirklich erhob es sich mit seinen zierlichen Zinnen, den von schlanken Säulen unterteilten Fensterbögen und der Sonnenuhr an der Stirnseite. Neben dem Gebäude und gleichzeitig mit ihm verbunden stand ein hoher Turm, den eine weiße Kuppel schmückte. Das musste der Turm sein, den sie von ihrem Haus aus in der Ferne sah.

»Der *Torre del Mangia*, der Glockenturm«, erklärte Filippo, der Mias Blick gefolgt war.

»Unfassbar«, murmelte Mia.

»Der Campo ist das Zentrum Sienas, alle Wege laufen darauf zu. Hier findet übrigens auch das Rennen statt.«

»Das Pferderennen – hier?«

Filippo nickte.

»Da brechen die Pferde sich ja alle Beine«, rief Mia aus. So viel verstand sie von Pferden, für ein echtes Rennen war der Platz viel zu abschüssig.

»Unfälle gibt es leider immer wieder«, bestätigte Filippo. »Es ist eine der hässlichen Seiten des Palios.«

Mia schluckte. Auf einer Ansichtskarte in einem Souvenirladen hatte sie das Rennen gesehen: eine kochende Menschenmenge, dicht an dicht, und zehn Pferde, die mit fliegenden Hufen, von denen die Erde nur so wegspritzte, im Kreis auf einer erdbedeckten Bahn galoppierten. Auf ihrem bloßen Rücken hockten geduckte Reiter mit verschiedenfarbigen Helmen, gekleidet in bunte Kostüme.

»Und trotzdem ist dieses Ereignis auch etwas Besonderes«, erklärte Filippo. »Es gibt den *Corteo Storico*, einen großen historischen Umzug in alten Trachten und Kostümen, der vorher vom Dom aus durch die Stadt führt. Die Palio-Standarte wird auf einem Karren, der von zwei weißen Ochsen gezogen wird, zur Piazza del Campo gebracht. Das Ganze wird begleitet von Fahnenschwüngen und Trommelwirbeln – du solltest es einmal sehen. Die Sieneser sind sehr stolz auf diese Tradition.«

»Es scheint so, als müsste ich das. Es klingt fast unwirklich, wenn du davon erzählst.«

Während Filippo mit Mia über den Platz spazierte, ihr den Brunnen Fonte Gaia zeigte, geschmückt mit Löwen aus weißem Marmor, erblickte sie auf einmal den Mann, der sie am Castello di Treviano angesprochen hatte. Eiligen Schrittes querte er das Halbrund. Oder täuschte sie sich? Einen Mantel und gute Schuhe trugen hier viele Männer.

Filippo folgte ihrem Blick. »Kennst du ihn?«

»Ich habe ihn vorgestern getroffen«, sagte Mia langsam. »In Treviano.«

»Es ist Achille Ombrone, einer der reichsten Männer der Gegend.« Filippos Miene verschloss sich, er klang abweisend.

»Lebt er im Castello?«, fragte Mia.

»Nein, das vermietet er nur. Auf dem Gelände sind Ferienwohnungen. Außerdem gibt es im Turm einen großen Saal, in dem manchmal Konzerte stattfinden. Ausstellungen organisiert er auch. Keine Ahnung, was da sonst noch los ist. Ich war nie drin.«

»Ihm gehört also das Castello?«

»Seiner Familie. Soweit ich weiß, hat der alte Ombrone die Leitung abgegeben. Sein Sohn, Achille Ombrone, ist jetzt derjenige, der alles organisiert. Olivenöl stellen sie übrigens auch her. Die Olivenhaine, auf die du von deinem Haus aus schaust, gehören ihnen.« Das hatte Mia ähnlich von Sandro gehört. Achille Ombrone war bereits zwischen den Häusern verschwunden.

»Wahrscheinlich geht er zur Bank«, murmelte Filippo, »der Palazzo Salimbeni liegt dort hinten, das ist der Sitz der Bank Monte dei Paschi. Irgendwie haben diese Leute doch immer mit Geld zu tun.« Das klang eindeutig skeptisch und schien mehr Abwehr hervorzurufen, als Mia bei ihrer Frage geahnt hatte. Sie beschloss, das Thema zu wechseln.

»Und du, Filippo, womit hast du zu tun?«, fragte sie munter.

»Ich?« Filippo sah sie überrascht an. Für einen Moment verwandelte sich sein Gesicht. Da war er wieder, der Schatten, der manchmal über ihm lag und der genauso rasch verschwand, wie er gekommen war. Dann strahlte er, sein Lächeln wurde immer breiter, und Mia bemerkte zum ersten Mal die Grübchen an seinen Wangen.

»Mit dir!« Seine Augen blitzten.

»Ach geh.« Mia knuffte ihn in die Seite.

Filippo lachte und rieb sich die Hände.

»Okay, was machen wir jetzt? Komm, ich habe eine Idee.«

Er führte sie durch eine schmale Gasse – der historische Kern von Siena schien ausschließlich aus schmalen Gassen zu bestehen – zu einer kleinen Kirche. Auch hier stand ein Brunnen, den ein wasserspeiender Delfin zierte. »Die Contrada der Welle«, erklärte Filippo, »sie haben den Delfin als Wappentier, und dies ist ihre Kirche.«

Die Landschaft dahinter verschwamm am Horizont mit dem Himmel.

»Es geht noch besser«, sagte Filippo und führte Mia an einer weiteren mächtigen Kirche vorbei an den Rand des Hügels. Ein schmaler Weg verlief dort, unter Olivenbäumen standen ein paar Bänke mit freiem Blick ins Land.

»Dort hinten ist dein Haus.« Filippo zeigte in die Ferne. Es dauerte ein wenig, dann hatte Mia einen dunklen Hügel und einen hellen Punkt darauf ausgemacht: die Ruine auf der Hügelnase unterhalb von Treviano Alto.

Mia staunte über den Weitblick, den man in der Stadt nicht erahnte. In der Altstadt waren die im gotischen Stil erbauten Häuser so hoch und die Straßen teilweise so eng, dass keine Sonne hineinschien. Festungsartig. Aber dieser Ausblick entschädigte für alles und zeigte, dass Siena eben doch eine kleinere Stadt war, ohne Industrie und ohne große Randgebiete. Alles war überschaubar, so schien es Mia.

»Das ist wirklich schön, Filippo. Du glaubst gar nicht, wie sehr es mir gefällt.«

»Das weiß ich. Ich bin manchmal zum Lernen hergekommen, früher, während des Studiums. Es ist der einzig grüne und abgeschiedene Ort hier in der Stadt.«

Sie schauten noch eine Weile in die Gegend, ohne etwas zu sagen. Dann schlug Filippo vor: »Und jetzt ein Eis?«

»Unbedingt.«

Sie schlenderten zurück zur Piazza del Campo, kauften Eiscreme in der Waffel und ließen sich noch eine Weile durch die Gassen treiben, bevor sie am Nachmittag zurück nach Treviano fuhren.

»Danke, Filippo«, sagte Mia, als er sie an ihrem Haus absetzte. »Das war wunderschön.«

»Ja?« Filippos Haare standen längst wieder in alle Richtungen ab. Für einen Moment war das Lächeln, das sich auf seinem Gesicht breitmachte, verletzlich. Aber schon hatte es sich wieder in das gewohnte Strahlen verwandelt. »Das freut mich, Mia. Du sollst deine neue Heimat doch kennen.«

»Ich wünschte, es wäre meine Heimat.« Mia lachte auf.

»Was nicht ist, kann noch werden. Ein sibirisches Sprichwort besagt: ›Nicht wo du die Bäume kennst, sondern wo die Bäume dich kennen, ist deine Heimat‹!«

Damit winkte Filippo, drehte den Wagen und fuhr davon.

Mia schüttelte den Kopf und ging hinein.

8. Kapitel

Ostertauben

»Ist das wahr?« Anna Maria legte das Rührgerät zur Seite und stützte die Hände auf die Tischplatte.

»Ja.« Resigniert hielt Mia ihr Handy hoch. »Sie hat es geschafft, mir innerhalb einer Stunde fünf Nachrichten zu schicken.«

Und die hatten dringlich geklungen. Über dem Ausflug mit Filippo hatte Mia völlig vergessen, sich um einen Immobilienmakler zu kümmern. Vielleicht hatte sie es auch verdrängt, weil sie sich an die Vorstellung, dass es das Haus nicht mehr gäbe, nicht gewöhnen konnte. Außerdem hatte sie ihre Arbeit im Kopf und fand, dass es zu viel wurde, wenn sie sich auch noch darum kümmern sollte. Ob sie ihre Mutter davon überzeugen konnte, das Haus zu behalten? Aber Mia kannte sie gut genug, um zu wissen, dass das kaum von Erfolg gekrönt sein würde. Was Kerstin sich einmal in den Kopf gesetzt hatte, das zog sie normalerweise durch.

»Und das Haus gehört definitiv deiner Mutter?«, wollte Anna Maria wissen.

»Ja, klar. Es gab kein Testament. Also ist das Haus der einzig auffindbaren Angehörigen vermacht worden – meiner Mutter.«

»Und die will es jetzt in Geldwert umsetzen.«

»Genau. Sie träumt von einer Ferienwohnung auf

den Seychellen. Mit Pool. Anna Maria!« Mia sah ihre neue Freundin verzweifelt an.

»Du hingegen möchtest das Haus behalten«, stellte Anna Maria fest.

»Am liebsten, ja!«

»Also gefällt es dir hier?«

»Und wie!«

»Es ist auch schön«, sagte Anna Maria, und dabei klang ihre Stimme so warm, dass Mia ebenfalls ganz warm ums Herz wurde.

»Manche Leute sagen, es ist der schönste Platz, den Gott geschaffen hat«, fügte Anna Maria hinzu. »Aber die sind natürlich von hier. *Il campanilismo*. Der Horizont der Leute reicht exakt bis zum nächsten Kirchturm.« Sie lachte. Dann wurde sie wieder ernst. »Aber das hilft dir nicht weiter.« Sie hob ein Papier auf, das auf den Boden gefallen war.

Es war später Nachmittag, und der Laden war leer. Mia hatte nach dem Ausflug keine Ruhe gefunden, da ihr Handy alle zehn Minuten den Eingang einer Nachricht meldete. Also war sie zur Bar gelaufen, in der Hoffnung, Anna Maria zu treffen. Und sie hatte Glück. Es gab wenig Kundschaft, nur zwei alte Leute, die Brot und Gemüse brauchten und die Begegnung zum Schwatzen nutzten. Anna Maria bediente sie und war gleichzeitig in der Küche damit beschäftigt, Osterkuchenteig anzurühren.

»Sag ihr, hier ist Feiertag. Und in der Woche nach Ostern würde auch keiner arbeiten.«

»Ich soll sie anlügen?«

Anna Maria sah Mia kopfschüttelnd an. »Willst du das Haus behalten oder nicht? Im Übrigen kenne ich tatsächlich keinen Makler, den ich dir empfehlen könnte.« Sie strich sich eine Strähne aus der Stirn, rückte die Haube zurecht, die ihren Kopf bedeckte, und beugte sich wieder über die Schüssel. Dann schlug sie den Teig zusammen.

»Nun komm schon, hilf mir mal. Meine Eltern sind auf Besuch bei Verwandten in Asciano, die Arbeit haben sie wie immer mir überlassen.«

Mia sah Anna Maria verwundert an. In ihren Blick musste sich Entsetzen gemischt haben, denn Anna Maria lachte.

»Das war ein Scherz. Ich mache es freiwillig. Sie bezahlen mich sogar dafür. Der Deal ist, dass ich sie in meinen Semesterferien unterstütze und durchaus mal zwei Wochen durcharbeite, dafür unterstützen sie mich bei meinem Studium und helfen mir, ein Zimmer in Rom zu finanzieren. Ich kann mich nicht beschweren, das ist sehr großzügig. Sie mischen sich nicht in mein Leben ein und mögen mich trotzdem.«

Wie konnte man Anna Maria nicht mögen. Sie strahlte so viel Glück und Selbstbewusstsein aus, so viel Frische und Lebensfreude. Bei ihrer eigenen Mutter hatte Mia immer das Gefühl, dass diese eher alles tat, um die Lebensfreude ihrer Tochter zu dämpfen. Als würde sie misstrauisch, sobald Mia glücklich war, und würde überlegen, was sie verpasst hatte, was ihr entgangen war, was sie zu ihrem eigenen Vorteil hätte nutzen können. Zuerst kam immer sie selbst, dann kamen alle anderen, dann kam Mia.

»So, und nun den Nächsten.« Anna Maria griff zu einer großen Schüssel und schüttete Mehl hinein. »Nimm dir mal eine Schürze und eine Haube, die hängen dort hinten.« Mit dem Kinn wies sie auf einen Haken an der Wand. »Wir brauchen noch einige dieser Osterkuchen, etwa zwanzig Stück.«

»So viele?«, fragte Mia, während sie sich eine der Schürzen umband.

»Na ja, die Leute lieben sie. Ostern ohne *Colombe di Pasqua* ist schlicht nicht denkbar. Diese ›Tauben‹ werden nach dem Festmahl verzehrt. Sie schmecken himmlisch, finde ich. Ich könnte mich jedes Jahr daran satt essen. Und ich habe zwar schon die ganze Woche welche gebacken, aber erfahrungsgemäß braucht in letzter Minute immer noch jemand eine. Der Rest ist für unsere Familie.«

Sie stellte Mia eine Schüssel mit bereits aufgegangener Hefe und Mehl hin. »Das verrührst du vorsichtig.« Sie rieb die Schale einer Zitrone in ihre eigene Schüssel.

»Was machst du überhaupt über Ostern?«, fragte Anna Maria und schlug ein Ei auf.

»Spazieren gehen. Lernen. Keine Ahnung«, erwiderte Mia. Als sie den Flug umbuchte, war ihr die Entscheidung leichter gefallen dadurch, dass die Feiertage in diesem Zeitraum lagen. Ostern in Stuttgart war nicht besonders interessant. Meistens ging sie wandern oder machte eine längere Radtour. Für gewöhnlich war es schwierig, jemanden zu finden, der mitkam. Die meisten Studenten nutzten die Feiertage, um zu verreisen, ihre Eltern zu besuchen oder Partys zu feiern. Auf die ein oder andere Party hatte Frieda sie mitgenommen, und manchmal besuchte Mia ihren Vater, Ralf. Wenn dieser überhaupt da war, oft machte er über Ostern einen Kurzurlaub mit Sylvia. Nein, sie verpasste nichts. Hier dagegen, hier würde sie sehen, wie sich die Blüten jeden Tag mehr öffneten, während es langsam wärmer wurde … Sie war ja praktisch im Urlaub, auch wenn es ihr nicht so vorkam.

»Okay«, stellte Anna Maria fest, »ich sehe schon, um dich muss man sich keine Sorgen machen.«

Gedankenverloren hatte Mia sich über die Nase gewischt – und musste niesen, da sie das Mehl an ihrer Hand vergessen hatte.

Anna Maria lachte. Sie legte drei taubenförmige Papierformen auf das Blech und füllte sie mit Teig. Anschließend verzierte sie die Oberflächen mit Mandeln und Hagelzucker. »*Va bene.*« Sie wischte sich die Hände an der Schürze ab, schob das Blech in den Ofen und schloss die Klappe. Dann kam sie wieder auf das Ausgangsthema zurück.

»Abreißen kannst du das Haus jedenfalls nicht«, sagte sie. »Es steht unter Denkmalschutz. So wie alle alten Häuser hier. Die Behörden sind da ziemlich streng. Ohne Genehmigung darf man nicht einmal ein Vordach anbringen, kein zusätzliches Fenster einbauen, gar nichts. Möglicherweise schreckt das Käufer ab. Aber ich kenne mich nicht aus.« Drei weitere Tauben wurden auf das nächste Blech gesetzt.

»Fertig.« Anna Maria zog die Schürze aus. »Wollen wir noch ein Bier zusammen trinken? Es ist ja fast Feierabend.«

Sie holte zwei große Flaschen aus dem Kühlschrank.

Anna Maria nahm einen tiefen Schluck und wischte sich über den Mund. »Gut, oder? Es ist einfach das beste Bier. Na, ihr Deutschen seid natürlich Meister im Bierbrauen, vielleicht weißt du es besser.«

Mia winkte ab. »Überhaupt nicht. Normalerweise trinke ich gar kein Bier oder nur wenig. Aber dieses hier schmeckt lecker. So süffig und frisch.« Sie betrachtete die Flasche, auf der ein rotwangiger Mann abgebildet war, der einen Hut trug.

Anna Maria lächelte. »Und nun sag mal: Was ist das mit Filippo und dir?«

»Mit Filippo und mir?« Mia sah sie erstaunt an. »Was soll da sein? Nichts ist da!«

»Na dann.« Anna Maria betrachtete ebenfalls die Flasche. Dann sah sie Mia direkt an. »Er hat es schwer im Moment, weißt du. Er ist … Nein, es wäre ihm nicht recht, wenn ich dir davon erzähle. Er möchte nicht, dass darüber geredet wird. Aber ich wäre froh, wenn …« Sie unterbrach sich wieder, um dann zu fragen: »Sag mal, hast du in Deutschland einen Freund?«

Mia war überrascht. Es sah Anna Maria nicht ähnlich, so viele Sätze abzubrechen. Und was hatte sie auf einmal mit Deutschland? Mia schien Deutschland unendlich weit weg, seitdem sie hier war. Und was, um alles in der Welt, war mit Filippo los? Steckte er in Schwierigkeiten? War es womöglich etwas Illegales? Nein, das passte nicht zu ihm. Hatte es mit seiner Arbeit zu tun? Mit einer Liebesaffäre? Mia vermutete Letzteres, und das ging sie wirklich nichts an.

»Einen Freund? Nein.« Mia schüttelte den Kopf.

Anna Maria sah sie interessiert an. »Bist du eher der Typ für wechselnde Beziehungen?«

Mia lachte. »Nein, ich glaube nicht. Im Gegenteil, dazu habe ich kein Talent. Ich brauche es, dass jemand dauerhaft da ist. Ich mag es, Unternehmungen wirklich zu teilen. Erlebnisse. Gefühle.«

»Und warum hast du dann …?«

»Keinen Freund? Ach, für feste Beziehungen habe ich wohl auch kein Talent.« Mia hob die Schultern. »Mein letzter Freund hat sich vor drei Monaten von mir getrennt. Aber wir waren auch nur kurz zusammen. Er … na ja, er sagte, er könne nicht mit einer zusammen sein, die immer nur lernt.« Mia nahm einen großen Schluck und verzog in scherzhafter Verzweiflung das Gesicht. »Ich war ihm zu langweilig. Timo wollte lieber auf Partys gehen und so, zu Konzerten und in Clubs. Er hat ziemlich viel Geld von seinen Eltern und gründete gerade ein eigenes Musiklabel. Nach acht Wochen war die Luft raus.«

Mia nahm einen weiteren Schluck. »Da hatte er dann schon versucht, mit Frieda anzubändeln.«

»Frieda?«

»Meine beste Freundin.«

»Und, ist es ihm gelungen?«

»Was?«

»Das Anbändeln.«

»Wo denkst du hin.«

Anna Maria betrachtete Mia aufmerksam.

»Warum wart ihr zusammen, du und Timo?«

»Keine Ahnung. Ich weiß es eigentlich nicht. Wahrscheinlich wegen Frieda.« Mia seufzte. »Die meinte, ich bräuchte mal einen Mann mit Format, und hat mich regelrecht mit ihm verkuppelt. Sie hat ihn auf irgendeiner Party kennengelernt, auf der ich auch war, und behauptet, ich stünde auf ihn. Ich weiß gar nicht, was sie ihm über mich erzählt hat, die Hälfte davon stimmte wahrscheinlich gar nicht, Timo biss jedenfalls an.«

»Du mochtest ihn?«

»Na ja, er war sehr cool, gut aussehend ... die Leute drehten sich nach ihm um. So einen Freund hatte ich vorher noch nie gehabt. Im Nachhinein nehme ich an, dass es ihm eher um Frieda gegangen ist als um mich. Ich fand's auch nicht wirklich schlimm, als es vorbei war.«

Nein, die Trennung von Timo war eher eine Erleichterung gewesen. Mia hatte von Anfang an das Gefühl gehabt, ihm nicht ebenbürtig zu sein. Er war eher jemand für Frieda gewesen, eindeutig. Gleichzeitig hatte er sie von Benni abgelenkt. Auch keine tolle Geschichte. Aber wenn sie schon auspackte, gehörte das jetzt dazu.

»Mein Freund davor war das Gegenteil. Das war Benni. Der war so unselbstständig, alles musste ich für ihn tun – als wäre ich seine Mutter. Wir haben zusammengewohnt, und das gefiel uns beiden eigentlich ganz gut. Trotzdem hat er mich am Ende sitzenlassen. Wir waren zwei Jahre zusammen. Er hat dasselbe studiert wie ich, und er hat wohl davon profitiert, dass ich mich ziemlich reingehängt habe. Na ja. Irgendwie war er schon süß. Ich mochte ihn.«

»Und warum hat er dich verlassen?«

»Eigentlich habe ich ihn verlassen, ich habe ihm ein Ultimatum gesetzt und ihm gesagt, dass das so nicht weitergeht. Ich meine, er ließ mich zu den Vorlesungen gehen, lag selbst noch im Bett und hat nicht mal was im Haushalt gemacht! Da musste sich was ändern. Als er begriff, dass es mir ernst war, kam er erstaunlich schnell wieder mit seiner Exfreundin zusammen und zog aus.«

Mia hob die Flasche. »Prost, auf die Männer!« Dann nahm sie den letzten Schluck und stand auf. »Ich lass dich jetzt mit deinen Tauben allein.«

Alles schwankte leicht. Aber sie fühlte sich wohl. Es hatte gutgetan, sich einmal auszusprechen, im Rückblick erschienen die Geschichten fast lustig. Und Anna Maria war so eine angenehme Gesprächspartnerin.

Anna Maria lachte. »*Va bene*, Mia, komm gut nach Hause, ja? Ach, und hier: Nimm eine Taube für Signor Martelli mit. Und diese hier, die ist für dich. Lass sie dir schmecken.« Flink hatte sie zwei Kuchen in Papier gewickelt und in eine Tüte gesteckt.

»Wir sehen uns. Nachher kommt mein Freund. Wir fahren zusammen zu seiner Familie. Montag gibt es wahrscheinlich ein Familienessen, das Übliche.«

Mia ergriff die Tüte.

»Und mach deiner Mutter klar, dass ihr das Haus behalten und an Feriengäste vermieten könntet, wenn ihr nicht da seid«, gab Anna Maria ihr mit auf den Weg.

*

Als Mia auf die Straße trat, wehte ihr kühler Wind entgegen. Vielleicht war es auch nur der Unterschied zur Wärme in der Backstube, der sie erschauern ließ. Mia zog ihre Jacke enger um sich. Es war zwar Frühling, und tagsüber erreichten die Temperaturen in der Sonne teilweise über zwanzig Grad, aber gegen Abend kühlte es doch empfindlich ab. Im Haus würde sie den Ofen anheizen. Strammen Schrittes lief Mia die Straße entlang. Der Weg war ihr mittlerweile so vertraut, dass sie ihn auch blind gefunden hätte, so kam es ihr vor. Das Panorama begeisterte sie immer wieder. Als sie vorm Castello abbog, lag der ganze traumhafte Ausblick vor ihr. Am schönsten war es aber tatsächlich von der Höhe aus, von dem Punkt, an dem Treviano Alto lag, diese aneinandergeschmiegte Ansammlung von ein paar Häusern, am Rand der ausgedehnten niedrigen Wälder mit Blick auf den Monte Amiata in der Ferne.

An diesem Sonntagabend lag über den Hügeln das tiefe Rot eines prächtigen Sonnenuntergangs, nur ein paar zerrissene dunkle Wolken sprenkelten den flammenden Himmel.

Als Mia sich der Einfahrt des Castellos näherte, sah sie, dass die Torflügel geöffnet waren. Im Hof stand das Auto des Conte, er selbst stand daneben, im Gespräch mit einem einfach gekleideten Mann in schweren Stiefeln, offenbar einem Gärtner oder anderen Angestellten. Der Conte trug eine Steppjacke und eine dunkle Hose.

Als er Mia erblickte, hob er die Hand. »Kommen Sie! Ich wollte sowieso mit Ihnen sprechen.«

Zögernd durchschritt Mia die Einfahrt. Der Conte kam ihr ein paar Schritte entgegen und ergriff ihre Hand. »Wie schön, meine Liebe, treten Sie näher.«

»*Buonasera, Signor*«, murmelte Mia. Auf eine Konversation war sie jetzt nicht eingestellt, nur noch auf das Alleinsein in ihrem Haus vor dem Ofen.

»Wie geht es Ihnen, wie gefällt es Ihnen in Treviano?« Ihren leichten Schwips schien der Conte nicht zu bemerken.

»Gut, sehr gut, danke.« Die Anteilnahme der Einwohner war wirklich rührend. Sogar das unnahbare Castello war nicht so abweisend, wie es wirkte, wenn man seinen Besitzer traf.

»Das ist schön.« Der Conte lächelte. Mia fiel wieder

sein glatt rasiertes Gesicht auf, die ganze Gepflegtheit, die er ausstrahlte. »Wir haben hier eine kleine Olivenölproduktion, ich weiß nicht, ob Sie davon gehört haben …«

Na, klein war die Produktion nicht, eher groß, wenn man Filippos Worten glauben konnte, und Mia bestätigte, davon gehört zu haben.

Der Conte nickte zufrieden. »Was meinen Sie, vielleicht haben Sie Lust, sie einmal anzuschauen? Ich würde Ihnen die Mühle zeigen, die Lagerräume, und selbstverständlich könnten Sie das Olivenöl kosten. Die Olivenbäume liegen ja quasi vor Ihrer Tür, auf diese Weise lernen Sie die Gegend Ihrer Verwandten kennen.«

Verwandten? Es war doch nur ihre Großtante gewesen. Aber der Conte machte ihr ein nettes Angebot, offenbar wollte er eine gute Nachbarschaft begründen, und der Stolz auf die Gegend war bei den Einwohnern verbreitet. Warum sollte sie es also nicht annehmen?

»Ja, gerne«, hörte Mia sich sagen. »Das ist sehr freundlich.«

»Gut.« Der Conte rieb sich die Hände. »Kommen Sie am Dienstag vorbei, ich würde sagen um 10 Uhr, dann machen wir eine kleine Verkostung.«

Dienstag um 10 Uhr wollte sie eigentlich Texte lesen, vormittags war definitiv ihre beste Arbeitszeit, da konnte sie sich am besten konzentrieren. Aber was sollte es. Die Besichtigung einer Olivenölproduktion war eine besondere Gelegenheit, außerdem machte die Aussicht, das Castello von innen zu sehen, Mia neugierig. Und wer weiß, vielleicht konnte sie den Herrn Ombrone sogar auf die Etrusker ansprechen.

»Am Dienstag um 10 Uhr bin ich hier.« Mia lächelte.

Arbeiten würde sie danach. Den ganzen Nachmittag lang, zur Not die ganze Nacht.

9. Kapitel

Steineichen

Der Ostersonntag begann ruhig. Die Luft roch frisch und leicht feucht. Heute würde sie alleine bleiben, und Mia freute sich darauf. Kein Einkauf, keine Verabredung, stattdessen würde sie eine Wanderung unternehmen und es sich mit einem Tee gemütlich machen, entweder im Garten oder im Haus, niemand wollte etwas von ihr. Über allem lag eine herrlich friedliche Stimmung, und Mia beglückwünschte sich zu der Entscheidung, den Aufenthalt in Treviano verlängert zu haben. Manchmal spielte das Schicksal einem zu. Ja, Mia war dankbar. Sie hätte sich keinen besseren Ort für die Ostertage ausmalen können.

Jetzt galt es nur noch, Kerstin zu beruhigen. Kerstin hatte ihr nicht mehr geschrieben, demonstrativ, und ihr Schweigen, das wusste Mia, war genauso vielsagend wie zehn Nachrichten hintereinander. Ein: »Vielleicht hast du recht, lass es uns überlegen« würde von Kerstin nicht kommen. Stattdessen spielte sie die Eingeschnappte.

Mia spürte einen Kloß im Magen. Sie hasste diese Reaktion, der sie ausgeliefert war, seitdem sie klein war. Immer wieder hatte sie Kerstins Wünschen nachgegeben, in der Hoffnung, sie wäre das nächste Mal nachgiebiger und würde umgekehrt ihr, Mia, einmal entgegenkommen. Aber Kerstin schien es gar nicht zu bemerken. Für sie war es selbstverständlich, dass man sich ihren Wünschen fügte. Und wenn Mia es gewagt und ihre eigenen Vorstellungen deutlich gemacht hatte, war es, als ob dieser Widerstand ihre Mutter erst recht herausforderte. Dann hatte sie um jeden Preis versucht, die Oberhand zu behalten. Auch um den Preis des Verlusts der eigenen Würde, wenn sie nämlich schmollte wie ein kleines Kind. Andere merkten davon nichts: Kerstin hatte sich, zumindest äußerlich, extrem gut im Griff. Und diesen Griff erstreckte sie gern auf alles, was zu ihr gehörte.

Mia ballte die Fäuste. Stopp. Ostern war zu schade für trübe Gedanken. Vielleicht entschloss Kerstin sich doch dazu, auf sie zu hören? Sie war älter geworden, und diesmal handelte es sich um etwas anderes, diesmal ging es um ein Haus, letztlich um ihre eigene Familie, Kerstin musste doch begreifen, dass sie nicht alles Familiäre abwehren konnte. Wenn sie das Haus erst einmal sehen würde, dann würde auch sie verstehen, welcher Zauber hier über allem lag. Auf einmal war sich Mia sicher, dass es ihr gelingen würde, Kerstin umzustimmen.

Trotzdem, den Wert der Immobilie wollte Kerstin ermittelt haben. Mia käme nicht darum herum, sich darum zu kümmern.

Nicht heute, beschloss Mia. Anna Maria hatte ja gesagt, dass über Ostern niemand arbeitete. Und einen Makler kannte sie auch nicht, wahrscheinlich gab es hier im Ort gar keinen. Man müsste wohl jemanden beauftragen, der in Siena ansässig war, der dann käme, um sich das Haus anzuschauen und den Wert einzuschätzen.

Mia schrieb Kerstin eine Nachricht: »Mama: 1. Ich weiß nicht, wie das auf den Seychellen ist, aber hier ist Ostern, die Leute feiern es, und die Geschäfte sind geschlossen. 2. Guck dir das Haus doch erst mal an! Es ist schnuckelig, und ich glaube nicht, dass du es verkaufen möchtest, wenn du es gesehen hast. 3. Ich hab verdammt viel zu tun, der Druck ist groß genug, es geht jetzt um meine Stelle bei Tretmüller. Bitte unterstütze mich dabei. 4. Ich melde mich, wenn ich etwas erreicht habe. Viele Grüße, Mia.«

Frieda hatte ihr ein animiertes Bildchen geschickt, einen Osterhasen, der unter absurd vielen Eiern fast zusammenbrach.

Mia ging hinaus in den Garten, um ein paar Osterglocken zu schneiden, die sie in eine Vase stellen wollte.

Im Hühnergehege fiel Mia ein Huhn auf, das sie vorher noch nicht gesehen hatte. Es war braun, aber kräftiger als ihre anderen Hühner, außerdem bewegte es sich aufgeregter.

»Heh!« Mia lachte, als das Huhn an ihr vorbeirannte. Signor Martelli erschien am Zaun. »Guten Morgen, Signora Mia.«

»Guten Morgen, Signor Martelli! Wir haben Neuzugang. Gehört das Huhn Ihnen?«

»Ja, es ist neu, und wir müssen hoffen, dass es sich bald zuhause fühlt. Die Familie Carbone hat es bezahlt, und ich habe es Ihnen gestern gebracht, als Sie nicht da waren. Ich habe ihm die Tür zum Stall geöffnet.«

»Aber Signor Martelli, ich reise bald ab! Ich brauche nicht mehr, sondern weniger Hühner. Die muss ich am Ende alle bei Ihnen lassen.«

»Na, nun warten Sie mal ab. Der Hund der Carbones hat Ihr Huhn getötet, also mussten sie für ein neues aufkommen. Das haben sie getan. So weit, so gut. Jetzt versorgen Sie es erst einmal. Sollte es Probleme geben, ich bin ja da.«

Mia erinnerte sich an den Kuchen, den Anna Maria ihr mitgegeben hatte. »Signor Martelli, warten Sie. Ich habe etwas für Sie!« Sie rannte hinein.

Der alte Mann schien sich zu freuen, als sie ihm die Ostertaube überreichte. »Von Anna Maria aus dem Laden, ich kenne ihren Nachnamen gar nicht.«

»Betti, es ist die Familie Betti.« Signor Martelli schnupperte an dem Gebäckstück. »Eine *Colomba di Pasqua*, das ist wunderbar. Die von den Bettis sind am besten.«

Mia fiel auf, dass Signor Martelli ein weißes Hemd und ein Jackett trug. Er hatte sich fein gemacht. Ob er Besuch bekam? Sie wusste gar nichts über ihren Nachbarn. Sie hatten sich über Hühner und Vespas unterhalten, und sein zuverlässiges Auftauchen am Zaun hatte immer ein Gefühl der Freude in ihr ausgelöst. Ansonsten hatte sie sich über ihren Nachbarn keine Gedanken gemacht. Umgekehrt hatte Signor Martelli sie nicht ausgefragt, und das hatte Mia zu schätzen gewusst. Sie musste nichts erklären. Dem alten Mann reichte offenbar, was er sah.

»Haben Sie Lust, ein Stück Osterkuchen mit mir zusammen zu essen? Nachher vielleicht, nach dem Frühstück?«, fragte Mia.

»Das ist nett von Ihnen, vielen Dank.« Signor Martelli lächelte. »Aber ich werde abgeholt, ich habe eine Verabredung.«

Kurz darauf stieg vor dem Haus eine Frau aus einem Taxi, die im selben Alter zu sein schien wie Mias Nachbar und ihn schon aus der Entfernung überschwänglich begrüßte. »Bruno! Wie lange haben wir uns nicht gesehen. Wie gut du aussiehst!« Sie war üppig mit Perlen geschmückt, recht füllig und trug ein Kleid und Schuhe mit Absätzen.

»Eine Freundin«, raunte Signor Martelli Mia zu, dann ging er ihr entgegen. »Emilia, meine Liebe, gut siehst du aus!« Er drehte sich noch einmal zu Mia um. »Morgen, ja? Ich komme morgen!«

Mia nickte und winkte. Sie bekam noch mit, wie Emilia Signor Martelli mit einem Redeschwall einhüllte, bevor die beiden im Haus verschwanden.

Nachdem sie gefrühstückt hatte, packte Mia ihren Rucksack mit Wasser und belegten Broten. Die waldigen Hügel Richtung Monte Amiata zogen sie an, auch wenn der viel zu weit entfernt war, um ihn zu erreichen. Sie erinnerte sich an den Friedhof. Von dort schienen Wege in die Wälder zu führen.

Mia durchquerte Treviano und setzte sich an der *Pieve*, der Kirche, die mitten in der Landschaft lag, auf eine Bank. Sie nahm einen Schluck Wasser, dann studierte sie die Tafel. Tausend Jahre alt war diese ländliche Kirche und damit romanischen Stils. Tatsächlich zweigte dahinter ein Weg in den Wald ab. Mia schlug ihn ein. Sie lief durch raschelndes Laub auf einem schmalen Weg entlang, zwischen niedrigen Sträuchern und knorrigen Steineichen. Die ganze Gegend wirkte verzaubert, so licht und von einer klaren, reinen Luft. Mia schien es, als hätte sie sich immer danach gesehnt.

Als wären ihre Wanderungen im Neckartal nichts als die Sehnsucht nach diesem südlichen Land gewesen, ein Vorgeschmack.

In einer Wegfurche lagen vier schwarz-weiß gestreifte Stacheln von etwa fünfzehn Zentimetern Länge. Mia hob sie neugierig auf, drehte sie hin und her und steckte sie schließlich in ihren Rucksack. Sie hatte keine Erklärung dafür, was das sein konnte, aber sie gefielen ihr.

Als Mia nach Treviano zurückgekehrt war, brannten ihre Wangen, und sie zog sich ins Haus zurück, um den ersten Teil ihrer Projektpräsentation zu skizzieren. Es gelang ihr erstaunlich gut, sie war gedanklich im Fluss, und die Aufsätze, die Frieda ihr geschickt hatte, waren genau das, was ihr noch fehlte. Sie schnitt die *Colomba* an – sie schmeckte tatsächlich köstlich – und wärmte ein paar Nudeln auf und hatte damit alles, was sie brauchte. Sie schrieb, sie strich durch, formulierte neu und hatte auf einmal die Vision, dass ihre Doktorarbeit die Fachwelt begeistern würde. Vielleicht würde ihr mit diesem Projekt der Durchbruch gelingen.

Nein, ihr fehlte nichts.

*

Mia schlief tief und traumlos. In Tante Maras Bett schlief es sich ebenso gut wie auf dem Sofa. Es roch frisch und angenehm, die Matratze war weder muffig noch durchgelegen. Tante Mara musste sehr aufrecht im Leben gestanden haben. Unordnung konnte sie offenbar nicht vertragen, ebenso wenig, wenn etwas abgenutzt war.

Am Abend zuvor hatte Mia in die Decke gewickelt auf dem Sofa gesessen und noch einmal im Fotoalbum ihrer Großtante geblättert. Es gab nicht viele Bilder, Filme zu kaufen und Fotos entwickeln zu lassen, war damals teuer gewesen. Aber es gab immer wieder Bilder von dem Haus, in dem Mara gelebt hatte, Ansichten von verschiedenen Seiten und zu allen Jahreszeiten. Tante Mara musste ihr Häuschen geliebt haben. Sie war hier angekommen, Italien war ihr Zuhause geworden, das meinte Mia deutlich zu spüren, und dieses Haus war eine Kostbarkeit für sie, es war ihr Schutzraum, ein Zeichen ihrer Selbstständigkeit.

Warum war sie nicht in Deutschland geblieben? Mia fand keinen Anhaltspunkt. War es reine Abenteuerlust gewesen? Oder war Tante Mara vor etwas geflohen? Vielleicht vor ihrer eigenen Familie?

Mia schlug eine Seite um. Da war er wieder, der Mann, mit dem Mara in Rom auf der Tiberbrücke gestanden hatte. Auf diesem Foto befand er sich im Wald und hielt ein Körbchen mit etwas hoch, das Mia nicht erkennen konnte, zumal es auf dem Schwarz-Weiß-Bild keine Farbe gab. Es sah aus wie verschrumpelte Kartoffeln.

Wer war er nur? Mara musste viel Zeit mit ihm verbracht haben. Oder täuschte das, und die auf den Fotos eingefangenen Momente bezogen sich auf einen Zeitraum von wenigen Wochen? Leider waren die Bilder weder datiert noch beschriftet. Mara musste das Gefühl gehabt haben, dass sie niemals vergessen würde, welche Augenblicke in ihrem Leben es gewesen waren.

Mia schmunzelte. Auf einem der Fotos sah sie den Pfirsichbaum, er war ganz klein, nur ein Bäumchen, etwa scheitelhoch. Mara hatte seine erste Blüte fotografiert.

Am Vormittag kam wie versprochen Signor Martelli vorbei. Mia kochte Espresso und schnitt ein Stück vom Osterkuchen ab, worüber Signor Martelli sich sichtlich freute. Aufrecht und vergnügt saß er auf dem Stuhl in Maras Küche. Er berichtete von dem Tag mit seiner Freundin, sie hätten einen Ausflug gemacht und wären essen gegangen – »Sehr fein«, betonte Signor Martelli, »so wie wir es Ostern immer machen« –, und Emilia hätte ihm erzählt, was in der letzten Woche alles geschehen war. »Sie wohnt in Monteroni, das ist ein bisschen zu weit, um sich täglich zu sehen«, erklärte er.

»Aber sie ist Ihre Freundin?«, wollte Mia wissen. Welche Art von Freundin, wagte sie nicht zu fragen.

»Aber ja, sie lebt in Monteroni, ich lebe hier, und gelegentlich sehen wir uns. Sie ist eine alte Freundin, sie war auch eine Freundin meines Bruders, wir kennen uns eigentlich seit der Schulzeit.« Signor Martelli lachte.

»Und Ihre eigene Familie?« Jetzt fragte Mia doch nach.

»Ach«, Signor Martelli machte eine wegwerfende Geste. »Sie sind alle tot. So ist das, nicht wahr? Man wird nicht jünger.« Er sah nachdenklich aus. »Mein Bruder ist schon vor dreißig Jahren gestorben, bei einem Verkehrsunfall. Er lebte hier mit mir.«

»Mit Ihnen?«

»Mit mir.«

»Keine Frau?«, entfuhr es Mia.

»Keine Frau.« Signor Martelli schmunzelte. »Bis auf

eine.« Er wurde ernst. »Aber es gibt Menschen, die eignen sich nicht für die Familie, denen ist ihre Unabhängigkeit wichtiger. Was soll's. Ich hatte ein schönes Leben.«

Richtig schlau war Mia aus seinen Worten nicht geworden. Na gut, er war offenbar ein Einzelgänger. Ein recht umgänglicher allerdings.

Gegen Mittag tauchte Filippo auf, um Mia zum Mittagessen bei Simona und Lorenzo einzuladen.

»Oder willst du nicht?«, fragte er.

»Habe ich eine Wahl?« Mia lachte.

»Genau genommen: Nein.«

Mia pflückte ein paar Blumen und nahm eine Flasche Wein aus Maras Keller als Gastgeschenk mit, und wieder genoss sie das Zusammensein mit Filippos Familie, bei dem sie nicht viel sagen musste und einfach essen durfte, fünf Gänge, bis ihr Bauch sich wie eine Kugel anfühlte. Sie staunte wieder einmal über die Selbstverständlichkeit, mit der Simona und Lorenzo sie aufnahmen. Auch Filippos Vater war anwesend, ein ruhiger, sorgenvoller Mann, der seinem Sohn nur wenig ähnelte. Vielleicht, dachte Mia, war er seiner Mutter ähnlich, die aber nicht mehr lebte. Sie war an einer Krankheit gestorben, Mia wusste nicht, an welcher. Auch hier gab es zum Nachtisch die *Colomba*, und Filippo hatte sich offenbar vorgenommen, die Tischrunde zu unterhalten. Was er leicht schaffte. Mit wenigen Worten gelang es ihm, alle zum Lachen zu bringen.

Am Nachmittag brachte Filippo Mia nach Hause.

»Wie lange bleibst du noch?«, fragte er, als sie aus dem Auto ausstieg. Es wirkte, als müsste er sich um seine Unbekümmertheit plötzlich bemühen.

»Bis Mittwoch nächster Woche.« Mia versuchte, in seinen Augen zu lesen. Filippo sah ernster aus als sonst.

Mia strich ihm über die Wange. Sie dachte nicht nach, sie tat es einfach.

Filippo schluckte. »Klar. Wie konnte ich das vergessen. *Ciao*, Mia. *Ci vediamo.*«

Er startete das Auto erst, als sie im Haus war.

10. Kapitel

Der Mann mit dem Hut

Gleich am Dienstagmorgen machte Mia sich auf den Weg in die Bar. Dort hoffte sie, Sandro zu treffen. Wie zufällig natürlich. Ostern war vorüber, sie wusste nicht, was er da gemacht hatte, aber jetzt war er hoffentlich wieder bei der Arbeit. Und wirklich, als sie die Straße hinunterlief, sah sie Sandro bereits draußen an einem der Tische sitzen und telefonieren. Sie war gerade noch rechtzeitig gekommen. Wie schade, wenn sie ihn verpasst hätte!

Es war erstaunlich, welche Wirkung dieser Mann auf sie ausübte. Sie konnte sich seiner Anziehungskraft nicht entziehen. Alles an ihm war so ruhig und klar, und gleichzeitig haftete ihm etwas Abenteuerliches an, etwas Hintergründiges. Es war, als wüsste er mehr vom Leben als sie, als würde er die Geheimnisse kennen, und vor allem wirkte er, als könne ihn nichts, aber auch gar nichts, aus der Bahn werfen.

Er war ein Mann, der wusste, was er wollte. Ob er eine Freundin hatte? Mia hatte auf seine Hände geschielt, aber, obwohl er Ringe trug, keinen Ring entdeckt, den sie als Verlobungs- oder Ehering gedeutet hätte. Vielleicht widmete er sich auch ganz der Forschung, das würde zu ihm passen.

Auch Sandros Forschungsumfeld fand Mia aufregend. Zu archäologischen Stätten fühlte sie sich schon immer hingezogen und hätte sich damals fast für Archäologie als Studienfach eingeschrieben, doch eine miesepetrige Studienberaterin kurz vor dem Ruhestand hatte ihr rundweg davon abgeraten. Damit würde man nun wirklich keinen Job bekommen. Und überhaupt, wenn sie Mia so anschaute, sähe diese nicht so aus, als wäre sie den Strapazen einer Ausgrabung gewachsen.

Mia hatte gedacht, dass das nichts zur Sache täte, sie wusste es eigentlich besser, aber die Worte der übel gelaunten Frau hatte sie nicht losgelassen. Also hatte sie Altphilologie gewählt, das schien ihr verwandt. Damit könnte sie wenigstens Lehrerin werden, Lateinlehrerinnen würden dringend gesucht, hatte die Frau mit strafendem Unterton gesagt. Mia konnte sich nicht vorstellen, vor einer Horde pubertierender Jugendlicher zu stehen, die eine als tot verschriene Sprache wie Latein zwangsweise lernten, aber ihr Studium hatte ihr viel Freude bereitet, weit mehr, als sie vorher vermutet hatte. Wissenschaft beruhigte sie, da ging es um die Sache selbst, nicht um ein Produkt, das am Ende zu verkaufen war, damit hatte sie sich immer wohlgefühlt. Diese Überzeugung strahlte auch Sandro aus, so, als stünde er ganz im Dienst einer ernstzunehmenden Aufgabe.

Der Archäologe sah zur ihr hinüber. Dabei beendete er das Telefonat. Mia spürte wieder, wie sie rot wurde. Sie versuchte, langsamer zu gehen. Sie musste ja nicht gerade auf ihn zustürmen, auch wenn sie es kaum erwarten konnte, ihm gegenüberzustehen.

Sandro erhob sich und gab ihr einen formellen Kuss auf die Wange. »Guten Morgen, Mia. Wie geht es dir?«

Mia liebte sein Deutsch. Es war, als ob er sich für sie

interessierte und sich ihr auf diese Weise besonders zuwandte. Sonst hätte er sich sicher nicht die Mühe gemacht, Deutsch zu sprechen, oder? Im Übrigen mussten ihre Wangen inzwischen glühen.

»Danke, Sandro, es geht mir gut.« Mia strahlte ihn an. »Ich habe ein paar Probleme mit dem Haus, aber sonst geht es mir gut.«

»Mit deinem Haus?«

»Na ja, meine Mutter würde es gerne verkaufen. Aber ich möchte es behalten.«

Sandro ging nicht darauf ein. Vielleicht hatte er sie nicht richtig verstanden, überlegte Mia.

Ihn schien etwas anderes zu beschäftigen. »Was meinst du, möchtest du heute, vielleicht gleich, mit mir nach Murlo fahren? Ich nehme mir frei. Ich fahre am Donnerstag auf einen Fachkongress nach Perugia, da kann ich heute mal pausieren.«

Nichts lieber als das, dachte Mia. Sie wollte schon begeistert annehmen, als ihr die Einladung des Conte einfiel. »Ich fürchte, das geht nicht«, sagte sie lahm. »Um zehn Uhr habe ich eine Verabredung.«

»Eine Verabredung?«

»Na ja, ich soll mir die Olivenölproduktion im Castello di Treviano anschauen. Ich habe eine Einladung erhalten.«

»Gut, wie wäre es dann mit heute Mittag? In Vescovado di Murlo gibt es eine nette Trattoria. Wir essen zusammen zu Mittag, und anschließend zeige ich dir die Ausstellung im Museum. Wäre das gut?«

»Das wäre ausgezeichnet.« Mia jubilierte innerlich. Die unerwartete Einladung übertraf ihre kühnsten Träume. »Ja, wirklich, sehr gerne.«

»Gut, ich hole dich vorm Castello ab, um halb eins, in Ordnung?«

»Habe ich bis dahin alles gesehen, also, bin ich dann fertig mit dieser Olivenölgeschichte?«, sagte Mia zweifelnd.

»Ich denke schon. Sonst sagst du, du hast eine Verabredung. Sie kennen mich. Und sie mögen mich nicht.« Er lachte und stand auf. »Ich muss los. *Ciao*, Mia.«

Noch während Sandro zu seinem Motorrad ging, nahm er wieder sein Handy zur Hand und tippte mit konzentrierter Miene etwas hinein.

*

Pünktlich um zehn Uhr stand Mia im Hof des Castellos. Sie hatte sich für Jeans und Schal entschieden, dazu die knöchelhohen Stiefel gewählt. Dabei hatte sie weniger an die Besichtigung der Ölproduktion als an den Ausflug mit Sandro gedacht. Ihre Haare hatte sie zum Pferdeschwanz gebunden. Timo hatte ihr immer gesagt, dass sie damit so dynamisch aussähe. Er mochte die Linie ihres Halses und war vernarrt in ihre Ohren, und auch wenn es mit Timo nicht lange gehalten hatte, wusste sie doch, dass er Geschmack hatte. Vielleicht gefiel Sandro ihre Frisur ebenso.

Verwundert bemerkte sie, dass auch einige andere Leute in einer Gruppe zusammenstanden und zu warten schienen.

»San Sie unsere Führerin?«, fragte ein Mann in tiefstem Bayerisch.

Mia schüttelte überrascht den Kopf. »Nein. Ich habe hier eine Verabredung.«

»Des ham mia aa.« Die Leute nickten.

»Wir sind Gäste hier im Kastell. Wir sollen heute die Olivenölproduktion anschauen«, ergänzte eine Frau, die eine großgliedrige, schwere Silberkette um den Hals trug.

»Ach so, ja, das will ich auch.« Mia wusste nicht, warum sie enttäuscht war. Sie hatte mit einer exklusiven Führung durch den Conte gerechnet. Aber wie auch immer, er würde sicher gleich auftauchen.

Stattdessen erschien der Mann im Hof, mit dem der Conte am Tag zuvor gesprochen hatte. Allerdings trug er keine Gummistiefel, sondern beige Chinos und Jackett.

»Kommen Sie!« Er stellte sich als Signor Baldi vor, der Verwalter des Kastells. Dreizehn Hektar Olivenhaine seien es, die hier bewirtschaftet würden. Einige würden sie hier sehen, andere lägen jenseits des Hügels in Richtung Rosia. Signor Baldi begann seine Erklärungen im Hof, die Gäste bildeten einen Halbkreis um ihn. Mia dachte, dass sie auf diese Weise auch gleich mit Sandro nach Murlo hätte fahren können, solche Gruppenführungen langweilten sie. Na ja, nicht immer, aber heute auf jeden Fall. Egal, sie wollte nicht unhöflich sein, sicher würde Achille Ombrone sie später fragen, wie es ihr gefallen hätte, und Sandro würde sie ja auf jeden Fall zum Mittagessen abholen. Da konnte sie ebenso gut zuhören und etwas lernen. Durch Signor Baldis Ausführungen erfuhr sie, dass hier biologisch produziert wurde, da kein chemischer Dünger zum Einsatz kam. Stattdessen wurde der Boden mit Blättern von Saubohnen und Erbsen natürlich angereichert. Neben den Olivenhainen gehörten zum Castello auch ausgedehnte

Felder in der Umgebung, auf denen Sonnenblumen, Weizen und Mais angebaut wurde. Der Verwalter zeigte ihnen die Lagerräume für das Olivenöl und erklärte, dass die Oliven ausschließlich von Hand geerntet würden. Dies geschehe im November und Dezember, anschließend würden sie sofort verarbeitet. In der *Frantoio*, der Ölpresse, würden die Oliven bei möglichst niedrigen Temperaturen gepresst, um das wertvolle »Extra Vergine« zu erhalten. Dieses sei am schmackhaftesten und gesündesten.

Die Gruppe wurde in einen Verkaufsraum geführt, wo der Verwalter eine Flasche öffnete, einen Korb mit Weißbrot herumreichte und sie dazu aufforderte, das Brot mit dem Öl zu beträufeln, um sich von dem einzigartigen Geschmack zu überzeugen.

Während Signor Baldi erzählte, tuschelte die Frau mit der Silberkette mit einer anderen älteren Frau. Der stämmige Bayer wiederum verwickelte den Verwalter in ein Gespräch über Trüffel. Ein anderer Mann, bereits etwas älter, mit einer ausgeprägten Hakennase, verstand nicht alles, was gesagt wurde, und bat Mia um eine Übersetzung. Dabei schob er sich dicht neben sie. Er roch unangenehm aus dem Mund, doch immer wenn sie einen Schritt zurückwich, folgte er ihr. Dabei begann er eine persönliche Unterhaltung. Wie sie Italien fände und speziell die Toskana, ob sie in ihrer Unterkunft einen Pool hätte, sie hätten hier nämlich keinen, wo sie überhaupt wohnen würde, er hätte sie noch nie gesehen, ob sie auch bei der Weindegustation dabei sein würde und so weiter und so fort. Dabei starrte er ihr in den Ausschnitt. Mia antwortete einsilbig und war froh, als der Verwalter die gesamte Gruppe wieder ansprach und ein paar gerahmte alte Fotos in Schwarz-Weiß zeigte, die die Olivenernte früherer Zeiten zeigten. Die Frauen hatten Tücher um die Köpfe geschlungen, die Männer trugen Hüte. Sie standen auf Leitern in den Bäumen, unter denen große Netze ausgebreitet waren. Unauffällig versuchte Mia sich von dem aufdringlichen Mann zu entfernen. Sie horchte auf, als Signor Baldi die Etrusker erwähnte. Bereits diese hätten Oliven geerntet, ebenso natürlich die Römer, das sei durch Zeichnungen, die man auf alten Krügen gefunden hätte, verbürgt.

Die Gruppe sprach über einen Ausflug nach Volterra, der Mann mit der Hakennase näherte sich wieder Mia und fragte sie hoffnungsvoll, ob sie nicht ebenfalls mitkommen wollte, sie würden sich auch dort einer Führung anschließen, da klingelte zum Glück ihr Handy. Mia warf nur einen Blick darauf. Frieda. Egal, sie musste ohnehin los.

Als sie sich von Signor Baldi verabschiedete, nahm dieser sie zur Seite. Vom Conte, dem werten Herrn Ombrone, solle er die besten Grüße ausrichten, und ob sie, Mia, Lust hätte, sein Gast bei einem kleinen Konzert zu sein? Baldi reichte Mia eine bedruckte Karte, offenbar eine Einladung. »Sehr gerne«, stammelte Mia, sie begriff nicht, woher die Aufmerksamkeit des Conte rührte, und verabschiedete sich. Dem Hakennäsigen und der Gruppe warf sie einen raschen Gruß zu und flüchtete, als der Bestellbogen für das hauseigene Olivenöl herumgereicht wurde.

*

Das Motorrad legte sich schräg in die Kurven. Mia schlang die Arme enger um Sandros Hüften. Er würde Geschwindigkeit lieben, hatte er ihr erklärt und dabei fast zärtlich über seine Maschine gestrichen. Nein, verstaubt war er nicht, auch wenn er Archäologe war, er hatte durchaus moderne Vorlieben. Vielleicht brauchte er das als Gegensatz zu seiner altertümlichen Tätigkeit.

Sandro genoss die Fahrt also, Mia dagegen kämpfte mit Unbehagen. Geschwindigkeit war einfach nicht ihre Sache. Erst recht nicht Kurven. Und die Kombination von beidem verursachte tendenziell aufsteigende Übelkeit. Mia starrte an Sandros Schulter vorbei auf die Fahrbahn und schmiegte sich unwillkürlich enger an ihn, wenn die Straße einen Bogen beschrieb. Immerhin war sie ihm nah, und dafür, dachte sie, sollte sie bereit sein, jede Kurve in Kauf zu nehmen.

Zum Glück war es bis Vescovado di Murlo nicht weit. Etwa zehn Kilometer ging es auf einem Hügelkamm entlang durch bewaldetes Gebiet. Auf dem letzten Stück kam ihnen eine Gruppe Rennradfahrer entgegen, die sich den Berg hinaufkämpfte, weshalb Sandro abbremsen musste. Kurz darauf hielt er auf dem Kies des Parkplatzes vor der Osteria. »Zuerst füllen wir den Magen, dann den Geist, einverstanden?« So wie er sie anlächelte, mit seinen blanken Augen, zärtlich und zugewandt, war die Fahrt rasch vergessen.

Sandro nahm Mia den Helm ab. Gerade aufgerichtet stand er in der Tür und begrüßte den Wirt. »*Ciao, Severo. C'e posto per noi?*«

»*Ciao, Dottore, che piacere vederti. Ma certo c'e posto. Venite.*« Severo wies einladend in die Gaststube.

Er führte sie zu einem Tisch in einer Nische und zündete eine Kerze an, brachte die Speisekarten. Die Osteria befand sich in einer Art Gewölbe, die Tische waren aus dunklem Holz, davor standen schlichte Hocker. Mia fühlte sich sofort wohl.

»Hier isst man gut und trotzdem günstig. Die Gerichte nach Art des Hauses sind ausgezeichnet«, erklärte Sandro. Er schlug die Speisekarte auf. »Sieh mal. *Ribollita*. Typisch für die sienesische Küche. Und *Pici boscaiola*. *Pici* sind eine Art Nudeln, *boscaiola* bedeutet, dass sie mit Pilzen zubereitet werden. Sicherlich zu empfehlen. Oder *Trippa*. Kuttelsuppe. Ich nehme *Salsicce con fagioli*. Wurst mit einer Tomatensauce mit Speck und weißen Bohnen. Mein Leibgericht.«

Mia entschied sich für *Spaghetti ragu*, Nudeln mit einer herkömmlichen Fleischsoße.

»Und dazu einen *Brunello di Montalcino*«, entschied Sandro. Nach einer Weile wurden ihnen die Gerichte gebracht, und sie schmeckten tatsächlich außergewöhnlich gut. Mia kam es vor, als hätte sie lange nicht mehr solchen Appetit gehabt.

Während sie aßen, beobachtete Mia Sandro, der sich ganz dem Essen zu widmen schien. Sie wechselten nur wenige Worte, aber das Schweigen erschien Mia angenehm, nicht bedrückend. Einmal summte Sandros Handy, das er nach einem kurzen Blick darauf mit einem Stirnrunzeln ausschaltete.

»Alles zu eurer Zufriedenheit?« Severo war neben dem Tisch stehen geblieben.

»Ausgezeichnet«, bekräftigte Sandro, und Mia, die den Mund voll hatte, nickte mehrfach.

»Und, was macht die Buddelei? Habt ihr das Grab

gefunden?« Severo war über den Stand der Ausgrabungen offenbar informiert.

Sandro legte die Gabel beiseite. »Noch nicht. Es ist ziemlich offensichtlich, dass es ein Grab geben muss, nicht allzu weit entfernt, aber noch haben wir keinen Anhaltspunkt für die Lage.« Er wischte sich den Mund mit der Serviette. »Aber die Grabung schreitet voran. Ich habe ein gutes Team, das ganz hervorragende Arbeit leistet.« Er nahm einen Schluck Wein.

»Meinst du Adriana, ist sie noch da?« Severo machte ein neugieriges Gesicht.

Sandros Miene wurde abweisend. »Ja, das ist sie.«

Severos Blick fiel auf Mia. »Entschuldige«, murmelte er.

»Die Grabstätte«, fuhr Sandro fort, als ob er es nicht gehört hatte, »könnte sich sogar in der Nähe von Treviano Alto befinden, wir wissen es nicht. Aber wir erhoffen uns Aufschluss über die Gesamtanlage von Siedlung und Grabstätte, wenn wir sie gefunden haben. Die Siedlung scheint von einem Fürsten bewohnt worden zu sein.«

»Ich halte die Augen auf«, versprach Mia scherzhaft. Den Kloß im Hals, den sie wegen der Erwähnung von Adriana verspürt hatte, schluckte sie hinunter.

»Im Übrigen interessiert Severo sich für die Ausgrabung, weil er ein Nachfahre der Etrusker ist, stimmt's, Severo?« Sandro schmunzelte.

Severo lachte. »Bleib weg. Das hat sich alles als falsch herausgestellt.«

»Wir befinden uns mitten im Kernland der Etrusker, wie du weißt«, erklärte Sandro, an Mia gewandt. »Und nun hatten Wissenschaftler die Idee, dass die Menschen, die hier leben, in direkter Linie von den Etruskern abstammen könnten. Sie haben ihren genetischen Pool geprüft. Eine charmante These. Ziel war es, herauszufinden, woher die Etrusker kamen. Sie waren ein Volk, das scheinbar immer da war, aber ob sie quasi italienische Ureinwohner waren oder irgendwann eingewandert sind, das ist bis heute unklar. Darüber gibt es nur Vermutungen. Und es gibt eine Aussage des antiken Geschichtsschreibers Herodot, dass sie von der kleinasiatischen Küste, aus Lydien, ausgewandert wären. Es soll eine Hungersnot gegeben haben.«

Severo schüttelte den Kopf und lachte. »Alles falsch. Wir sind keine Etrusker. Genetische Verbindungen zwischen mir und dem alten Fürsten gibt es – leider – nicht. Darf ich?« Er räumte die leeren Teller ab.

Sandro lehnte sich zurück. »Aber kulturelle Verbindungen, die gibt es. Manche Dinge in der Toskana scheinen sich seit damals nicht verändert zu haben. Das wirst du sehen, wenn wir im Museum sind. Wie wäre es vorher mit einem Nachtisch? Ich empfehle *Cantucci* mit *Vin Santo*.«

*

Die alte Ortschaft Murlo war klein und von einer Stadtmauer umgeben. Langsam spazierten sie über den Platz. In Mias Kopf veranstalteten der Rotwein und der *Vin Santo* ein kleines Tänzchen. Oder lag es an Sandro, der neben ihr ging, mit dem sie zu zweit hier war, eine Tatsache, die Mia immer noch kaum fassen konnte? Wie er sie angesehen hatte, als sie die harten Mandelkekse, die *Cantucci*, in den Dessertwein, den *Vin Santo*, getunkt hatten. Zärtlich. Als ob er sich über ihren Appetit freute, ihre Begeisterung für die schlichten und doch so vorzüglichen Speisen.

Mia hätte gern gewusst, wie Sandro über sie dachte. Sie konnte seine Zeichen nicht deuten. Mia hatte nicht den Eindruck, dass er mit ihr flirtete. Er behandelte sie eher wie eine geschätzte Freundin, und das tat ihr gut. Flirten fand sie meist anstrengend, weil sie nicht wusste, wie sie reagieren sollte. Und oft bekam sie es gar nicht mit, wenn jemand Interesse an ihr zeigte. Frieda, die ihr immer erklärte, was gerade passierte, wenn Mia auf ein Exemplar der Spezies potentiell in Frauen verliebter Mann stieß, war jetzt nicht hier. Mia musste innerlich lachen, als sie an Friedas oft lustige und schauspielerisch untermalte Ausführungen dachte. Nein, sie selbst war wahrlich nicht gut darin, das Verhalten von Männern zu deuten, Frieda dagegen umso besser.

Andererseits, warum hatte Sandro sie zu diesem Ausflug eingeladen, wenn er sie nicht mochte? Warum hatte er wie selbstverständlich die Rechnung übernommen und widmete ihr seinen freien Tag, wenn er sich mit ihr nicht wohlfühlte? Er entsprach so wenig dem Bild, das sie sich von den Italienern gemacht bzw. das Frieda von den italienischen Männern gezeichnet hatte. Er wirkte weder oberflächlich noch auf schnelle Eroberungen aus. Aber wie ein Deutscher war er auch nicht, obwohl er Deutsch sprach.

Er war einfach Alessandro Munotti, der Etruskerfürst.

Vor einem kompakten Turm, der das ganze Dorf überragte, blieben sie stehen. »Hier ist es. Das Museum. Auf geht's.«

Sie waren die einzigen Besucher. Sandro unterhielt sich eine Weile mit der Aufsicht, die ihn kannte, während Mia bereits die ersten Ausstellungsstücke beäugte. Sie liebte den Ort vom ersten Moment an. Die Ausstellung war übersichtlich gestaltet, die Räume waren angenehm klimatisiert, und was sie sah, verzauberte sie: bauchige Tonkrüge mit Zeichnungen darauf, kleine Skulpturen, antike Sphinxen.

Sie betrachtete gerade einen ausgestellten Dachfirst, den Kopf in den Nacken gelegt, als sie eine leichte Berührung spürte, wie einen Hauch. Sandro war hinter sie getreten.

»Gefällt es dir?« Seine Stimme dicht an ihrem Ohr.

Mia fuhr ein Schauer über den Rücken. Sie nickte.

»Alles stammt aus dem 7. bis 5. Jahrhundert vor Christus. Sämtliche Stücke, die du hier siehst, wurden in Poggio Civitate gefunden, einer Ausgrabungsstätte ähnlich der unseren. Es ist eine zivile Siedlung gewesen, und die Fundstücke liefern uns wichtige Hinweise auf den Alltag der Etrusker in der damaligen Zeit. Hier siehst du, wie sie die Dachziegel geformt haben.«

Mia hielt ganz still. Sie spürte, wie die Härchen in ihrem Nacken sich aufstellten.

»Und jetzt sieh aus dem Fenster.«

Mia erblickte die Dächer von Murlo und erkannte keinen nennenswerten Unterschied zu den Tonziegeln der Etrusker. Tatsächlich, sie sahen fast gleich aus, über die Jahrtausende hatte sich die Form offenbar kaum verändert.

»Sie haben ihre Dächer hübscher verziert. Dieses ist allerdings auch das Dach eines Adeligen.« Jetzt trat Sandro neben sie. Er wies auf das etruskische Dachfragment und die Figur, die drauf thronte. »Hier, der Mann mit dem Hut, er ist zum Wahrzeichen von Murlo geworden.«

Mia fielen die Wasserspeier am Traufrand auf. Darunter war das Dach mit einem Relief verziert. Darauf waren Pferde zu erkennen.

»Und sieh hier, die Reiter«, sagte Sandro, »schon damals haben sie Festspiele und Rennen veranstaltet.«

Sandro ging weiter, und Mia schüttelte ihre Benommenheit ab und folgte ihm. Er erklärte ihr die Zusammenhänge dessen, was sie sahen, und Mia fühlte sich in eine andere Welt versetzt, nicht nur aufgrund der Ausstellungsstücke, sondern auch, weil sie alleine durch die Räume schritten, in einer Vertrautheit, die Mia nahezu unwirklich erschien. Sandro wirkte entspannt. Manchmal verschränkte er die Arme vor der Brust. Mia betrachtete sein Profil beim Sprechen und staunte über die Ruhe und Gleichmäßigkeit, mit der er auf Besonderheiten und Feinheiten einging. Sie zwang sich, genau zuzuhören, was Sandro erzählte, schweifte aber immer wieder ab, wenn sie ihn ansah.

Als sie am Nachmittag nach Treviano zurückfuhren, schloss sie die Augen, während sie sich an seinen Rücken lehnte, und legte sich mit Sandro in die Kurven. Die Übelkeit war verschwunden.

11. Kapitel

Tanzen

»Mia, morgen ist Freitag! Du musst mir helfen. Die Zeit wird verdammt knapp.«

Die letzten beiden Tage waren wie im Flug vergangen. Mia hatte sich in ihre Bücher vertieft und zwischendurch die Erinnerungen an den Ausflug mit Sandro Revue passieren lassen. Der schöne Tag, den sie mit ihm erlebt hatte, beflügelte sie, es lernte sich gleich viel leichter. Da sie wusste, dass Sandro in Perugia war, hatte sie keinen Versuch unternommen, ihn zu treffen. Und überhaupt, sie würde ja bald abreisen, es hatte keinen Sinn, sich zu verlieben. Trotzdem, die Schmetterlinge im Bauch konnte sie nicht ignorieren. Mia hatte ein solches Gefühl schon lange nicht mehr erlebt. Zuletzt mit Timo, aber da hatte es sich längst nicht so stark und tief angefühlt.

Erst am Donnerstagnachmittag war Mia zur Bar spaziert. Bevor sie am Mittwoch abreiste, diesmal endgültig, musste sie das Thema Immobilienmakler in die Hand nehmen. Sie wollte sich bei Anna Maria an einen Computer setzen und Adressen recherchieren. Vielleicht konnte der Makler schon einmal gucken und eine Einschätzung vornehmen.

Anna Maria hatte jedoch andere Dinge im Kopf. Sie rief Mia zu sich in den hinteren Teil des Ladens und küsste sie eilig auf beide Wangen. »Geht es dir gut? Du hast so glänzende Augen!« Dann hatte sich schon wieder abgewandt, um vorgebackene Teigtaschen zu füllen, von denen vier Bleche vor ihr lagen.

Mia hatte auf eine Gelegenheit gehofft, ihr von Sandro zu berichten, von der Verliebtheit, die sich ihrer definitiv bemächtigt hatte, aber es sah nicht so aus, als hätte Anna Maria dafür jetzt Sinn.

»Langsam wird es Zeit, dass ich hier wieder verschwinde!«, schimpfte Anna Maria. »Die Arbeit nimmt einfach kein Ende. Dieses Fest noch, und dann bin ich wieder weg. *Grazie a Dio.*«

Das Fest. Mia erinnerte sich an die Unterhaltung zwischen Anna Maria und Sandro und an die Plakate, die sie im Dorf gesehen hatte. Musik und Tanz waren darauf angekündigt.

»Meinst du das Dorffest, von dem ihr neulich gesprochen habt?«

»Ja klar, welches sonst. Himmel Herrgott, diese Teigtaschen kleben wie nichts Gutes. Komm, Mia, schnapp dir eine Schürze, du bist doch schon Profi. Und dann gibst du die Füllung in den Teig.«

Während Mia versuchte, die klebrige Masse mit Löffeln in die Teigschiffchen zu streichen, flitzte Anna Maria mit hochrotem Kopf hin und her. »Meine Eltern erledigen gerade die letzten Einkäufe, Gianluca ist mit ihnen auf dem Markt, du glaubst ja nicht, wie viel die Leute essen.«

Sie rührte in Windeseile eine Süßspeise an, bediente zwischendurch das Telefon, lief in den Laden. An ihre Anweisungen hatte Mia sich rasch gewöhnt. Mit schlechtem Gewissen dachte sie an ihre Bücher, aber sie hatte bereits mehr geschafft, als sie gehofft hatte, und die Tätigkeit in der Küche war eine willkommene Abwechslung.

Die Ladentür klingelte, und kurz darauf kam ein kräftiger, junger Mann mit schwarzen Locken, beladen mit Einkaufskisten, in die Küche. Mia war sofort klar, dass es Gianluca war, Anna Marias Freund. Er strahlte so sehr, dass man seine weißen Zähne sah. »*Ciao, belezza.*« Er stellte die Kisten ab, dann fasste er Anna Maria um die Hüfte. Diese wand sich aus seinem Griff: »Wir haben zu tun!«

»Das sehe ich. Aber Zeit für einen Kuss ist immer!«

Anna Maria begann zu schimpfen, doch Gianluca verschloss ihr den Mund mit einem Kuss.

»Das musste sein.« Dann reichte er Mia die Hand. »*Ciao*, Mia. Du hilfst meiner Anna Maria, das ist gut.«

»Gianluca, rede nicht, mach weiter!«

Gianluca lachte. »Siehst du, sie ist der Boss!« Aber er war bereits auf dem Weg, um die nächsten Kisten hereinzutragen.

Kurz darauf erschienen auch Anna Marias Eltern, die Mia herzlich begrüßten, die Einkäufe ausräumten und sich ebenfalls an die Vorbereitung des Festessens machten. »Es ist immer viel zu tun«, seufzte ihre Mutter, »jedes Jahr das Gleiche. Und das kurz nach Ostern! Wir sind nicht die Einzigen, die etwas vorbereiten, aber sie mögen unsere Speisen, und wir freuen uns, wenn es ihnen schmeckt.« Sie war sichtlich stolz.

Alle packten mit an, es wurde gebacken, gebraten, gerührt, geknetet, verziert. Mia vergaß die Zeit, ihr wurde schier schwindelig von all den Düften. Ab und zu reichte Anna Maria ihr ein Stück: »Hier, probier mal.«

Schließlich klatschte Anna Maria in die Hände und stellte drei Bierflaschen und fünf Gläser auf den Tisch. »Jetzt hören wir auf, oder?« Den mahnenden Blick ihrer Mutter wischte sie mit einem Kopfschütteln beiseite und reichte ihr ebenfalls ein Bier. Ihre Mutter rollte ein wenig mit den Augen, dann nahm sie es an. Ihr Vater hob das Glas. »Auf das Fest!«

*

Mia freute sich auf das Fest, es war, als ob es extra für sie ausgerichtet würde, passend zu ihrem Aufenthalt, auch wenn es zu Ehren des Dorfheiligen, des Heiligen Francesco, stattfand. Am frühen Abend würde es eine Messe geben, hatte Anna Maria ihr erklärt, und anschließend würde gefeiert und getanzt. Mit mehreren Bands, mit Essen und Trinken, mit allem Drum und Dran.

Auch dieser Tag verging schneller, als sie dachte. Anna Maria hatte ihr am Abend zuvor noch eine Seite mit Immobilienfirmen der Gegend ausgedruckt, und Mia nahm pflichtbewusst das Telefon zur Hand, aber sie fühlte sich nicht in der Lage, irgendwo anzurufen. Nein, das musste ihre Mutter selbst erledigen, beschloss sie. Sie konnte doch nicht alles tun! Sie würde noch ein paar Fotos vom Haus machen, das wollte sie sowieso, als Erinnerung, und mit denen erhielte man sicherlich einen preislichen Anhaltspunkt, auch aus der Ferne. Lieber ging sie noch ein wenig in den Garten und goss die Blumenkübel. Simona hatte versprochen, dass sie gelegentlich nach dem Haus schauen würde, Signor Martelli wiederum würde die Hühner füttern, wenn Mia abgereist war.

Mia nahm das Fotoalbum zur Hand, das all die Tage auf dem Tisch gelegen hatte. Sollte sie es wieder in den Schrank legen? Ja, das wäre wohl das Beste. Mia hatte sich noch nicht überlegt, was sie mit Maras persönlichen Sachen machen sollte. Irgendwann würde man alles ausräumen müssen.

Als sie das Album verstaute, fiel ihr Blick auf die Kleider, die an der Stange hingen. Ob sie …? Ja! Wenigstens ausprobieren wollte sie, ob ihr eines der Kleider passte. Mia stieg aus den Jeans und zog ein geblümtes Kleid über den Kopf. Die angeschnittenen Ärmel, der weite Rock – oh ja, das sah gut aus! Mia drehte sich vor dem Spiegel in der Tür und versuchte mit verrenktem Kopf, so gut es ging, zu erkennen, wie sie von hinten aussah. Mara musste ungefähr die gleiche Größe gehabt haben wie sie. Sie probierte das nächste Kleid, es war dunkelblau mit weißen Punkten. Meine Güte, was hatte ihre Großtante für Kleider! Mia musste kichern. Es war völlig aus der Mode, aber sehr kleidsam, unterstrich die Taille vorteilhaft und hatte Retro-Chick. Fünfzigerjahre.

Mit ihrem Handy machte Mia ein Bild und schickte es an Frieda. *»Stasera c'è festa.«* Es war ihr egal, dass Frieda kein Italienisch konnte, sie würde es schon verstehen. Mia hatte, wie sie irgendwann festgestellt hatte, auf Italienisch zu denken begonnen. Ein rotes Kleid war es schließlich, für das sie sich entschied. Noch ein Schnappschuss für Frieda: »Was meinst du, ist das zu gewagt?«

Die Antwort kam prompt: »Wer wagt, gewinnt :-)«

Mia strich über den Stoff. Er fühlte sich fest und weich an. Ein rotes Kleid – das war in jedem Fall mutig.

Welche Frisur sollte sie dazu tragen? Offene Haare? Mia entschied sich für einen Pferdeschwanz. Darüber würde sie ihre Strickjacke ziehen, falls es am Abend kalt würde. Sie passte einigermaßen zum Kleid, weil sie sich in die Taille schmiegte. Eine Feinstrumpfhose fand sich ebenfalls im Koffer, sie hatte sie als Ersatz mitgenommen. Dazu die knöchelhohen Boots? Hm. Nicht gerade ideal. Pumps wären besser, ganz klar. Pumps! Na sicher, unten im Schrank standen aufgereiht Maras Schuhe, Paar für Paar. Und wenn die Körpergröße stimmte, sollten die Schuhe ebenso passen.

Zufrieden sah Mia in den Spiegel. Ja, so gefiel sie sich! Sie summte fröhlich vor sich hin. In Stuttgart hätte sie sich niemals so verkleidet, hier störte es sie nicht. Hier war sowieso alles anders. Oder war sie diejenige, die anders war?

Ob Sandro beim Fest sein würde? Mia versuchte sich zu erinnern, was er zu Anna Maria gesagt hatte. Wollte er nicht kommen? Sie hoffte es sehr. Signor Martelli würde in jedem Fall hingehen, und zwar mit seiner Emilia. Mia musste lächeln, als sie daran dachte.

Frieda hatte eine weitere Nachricht geschickt. Ein Foto von sich selbst mit herabhängenden Mundwinkeln. »Mia, wir müssen reden, ja?«

»Klar, bald bin ich ja wieder da!«, hatte Mia getippt und das Handy weggesteckt.

17 Uhr. Sie musste los.

*

»… *Nel nome del padre, del figlio e dello spirito santo …*«

Die Gemeinde erhob sich. Mia erhob sich ebenfalls. Die Köpfe wurden gesenkt, und der Priester sprach den Segen. Dann strömten sie aus der Kirche. Mia ging mit Emilia und Signor Martelli das kurze Stück bis zum Ort zurück. »Der Himmel ist bei uns«, stellte Emilia fest. Und sie hatte recht. Es war ungewöhnlich warm für die Jahreszeit. Den Tag über hatte sich eine fast schwüle Wärme entwickelt, die immer noch anhielt. »Morgen wird es regnen, aber stört uns das? Nein.« Emilia versprühte eine Geschäftigkeit, die Mia faszinierte. So füllig sie war, so flink bewegte sie sich, sie dirigierte Signor Martelli und auch Mia durch die Gegend, ohne dass diese es ihr übel nehmen konnten.

Rasch hatte Emilia den besten Platz an der Tafel ergattert. In langen Reihen waren die Tische auf dem Vorplatz neben dem Turm aufgebaut. Der Platz war mit Girlanden und Lampions geschmückt.

»Eigentlich sollte die Feier drinnen stattfinden, aber wegen des Wetters haben wir sie doch nach draußen verlegt. Jedes Jahr das Gleiche, drinnen oder draußen, man wird ganz verrückt.« Anna Maria war an ihnen vorbeigerannt, Tabletts balancierend und Stapel von Brotkörben, hinter denen sie fast verschwand. Ihre Mutter und ihr Vater waren mit anderen Männern und Frauen damit beschäftigt, die Speisen aufzubauen und Portionen auf die Teller zu geben. Die Tische waren gedeckt mit Tellern, Gläsern und Besteck. Kinder rannten umher, und die meisten Leute verteilten sich angeregt plaudernd an den Tischen.

Mia sah einige Gesichter, die sie im Lauf der letzten beiden Wochen schon einmal gesehen hatte, allerdings auch viele unbekannte, und sie freute sich, als sie Simona und Lorenzo entdeckte. Emilia winkte, und die beiden fanden Platz bei ihnen auf der Bank.

»Wo ist Filippo?«, fragte Mia.

»Er kommt später.« Simona lächelte. »Gut siehst du aus!« Anerkennend betrachtete sie Mias Kleid.

»Filippo ist wohl immer beschäftigt«, stellte Mia fest.

»Das kann man so sagen.« War da wieder der Schatten? Nein, diesmal hatte sie sich getäuscht. Mit Appetit vertilgte Mia das Stück Fleisch auf ihrem Teller, die Nudeln und die Teigtaschen. Signor Martelli, Emilia, Simona und Lorenzo unterhielten sich, und Mia ließ die Unterhaltung an sich vorbeiplätschern, ohne sich zu beteiligen. Zwischendurch schielte sie umher, um zu sehen, ob Sandro da war, konnte ihn aber nicht entdecken.

Anna Maria war am anderen Ende des Platzes, verdeckt durch viele Leute, sie lief hin und her und war ständig in Bewegung.

Auf einmal legten sich ihr von hinten Hände auf die Schultern. Erfreut drehte Mia sich um – und sah direkt in Filippos gut gelauntes Gesicht.

»Da bin ich!« Er ließ sich zwischen seiner Tante und Mia nieder, nachdem er Signor Martelli und Emilia begrüßt hatte.

Emilia kicherte. »Der kleine Filippo. Groß bist du geworden!« Dabei legte sich ihr ganzes rundes Gesicht in Falten, ihre Ohrgehänge klimperten.

»Das haben die Kinder so an sich«, bemerkte Filippo. »Aber du, Emilia«, er legte ihr treuherzig die Hand auf den Arm, »wirst immer jünger.« Emilia strahlte.

»Wie wäre es mit Nachtisch, soll ich dir welchen mitbringen?« Schon war Filippo aufgesprungen und kam kurz darauf mit zwei Dessertschälchen wieder. Mia steckte den Löffel in die weiße Creme, die eine rote Soße zierte. Ein sahnig-fester Geschmack mit einem Hauch von Erdbeere. »Was ist das?«

»*Panna cotta* mit Fruchtsoße.«

»Mhm, das ist gut!«

»Probier mal das andere.« Filippo sah sie gespannt an.

»Oh, noch besser!«

Simona gestand erfreut, dass sie dieses *Tiramisù* zubereitet hätte.

»Bringt denn jeder, der zum Fest kommt, auch etwas mit?«, fragte Mia.

»Wer mag, bringt etwas mit, und einige, wie Anna Marias Familie, bereiten etwas mehr zu, sodass es in jedem Fall für alle reicht«, erklärte Filippo.

An der schmalen Seite des Platzes stand eine Bühne, dort hatten sich die Musiker aufgebaut. Es war eine Tanzkapelle mit Schlagzeug, Keyboard und Gitarre. Ein Sänger stellte das Mikrofon ein. Die ersten Takte ertönten, und es dauerte nicht lange, da drehten sich einige ältere Paare auf der Tanzfläche, allen voran Signor Martelli mit Emilia.

Mia betrachtete sie versonnen. Wie elegant die beiden wirkten. Wie sicher Signor Martelli seine Freundin führte, eine Hand auf ihrem Rücken, und wie leicht Emilia ihre fülligen Hüften schwang, dabei strahlte sie Signor Martelli an und wirkte sehr glücklich.

»Was meinst du?« Filippo stieß sie an. »Ich sehe, du hast deine Tanzschuhe angezogen.«

»Ich … Also …«

»Komm.« Er reichte ihr den Arm, und Mia erhob sich verlegen. Was sollte sie sonst tun? Filippo schritt mit ihr zwischen Tischen und Menschen hindurch zur Tanzfläche und stellte sich formvollendet vor sie hin. Mia legte ihm die Hand auf die Schulter und bekam vor Aufregung Schluckauf.

»Ich kann gar nicht tanzen«, raunte sie.

»Brauchst du auch nicht zu können, ich kann es.«

Und tatsächlich, Filippo konnte tanzen, und wie! Mia fühlte sich ganz leicht in seinen Armen, er drehte sie genau so, dass ihre Füße sicher folgen konnten. Trotz der ungewohnten Absätze stolperte sie nicht ein einziges Mal, es erschien ihr wie ein Wunder.

Die Kapelle hatte ihr Lied beendet, alle klatschten begeistert.

»Komm, eins schaffen wir noch«, sagte Filippo, und ehe Mia etwas entgegnen konnte, stimmte die Kapelle das nächste Lied an. Dieses war schneller, Mia geriet außer Atem, aber auch diesmal blieb sie erstaunlicherweise im Takt. Es war, als ob Filippo jeden ihrer Schritte voraussah und sie entsprechend führte. Am Ende stützte er ihren Rücken und bog ihren Oberkörper theatralisch nach hinten. Mia musste kichern.

»Du hast das Zeug zur Tänzerin«, stellte er fest, als er sie zurück zum Tisch brachte. Das stimmte zwar nicht, Mia wusste es, aber sie war ihm dankbar für seine Flunkerei.

»Außerdem steht dir das Kleid«, fügte er hinzu.

Mia sah an sich herab.

»Es ist von meiner Großtante, ich habe es mir einfach geliehen.« Mia war selbst begeistert davon, wie leicht der Rock um ihre Beine schwang, dem angenehmen Gefühl des Stoffes auf der Haut.

»Manchmal passt das Geliehene besser als das Eigene«, sagte Filippo.

Mia sah ihn verwundert an. »Das musst du mir erklären.«

»Ist so ein Gedanke«, sagte Filippo leichthin. »Wein?« Er bog ab und steuerte den Weinstand an. Dort standen verschiedene Flaschen auf dem Tisch, und mehrere Männer kosteten und probierten die guten Tropfen fachmännisch. Einige Jugendliche diskutierten in einer Ecke.

Mia erstarrte.

Ein Stück weiter stand Adriana.

Ein wenig von den Anderen entfernt lehnte sie an einer Mauer, die Augen schmal, ein Glas in Händen. Sie trug Leggings, einen engen Wickelrock und einen schmalen Schal mit Fransen um den Hals, eine überlange Kette, dazu Stiefel. Ihre Beine schienen endlos, ihr fein geschnittenes Gesicht sah klassisch aus, die schwarzen Haare hatte sie hochgesteckt.

Mia schluckte.

Filippo musste ihre Ablenkung gespürt haben. Aufmerksam sah er erst zu ihr, dann zu Adriana hinüber. Er hob die Hand. »*Ciao*, Adri.«

Adriana reagierte nur mit einem knappen Nicken.

»Du kennst sie?«, fragte Mia überrascht.

»Na ja, ein bisschen. Wie man sich hier so kennt.« Filippo zuckte mit den Schultern. »Wie ist es: Möchtest du Wein?«

»Gern«, sagte Mia, und Filippo verschwand. Mias Herz klopfte. Wenn Adriana da war, kamen vielleicht auch andere von der Ausgrabung. Sandro zum Beispiel.

Ihr Blick überflog die Menge. Und tatsächlich. Im Laternenlicht waren die Leute nicht mehr ganz deutlich zu erkennen, aber Sandro, der die meisten überragte, war unübersehbar. Mit seinem Motorradhelm am Arm steuerte er direkt auf Mia zu.

»Es hat ein bisschen länger gedauert.« Er gab ihr die üblichen Küsse auf die Wangen. Mia hatte das Gefühl, dass Adrianas Blicke sie von hinten durchbohrten.

Filippo kehrte vom Weinstand zurück und reichte Mia einen Plastikbecher. »Es gab keine Gläser mehr.« Dann tauschte er einen Handschlag mit Alessandro. »*Ciao, dottore.*« Respekt schwang darin mit, und Mia kam es so vor, als ob Filippo sich in Sandros Gegenwart zurückhaltender verhielt als sonst. Egal. Sandro war da. Mia strahlte.

»Einen Wein für dich, Sandro?« Filippo machte Anstalten, erneut loszugehen.

»Gerne. Und für … meine Begleitung.« Sandro sah zu Adriana hinüber und winkte sie zu sich.

Adriana stellte sich tatsächlich zu ihnen. Sie nahm den Becher von Filippo entgegen und trank, als er »*Salute!*« sagte. Den anderen sah sie dabei in die Augen, Mia jedoch war Luft für sie.

Begleitung? Adriana war Sandros Begleitung? Mia verstand gar nichts mehr.

Die Stimmung hatte sich verändert. Filippo blieb ernst, Adriana zeigte demonstratives Desinteresse, nur Sandro schien ungerührt von allem und sah sich amüsiert um.

»Hier ist ja richtig was los«, stellte er fest. »Habt ihr schon getanzt?«

»Haben wir«, sagte Filippo und zwinkerte Mia zu, aber er wirkte auf einmal erschöpft.

Anna Maria wirbelte herbei, mit Gianluca im Schlepptau. »Na kommt, wir trinken ein Bier zusammen!«

In null Komma nichts hatte Gianluca Sandro in ein Gespräch über Motorräder verwickelt, Anna Maria unterhielt sich mit Adriana, Mia verstand nicht genau, worüber, es ging um irgendeinen neu eröffneten Club in Florenz, und auf einmal spürte sie, wie Filippo ihre Hand drückte.

»Ich muss mal eben da rüber.« Er deutete zu Simona, Lorenzo und Signor Martelli. Emilia beugte sich über den Tisch, es schien ihr nicht gut zu gehen. »Bis gleich, ich komme zurück, ja?«

Filippo drängte sich durch die Menge, Mia sah ihm nach und fühlte sich im selben Moment verloren. Sie sah, wie die anderen sich um Emilia versammelt hatten, wie Filippo ihr auf den Rücken klopfte, wie er sie zusammen mit Signor Martelli vom Platz brachte.

Sie überlegte, hinterherzulaufen. Wurde sie dort gebraucht? Andererseits, was konnte sie schon tun? Und hier war Sandro, deshalb wollte sie nur ungern gehen.

Im selben Moment griff Anna Maria nach ihrem Arm. »Emilia hat Asthma. Gerade im Frühling wird es manchmal zu viel. Mach dir keine Sorgen.« Sie hatte offenbar alles beobachtet. Anna Maria war ein Phänomen. Warmherzig lächelte sie Mia zu.

»*Salute*!« Sie hob den Becher.

*

Später betrat eine Rockband die Bühne. Mia hatte jegliches Zeitgefühl verloren. Filippo war nicht zurückgekehrt. Seitdem er verschwunden war, war es anders als vorher. Sie hatten eine Weile zusammengestanden, andere jüngere Leute waren vorbeigekommen, hatten Sandro, Adriana, Anna Maria und Gianluca begrüßt. Schulterklopfen, Händeschütteln, Wangenküsse. Mia hörte so viele Namen, die sie sich nicht merken konnte, und sagte so oft »*piacere*«, dass sie es sich ebenso gut auf die Stirn hätte schreiben können. Dazwischen gab es immer wieder einen Schluck Wein. Ich muss aufpassen, dachte Mia, dass ich nicht bald betrunken bin. Sie stellte sich dichter neben Sandro. Die zweite Band fuhr mit großer Inbrunst Klassiker der Rockmusik auf. Sogar Kunstnebel waberte von der Bühne.

Sandro lachte und legte ihr den Arm um die Schultern. Mia hatte nicht verstanden, was er vorher gesagt hatte. Erwartungsvoll schauten alle sie an. »Unbedingt!«, sagte Mia im Brustton der Überzeugung, die anderen lachten und Sandro drückte sie leicht, bevor er sich eine Zigarette drehte.

Mia durchfuhr es heiß. Wieso legte er ihr den Arm um die Schulter? Worüber hatten sie gesprochen? Und wo war Adriana? Adriana, das entdeckte sie jetzt, stand vor der Bühne und redete mit dem Sänger, der sich vom Bühnenrand zu ihr hinunterbeugte. Kurz darauf erklangen die ersten E-Gitarren-Akkorde von »*All Along the Watchtower*«, etwas verlangsamt zwar, aber dennoch sofort erkennbar. Anna Maria hob die Arme, und Gianluca pfiff der Band auf den Fingern zu. Dann schlang er die Arme um Anna Maria.

Wie spät war es? Mia kam es vor, als wären einige

Leute schon gegangen, doch über den Platz rannten vereinzelt immer noch Kinder und spielten Fangen zwischen den Tischreihen.

Der Himmel war schwarz, die Luft windstill. Gerede und Gelächter, vor allem aber die laute Musik von der Bühne.

»Willst du?«, fragte Sandro, als die letzten Töne verklungen waren, alle jubelten, und ein langsameres Lied ertönte. Seine blanken Augen, die so aufmerksam schauten.

Mia nickte, wie immer steckte ihre Stimme irgendwo im Hals fest und war nicht zu gebrauchen, wenn Sandro sie ansah. Sie folgte ihm zur Bühne, nein, eigentlich schwebte sie, während dieser große Mann die Menge zu teilen schien.

Auf der Tanzfläche wandte Sandro sich ihr zu. Sein Lächeln, undurchschaubar, sphinxhaft, Mia würde es nie deuten können. »Hübsches Kleid.«

So viele Komplimente für das Kleid. Es war richtig gewesen, dass sie es angezogen hatte. Ob sie mit Sandro alles richtig gemacht hatte, wusste Mia nicht, aber sie stand jetzt hier, ganz nah bei ihm, mehr konnte sie sich nicht wünschen. Sie spürte seine Hand auf ihrem Rücken, dort, wo der Reißverschluss des Kleides saß, und seine Fingerspitzen, die ihr Kreuzbein berührten.

Sandro roch nach Tabak, Holz und Leder. Einem Hauch Lakritz. Mia wurde schwindelig. War es wirklich wahr, was gerade passierte? Sie schloss die Augen und registrierte jeden Schritt. Sie fühlte sich wie in einer Blase, in der die Zeit sich zu einer Ewigkeit dehnte. Sie spürte ihre Schuhe mit den Absätzen, in denen sie Sandro folgte, der sich langsam mit ihr bewegte.

Dann war das Lied zu Ende.

Mia öffnete die Augen.

Sandro lächelte. »Komm.«

Sie verließen die Tanzfläche und tranken weiter, Anna Maria und Gianluca waren dabei, Mia kam es vor, als ob Anna Maria sie seltsam anblickte, Sandro ließ den Arm um ihre Schultern gelegt, nur manchmal nahm er ihn weg, um zu gestikulieren, aber er fand zuverlässig wieder zurück, Adriana war verschwunden. Einmal kam es Mia so vor, als würde sie Filippo sehen, in der Menge, wie er sich auf sie zuschob und die Augen aufriss, seine verstrubbelten Haare waren eigentlich nicht zu verkennen, aber vielleicht hatte sie sich auch getäuscht. Schließlich hatte er die Aufgabe übernommen, Emilia nach Hause zu bringen. Und die wohnte in Monteroni.

War es Adriana, die auf einmal neben dem Sänger auf der Bühne stand?

Tatsächlich. Sie umfasste das Mikrofon und sang »*Light my fire*« von den Doors.

Mia wunderte sich, dass Sandro sich abwandte und weitersprach, als wäre nichts. Die Band spielte die Melodie mit Hingabe und schien großen Spaß zu haben, Adrianas Blick durchdrang die Menge wie Röntgenstrahlen, und Mia staunte über die Geschmeidigkeit ihrer tiefen, leicht rauen Stimme. Der Keyboarder hieb auf die Tasten ein, und vor der Bühne bildete sich ein Halbrund von jüngeren Leuten, die Feuerzeuge entzündeten und tanzten. Adriana wiegte sich in den Hüften, lächelte, drehte sich während des Solos zur Band um. Einige Leute begannen scherzhaft mit Headbanging, Adriana warf ihnen eine Kusshand zu. Um dann wieder todernst zu werden, die Menge zu scannen und den Text bei der zweiten Strophe gleichsam zu flüstern.

»Sie kann gut singen«, bemerkte Anna Maria anerkennend.

Sandro nickte verhalten. »Ja, das kann sie. Adriana hat eine Menge Begabungen.«

Mia spürte, wie er ihre Schulter ein bisschen fester drückte.

Sie musste betrunken sein. War das alles wirklich?

Sandro zündete sich eine Zigarette an und sog den Rauch tief ein. Er lächelte Mia zu, danach holte er einen neuen Becher Wein, und Mia, die jetzt wirklich Angst hatte, die Kontrolle zu verlieren, verzichtete auf einen eigenen Becher und nahm gelegentlich einen Schluck bei Sandro.

Plötzlich war Schluss. Es donnerte. Die Lichter flackerten, ein Wind erhob sich, einige Leute schrien auf. Die Scheinwerfer auf der Bühne verloschen, die Instrumente verstummten. Der Strom war ausgefallen.

Die Leute eilten hin und her, um Geschirr wegzutragen und Lampions zu retten, alles wurde in den Turm geschafft. Mia sah Anna Maria zwischen den Leuten umherlaufen, geschäftig wie immer. Auch wenn sie vorher entspannt geplaudert, sich an Gianluca gelehnt und ihr Bier getrunken hatte: Wenn es zu handeln galt, war Anna Maria stets die Erste.

Der Wind wurde stärker.

»Wollen wir?« Sandro legte Mia die Hände auf die Schultern und strich die Haare beiseite, die sich aus ihrem Pferdeschwanz gelöst hatten. Dabei berührte er sanft ihren Hals.

Mia nickte. Was meinte er? Es war ihr egal. Was auch immer er wollte, sie wollte es ebenso.

»Nimmst du mich mit zu dir? Ich fürchte, ich kann nicht mehr fahren.«

Betrunken wirkte er eigentlich überhaupt nicht. Aber wenn es gewitterte, war es wohl zu gefährlich, das Motorrad zu benutzen. Und er hatte getrunken, sie war ja dabei gewesen.

Sandro wollte tatsächlich mit zu ihr kommen. Es hatte sich so ergeben, Mia hatte gar nichts dafür tun müssen. Und es fühlte sich an wie Schicksal, als ob es vorgezeichnet war. Mia erschien es wie ein Wunder, und gleichzeitig überraschte es sie überhaupt nicht. Ja, es gab Wunder. Daran hatte sie eigentlich nie gezweifelt.

»Na klar, komm mit.« Sie suchte ihren Rucksack, in dem eine Taschenlampe steckte, Gott sei Dank hatte sie daran gedacht, bevor sie losgezogen war.

Gemeinsam machten sie sich auf den Weg.

Die Geräusche des Festes hinter ihnen wurden leiser, am Himmel grollte es erneut. Mias Schuhe drückten jetzt doch, und zwar ziemlich, aber sie spürte es kaum, als sie mit Sandro zum Haus torkelte. Es war eine Mischung aus Torkeln und Rennen, nein, nüchtern waren sie beide nicht mehr.

Im Haus angekommen, lehnte Mia sich von innen gegen die Tür. Ihr Atem beruhigte sich langsam. Sandros Augen lächelten. Er neigte den Kopf und legte seine Lippen auf ihre. Er gab ihr einen langen Kuss. Das war der Himmel. Mia wusste es.

Es krachte, kurz darauf erhellte ein Blitz das Haus.

»Wo schläfst du?«, fragte Sandro leise.

Sie ließen ihre Sachen im Eingang fallen. Sandro

stieg bedächtig aus seiner Kleidung. Wunderschön sah er aus, fand Mia. Nur das Amulett trug er noch. Auch nackt sah er so stolz aus.

Dann zog sie ihn in die Schlafkammer.

Draußen rauschte der Regen nieder.

12. Kapitel

Erwachen

Mia erwachte mit Kopfschmerzen. Sandro neben ihr schlief.

Draußen regnete es Bindfäden, Mia sah es durch das Fenster, sie hatte die Läden nachts nicht geschlossen. Verbrauchte Luft stand im Raum. Vorsichtig küsste sie Sandro auf die nackte Schulter. Er regte sich nicht, atmete ruhig weiter.

Seine Kleidung im Flur, die Stiefel, die Hose.

Mia strich sich die Haare aus dem Gesicht und setzte sich auf den Bettrand. Was war das gewesen? Die schönste Nacht ihres Lebens, so kam es ihr vor.

Sie hob ihre Sachen auf, das Kleid, die Schuhe, zog sich ein T-Shirt über und öffnete die Fenster im Wohnraum. Ein Duft von feuchter Erde und Piniennadeln drang herein.

Sie schraubte die Espressokanne auseinander und gab Kaffeepulver in den Einsatz, dann ließ sie Wasser hineinlaufen. Als das Gas am Herd zündete, kam Sandro aus dem Schlafzimmer.

»*Buongiorno*, Mia. Du machst Kaffee, das ist gut.« Er lächelte.

Den Kaffee tranken sie schweigend. Mia wartete auf ein Wort, einen Satz, eine Erklärung, aber vergebens. Was sollte er auch erklären, dachte sie. Sandro war hier, das allein zählte. Er saß dort, die Beine übereinandergeschlagen, aufrecht, mit dem braunen Bart und einer Tätowierung auf der Schulter. Und den Ringen an der Hand, den angelaufenen Silberringen mit dem rätselhaften Emblem. Er hielt die Kaffeetasse wie in der Bar, den winzigen Henkel wie etwas Kostbares zwischen zwei Fingern, und trank mit Genuss.

Mia kam sich unausgeschlafen vor, ungekämmt, sicherlich hatte sie verquollene Augen.

»Und, was machst du heute?«, fragte sie schließlich.

»Ich muss meine Maschine aus dem Dorf holen.«

Na, großartig. »Was machst du heute«, gerichtet an einen Mann, war ebenso gut wie die Frage »Was denkst du«. Mach dich nur beliebt, Mia Schneider, dachte Mia.

Sandro lächelte. »Das erledige ich am besten gleich. Danke, Mia, für den Kaffee.«

Nachdem er sich angezogen hatte, standen sie in der Haustür. Mia wusste nicht, was sie tun sollte, dann schlang sie ihm kurzerhand die Arme um den Hals.

Sandro lachte und gab ihr einen seiner langen Küsse. »*Ciao*, Mia. Es war sehr schön. Wollen wir uns bald wiedersehen, ja?« Er stupste ihr mit dem Finger über die Nase.

Mia sah ihm hinterher, wie er den Hang hinunterging. »Soll ich mitkommen?«, rief sie.

Er hob abwehrend die Hand. »Nicht nötig.« Der Etruskerfürst. Nein, das hatte er nicht nötig.

Als Mia wieder ins Haus treten wollte, sah sie Signor Martelli, der gerade diskret um die Ecke verschwinden wollte, ohne dass sie es bemerkte.

Verlegen hob sie die Schultern.

Auch Signor Martelli sagte nichts. Er nickte nur knapp, und es wirkte durchaus verständnisvoll.

*

Obwohl sie müde war, durchströmte Mia ein Glücksgefühl. Es war wie ein sanfter Rausch, anders, schöner und stärker als der Rausch des Festes. Obwohl – wenn sie es genau überlegte, war alles gleich außergewöhnlich gewesen, hatte sie das Fest genauso tief erlebt wie den Rest der Nacht mit Sandro. Schade, dass er so bald gegangen war. Andererseits war es verständlich. Sicher hatte er viel zu tun. Über sein Privatleben wusste Mia so gut wie nichts. Über seine Arbeit hingegen einiges, und der widmete er offenbar sowieso den größten Teil seiner Zeit.

Mia konnte es immer noch kaum glauben. Aber sie konnte sich kneifen, wie sie wollte: Das Unglaubliche war wahr. Sandro. Er war tatsächlich hier gewesen. Ein Schauer durchfuhr sie bis in die Zehenspitzen. Er hatte mit ihr getanzt. Getrunken. Er hatte sie ... Oh, mein Gott.

Sie schrieb eine Nachricht an Frieda: »Etruskerfürsten liegen nicht nur in Gräbern, sie nehmen auch Betten von Menschen. Und sie fühlen sich ziemlich gut an.«

Dann räumte sie auf, duschte und schlug ihre Bücher auf, konnte sich jedoch nicht konzentrieren. Sie starrte aus dem Fenster. Immer noch regnete es. Die Luft war kühler geworden, es war offenbar ein leichtes, für Frühjahr ungewöhnliches Wärmegewitter gewesen, das das Fest letzte Nacht beendet hatte.

Das Fest. Mia stand wieder vor Augen, wie die Leute

sich beeilt hatten, alles in den Turm zu tragen, Tische, Bänke und Geschirr. Es war ein großes Hin-und-her-Gelaufe gewesen in der Nacht, von dem sie durch die Konzentration auf Sandro jedoch nur wenig mitbekommen hatte. Bestimmt gab es auch heute, am Tag danach, noch viel zu tun. Aufräumen, Abspülen und das Abhängen der Dekoration. Vielleicht konnte sie dabei helfen? Zu etwas anderem war sie heute ohnehin nicht zu gebrauchen.

Mia zog die Stiefel über und machte sich auf den Weg ins Dorf.

Der Schotterweg war nass, von den Zypressen sah sie nicht viel, sogar deren Wipfel schienen im Dunst zu verschwinden.

Die Straßen waren ungewöhnlich leer. Vielleicht erholten sich die Bewohner von der langen Nacht, vielleicht lag es am Regen. Aus Gewohnheit steuerte Mia die Bar an. Dort traf sie auf Anna Maria und Gianluca, die im Gastraum vor dem Fernseher saßen. Ein Fußballspiel wurde übertragen. Anna Maria hatte die Füße gegen einen Stuhl gestützt und lehnte sich zurück, sie hatte eine große Limonade vor sich stehen, Gianluca hatte einen Arm auf ihr Bein gelegt und verfolgte das Spiel.

»*Ciao*, Mia. Komm, setz dich dazu.« Anna Maria lächelte und winkte sie herbei. »Soll ich dir einen Kaffee machen?« Diese Frau war ein Phänomen. Eben noch in entspannter Haltung auf dem Stuhl, war sie schon bereit, aufzuspringen, und wirkte dabei nicht einmal angestrengt. Diese entgegenkommende Haltung hat sie von ihrer Mutter, dachte Mia, von ihrer Mutter, die einfach rundum freundlich wirkte, immer auf das Wohl anderer bedacht und ein wenig schüchtern. Es war eine Frau, die sich selbst nicht wichtig nahm. Und dennoch glücklich wirkte. Oder gerade deshalb, dachte Mia. Ihre Tochter – Mia wusste inzwischen, dass Anna Maria die einzige Tochter war – hatte ihre Freundlichkeit und Zugewandtheit geerbt beziehungsweise übernommen, gepaart mit einem Schuss Selbstsicherheit und Unangepasstheit.

»Na, komm, ich sehe dir an, dass du eine gute Dosis Koffein brauchst.« Kurz darauf zischte die Espressomaschine.

»*Madonna puttana*!« Gianluca schlug kräftig mit der Faust auf den Tisch. Im Fernseher tobten die Zuschauer, in Zeitlupe wurde ein Ball gezeigt, der den Torpfosten traf.

»Sie können nicht Fußball spielen, sie sollten zurück in den Kindergarten gehen! Mia, ihr Deutschen seid doch gut im Fußball! Kannst du mir das erklären? Was sind das für Kleinkinder, die hier einen Ball hin und her schießen?«

Gianluca hatte die Begrüßung vergessen, aber es schien, als wäre Mia für ihn sowieso die ganze Zeit schon anwesend.

Seine Locken waren ungekämmt, Schatten lagen unter den Augen, aber sein Blick war vergnügt.

Aus Anna Marias Richtung kamen klirrende Geräusche und unverständliche Sätze, die jedoch nicht besonders freundlich klangen. Vielleicht war auch sie müde.

»*Principessa*! Komm, das mache ich.« Er stand auf, den Blick weiterhin auf das Spiel im Fernseher geheftet.

»Du denkst wohl, ich kann keinen Kaffee kochen?«, gab Anna Maria zurück.

»Doch, das denke ich. Aber ich kann es auch. Kaum zu glauben, oder? Du hast schon so viel gemacht. Ruh dich aus.«

Tatsächlich kam Anna Maria an den Tisch zurück, und kurz darauf brachte Gianluca ein Tablett mit Wasser und Kaffee. Außerdem lagen drei mit Tomate, Salami und Käse belegte Brote darauf sowie ein Bier.

Er setzte sich bedächtig, starrte wieder auf den Fernseher und kommentierte weiterhin das Spiel.

Anna Maria lachte. Dann wandte sie sich zu Mia und dämpfte ihre Stimme. »Ich glaube, das interessiert uns beide nicht besonders. Aber Luca ist in der Hinsicht ein echt italienischer Mann. Das Serie-B-Spiel. Heiliger Samstag! Und außerdem spielt heute sein Lieblingsverein.«

Sie rückte ein wenig von ihm ab und zog ihren Stuhl näher an Mias. »Und? Wie gefiel dir das Fest?« Ihr brauner, gerader Blick. Aufmerksam und voll Interesse.

»Es war … Es war …« Mia fehlten die Worte. Wundervoll, überwältigend, traumhaft, dachte sie.

»Es war großartig«, gestand sie und konnte nicht verhindern, dass sie rot wurde.

Anna Maria lächelte. Aber sie sah Mia auch prüfend an. »Gefällt er dir?«

Mia brauchte nicht zu fragen, wen sie meinte. Wen schon. Sicher nicht Gianluca.

»Ich …« Das Rot vertiefte sich. Meine Güte. Mia hielt sich das kühle Glas an die Wange.

Anna Maria lachte. Dann wurde sie ernst. »Er sieht gut aus, ich weiß. Sehr gut sogar. Und er ist ein guter Wissenschaftler. Er leistet hier tolle Arbeit. Aber du solltest aufpassen, Mia.«

Mia sah sie fragend an.

»Ich will dir das nicht schlechtreden, jeder hat das Recht auf sein eigenes Glück, nicht wahr? Aber er ist möglicherweise ein bisschen ...«, sie suchte nach dem passenden Wort, »unfassbar. Ein bisschen unergründlich.« Anna Marias Blick lag auf Mia, als würde sie überlegen, ob diese sie verstünde.

Was wollte Anna Maria damit sagen? Ja, unfassbar war dieser Mann vom ersten Moment an gewesen. Faszinierend unergründlich. Und in seiner Unergründlichkeit hatte er sie ausgewählt, was sollte daran schlecht sein?

Als könnte sie Mias Gedanken lesen, sagte Anna Maria: »Ich will dir das nicht ausreden, Mia, versteh mich bitte nicht falsch, das steht mir überhaupt nicht zu. Ich meine nur, er ist ...«

Ja, auch Anna Maria fehlen die Worte, dachte Mia, er ist eben der faszinierendste Mann weit und breit.

»... vielleicht ein wenig ungreifbar. Er trifft seine eigenen Entscheidungen«, vollendete Anna Maria den Satz.

»Tor!!!«, schrie Gianluca in diesem Moment. Er sprang auf, umarmte Anna Maria, umarmte Mia und vollführte einen Freudentanz. »Gewonnen«, konstatierte er zufrieden.

*

Während Anna Maria und Gianluca zurück nach Rom fuhren, nahm Mia sich am folgenden Morgen, es war Sonntag, ihre Bücher und Arbeitsunterlagen vor. Diesmal hätte sie kein Mitleid mit sich. Die Thesen mussten noch einmal auf den Punkt gebracht werden. Das würde sie schaffen. Sie fühlte sich angenehm unbeschwert und formulierte wie der Teufel ihre Sätze. Wenn Tretmüller das nicht gefiele. Er ahnte ja gar nicht, was sie hier in ländlicher Abgeschiedenheit produzierte. Es war, als ließe die Luft der Toskana auch ihren Geist klar und leicht werden. Die Spuren Epikurs in den lateinischen Schriften von Horaz standen ihr klar vor Augen. Sie schrieb und schrieb.

Zwischendurch ging sie hinaus, um mit ein paar Gymnastikübungen Sauerstoff in ihre Lungen zu pumpen.

Es regnete nicht mehr, aber der Himmel war immer noch verhangen. Die Hühner ließ Mia sicherheitshalber im Gehege. Ihr Blick schweifte wie immer über die Hügel. Der Ausblick begeisterte Mia stets aufs Neue. Die sanften Schwünge der Hügelketten taten der Seele wohl und schenkten ihr eine tiefe Ruhe. Ein Tag wie dieser war wie geschaffen zum geistigen Arbeiten, was wollte sie mehr.

Am Nachmittag, nach fünf Stunden Arbeit, machte sie sich auf den Weg ins Dorf. Sie hoffte, Sandro zu treffen. Außerdem brauchte sie Brot, von dem hellen, krumigen Brot, das am dritten Tag wirklich nicht mehr schmeckte. Es war nicht teuer, und die Bäcker buken es jeden Tag neu. Man musste es einfach frisch kaufen.

Es war immer noch, als hielte das Dorf einen ausgedehnten Mittagsschlaf. Vielleicht war es auch die Ruhe nach all den Festen. Mias Blick fiel auf ein durchnässtes, halb abgerissenes Plakat an einer Mauer, das noch vom Dorffest kündete.

Sandro und sie hatten keine Nummern ausgetauscht,

Mia hatte ihn nicht danach zu fragen gewagt. Sie wollte sich nicht aufdrängen, und irgendetwas in ihr sagte ihr, dass er sich wieder melden würde. Bestimmt würde er irgendwann vor der Tür stehen, er wusste ja, wo sie wohnte.

So wie Filippo.

Filippo. Mia wurde bewusst, dass sie ihn seit dem Fest nicht mehr gesehen hatte. Da war dieser eine Moment gewesen, als sie meinte, ihn in der Menge zu erblicken – aber wahrscheinlich hatte sie sich getäuscht. Bevor sie abfuhr, tauchte er sicherlich noch einmal auf. Eine Abreise ohne Abschied von Filippo, das war nicht denkbar. Im Zweifel würde sie Simona nach ihm fragen. Bei Filippo hatte sie keine Sorge, zu aufdringlich zu sein, er würde sich schlicht freuen, wenn sie sich meldete. Filippo war unkompliziert.

Ein Mann wie Sandro dagegen übernahm gern selbst die Initiative, meinte Mia zu wissen. Die Initiative … Wie unter einem Stromstoß erschauerte ihr Körper, als sie an die Leidenschaft dachte, mit der er sie an sich gezogen und von ihrem Körper Besitz ergriffen hatte. Es war eine Leidenschaft, die alles wegfegte, wie eine Riesenwelle, die sich auftürmte, brach und alles unter sich begrub. Mia spürte die Ausläufer immer noch.

Sie fuhr zusammen, als es in unmittelbarer Nähe hupte. Erschrocken drehte sie sich um.

Es war der Conte, der sie aus dem Autofenster heraus grüßte. »Ah, Sie machen einen Spaziergang.«

Offensichtlich.

»Sie stärken sich, sehr gut. Die Luft ist frisch. Hier in Italien haben wir besonders gute Luft.«

Als ob die Luft ihm gehörte. Mia lächelte höflich.

Aber die Gesprächseinleitung war bereits vorbei, der Conte kam rasch zur Sache. »Wir sehen uns morgen, nicht wahr? Ich erwarte Sie! Es ist das derzeit beste Kammerorchester in Siena. Haben Sie einen Wagen? Nein? Signor Baldi wird jemanden schicken, der Sie mitnimmt. Um neunzehn Uhr dreißig. *Arrivederci.*«

Das Fenster surrte nach oben, und der Wagen rollte im Schritttempo davon.

Mia war perplex. Morgen? Hatte sie etwas vergessen? Aber natürlich, ihr wurde heiß, die Konzerteinladung!

Ob sie das zeitlich überhaupt schaffte? Eigentlich musste sie arbeiten. Andererseits, warum nicht? Sie würde noch mehr von der Umgebung kennenlernen. Und wenn er schon jemanden schickte … Mia kramte in ihrer Jackentasche und zog die zerknickte Einladungskarte hervor. Bedrucktes Leinen in zartem Moosgrün. Ein Konzert im Palazzo Chigi Saracini. Um 20 Uhr. Die Contessa gab sich die Ehre. Mit Aperitif.

Du meine Güte. Mia wischte sich mit dem Handrücken über die Stirn. Sie wusste nicht, ob es ein Regentropfen oder ein Schweißtropfen war, der sie kitzelte. Dann erwachte ihr Übermut. Sie würde hingehen, na klar. Und irgendwie, sie konnte es nicht leugnen, fühlte sie sich auch geschmeichelt. Zu einem Kammerkonzert. In einem echten Palast. Mit einem Conte! Mia machte einen Hüpfer, kreuzte die Füße, ging in die Knie und verbeugte sich. »Signora Mia, habe die Ehre, darf ich bitten?«

Platsch. Sie war in einer Pfütze gelandet.

*

Vielleicht hatte sie es geahnt, gehofft in jedem Fall. So sehr, dass sie vorsichtshalber noch einmal geduscht, ihre Haare gewaschen und eines ihrer letzten sauberen T-Shirts angezogen hatte.

Als Mia die Tür öffnete und Sandro vor ihr stand, mit dem rätselhaften Lächeln, einfach dastand und sie ansah, hüpfte ihr das Herz schier aus der Brust. »*Ciao*, Sandro. *Buonasera*.«

»Ich kenne ein Mädchen, von dem ich dachte, dass es heute Abend vielleicht gern Besuch hätte.«

Mia nickte. »Meinst du, wir kennen dasselbe?«

Sandro lachte leise. »Es könnte sein. Wir sollten es herausfinden.«

Er zog eine Flasche Wein hervor, die er hinter dem Rücken verborgen gehalten hatte.

Wein? Aber warum nicht, dachte Mia. Sie brauchte ja nicht so viel zu trinken wie vorgestern. Besser war das.

Einladend trat sie zur Seite. Sandro war schon fast an ihr vorbei, als er sich plötzlich umdrehte und sie an sich zog. »Ich habe mich verliebt. In dieses Mädchen.«

Seine Stimme ging Mia durch Mark und Bein. »Hast du das?«, flüsterte sie. Ihr Hals war trocken.

»Ich glaube schon.«

Sie spürte seinen Atem auf ihrem Haar.

»Der Korkenzieher ist drinnen. Komm rein«, murmelte sie und ging mit wackeligen Knien voran.

Die Bücher auf dem Tisch schob Mia beiseite. Sie musste sich zwingen, ihre Hände ruhig zu halten, als sie mit dem Korkenzieher an der Flasche nestelte. Den Ofen hatte sie zum Glück schon angeheizt, er verbreitete eine behagliche Wärme.

»Es ist ein *Morellino di Scansano*«, sagte Sandro, »ein recht guter Wein aus der Maremma. Lange hatten sie dort keinen Weinanbau, die Gegend war bis ins Mittelalter sumpfig und malariaverseucht, aber inzwischen hat dieser Wein ein Gütesiegel, eine geschützte Ursprungsbezeichnung, er kann sich durchaus sehen lassen.«

Mia nahm Tante Maras Weingläser aus dem Regal, und Sandro schenkte ihnen beiden ein.

Der Wein schimmerte rubinrot. Ein Duft nach Beeren und dunklen Früchten war zu erschnuppern.

Sandro lächelte und hob das Glas. »*Salute.*« Er nahm den ersten Schluck und schmeckte ihm nach. »Mhm, der ist gut.«

Dem konnte Mia nur zustimmen. Schon die ersten beiden Schlucke breiteten sich mit leichter Wärme in ihrem Körper aus. Sie schloss für einen Moment die Augen.

»Du hast gearbeitet?«, fragte Sandro mit Blick auf ihre Bücher.

»Ja. Interessiert es dich?« Mia berichtete von ihrer geplanten Doktorarbeit.

Sandro hörte aufmerksam zu. Es war das erste Mal, dass sie ihm so ausführlich von ihren Studien erzählte, und er schien es ziemlich gut zu verstehen. Vielleicht lag es daran, dass ihm die Wissenschaft vertraut war. Es war eine spezielle Art des Denkens, in die Außenstehende sich meist schwer einfinden konnten oder die sie, schlimmer, für überflüssig hielten. Es waren lauter scheinbar nebensächliche Fragen, winzige Details, die man nicht übersehen durfte, die sorgsam erwogen werden wollten und von deren Ausgang große Deutungen abhingen.

»Worüber hast du eigentlich promoviert?«, fragte Mia.

Sandro schwenkte das Glas. »Über ein bestimmtes Motiv in der etruskischen Vasenmalerei im 9. Jahrhundert vor Christus. Nichts Besonderes. Aber es hat gereicht, um diesen Job zu bekommen.« Er blickte auf. »Und der ist mir verdammt wichtig. Dafür würde ich alles tun. Diese Chance bekommt man auch bei uns nicht allzu oft, selbst wenn die Erde voll ist von Artefakten. Es wird eben nicht alles ausgegraben, und die ganze Welt kommt hierher, um etwas Wertvolles zu finden. Meistens macht man Hilfsarbeiten. Die Leitung einer großen Ausgrabung ist selten.«

Es war, als würde Sandro beim Reden in der Dunkelheit, unterbrochen nur vom Flackern des Feuers, noch größer werden. Auf einmal war er wieder der Wissenschaftler, der in der Ausgrabungsstätte stand und Anweisungen gab.

Anweisungen. Unwillkürlich dachte Mia an Adriana.

»Was ist eigentlich mit Adriana?« Die Frage war schneller heraus, als ihr lieb war.

Sandros Gesicht verschloss sich. »Was soll mit ihr sein?«

»Ich dachte nur …« Verdammt. Wenn du nachgedacht hättest, Mia Schneider, hättest du deinen Mund gehalten.

»Ach, nichts.« Sie winkte ab. Sie stand auf und legte Holz nach. Anschließend kuschelte sie sich aufs Sofa. In einiger Entfernung zu Sandro, das war ihr für den Moment lieber. Außerdem machte der Wein sie müde.

Sandro stand auf und ging im Wohnraum umher. Er nahm die schwarz-weiß gestreiften länglichen Stacheln in die Hand, die Mia auf einen Sims gelegt hatte. »Wo hast du die gefunden?«

»Im Wald.« Mia zuckte die Achseln. »Hast du eine Ahnung, was das ist?«

»Das sind Stacheln vom Stachelschwein. *Istrice*. Sie sind schön. Man findet sie selten.« Sandro strich über die glatten, leicht gebogenen Seiten, prüfte die scharfen Spitzen, dann legte er die Stachelschweinborsten zurück auf den Mauersims.

Er bog um den Tisch und kam auf Mia zu.

Wie ferngesteuert stand sie auf. Sandro hob sie hoch und trug sie zum Tisch.

Es geht zu schnell, dachte sie.

Gleichzeitig verschlug die Erregung ihr den Atem.

Seine Hände an ihren Hüften.

Ihre Hüften ohne Hose, ihre Beine.

Sandro, der vor ihr stand.

Seine Lippen an der Innenseite ihres Knies.

Ihrer Oberschenkel.

Ihrer ... Sein Mund an ihrem Ohr. »Willst du?« Seine Stimme, tief wie immer, jetzt leicht rau. Ihre Härchen stellten sich auf. Wieder der Schwindel.

Sein Blick, sein Innehalten, einen Augenblick lang, wie er so vor ihr stand. Genussvoll, mit halb geschlossenen Augen.

Mia stöhnte auf.

Sie hoffte, dass Signor Martelli schon schlief.

13. Kapitel

Paganini und Pastillen

Das Gackern der Hühner drang in Mias Bewusstsein. Der Geschmack in ihrem Mund war schal. Verschlafen griff sie nach ihrem Handy. Elf Uhr! Meine Güte. Mia sprang auf. Warum hatte sie niemand geweckt? Aber es gab niemanden, der sie hätte wecken können. Sie stieß sich den kleinen Zeh am Bettpfosten und hüpfte ins Badezimmer, kurz darauf stand sie im Garten und streckte die Arme in alle Richtungen.

»*Buongiorno*, *Signora.*« Die sanfte, heute brüchige Stimme ihres Nachbarn.

»*Buongiorno*, *Signor.*« Mia drehte sich um. Und erschrak. Signor Martelli sah blass aus, fast grau, er, der sonst immer eine gesunde Gesichtsfarbe hatte.

»Ist alles in Ordnung?«, fragte sie alarmiert, »geht es Ihnen nicht gut?«

»Doch, doch, alles in Ordnung. Nur in der Nacht, ach, was soll's, nun ja, mein Herz führt ein Eigenleben.«

»Ihr Herz?«

»Ich bin ein alter Mann, nicht wahr?« Signor Martelli versuchte zu schmunzeln, musste sich dafür jedoch zusammenreißen, das sah Mia.

»Vielleicht sollten Sie einen Arzt aufsuchen.«

»Ach, die Ärzte. Sie sind jung, Signora Mia, Ihnen

können die Ärzte noch helfen. Aber wenn man alt ist, verwalten sie nur den Tod.«

»Sie sollten nicht vom Tod sprechen.« Bedrückt schüttelte Mia den Kopf. »Sehen Sie nur, wie herrlich dies alles ist.«

In einer ausholenden Geste wies sie umher. Wie jeden Morgen war sie bezaubert von der Umgebung, es schwächte sich einfach nicht ab.

Das Lächeln auf Signor Martellis Gesicht vertiefte sich. »Ja, das stimmt. Der Tag ist wie gemacht für eine Fahrt mit der Vespa, finden Sie nicht auch?«

Wie kam er jetzt darauf? »Ja«, sagte Mia, »aber die müsste man wohl erst einmal verkehrstauglich machen. Außerdem habe ich heute etwas anderes vor.« Sie erzählte ihm von dem Konzert, zu dem sie eingeladen war.

»Oh.« In Signor Martellis Gesicht wuchs das Erstaunen. »Das ist etwas Besonderes, da haben Sie Glück, die Ombrones laden nicht jeden ein. Soweit ich weiß, handelt es sich bei diesen Konzerten um exklusive Veranstaltungen. Das ist die bessere Gesellschaft.«

Seinem Gesicht war anzusehen, dass er nicht allzu viel von der besseren Gesellschaft hielt. Abschließend forderte er Mia auf: »Erzählen Sie mir später, wie es war.«

Seine Angewohnheit, gleichsam mitten im Gespräch grußlos zu gehen. Signor Martelli schlurfte davon, sein Gang schien mühsamer als sonst.

Doch wie so oft drehte er sich noch einmal um. »Der kleine Filippo – ich soll Ihnen sagen, er würde die Vespa mitnehmen und seinem Bekannten bringen, wenn es Ihnen passt.«

»Filippo?! Haben Sie ihn gesehen? Wann haben Sie mit ihm gesprochen?«

»Nun, er war gestern Abend hier.« Signor Martelli sagte es beiläufig.

»Gestern Abend?!«

»Wir haben nur kurz miteinander gesprochen. Ich stand zufällig vorm Haus. Er fuhr gleich wieder davon.«

Filippo, er war da gewesen. In Mias Kopf rasten die Gedanken. Er war hier gewesen und hatte nicht bei ihr geklopft. Warum nicht? Seit zwei Tagen wartete sie darauf, dass er sich meldete. Wie gern sie ihn noch einmal gesehen hätte, bevor sie abfuhr. Um welche Uhrzeit war das gewesen? Sie wollte Signor Martelli fragen, aber er war bereits verschwunden.

Mia zog ihre Wanderschuhe an. Sie würde zu Simona und Lorenzo laufen und sich nach Filippo erkundigen, so ging das ja nicht weiter.

Als sie durchs Dorf lief, bekam sie große Lust, einen Abstecher zur Ausgrabung zu machen. *Stante pede, direttamente.* Aber das würde sie sich jetzt versagen. Sie wollte Sandro nicht hinterherlaufen. Ein wenig Zeit hätte das Wiedersehen nach dieser Nacht schon, auch wenn sie es kaum erwarten konnte.

Sandro war bis Mitternacht bei ihr geblieben. Noch einmal hatten sie miteinander geschlafen. Er hatte sie ans Fenster gedrängt und von hinten umfasst. Mias Nase wurde von einem Strahl Mondlicht gekitzelt. Die Außenwelt hatte sie in dem Moment nicht interessiert. Außer Stachelschweinen konnte sie sowieso niemand sehen, oder, sollte jemand durch die Felder gestrichen sein, konnte er höchstens eine Silhouette im Fensterrahmen wahrgenommen haben, ein Paar vor dem flackernden Schein des Ofens.

Sandros Bewegungen waren kraftvoll gewesen, beinahe rücksichtslos. Als wollte er etwas erreichen, was ihm sonst versagt blieb.

Es hatte nicht lange gedauert.

Danach hatte er sich noch ein Glas Wein eingeschenkt, war jedoch einsilbig geblieben. Er hatte wie abwesend gewirkt, sie hatten nicht mehr viel miteinander geredet. Sandro hatte ihr eine Strähne hinters Ohr gestrichen und sie sanft angeschaut, ein Gesprächsthema hatte sich jedoch nicht mehr einstellen wollen. Bald darauf war Mia wieder allein gewesen.

Etwas an dieser Begegnung war falsch gewesen. Mia spürte es. Aber sie hatte jetzt keine Zeit, darüber nachzudenken. Vielleicht hatte es mit ihrer bevorstehenden Abreise zu tun, vielleicht war er einfach ein Mann, der nicht viel sprach. Er war zu ihr gekommen. Das war es, was zählte. Und dass er sich verliebt hätte, dieses Geständnis ... Mia hatte es sich nicht eingebildet.

Ein Motorrad knatterte an ihr vorbei, doch es war nicht Sandro. In der Ferne sah Mia den Laden. Schade, dass Anna Maria nicht mehr da war. Auch sie fehlte ihr. SMS zu schreiben war etwas anderes, als beim Kaffee zusammenzusitzen. Als was hatte Anna Maria Sandro bezeichnet? Als unergründlich.

Die italienische Sprache war äußerst bildreich.

*

Simona öffnete ihr, nachdem sie geklingelt hatte, und sah sie freundlich, aber abwartend an.

Mia fand nicht gleich die richtigen Worte. »Ich suche Filippo. Ich habe ihn seit dem Fest nicht mehr gesehen«, brachte sie ihr Anliegen vor. Meine Güte, sonst klappt es inzwischen besser mit dem Italienisch, dachte sie.

»Komm herein. Möchtest du mit uns essen?«

Hinter ihr sah Mia die offene Tür zur Wohnküche, in der es auf dem Herd verführerisch bruzzelte.

»Nein, das ist sehr nett, aber das möchte ich wirklich nicht. Ich wollte nur fragen, wo Filippo ist, ich ...«

Simona unterbrach sie. »Mia, Filippo hat viel zu tun. Es geht ihm nicht gut, mehr kann ich dir nicht sagen, es wäre ihm nicht recht. Wenn mich nicht alles täuscht, wollte er allerdings gestern Abend zu dir fahren. Das hat er zumindest gesagt. War er denn nicht da?«

»Nein«, murmelte Mia. Ich hatte bereits Besuch, dachte sie. Dann schlug sie sich in Gedanken vor den Kopf. Das Motorrad. Filippo musste Sandros Motorrad vor der Tür gesehen haben. Deshalb war er umgekehrt. Wahrscheinlich hatte sein Taktgefühl es ihm verboten anzuklopfen.

Sie seufzte. »Grüß ihn bitte von mir, Simona, ja? Ich würde mich gerne von ihm verabschieden, bevor ich abreise. Ich fahre am Mittwoch. Diesmal tatsächlich.«

*

Erneut stellte sich die Kleiderfrage. Mia überlegte, was für ein Kammerkonzert in einem Palast angemessen wäre. Sie betrachtete den Inhalt ihres Koffers. T-Shirt,

T-Shirt oder noch mal T-Shirt, letztlich hatte sie keine Wahl. Immerhin gab es den grauen Tweedrock und den Cardigan. Sie würde also anziehen, was sie an ihrem ersten Tag zum Besuch in der Kanzlei getragen hatte. Es sei denn ... Mia öffnete Tante Maras Kleiderschrank. Das rote Kleid war diesmal zu festlich, aber wie wäre es mit dem dunkelblauen? Und dazu die cremefarbenen Pumps? Und – Mia zog ihn zielsicher aus dem Fach – einen dazupassenden Schal mit Fransen, um ihn um die Schultern zu legen? Perfekt. Es war fast unheimlich, wie gut die Kleidungsstücke ihrer Großtante ihr nicht nur von der Größe her, sondern auch zu ihrem Typ passten. Sie kleideten sie in einer Weise, wie sie Mia, die um Mode normalerweise einen Bogen schlug, es nie für möglich gehalten hätte. Dazu der zarte Lavendelduft, der zwischen den Schrankwänden hing. All die liebevoll bestickten Leinensäckchen. Mara hatte sich hier ein Zuhause geschaffen, das für Mia ebenso perfekt war, einschließlich des Kleiderschranks.

Mia strich mit dem Finger über das Fotoalbum und dachte an die Bilder darin, die Ausschnitte von Leben, die sie zwar anschauen, aber nicht deuten konnte. Ihr fiel ein, dass sie Signor Martelli fragen könnte, der Mara ja gekannt hatte. Vielleicht wusste er etwas mit dem Mann auf den Fotos anzufangen. Vielleicht war es aber auch zu indiskret. Egal. Sie war sowieso bald wieder in Stuttgart.

Mias Brust zog sich schmerzhaft zusammen, als ihr das bewusst wurde. Zwei Tage noch. Nur noch zwei Tage. Unglaublich. Sie hatte hier gelebt, als ob es für ewig wäre. Wenn es nach ihr ginge, wäre es für ewig. Aber da gab es, Mia zählte es sich an den Fingern auf:

Professor Tretmüller, ihre bevorstehende Doktorarbeit, Frieda … Na gut, für die letzten beiden Finger an der Hand ihre Eltern, auch wenn sie sie kaum zusammen denken konnte, und eben überhaupt ihre Zukunft.

Aber jetzt war jetzt. Heute Abend würde sie festlich ausgehen. Mia drehte sich einmal um sich selbst, und das Kleid wurde zur luftgebauschten Glocke.

*

Pünktlich um 19:30 Uhr stand ein Fahrer vor der Tür und öffnete den Wagenschlag. Mia war überrascht, als sie Achille Ombrone auf der Rückbank erblickte. Dieser lächelte. »Ich hatte im Castello zu tun und dachte, wir könnten ebenso gut zusammen fahren.«

Er war tadellos gekleidet, Mia bemerkte die Schuhe aus feinem Leder, den Anzug aus glänzendem Stoff, seinen Schal, den er um den Hals trug. Dazu umgab ihn ein Duft von wohlriechendem Rasierwasser.

Mia nahm auf der anderen Seite Platz.

Die Tür schloss fast lautlos, und der Wagen glitt davon. Die Unebenheiten der Straße waren kaum spürbar. Mit steter Geschwindigkeit durchschnitt die Limousine die Dunkelheit und rollte um die Kurven. Als ein Reh über die Straße sprang, hupte der Fahrer.

Es war wie im Märchen. Mia sah dem Reh hinterher, das auf der anderen Straßenseite auf einem Acker verschwand. Dann wandte sie sich Achille Ombrone zu – um festzustellen, dass er sie umgekehrt offenbar schon länger betrachtete.

»Kennen Sie die Musiker, die wir heute Abend hören

werden?«, fragte der Conte. Gleich darauf gab er sich in gespieltem Erstaunen selbst die Antwort. »Ach, Sie kommen ja gar nicht von hier, wie könnten Sie sie kennen. Sie sehen so italienisch aus, dass man es glatt vergessen könnte.«

Er lächelte. Offenbar hatte er ihr ein Kompliment gemacht. »Wie ist es mit Ihrem Ort, gibt es dort berühmte Musiker? Woher kommen Sie noch gleich …?«

»Aus Stuttgart.«

»Aus Stuttgart, natürlich, das ist auch eine schöne Stadt.«

Schön? Na ja, dachte Mia.

»Der ganze Ort spricht über Sie. Über die tüchtige Deutsche, die das Haus von Signora Klarenburg übernommen hat.«

Der ganze Ort. Aha. Tüchtig? In welcher Hinsicht?

»Sie war meine Großtante, ich habe es geerbt, das heißt, eigentlich gehört es meiner Mutter …«

»Ah, Ihrer Mutter?« Der Conte merkte auf.

»Ja, aber es interessiert sie nicht, es ist so gut wie mein Haus, sie ist ja gar nicht da, verstehen Sie? Ich kümmere mich um alles.« Was für hilflose Versuche, die Situation zu erklären, dachte Mia.

»Verstehe.« Der Conte entspannte sich. Dann legte er seine Hand auf Mias. Mia zuckte innerlich zusammen.

»Sie werden gleich ein ausgesuchtes Konzert hören und einen sehr beeindruckenden Palast sehen. Es gibt viele Touristen, die so etwas nicht kennen. Es ist quasi das innere Leben der Stadt. Und Sie gehören ja jetzt dazu, nicht wahr?« Er nahm seine Hand wieder fort.

Vor den Fenstern stand der dunkle Abend. Mia verstand nicht im Mindesten, wie es dazu gekommen war, dass sie in dieser Limousine saß, auf der Rückbank neben einem Grafen. Das waren Aschenputtel-Geschichten. So etwas passierte nicht im wirklichen Leben.

Ombrone sah jetzt ebenfalls aus dem Fenster und schwieg. Nur das ruhige Fahrgeräusch war zu hören. Mia wagte es nicht, die Stille zu unterbrechen. Sie ließ sich tiefer in die weichen Polster sinken und strich verstohlen über das Leder der Sitze.

Sie erreichten den Fuß des Hügels, auf dem sich die Stadt erhob. Dann wand sich die Straße aufwärts, und die Häuser nahmen zu. Die Lichter der Straßenlaternen warfen einen warmen, gelblichen Schein. Kurz darauf passierten sie ein mächtiges Stadttor. Der Wagen machte jedoch keine Anstalten, zu halten. Als wären die Gassen nicht außerordentlich eng und die Hauswände zum Greifen nah, glitt der Wagen durch die Altstadt, bis der Chauffeur auf einem kleinen Platz hielt. Mia versuchte, einigermaßen würdevoll auszusteigen. Dennoch stolperte sie auf dem Straßenpflaster. Die schmalen Absätze der Pumps waren doch recht ungewohnt. Der Conte reichte ihr geistesgegenwärtig eine Hand, und Mia konnte nicht anders, als sie zu ergreifen, wenn sie nicht stürzen wollte. Sie war überrascht, wie geschmeidig Achille Ombrone sie stützte. Verlegen löste sie ihre Hand und strich das Tuch glatt, das um ihre Schultern lag. Meine Güte, Mia Schneider, du musst noch üben, dachte sie. Die schmale elegante Handtasche, die sie ebenfalls aus Maras Schrank entwendet hatte, hielt sie krampfhaft umklammert. War das überhaupt noch sie, die hier in dieser unwirklichen Kulisse stand? Zweifelsohne, auch wenn sie sich wie eine Schauspielerin fühlte, die auf die Bühne trat, ohne das Stück geprobt zu haben.

Entschlossen ging sie geradeaus. Sie spürte, wie der Conte sie an der Schulter griff und ihren Kurs sanft korrigierte. »Hier entlang, sehen Sie, dort ist der Palazzo Chigi Saracini.« Aufragende Mauern in dem üblichen Braun der Stadt, schmale gotische Fenster – Mia erkannte auf den ersten Blick nichts Besonderes, einen Palast hatte sie sich anders vorgestellt. Aber doch, das Licht, das aus den Fenstern drang, die verzierten Rundbögen, die Zinnen – es war ein Palast. Und sie erinnerte sich, dass Filippo auch die hohen, halbrunden Gebäude rund um die Piazza del Campo als Paläste bezeichnet hatte. Hier hätten die sienesischen Adelsfamilien gelebt, über Jahrhunderte hinweg. Sie hätten einander belauert, Allianzen geschmiedet und sich gemeinsam gegen Feinde von außen verteidigt.

Gäste in Abendkleidung begrüßten den Conte. Küsschen hier und Küsschen da, herzliche Berührungen an der Schulter, wie es unter italienischen Männern üblich war, man kannte sich offensichtlich, es war ein geladener Kreis.

Mia straffte die Schultern. Der Conte stellte sie vor. Sie lächelte freundlich, ebenso wie sie freundlich angelächelt wurde, in den meisten Fällen wirkte es allerdings aufgesetzt.

»Wer ist sie?«, fragte eine ältere Dame den Conte. Die Falten ihres Gesichts waren begraben unter Makeup, ihr Mund war sorgfältig rot umrandet, ihr Dekolletee bedeckt von Goldschmuck. Mit einem Krähenblick musterte sie Mia von oben bis unten.

Ombrone gab eine Antwort, die Mia nicht richtig deuten konnte. »Mädchen«, verstand sie. »Deutschland«, »helfen«. Nun ja. Es konnte ihr eigentlich egal sein.

Eine andere Frau kam auf den Grafen zu und begrüßte ihn überschwänglich. »Achille, mein Lieber, wie schön, dass du gekommen bist!« Sie war mittelalt, hatte rötliche Locken und eine helle Haut und eine außerordentlich schlanke Figur.

Der Graf küsste ihr die Hand. Kurz fiel ihr Blick auf Mia. »Ist deine Frau nicht da? Die liebe Irene, ich habe sie so lange nicht gesehen!« Sie klang betrübt.

»Sie ist verreist«, erwiderte der Graf, »du weißt ja, ihr Rückenleiden …« Er schien einen Moment zu zögern. »Das ist Mia Schneider, eine neue Nachbarin.«

Die Rothaarige hob das Kinn. »Aha. Komm, mein Lieber.« Damit hakte sie sich bei Achille Ombrone unter und führte ihn fort.

Mia lies Luft ab. Was für ein Auftritt.

»Das war die Gräfin Orsina, sie hat hierher eingeladen«, ertönte eine Stimme neben Mia.

Sie wandte sich überrascht um. Sie sah niemanden. Dann entdeckte sie es: Neben ihr stand ein Mädchen von ungefähr sieben Jahren, die schwarzen Haare sorgfältig gekämmt und mit zwei Haarspangen zurückgehalten, in einen dunkelblauen Mantel gekleidet, unter dem der Kragen einer weißen Bluse hervorschaute. Sie war ausstaffiert wie eine Puppe, sogar Schuhe mit Absätzen trug sie.

»Du weißt also Bescheid, was?«, stellte Mia amüsiert fest.

»Oh ja. Ich muss immer mitkommen. Einmal im Monat. Mindestens! Es ist wahnsinnig langweilig.« Sie dämpfte ihre Stimme.

»Und die Musik gefällt dir nicht?«, fragte Mia.

»Schon, ich spiele ja auch Klavier, aber das ganze Gerede vorher! Es nimmt kein Ende. Einmal bin ich eingeschlafen«, erklärte sie mit Verschwörermiene. »Und manchmal … Aber das darfst du wirklich niemandem sagen, versprich es, schleiche ich mich weg. Meine Eltern denken, ich gehe ins Bad, aber stattdessen wandere ich durch den Palast! Ich bin schon bis in den ersten Stock gelangt!«

Sie sah Mia eindringlich an, als wolle sie herausfinden, wie diese mit solch einer Information umginge.

Mia nickte ernsthaft. »Na, dann wollen wir heute ein bisschen Spaß haben, was meinst du? Ich bin nämlich das erste Mal hier, und bisher finde ich es eigentlich ganz schön.«

Das Mädchen seufzte. »Das liegt daran, dass es das erste Mal ist«, sagte sie resigniert.

»Gibt es keine anderen Kinder hier?«, erkundigte sich Mia.

»Manchmal schon. Aber heute nicht. Die Glücklichen. Sie dürfen wahrscheinlich fernsehen. Nein, hier sind nur alte Leute!« Sie stellte sich auf die Zehenspitzen. »Da vorne, sieh mal, das ist die Gräfin Lucrezia. Eine echt alte Schachtel. Sieh sie dir nur an!«

Mia erkannte die alte Dame, die den Conte nach ihr ausgefragt hatte. »Stimmt«, flüsterte sie zurück, »sie sieht aus wie eine Krähe.«

Das Mädchen kicherte.

Ein älterer Herr mit Gehstock, im Smoking und offenbar gefärbten Haaren stolzierte an ihnen vorbei. Er sah Mia wohlgefällig ins Dekolletee. Eine jüngere blonde Frau auf atemberaubenden Stilettos schob ihn weiter.

»Und der heißt Ferragamo. Puh.« Das Mädchen hielt sich die Nase zu. Tatsächlich, ein ausgeprägter Parfumduft umgab den Mann, eine Mischung mit stark moschusartiger Note.

»Was ist eigentlich mit deinen Eltern?«, fragte Mia. Ein wenig ungewöhnlich fand sie die Kleine schon.

»Och, die. Die reden. Sie sind beschäftigt.« Das Mädchen wies auf ein junges Paar, das in einiger Entfernung stand und angeregt mit einem anderen Paar plauderte. Die beiden sahen eigentlich sehr nett und aufgeschlossen aus, fand Mia.

»Komm, wir gehen rein.« Das Mädchen zog Mia am Ärmel. »Hübsch siehst du übrigens aus. Ganz anders als die anderen Leute.«

Dass sie anders aussah, hatte Mia auch schon bemerkt, und sie fand es nicht sonderlich gelungen. Aber es ließ sich nicht mehr ändern.

»Sag ihnen erst Bescheid, also, deinen Eltern«, bat sie.

»Mach ich.«

Mia sah, wie die Eltern sich zu dem Mädchen hinunterbeugten, sich wieder aufrichteten, Mia mit den Augen suchten, ihr zulächelten und aus der Ferne grüßten.

Das Mädchen kam zurück. »Wie heißt du eigentlich?«, wollte sie wissen.

»Mia, und du?«

»Matilda. Beginnt auch mit ›M‹.« Das Mädchen strahlte. Sie lief in den nächsten Raum. Auf Stehtischen waren Gläser und Tabletts mit Kanapees angerichtet. Die Service-Kräfte waren nicht zu sehen.

»Die mit Thunfisch sind am besten.« Das Mädchen stellte sich auf die Zehenspitzen und angelte nach einem der belegten Brote.

Ob das alles so richtig war, wagte Mia zu bezweifeln, andererseits war der Graf verschwunden, und sie kannte sonst niemanden. Blieb ihr nur die Bekanntschaft mit Matilda, die ihrerseits froh schien, Mia an ihrer Seite zu haben.

»Was hast du deinen Eltern eigentlich erzählt?«, fragte Mia.

»Dass du meine neue Sprachlehrerin bist. Die sieht ganz anders aus, aber das wissen sie ja nicht.«

Mia musste lachen. »Na dann. Deutsch, okay? Ich unterrichte Deutsch. Wie geht es Ihnen heute, Fräulein Matilda?«

»Gut, es geht mir gut. Das verstehe ich übrigens.« Matilda strahlte.

»Du bist aber klug«, sagte Mia überrascht.

»Na ja, das sind die Reisen. Wenn wir in einem anderen Land sind, zwingen Papa und Mama mich immer, ein paar Worte zu lernen.«

»Und ihr reist viel«, vermutete Mia.

»Zu viel«, seufzte Matilda. »Ein Kind soll eigentlich spielen, weißt du? Aber davon haben Papa und Mama noch nichts gehört.«

Nach und nach füllte sich der Raum, die Leute stellten sich an die Tische und wurden von den umhereilenden Kellnern bedient. Auch Mia nahm ein Getränk und hoffte, dass es nicht zu viel Alkohol enthielt. Als sie Matilda fragen wollte, was sie trinken wollte, war sie verschwunden. Mia überlegte, ob sie wohl ihre Erkundung der oberen Stockwerke fortsetzte.

»Sie haben mit der kleinen Antinori gesprochen.« Achille Ombrone stand vor ihr und hob das Glas.

»Ein nettes Kind«, sagte Mia.

»Hochbegabt. Und nicht ganz einfach.« Seine Mundwinkel verzogen sich. »Ihre Eltern suchen gerade das passende Internat für sie aus, um sie optimal zu fördern.«

Mia war überrascht. Ist das nicht zu früh?, wollte sie fragen, ein Kind gehört doch vor allem zu seinen Eltern, da sprach der Conte schon weiter. »Bei Ihnen ist alles in Ordnung, Mia, ja?«

Mia nickte.

»Wunderbar. Das Konzert beginnt gleich, sehen Sie, man öffnet schon die Türen. Es ist ein erlesenes Kammerkonzert, wirklich sehr gut, von ausgewählten Künstlern.«

»Oh ja, das glaube ich.« Mia gab sich große Mühe, zu signalisieren, dass sie die Einladung zu schätzen wusste.

»Wir werden nicht zusammensitzen können«, Ombrone verzog seine Züge zu einem Bedauern, »aber ich hoffe, dass Ihnen die Aufführung trotzdem gefällt.«

»Oh, ganz sicher«, wollte Mia sagen, aber mit einem verbindlichen Lächeln hatte der Graf sich schon wieder abgewandt und verschwand zwischen den Gästen.

»Seine Frau ist ständig krank.«

Matilda. Sie hatte tatsächlich die Gabe, unbemerkt aufzutauchen. »Man sieht sie so gut wie nie.«

»Ist sie hübsch?«, fragte Mia.

»Oh ja, sehr hübsch«, versicherte Matilda. »Manche sagen sogar, sie sei die hübscheste Frau in der ganzen Provinz von Siena. Sie sieht aus wie eine echte Fee.« Das klang geheimnisvoll. »Aber sie ist immer müde«, fügte Matilda hinzu.

Ein Glöckchen klingelte zum Einlass. Die Gäste begaben sich durch die Flügeltüren in den Konzertsaal, der festlich beleuchtet war.

»Kann ich neben dir sitzen?«, fragte Matilda.

»Gibt es denn keine festen Plätze?«

»Nein. In der sechsten Reihe ist es übrigens am besten.«

Während die Cellistin sich einspielte, lotste Matilda Mia unauffällig zu zwei Plätzen in der Mitte des barocken Konzertsaals.

Dem ausliegenden Programmzettel entnahm Mia, dass sie einige Sonaten und Sätze für Cello und Klavier hören würden. Bréval, Beethoven, Tschaikowski, Paganini. Paganini? War das nicht der Geigenvirtuose? Egal. Sie hatte keine Ahnung von klassischer Musik, war aber gerne bereit, sich überraschen zu lassen.

Sie hatte die Rechnung ohne Matilda gemacht. Diese erklärte ihr sowohl, wie die beiden Musikerinnen hießen, als auch, dass das Cello, das gespielt wurde, ein über dreihundert Jahre altes Instrument aus dem Hause Stradivari war und der Musikakademie gehörte, die in dem Palast ansässig war.

»Es ist Millionen wert«, flüsterte sie.

Kleider raschelten, eine Wolke von Düften schwebte über allem, die Gäste flüsterten und wurden erst ruhig, als das Licht gedimmt wurde. Applaus erhob sich. Matilda verzichtete darauf, zu klatschen. Schräg vor ihnen saß die Krähe. Den Conte entdeckte Mia weiter vorne, in seiner Nähe rötliche Locken.

Die schwermütigen Töne lenkten Mia von der Betrachtung der anderen Gäste ab. Sie drückten ihr auf die Stimmung.

Als könnte sie Gedanken lesen, stieß Matilda sie mit dem Ellbogen an.

Mia beugte sich zu ihr hinunter.

»Nicht auszuhalten, oder? Gib's zu!«

Mia grinste. »Willst du ein Lakritz?«, flüsterte sie.

»Gern.«

Zwei Köpfe drehten sich mahnend, als sie in der Handtasche kramte, in der die Schachtel mit den Pastillen klackerte. Matildas anerkennende Miene entschädigte sie. »Danke!«, flüsterte sie.

»Gern geschehen!«

Selbst Paganini war mit den Pastillen deutlich besser zu ertragen.

Nach dem Schlussapplaus erhoben sich die Leute von den gepolsterten Stühlen. Mia ging mit der Menge hinaus und sah sich nach dem Conte um. Matilda blieb neben ihr, erschöpft von dem Konzert, wie es schien, vielleicht auch einfach nur müde, schließlich war sie erst sieben.

Mia hatte sie nicht kommen sehen. Auf einmal standen Matildas Eltern vor ihr und waren im Begriff, ein Gespräch zu beginnen.

»Sie ist nur die Vertretung«, sagte Matilda und drehte Mia gleichgültig den Rücken zu. »Sie kann nicht einmal richtig Englisch, sie spricht nur Deutsch.«

Bevor Mia und bevor die Eltern etwas sagen konnten, nahm Matilda ihre Mutter und ihren Vater bei der Hand und zog sie mit sich fort.

Mia starrte ihnen verblüfft hinterher.

Da drehte Matilda sich noch einmal um und zwinkerte ihr über die Schulter hinweg zu.

14. Kapitel

Hirngespinste

Achille Ombrone hatte sie nicht mehr gesehen. Der Conte hätte noch zu tun, sagte der Fahrer, der sich unauffällig bemerkbar machte und ihr anbot, sie nach Hause zu bringen. Erst als sie bereits im Wagen saß, sah sie ihn, wie er lachend aus dem Innenhof auf die Straße trat. An seiner Seite die rothaarige Gräfin.

So unaufdringlich und gleichzeitig bestimmt, wie der Fahrer es ihr anbot, kam Mia gar nicht auf die Idee, an diesem Abend länger in Siena bleiben zu wollen. Sie war außerordentlich müde, außerdem war ihr kalt.

Als der Fahrer sie in Treviano absetzte, überreichte er ihr eine mit einer Schleife versehene Tafel, es war offenbar eine Art Süßigkeit. Ein Gruß vom Grafen, sagte er.

Mia bedankte sich und ging ins Haus. Merkwürdig. Wollte der Graf etwas von ihr? Nein, dann hätte er sich eingehender um sie gekümmert. Es war hauptsächlich Matilda gewesen, mit der sie zu tun gehabt hatte, die Vorstellungsrunde mit einigen der Anwesenden hatte nicht darüber hinwegtäuschen können. Andererseits hatte Ombrone sie in seinem Privatwagen mitgenommen und nach Hause bringen lassen. Und jetzt dieser süße Gruß ... *Panforte*, entzifferte sie. Und *Nannini*. Eine sienesische Spezialität, sie erinnerte es von dem Stadtrundgang mit Filippo. Und Nannini, das war doch der berühmte Zuckerbäcker. War der Graf anzüglich gewesen? Nein, Mia konnte kein Zeichen dafür erkennen. Er hatte sie mit ausgesuchter Höflichkeit behandelt. Achille Ombrone schien für Anzüglichkeiten allerdings auch zu kultiviert zu sein. Na, Hauptsache, er stand nicht irgendwann vor ihrer Tür. Ausgeschlossen war das nicht.

Mia drehte den Schlüssel zweimal um und hielt inne. Wer am Abend zuvor vor der Tür gestanden hatte, war Sandro gewesen. Dem hatte sie die Tür weit geöffnet, und sie hoffte, dass sie Gelegenheit hatte, es wieder zu tun. Ein letztes Mal, bevor sie abreiste. Es wäre wunderbar.

Mia stieg aus den Klamotten und warf sie über einen Stuhl.

Dann fiel sie ins Bett.

Bleiern müde schlief sie ein und wurde kurz darauf wieder aus dem Schlaf gerissen, ohne richtig aufzuwachen. Einer der Fensterläden schlug gegen die Wand. Durch ihre Träume schwebte eine dumpfe Melodie, immer wieder strich ein Bogen auf und ab. Es hörte nicht auf, obwohl sie es sich wünschte und aus dem Traum aussteigen wollte.

*

Gerädert erwachte sie. Das Konzert vom vergangenen Abend kam ihr wieder in den Sinn, es war, als wäre sie es die ganze Nacht nicht losgeworden, als wäre es in ihren Träumen einfach weitergegangen. All die aufgetakelten Leute, die Grafen und Gräfinnen. Eine exklusive Veranstaltung, oh ja.

Sandro. Das war ihr zweiter Gedanke. Sie musste ihn sehen. Sie sehnte sich nach seinen kräftigen Schultern, nach Staub und Erde, einem Turban und seiner Brust mit dem Amulett. Morgen würde sie abfahren. Natürlich musste sie Sandro heute noch einmal sehen. Und zwar dringend. War ihm überhaupt klar, dass heute ihr letzter Tag hier war? Bedeutete es etwas für ihn? Vielleicht hatte er sie gestern sogar sehen wollen, während sie im Konzert in Siena war? Wie auch immer, die letzte Begegnung durfte sie nicht dem Zufall überlassen.

Arbeiten wollte Mia heute jedenfalls nicht mehr. Diesen Tag würde sie sich als Pause gönnen, denn sobald sie in Stuttgart war, ging es wieder los mit der Arbeit. Dann kam auch die Betreuung der Vorlesungen hinzu, erfahrungsgemäß fragte Tretmüller sie recht bald nach Semesterbeginn, ob sie die ein oder andere Lehrveranstaltung für ihn übernehmen könnte. Abgegolten wurde dies mit ihrem Honorar als wissenschaftliche Hilfskraft. Es stand zwar nicht in ihrem Vertrag, aber der war ohnehin sehr allgemein gehalten, und bisher war Mia immer stolz gewesen, ihren Professor vertreten zu können. Meistens waren es Übungen zu grammatischen Fragen, Seminare, die sich jedes Semester wiederholten, auch für Mia zu bewältigen.

Nach einem kleinen Frühstück ging Mia hinaus und schlenderte durch den Garten. Es war, als wollte die Sonne ihr den Abschied schwer machen. Alles war so leicht und frühlingshaft. Die Landschaft leuchtete. Jeden Tag entfalteten sich die Blätter ein wenig mehr, wuchs das Gras saftig grün in die Höhe. Dazwischen die Blumen, die den Garten mit bunten Tupfen sprenkelten, dottergelb, hellgelb, violett und weiß. Mia schloss die Augen. Die Sonne wärmte ihr die Wangen und die Stirn. Der leichte Wind streichelte ihre Lider und hob ihre Haare sacht an. Könnte sie diese Erinnerung nur immer bewahren. Diese Unbeschwertheit. Die Geborgenheit in diesem Haus, obwohl sie hier allein war und mitten auf dem Land. Allerdings schien ihr das Dorf überhaupt nicht abgeschieden. Es steckte so viel Leben darin, und die ganze Gegend war so weit und freundlich, bot noch so viel zu entdecken. An den Verkehr in Stuttgart und das mehrstöckige Mietshaus, in dem sie lebte, mochte sie gar nicht denken. Apropos Mietshaus: Sie hatte lange nichts von Frieda gehört. Merkwürdig. Aber das bedeutete sicherlich nur, dass sie sich um ihre Angelegenheiten kümmerte, vielleicht hatte sie einen Job angenommen. Wenn Mia wieder daheim wäre, würden sie sich viel zu erzählen haben.

Mia lächelte beim Gedanken daran, was sie ihrer Freundin alles schildern würde. Zum Beispiel das Konzert – sie würde es in den schillerndsten Farben ausmalen. Jemand wie Matilda war doch nicht wirklich wahr, oder? Schade, sie hätte Matilda gerne wiedergesehen. Es gab so viele nette Menschen hier.

Wie auf ein Stichwort winkte Signor Martelli ihr vom Zaun aus zu. Mia ging zu ihm. Wann sie wiederkäme, fragte er, denn bald könne der Salat geerntet werden. Mia lachte. Sie hoffte, versicherte sie Signor Martelli, dass sie von dem Salat kosten könnte, und zwar noch dieses Frühjahr. Ob er so nett wäre und ihn sonst für sie ernten würde? Das könne er tun, aber Salat könne man natürlich nicht konservieren, das müsse ihr klar sein, erwiderte Signor Martelli bedächtig. Natürlich, sagte Mia, Salat wäre nur frisch genießbar. Aber Emilia, falls sie nichts dagegen hätte, erklärte Signor Martelli, die würde Salat mögen. Und der ein oder andere fiele ihm noch ein. Er könnte also ernten, wenn es ihr recht sei.

Bestens, versicherte Mia. Er solle sich bitte frei fühlen, diesen Garten zu betreten, wann immer er wolle.

Signor Martelli schmunzelte. »Wie damals«, murmelte er.

»Wie bitte?«, fragte Mia.

»Ach, nichts. Es gab eine Zeit, da war ich öfter hier.«

»Bei meiner Großtante?«

»Bei Signora Mara, oh ja.« Er schmunzelte immer noch und schien in Gedanken an eine Erinnerung zu versinken.

Mia horchte auf. »Das müssen Sie mir erklären.«

»Oh, da gibt es nicht viel zu sagen.« Seine Stimme wurde leiser.

Bruno Martelli hatte sich bereits umgedreht.

Anschließend putzte Mia das Haus. Während sie umherlief, fegte und den Boden wischte, merkte sie, dass sie wirklich hoffte, Sandro noch einmal zu treffen, und zwar allein. Sie stellte frische Blumen auf den Tisch, obwohl sie ab dem nächsten Abend nur noch verwelken würden, sie schaute nach, ob sie noch etwas zu essen hatte, sie prüfte das Getränkefach. Ja, ein paar Cracker und für den Notfall ausreichend Nudeln mit Soße waren noch da, ebenso eine ungeöffnete Weinflasche. Sie plante, sich mit Sandro zu verabreden. Und selbst wenn er etwas anderes vorhätte: Wenn er begriff, dass es Mias letzter Abend wäre, vorerst die letzte Gelegenheit, sich zu sehen, würde er sich sicher Zeit für sie nehmen und eine andere Verabredung absagen.

Mia strich die Sofadecke glatt und stellte sich vor, wie sie hier zusammen sitzen würden, einträchtig und vertraut. Wie sie sich über ihre Studien unterhalten würden, über Mias Doktorarbeit und Sandros Ausgrabungen, wie sie von Details hören würde, die ihn beschäftigten, wie sie gemeinsam überlegten, wo in den Wäldern und Feldern um Treviano sich das Grab des Fürsten verbergen mochte. Ob Sandro recht hatte und es sich auf dem Gelände des Castellos von Achille Ombrone befand? Vielleicht war es noch unversehrt und mit Grabmalereien ausgeschmückt, reich mit Grabbeigaben versehen, so wie in den Totenstätten von Cerveteri und Tarquinia? Sandro hatte es ihr erzählt: Ganze Totenstädte befanden sich dort, mehrere tausend in Stein gehauene Grabhöhlen, die regelrecht in Straßen und Viertel organisiert waren. Manche Gräber waren Wohnhäusern nachgebildet. Die Särge waren mit Skulpturen und Beigaben verziert gewesen, und anhand der Darstellungen, der Keramiken und Wandmalereien hatte man viel über das offenbar glückliche und ausschweifende Leben der Etrusker erfahren, über ihre Jagd und festlichen Gelage. Am berühmtesten war ein Sarg, auf dem ein Mann und eine Frau entspannt zusammen lagerten. Daraus und aus ähnlichen Darstellungen schloss man auf eine Gleichberechtigung der Frau im gesellschaftlichen Leben. Wobei es genau wie bei den Römern Sklaven gegeben hatte, deren sicher nicht sehr angenehmes Leben in Dunkelheit versank.

Mia strich sich über die Stirn. Hirngespinste. Und trotzdem: Was wirklich Spaß gemacht hatte mit Sandro, war die Unterhaltung über ihre wissenschaftliche Arbeit gewesen.

Ehe sie sichs versah, war sie unterwegs.

*

Vor der Absperrung der Ausgrabung parkte ein glänzender Geländewagen, den Mia dort noch nie gesehen hatte. Sie betrachtete das Ungetüm auf vier Rädern. Anders als in Stuttgart waren hier in der ländlichen Gegend noch viele Autos älteren Baujahrs unterwegs. Dieser Mercedes war ungewöhnlich. Mia studierte das Kennzeichen, er kam offenbar aus Rom. Überhaupt wirkte das Gelände verändert, es waren mehr Leute da, und es gab mehr Bewegung als sonst. Mia übertrat die Absperrung und ging auf den Bauwagen zu, auf dessen Stufen Adriana gesessen hatte, als sie das erste Mal hier gewesen war.

Diesmal war er leer.

Sie ging weiter und näherte sich der Gruppe, die an einer der Gruben stand und diskutierte. Sandro war dabei. Mia machte ein paar Leute aus, die sie definitiv noch nie gesehen hatte. Eine nicht besonders große, etwa vierzigjährige Frau mit einem Kurzhaarschnitt, die energisch gestikulierte, bildete den Mittelpunkt, jüngere Menschen standen um sie herum. Eine neue Forscherin?

Am liebsten wäre sie wieder weggegangen, aber jetzt drehten sich ein paar Köpfe, man hatte sie entdeckt. Die ältere Frau, die, das sah Mia jetzt, scharfe und kluge Gesichtszüge hatte und sehr entschlossen wirkte, ließ kurz ihren Blick über sie schweifen, um sich dann unbeirrt wieder der Gruppe zuzuwenden.

Mia verspürte Unbehagen. Es war, als berührte sie etwas unangenehm und spitz. Als sie sich umdrehte, sah sie Adriana, die ihr zornesfunkelnde Blicke zuwarf. »Verschwinde, und zwar sofort«, war es, wozu diese Blicke sie aufforderten, auch wenn ihre Lippen stumm blieben.

Sandro bedeutete Mia, ruhig zu bleiben. In seinem Augenwinkel erschien ein Lächeln.

»Gleich gehen wir ins archäologische Institut«, erläuterte die Frau. »Dort treffen wir Professor Testa und lassen uns die neuen Analyseverfahren erklären. Am Nachmittag gibt es einen Termin mit der Presse, einige Journalisten kommen hierher, machen sich ein Bild und stellen Fragen. Wir werden versuchen, sie bestmöglich zu beantworten. Das meiste wird sich um die neu entdeckte Vase drehen. Dieser Fund hat Aufsehen erregt, und zwar über die Fachwelt hinaus.«

Die Studenten lauschten aufmerksam. Die Frau schien eine Leitungsposition innezuhaben. Vielleicht eine Professorin? Mia verstand nicht genau, worum es ging und was sie wollte. Sandro hatte ihr nichts erzählt. Aber warum sollte er auch, sie lernten sich ja gerade erst kennen.

Auf einmal setzte sich der Trupp in Bewegung, Mia hatte das Aufbruchsignal verpasst. Ratlos blieb sie stehen. Als Adriana an ihr vorbeikam, ein Klemmbrett, Stift und Papier in der Hand, schien es einen Moment, als wollte sie etwas zu Mia sagen, verzichtete dann aber darauf. Stattdessen wandte sie sich Sandro zu und sagte etwas zu ihm, was Mia nicht verstand. Mia fiel wieder auf, was für eine biegsame Figur Adriana hatte, wie durchtrainiert sie aussah.

Mia stand dort wie bestellt und nicht abgeholt. Sie schalt sich für ihre Idee, unaufgefordert hergekommen zu sein. Andererseits hatte Sandro sich bisher immer gefreut, wenn er sie sah. So verkehrt war die Idee also nicht gewesen.

In diesem Moment drehte Sandro sich um und wartete, bis sie zu ihm aufgeschlossen hatte. »Wir fahren nach Siena an die Universität. Diesmal kannst du leider nicht dabei sein. Am besten kommst du morgen noch einmal wieder, dann habe ich mehr Zeit für dich.«

»Ich …« Mia saß ein Kloß im Hals. Sie wollte erklären, dass sie morgen nach Stuttgart fliegen würde, dass es kein Morgen gäbe, dass sie Sandro noch einmal sehen wollte, und zwar am liebsten allein.

Sie wollte ihn berühren, aber ihre Hand schwebte in der Luft.

Sandro drehte sich schon wieder um.

»Ich fahre morgen ab«, gelang es Mia noch zu sagen.

»Oh.« Sandro wirkte überrascht. Sein Gesicht zeigte einen Anflug von Bedauern. »Na, dann … *Ciao*, Mia.« Er gab ihr zwei Küsse auf die Wange. Dann kramte er in der Hosentasche und zog eine leicht zerknitterte Karte heraus. »Dies ist meine Nummer. Melde dich, ja?«

Mia nickte, unfähig, etwas zu sagen.

»Ich warte darauf.«

Dann drehte er sich endgültig um und folgte der Gruppe. Adriana hatte auf ihn gewartet, und es schien Mia, als werfe sie ihr einen triumphierenden Blick zu.

Die Küsse brannten auf ihren Wangen.

Die Autotüren klappten, Sandro setzte sich auf sein

Motorrad, und Mia dachte, dass sie nicht richtig sah, als Adriana sich hinter ihn schwang und an ihm festhielt, als er die Maschine startete.

*

Mia nahm einen Stein auf und schleuderte ihn fort. Er kullerte zwischen den Olivenbäumen den Hang hinunter. Einen zweiten warf sie in hohem Bogen hinterher.

Sie ärgerte sich über die Szene bei der Ausgrabung. Natürlich hätte sie nicht einfach auftauchen dürfen. Was hatte sie sich nur dabei gedacht? Dass Sandro seine Arbeit liegenließ und sie vor aller Augen leidenschaftlich küsste? Sie wusste doch, dass er dort zu tun hatte. Dass diese Frau da gewesen war – Mia wurde bewusst, dass sie immer noch nicht wusste, wer sie war, eine Chefin, welche auch immer –, war ein dummer Zufall gewesen. Gleichzeitig hatte Sandro ihr von Anfang an erklärt, wie wichtig ihm seine Arbeit war. Sie konnte nicht erwarten, dass ihre Abfahrt von Pauken und Trompeten begleitet wurde. Für sie selbst waren die Wochen in Treviano eine besondere Zeit gewesen, aber das Leben hier ging natürlich weiter, da zählte es nicht, ob sie dabei war oder nicht.

Den nächsten Stein drehte Mia nachdenklich in der Hand. Irgendwie hatte die Vorstellung, dass alles weiterging wie bisher, auch etwas Beruhigendes. Es würden Feste veranstaltet, Osterbäckereien, die Hühner würden im Garten picken, Signor Martelli würde Salat ernten und erhielt Besuch von Emilia … Mia dachte, dass sie so bald wie möglich wiederkommen wollte, um zu sehen, wie sich die Dinge entwickelt hatten. Vielleicht im Sommer. Vielleicht sogar schon zu Himmelfahrt oder Pfingsten.

Während Mia aufstand, vernahm sie ein Motorengeräusch auf der Straße vor dem Haus, ein Bremsen, dann ein Klopfen an ihrer Haustür.

Mia lief nach vorne und stieß fast mit Filippo zusammen, der eben um die Hausecke bog. Diesmal war sie es, die die Arme ausbreitete, um den Zusammenstoß abzufangen, denn Filippo balancierte eine Werkzeugkiste auf dem Arm.

»Hey!«

Mia stellte fest, wie gut Filippo aussah. Seine Haare zeigten die Windrichtung an, aber sein Jackett über dem T-Shirt war modisch und makellos. Vor allem aber war es sein warmer Blick, das Verschmitzte in seinen Augenwinkeln, die in ihr ein Gefühl von tiefer Vertrautheit weckten.

»Hey«, erwiderte Mia. »Was machst du hier? Eine Werkstatt einrichten?«

»Fast.« Filippo strahlte sie an, sein ganzes Gesicht war offen wie die Sonne, und es schien Mia, als würde er sich aufrichtig freuen.

»Ich dachte, ich kümmere mich mal um den Auspuff der Vespa.«

»Aber ich fahre morgen ab!«

»Na und? Du kommst doch wieder, oder? Ich finde, es ist an der Zeit, das alte Mädchen in Schwung zu bringen. Was bringt es, wenn die Maschine hier vor sich hin rostet? Und wenn du wiederkommst, kannst du direkt losfahren. Auch wenn du lieber läufst, ich weiß.«

Mia musste lachen. »Na dann. Du lässt mir wohl keine Wahl.«

»Wahl? Aber sicher. Ich kann wieder gehen, wirklich.« Einen Augenblick sah Filippo erschrocken aus.

Mia fasste ihn am Arm. »Das war ein Witz. Ich find's toll, dass du da bist.«

Gemeinsam zerrten sie die Maschine aus dem Schuppen. Mia fiel erneut auf, wie nett dieses Himmelblau war, wie altmodisch, aber auch unglaublich cool, inzwischen hatte es Retro-Schick, genau wie die Kleider.

»Du fährst dann einen echten Oldtimer«, meinte Filippo. »Das hat doch was. Die meisten dieser Dinger sind inzwischen verschrottet, die übrig gebliebenen sind Liebhaberstücke und werden zu entsprechenden Preisen gehandelt.«

»Hör mir auf mit Preisen«, stöhnte Mia.

»Du sollst sie ja nicht verkaufen. Sie gehört dir. Du sollst sie fahren. Das gefällt der Maschine und dir ebenso, ich bin sicher.«

Filippo suchte das passende Werkzeug heraus und kniete sich ins Gras. »Das haben wir gleich.«

Er prüfte die Schrauben. Dann wühlte er in seiner Kiste. Eine Halterung war gebrochen.

Mia stand mit verschränkten Armen daneben. »Es gibt nur ein Problem: Ich kann gar nicht fahren.«

»Jeder kann fahren.« Filippo war auf die Suche nach dem passenden Ersatzteil konzentriert.

»Das denkst du.«

»Das weiß ich.« Er wählte ein Stück gebogenes Metall und hielt es prüfend an den Auspuff. »Ich zeige es dir gleich. Du fährst einfach ein Stück.«

Mia lachte. »Ach, Filippo.«

Er verwarf das Teil und zog ein anderes hervor. »Ich gebe zu, ich habe noch nie an Rollern herumgeschraubt, auch nicht an Autos, aber mit ein bisschen Menschenverstand …« Er ließ den Satz unvollendet und suchte weiter.

Der Auspuff wackelte immer noch. Filippo schraubte die Halterung wieder ab und suchte eine andere. Schraubte sie fest. Sie passte.

»Siehst du, es war ganz einfach.« Filippo richtete sich auf und packte das Werkzeug zusammen. »Und jetzt bist du dran.«

»Ich?«

»Du.«

Filippo schob die Vespa in ihre Richtung. Unschlüssig fasste Mia nach den Griffen.

»Komm, wir nehmen sie mit auf die Straße. Und dann fährst du los. Die Straße hier in Treviano ist ideal.«

Mia wollte sich vor Filippo nicht blamieren. Also setzte sie sich auf den Sitz, die Füße rechts und links auf dem Boden. Groß war der Roller wirklich nicht. Ein Spielzeug, ein praktisches und hübsches.

»Zuerst drehst du den Benzinhahn, schau mal hier, und ziehst den Choke.«

Mia tat, was Filippo ihr sagte.

»Und jetzt trittst du den Starter. Fest. Kräftig!«

Mia trat gegen den Hebel, unsicher, wie viel Kraft der betagte Roller aushalten würde. Nichts tat sich.

»Noch einmal«, ermunterte sie Filippo.

Es brauchte drei Versuche. Zuletzt trat Mia mit ganzer Kraft nach hinten, und die Vespa sprang an. Eine kleine Abgaswolke verließ den Auspuff, der Motor knatterte.

»Gut gemacht.« Filippo sah zufrieden aus. »Und nun fährst du los.« Mit einem Kopfnicken bedeutete er ihr, die Straße zu nehmen.

Mia war ratlos. Wie setzte sie den Roller in Bewegung?

»Du musst den Gasgriff betätigen.« Filippo machte eine entsprechende Drehbewegung mit der Hand.

Mia umfasste die Griffe des Lenkers fester, stellte die Füße auf die Tritte und drehte. Die Vespa hüpfte nach vorne, dann schnurrte sie die Anhöhe hinauf. Tatsächlich, sie fuhr! Als sie oben auf der Straße war, gab Mia etwas mehr Gas. Sie genoss das Fahrgefühl. Ja, damit käme sie weiter als auf Wanderschuhen. Sie könnte die Gegend erkunden, noch einmal nach Murlo fahren, sogar nach Siena ... Mia verlangsamte, als sie in die erste Kurve fuhr, unsicher, welches Tempo auf dem abschüssigen Schotterboden angemessen war.

Der Motor soff ab. Es gelang ihr nicht, das Gefährt erneut zu starten. Mia drehte um und schob die Vespa zurück zum Haus. Zum Glück war sie nicht weit gekommen.

Filippo lachte. Er hatte auf den Treppenstufen gesessen und ging ihr entgegen, als er sie kommen sah. »Das war die erste Lektion. Mach dir keine Sorgen. Gleich kommt die zweite.«

Filippo ließ keinen Widerspruch zu, und nach einer Stunde konnte Mia ganz passabel Vespa fahren.

Zum Dank lud sie Filippo zum Essen ein. »Ich hab zwar schon aufgeräumt, aber ein paar Nudeln sind noch da. Hast du Zeit?«

Filippo lächelte. »Klar, diesen Nachmittag habe ich dir gewidmet.«

Mia holte den ersten Salatkopf aus dem Garten, und Filippo mischte aus Kräutern, Öl und Essig ein Dressing. Mia bot an, eine der Weinflaschen zu öffnen, die sich noch im Keller befanden, doch Filippo winkte ab. Er würde zurzeit keinen Alkohol trinken.

Sie lachten viel, und Mia vergaß jegliche Wehmut über ihre Abreise. Filippo war einfach ein guter Unterhalter, die Gespräche mit ihm waren erfrischend, er hatte immer irgendeine Idee und ging jedes Mal auf sie ein. Wenn das Italienische nicht ausreichte, wechselten sie ins Englische, aber wie am ersten Tag war es so, dass Mia Filippo erstaunlich gut verstand.

»Was ist eigentlich mit dem Haus?«, fragte Filippo schließlich und legte die Gabel beiseite. »Ich gehe davon aus, dass ihr es behaltet?«

Mia wischte sich die Tränen weg, die sie gerade gelacht hatte. »Ach, lass nur, darüber mag ich gar nicht nachdenken. Meine Mutter will verkaufen, ich will es behalten, das haben wir noch nicht lösen können.«

»Du stimmst sie um, oder?«

»Klar. Das hab ich zumindest vor.«

Sie waren dabei, die Teller abzuräumen und abzuspülen, und Filippo hatte Mia gerade einen Spülschaumtupfer auf die Nase gesetzt, worauf sie ihm einen kräftigen Stoß mit der Hüfte versetzte, als es klopfte.

Mia hielt erstaunt inne, wischte sich die Hände an der Hose ab und ging zur Tür.

Es war Sandro.

»Ich dachte, hier gibt es jemanden, dem ich Lebewohl sagen muss.«

Mias Herz machte einen Luftsprung.

»Oh, das ist gut möglich. Komm rein.«

Als Sandro in den Wohnraum trat, wurde Filippo ernst. Er legte das Geschirrtuch zur Seite. »*Ciao*, Sandro.« Er sah auf einmal erschöpft aus.

Mia schaute zwischen den beiden hin und her. Sandro wirkte wie immer, es war, als ob er keine Müdigkeit kannte.

»Ich … Ich muss dann mal, Mia.« Filippo griff nach seiner Jacke.

Mia legte ihm die Hand auf den Arm. »Bleib doch, Filippo. Es gibt keinen Grund, zu gehen.«

Er sah sie an, mit einem Blick, den sie nicht deuten konnte. »Es ist okay. Ich muss sowieso los.«

Mia begleitete ihn zur Tür. »Meldest du dich? Hier, das ist meine Nummer.« Sie rannte noch einmal hinein und kritzelte ihre Mobilnummer und ihre E-Mail-Adresse auf einen Zettel. Auch die Stuttgarter Telefonnummer schrieb sie dazu. »Melde dich bitte, ja?«, wiederholte sie.

Filippo lächelte. Und es war ein warmer und weicher Blick. Er wollte etwas sagen, schüttelte dann jedoch den Kopf und reichte ihr nur die Hand.

Mia hielt sie einen Moment fest.

Dann drehte er sich um und stieg in seinen Fiat. Er hob noch einmal die Hand hinter der Scheibe.

Sandro stand immer noch mitten im Raum. Es dämmerte, und er stand da wie ein großer Schatten. Mia sah sein Gesicht nicht. Sie nahm nur seinen Duft wahr, einen herben und wilden Geruch.

Und spürte seine Arme, als sie sie umfingen.

15. Kapitel

Wildschweine

Mia packte ihre Sachen in den Koffer, das ging schnell, den Rest stopfte sie in den Tagesrucksack. Gürtel zu, Wanderschuhe anziehen, so konnte sie starten. Ein paar Brote als Proviant strich sie noch und fegte die Küche. Die Bettdecke schlug sie sorgfältig über das Bett. Dabei steckte sie einmal die Nase ins Kissen. Sandro. Vor ein paar Stunden noch hatte er hier mit ihr gelegen.

Mia strich das Kissen glatt und legte die Tagesdecke darüber. Sie hatte eine schöne Zeit gehabt, sie durfte einfach nicht an Abschied denken, sondern musste sich vorstellen, dass sie bald wiederkommen würde. Sie hatte wundervolle Menschen kennengelernt, eine zauberhafte Gegend erlebt, die ihr sonst verborgen geblieben wäre, und ein Landhäuschen für sich gehabt. Winzig klein, aber genau richtig. Und für ihre Arbeit hatte sie nebenbei auch eine Menge geschafft. Der Entwurf für die dreißigseitige Präsentation ihres Forschungsthemas stand, sie musste ihn nur noch überarbeiten und zwei Quellen einfügen, deren Inhalt sie allerdings ungefähr kannte. Frieda hatte gut mitgeholfen und ihr alles Notwendige geschickt.

Am besten machte sie sich jetzt auf den Weg. Es war zwar noch etwas früh, aber herumsitzen mochte sie nicht mehr. Wie schön, dass sie Filippo noch einmal gesehen hatte. Auch wenn es schade war, dass er gegangen war, als Sandro vor der Tür gestanden hatte. Was er gestern Abend wohl noch gemacht hatte?

Sandro war gekommen. Mia lief ein Schauer der Erregung durch den Körper. Sie war müde, aber glücklich. Es war eine erfüllte Nacht gewesen, ein würdiger Abschluss. Wie es weitergehen würde mit ihr und Sandro, darüber würde sie nachdenken, wenn sie zu Hause war. Sicherlich hatte Frieda ein paar Tipps auf Lager. So richtig zusammen waren sie ja wohl nicht, aber da war auch nicht nichts gewesen. Oh nein, ganz und gar nicht.

Mia schulterte ihren Rucksack und nahm den Koffer. Dann schloss sie das Haus ab. Sie wog den Schlüssel in der Hand und betrachtete ihn. Es schien ihr so lange her, dass der Notar ihn ihr übergeben hatte, eine Ewigkeit. Tatsächlich war es vor gut zwei Wochen gewesen.

Auf dem Weg zur Bushaltestelle passierte sie die Bar, die noch geschlossen war. Sie hatte noch zwanzig Minuten. Mia setzte sich auf eine Bank und sah auf die morgendlich leere Straße. Die Erinnerungen wurden lebendig. Das Dorf. Die Leute. Das Fest. Das gute Essen. Signor Martelli. Anna Maria. Der Wein. Und Sandro.

Sandro.

Der Etruskerfürst.

Mia steckte die Hände in die Taschen und kuschelte sich in ihre Jacke, sie nahm die Umgebung gar nicht richtig wahr. Als ihr Handy klingelte, schreckte sie auf. Das war kein Signalton für eine eingehende Nachricht, nein, es klingelte unablässig. Jemand wollte sie erreichen.

Mia nestelte es aus der Tasche und sah, dass es Frieda war. Frieda, hier, jetzt? Vielleicht hatte sie ihre Ankunftszeit vergessen und dachte, sie wäre schon in Stuttgart.

Mia drückte die Taste mit dem grünen Hörer. »*Ciao*, Frieda, du musst dich noch ein wenig gedulden, ich bin noch unterwegs.«

»Mia, ich muss mit dir reden. Jetzt.«

Friedas Grabesstimme, die sie immer einsetzte, wenn es ein Problem gab, der theatralische Auftakt, der anderen meist den Wind aus den Segeln nahm, sie einstimmte auf das, was Frieda zu sagen hatte.

Mia wurde hellhörig. Ihr gegenüber schlug Frieda diesen Ton normalerweise selten an.

»Mia …« Frieda stockte. Auch das war sehr ungewöhnlich. »Mia, Scheiße, meine Güte, ich mach mir in die Hosen, aber es nützt ja nichts, besser jetzt als später …«

Ein Redeschwall, Frieda, die sich selbst Mut zusprach: untypisch. Absolut untypisch.

Mia sagte nichts. Sie presste nur das Handy ans Ohr und lauschte. Auf einmal war sie auf alles gefasst. Ein neuer Freund? Trennung von Frederik? Kokain, Heroin, Amphetamine – Frieda nach ihrem ersten Trip? Sex zu dritt? Zu viert, zu fünft? Was war passiert?

Frieda schnaufte.

Mia durchfuhr es eiskalt. Ihre Wohnung. Frieda hatte ihre Wohnung abgefackelt, auf einmal war sie ganz sicher. Aber selbst wenn, sie würde sich eine neue suchen, es ließ sich alles regeln.

Was war los?!

»Mia …«

»Nun sag's schon«, schrie Mia auf einmal.

Eine Taube, die auf dem Gehweg herumstolzierte, flatterte auf.

»Ich … habe mit Professor Tretmüller geschlafen.«

Mia war platt. Das hatte sie nicht erwartet. Der Professor war tabu gewesen. Das war neu. Andererseits: Frieda hatte noch nie Hemmungen gehabt, erst recht nicht, wenn es um ältere Männer ging. Es fühlte sich komisch an, aber auch nicht wahnsinnig dramatisch. Mia konnte noch nicht einordnen, wie sie das fand, aber ein Weltuntergang war es jedenfalls nicht.

»Wenn es sonst nichts …«

»Doch, das ist es ja! Es ist ›sonst‹!« Jetzt war es Frieda, die schrie. Verzweifelt.

»Mann, Mia, die Stelle ist weg! Weg! Du kriegst sie nicht!«

»Was? Wie …« In Mias Kopf brauten sich Wolken zusammen. Dicke schwarze Wolken. Ihr wurde schwindelig. Das konnte nicht sein. Das war ein schlechter Traum. Aufwachen, sofort!, befahl sie sich.

»Frieda …«

Diese sprach erbarmungslos weiter. Ihre Stimme wurde ruhiger. Das Schlimmste hatte sie offenbar hinter sich. »Der Job ist weg, Mia. Tretmüller hat es mir erklärt. Klipp und klar gesagt. Er stellt sich vor, dass ich ihn übernehme.«

Mia war einen Moment sprachlos. »Ha. Ha. Ha.« Sie lachte hysterisch. »Das soll wohl 'n Witz sein?«

»Nein, Mia, das ist kein Witz. Das ist wahr. Wahr, wahr, wahr. Deshalb rufe ich dich an.«

»Um mir das zu sagen.«

»Um … ach, was soll's, ja, Scheiße.«

»Um es mir nicht ins Gesicht sagen zu müssen.«

Die Taube hatte sich ein Stück weiter niedergelassen und begann, dort herumzupicken.

»Du kannst mich mal.« Mia legte auf.

Nein, das KONNTE einfach nicht wahr sein. Sie schüttelte den Kopf und rieb sich die Schläfen. Mia stand auf und ging ein paar Schritte, sie bemühte sich, einen klaren Gedanken zu fassen. Was auch immer Frieda ritt – wahrscheinlich doch Drogen. Aber das musste aus der Welt. So konnte sie nicht fliegen. Sie gab Friedas Nummer ein.

Diese nahm ab und schwieg.

»Erklärst du es mir noch einmal richtig? Von vorne?«, bat Mia.

Friedas Stimme war jetzt sehr hoch. Ungewöhnlich für sie, es zeigte, wie wenig sie der Situation gewachsen war. Sie begann zu erzählen. Wie sie Tretmüller wegen eines Buches für Mia noch einmal aufgesucht hatte, wie er sie empfangen hatte, obwohl Karfreitag war. Das hatte Mia ja sogar mitbekommen. Aber nicht, wie sich die Dinge danach entwickelt hatten. Wie er Frieda eingeladen hatte, mit ihm einen Tag nach Maulbronn zu fahren, in seinem BMW Coupé Cabrio; wie sie das Angebot nicht ausgeschlagen hatte, vielleicht weil Frederik länger weg war als angekündigt; weil diese ganze Chose sie reizte – »Vielleicht war auch einfach nur Frühling, Mia, Mensch, ich kann auch nicht aus meiner Haut!« –; wie sie mit Tretmüller also im Cabrio gesessen hatte, Wind in den Haaren, Sonne, all das – »Jaja, das will ich jetzt nicht hören!«, sagte Mia –, und wie er auf einmal in einen kleinen Feldweg gefahren war, – »Der war wirklich schnuckelig, so ein ganz lauschiger.« – »Ich fass es nicht!«, murmelte Mia –, und wie es dort passiert war.

»Wäre ja noch kein Grund gewesen, das Ganze nicht sofort zu beenden. Aber, Mia, es passte irgendwie so, ich fand's relativ unproblematisch. Ich bin ja auch raus, ich meine, der ist ja gar nicht mehr mein Prof. Es war auf einmal, als wäre er ein ganz normaler Mann, ein ziemlich gut aussehender allerdings …«

Mia stöhnte.

»Okay. Das interessiert dich nicht, das kann ich verstehen.«

»Die Stelle.« Mia flüsterte es fast. Sie hatte das Gefühl, als ob ein Fallbeil über ihr schwebte.

Frieda hatte sich in Fahrt geredet. »Ja, genau, die Stelle. Die …« Sie stockte. »Die … Also, er will sie mir geben.«

»Nee.«

»Doch.«

Das Fallbeil stürzte herab. Mia spürte es im ganzen Körper.

»Wie kommt er …?«

»Ich brauche sie ja nicht anzunehmen, Mensch, Mia, nun krieg dich mal ein.« Frieda hatte wieder Oberwasser. »Das wäre ja schon eine schräge Nummer, ich vögel mit dem Prof, und der trägt mir eine Stelle an, nee, nee, so leicht geht das nicht.«

»Und was ist mit …«

»Dir? Ja, das ist ja die Scheiße.« Jetzt klang Frieda nachdenklich. »Dich will er nicht mehr. Ich habe keine Ahnung, wieso. Nicht engagiert genug, sagt er. Das fand ich schon, nun ja, schräg. Ich meine, wenn jemand jahrelang für ihn geschuftet hat, dann du. Nicht eigenständig genug, nicht geeignet für eine wissenschaftliche Karriere, schafft es nicht, sich durchzusetzen. Was weiß ich.«

Frieda machte eine Pause. Sie klang nachdenklich. »Vielleicht liegt es auch einfach daran, Mia, dass du nie mit ihm im Bett warst. Und du hast es, glaube ich, auch nicht vor.«

»Wo denkst du hin! Auf gar keinen Fall!«

»Siehst du.«

Ein Schweigen im Äther zwischen Stuttgart und Treviano.

Frieda klang leise. »Das ist es, Mia. Der ist ein falscher Joker. Der legt die Frauen flach, dann nutzt er sie wissenschaftlich aus. Oder umgekehrt. Aber etwas anderes gibt es nicht.«

Schweigen.

Friedas Stimme klang fast zärtlich. »Es tut mir leid, Mia. Es tut mir so verdammt leid.«

Mia spürte, wie ihr Tränen über die Wangen rannen. Sie konnte nichts dagegen tun. Sie wischte sie weg.

»Ja, das ist jetzt Mist«, flüsterte sie.

»Lass uns später noch mal telefonieren, meine Süße. Jetzt weißt du es jedenfalls. Es tut mir, ich sag's dir noch mal, verdammt leid.«

Mia glaubte ihr. Ja, das war Frieda. Letztlich war sie loyal. Sie konnte nichts dafür. Wirklich nicht?

Mia saß wie betäubt auf dem Sitz an der Haltestelle. Die schwarze Wolke hatte sich in dichten Nebel gewandelt. Keine Chance auf freie Sicht.

Der Bus kam die Straße hinunter. Mario saß hinter dem Steuer. Mia blieb sitzen, als er anhielt. Außer ihr gab es niemanden, der ein- oder aussteigen wollte.

»Was ist, möchtest du mit?« Mario warf einen Blick auf Mias Koffer und pfiff leise durch die Zähne. »Verstehe, jetzt geht es los, zurück in die Heimat.«

Mia schüttelte den Kopf.

»Nicht?«

»Nein.«

Mario wartete einen Moment. »Also nicht, *va bene.*« Dann schlossen sich die Türen mit einem Zischen.

Jetzt rollte er die Straße hinunter. Mia sah den Bus nur noch von hinten.

Sie hockte dort vielleicht noch eine halbe Stunde, Mia wusste es nicht, ihr war das Zeitgefühl abhandengekommen.

Dann bewegte sie langsam die Finger. Sie schlossen sich um den Schlüssel in ihrer Tasche.

Wie in Trance stand sie auf und machte sich auf den Weg zurück zum Haus.

*

Den ganzen Tag verbrachte Mia mit Brüten. Am Abend fand sie im Keller eine Flasche Wein. Sie blies den Staub fort und entzifferte das Etikett: ein *Chianti Classico*. Aus dem Jahr 2002. Auwei, der konnte noch gut sein oder war inzwischen ziemlich schlecht. Egal. Sie würde auch Traubenessig trinken, wenn der Alkoholgehalt stimmte. Und ganz bestimmt wollte sie keinen Menschen sehen, die Bar kam also nicht in Frage.

Mia entkorkte und probierte ihn, der Wein schmeckte ausnehmend gut. Mara musste ihn für besondere Anlässe aufgehoben haben.

Heute war ein besonderer Anlass.

Mia trank die Flasche allein.

Während sie sich immer wieder ein neues Glas einschenkte, versuchte sie zu begreifen: Stimmte es überhaupt, was Frieda erzählt hatte? Warum hatte Tretmüller ihr, Mia, das Ganze nicht selbst gesagt? Meine Güte, was war das für ein schlechter Traum? Vielleicht wusste er nicht, dass sie in Italien war. Doch, das wusste er, und ihre Nummer hatte er auch. Außerdem gab es E-Mails. War es ein schlechter Witz? Ein nachträglicher Aprilscherz? Nein, dazu hatte Frieda zu ernst geklungen. Und das Bescheuerte war: Es passte zu ihr. Das waren genau die Geschichten, die Frieda erlebte. Nur dass Mia darin bis dahin höchstens eine Statistenrolle gespielt hatte. Jetzt hatte sie die zweite Hauptrolle, und nur für eine war Platz. Ja, Frieda verdrängte alles, was ihr in den Weg kam.

Mia nestelte ihr Handy hervor. Sie wollte ihren Professor zur Rede stellen. Schließlich hatte er ihr den Job so gut wie versprochen! Was wollte er da mit Frieda! Aber als sie seine Nummer heraussuchte und feststellte, dass sie sie kaum lesen konnte, weil ihre Finger so zitterten, dachte sie, dass dies vielleicht doch keine so gute Idee war.

Ein neues Glas. »Prost.«

Später trat sie noch einmal vor die Tür. Es war dunkel, Sterne funkelten am Himmel. Sie tanzten auf und ab, Mia betrachtete sie neugierig. Dann hörte sie ein Grunzen, kurz darauf sprang ein grauer Schatten über den Weg. Ein Wildschwein! Ein weiteres folgte kurz darauf. Ein drittes. Ein ...? Tatsächlich, ein viertes. Mia kicherte.

Sie hatte entschieden zu viel getrunken.

»Prost und gute Nacht«, murmelte Mia, dann schloss sie die Haustür.

16. Kapitel

Alles auf Anfang

»Die Wildschweine haben meinen Acker zerwühlt!« Das war die aufgeregte Stimme einer Frau. Signor Martellis Antwort war als dumpfes Brummen zu vernehmen, das Fenster stand offen.

Mia rieb sich die Augen. Offenbar war es doch kein Traum gewesen, das Grunzen in der Nacht, während sie in den Schlaf geglitten war.

Sie setzte sich auf.

Au, ihr Kopf schmerzte. Er dröhnte regelrecht. Zu viel *Chianti.* Mia erinnerte sich vage, wie sie irgendwann aufs Bett gekippt war. Gerade die Hosen hatte sie noch ausgezogen. Ihre Nase hatte sie ins Kissen gesteckt, war aber eingeschlafen, bevor sie feststellen konnte, ob noch ein Duft von Sandro übrig war.

»Und ich hatte gerade die Kartoffeln gesetzt!«

Was für ein Gezeter.

Signor Martelli sprach beruhigend auf die Frau ein, es musste seine Nachbarin zur anderen Seite sein, eine alte Frau, die sehr zurückgezogen lebte. Das Wort »Zaun« war zu hören und »Strom«, die Wörter »werden immer mehr«.

Mia erhob sich.

Sie musste sich an der Kommode festhalten. Bis zum Tisch schaffte sie es.

Alles auf Anfang.

Gestern war sie nicht mehr dazu in der Lage gewesen, klar zu denken. Heute würde sie versuchen, ihre Angelegenheiten zu ordnen.

Sie musste niesen.

So gut es eben ging.

Tretmüller. Als Erstes Tretmüller. Nein, als Erstes Zähneputzen. Frühstücken. Den Proviant für die Fahrt oder was davon noch übrig war. Die Espressokanne in Gang setzen.

Danach fühlte sie sich einigermaßen als Mensch. So, und jetzt würde sie Tretmüller anrufen. Oder ihm doch lieber schreiben? Was, wenn Friedas Aussagen nicht stimmten und sie ihn mit haltlosen Vorwürfen konfrontierte? Nein, besser nicht. Eine E-Mail könnte sie diplomatischer formulieren. »Sehr geehrter Professor, wie Sie wissen, weile ich im Moment in Italien. Beim Überarbeiten meines Eposés ist mir aufgefallen …« Was für ein Schwachsinn. »Ey, Tretmüller, du Arsch, was hat dich geritten?« Besser. »Lieber Herr Tretmüller. Nächste Woche bin ich wieder im Lande. (Nächste Woche? Tja, den Flug hatte sie verpasst, jetzt musste sie einen neuen buchen. Sie würde Kerstin bitten müssen, ihr das Geld auszulegen.) Gerne würde ich mit Ihnen das Exposé besprechen, das ich hier erfolgreich verfasst habe …« So tun, als ob nichts wäre. War das nicht das Beste? Dann müsste er sich dazu verhalten und es ihr deutlich sagen, wenn er die Stelle nicht mehr mit ihr besetzen wollte. Nein, das wäre auch seltsam. Ein offenes Gespräch wäre das Beste.

Es klopfte am Fenster. Mia fuhr zusammen. Dann erkannte sie Signor Martelli.

»Signora Mia, ich dachte, Sie wären abgereist?« Der arme Mann sah ganz ratlos aus.

»Ich wollte es, Signor Martelli, aber dann ...« Nein, das Ausmaß der Katastrophe würde sie ihm nicht mitteilen, außerdem war noch gar nicht klar, was wirklich los war. »... aber dann kam mir beruflich etwas dazwischen. Das Gute daran ist: Ich kann noch ein wenig länger bleiben!« Mia versuchte, zuversichtlich zu wirken, aber Signor Martelli sah nicht überzeugt aus.

»Letzte Nacht waren die Wildschweine da«, berichtete er sorgenvoll, »sie haben Signora Letizias Garten verwüstet.«

»Oh.« Mia fiel es schwer, Betroffenheit zu heucheln. Bei ihr wurde gerade das Leben verwüstet.

»Passiert das häufig?« Sie wollte ihn nicht abwimmeln, das hatte Martelli nicht verdient, und irgendwie interessierten die Wildschweine sie schon. Sie hatte bisher noch nie eines in freier Wildbahn gesehen. Signor Martelli wiegte den Kopf. »Immer öfter. Es ist ein Problem geworden. Wir müssen etwas tun.«

»Vielleicht den Garten einzäunen?«, schlug Mia vor.

»Er ist schon eingezäunt, aber sie verschaffen sich Weg. Was Signora Letizia in ihrem Acker hat, das mögen sie gerne. Sie bekommen Frischlinge um diese Zeit, deshalb wird auch nicht gejagt. Die Jagdsaison beginnt erst im September. Aber vielleicht haben Sie recht und wir müssen den Zaun verstärken.«

Er sah nachdenklich aus. Dann grinste er. »Mögen Sie Wildschweinsalami?«

»Ich glaube, ich habe noch nie welche gegessen«, sagte Mia überrascht.

»Dann müssen Sie sie probieren. An der Fleischtheke im Supermarkt haben sie welche. Sie ist ausgezeichnet.«

»Gut«, sagte Mia und versuchte noch einmal zu lächeln. Diesmal gelang es ihr, denn Signor Martelli lächelte erfreut zurück.

Als er gegangen war, stützte Mia den Kopf in die Hände.

Wumm. Wumm. Wumm. Im Takt abwechselnd gegen die Schläfen und gegen die Stirn.

Plötzlich wurde Mia bewusst, dass es ihr Handy war, das brummte. Eine Nachricht von Frieda, eine von ihrer Mutter. Mia musste sich bezähmen, das Gerät nicht gegen die Wand zu werfen.

»Mia, lass uns noch mal reden, ja? Ich würde dir gerne beistehen.« Frieda.

Ach Gott.

»Mäuschen, so geht das nicht. Ruf mich bitte an, ja?« Ihre Mutter.

Nein, nichts ging so. Gar nichts ging mehr.

Mia stöhnte. Aber irgendwann würde sie sowieso mit Kerstin sprechen müssen. Und wenn ihre Kopfschmerzen ihr den Takt vorgaben, wäre es vielleicht weniger schmerzhaft als in nüchternem Zustand, wenn Kerstins Spitzen sie unvermittelt trafen. Außerdem hatte Kerstin auch milde Momente. Und Mia hatte das dringende Bedürfnis nach Trost. Ja, sie wollte ihre Mutter anrufen und ihr das ganze Elend schildern. Kerstin würde sie trösten und ihr gut zureden. Wer sonst, wenn nicht sie?

Noch ein Glas Wasser, dann machte sie es sich auf dem Sofa bequem. Welche Uhrzeit hatten sie gerade auf den Seychellen? Egal.

Bereits nach dem ersten Klingeln hob Kerstin ab.

»Ja?« Das klang distanziert. Dabei musste sie auf dem Display gesehen haben, wer anrief.

»Ich bin es, Mia.«

»Was ist denn?« Betonte Zurückhaltung. Irgendetwas ging Kerstin gegen den Strich. Mia kannte die Stimme ihrer Mutter allzu gut.

»Du hattest angerufen.«

»Warte mal einen Moment.« Mia hörte, wie ihre Mutter sich etwas zu trinken eingoss.

»Bei dir ist es gerade Abend, das ist dein Sundowner, stimmt's?« Mia versuchte es mit Munterkeit.

»Wieso Abend?«

»Na ja, ich dachte, wegen der Zeitverschiebung.«

»Zwischen Italien und Deutschland gibt es meines Wissens keine Zeitverschiebung.«

Mia war verwirrt. »Du bist wieder in Deutschland?«

»Seit drei Tagen.«

»Das wusste ich nicht«, murmelte Mia. Vielleicht hätte sie es wissen können, hatte den Rückflugtermin ihrer Mutter über dem heillosen Chaos ihrer eigenen Pläne jedoch vergessen.

»Du bist ja auch mit anderen Dingen beschäftigt.«

»Mama, das war alles nicht so einfach ... Es gab den Streik, ich hatte zu tun, ständig passierte hier etwas ...«

»Zu tun?«

»Die Vorbereitung auf die Stelle, mein Exposé, du weißt schon ...« Wie müde sie sich auf einmal fühlte. Ihre Zunge fühlte sich an wie Blei. »Und jetzt ist es ... hat es ...«

»Ja?« Ihre Mutter fuhr alle Antennen aus, das hörte man, die Stimmlage umfasste alle Nuancen zwischen hart und weich.

»Ich …«

»Mäuschen! Was ist denn los?« Sie tendierte zu weich.

Mia schossen die Tränen in die Augen, es geschah einfach, sie konnte nichts dagegen tun. »Ich bekomme die Stelle nicht!«

Sie berichtete, unterbrochen von Schluchzern, was sie von Frieda erfahren hatte.

Kerstin schwieg einen Moment, als ob sie nachdenken würde. »Du hättest wohl nicht wegfahren dürfen, das hat deinem Professor offenbar nicht gefallen.«

Die Schluchzer blieben Mia im Hals stecken. Für einen Moment war sie sprachlos. Mit dem Ärmel wischte sie sich über das Gesicht. »Aber du hast mich doch geschickt!«

»Ja, natürlich, aber nicht so lange.«

Was für ein Film war das hier?

»Du hast deine Arbeit schleifen lassen«, stellte Kerstin fest. »Wenn man etwas haben möchte, muss man sich schon darum kümmern. Du solltest zurückkommen.«

Zurückkommen.

»Solltest du im Übrigen nicht gestern schon angekommen sein?«

»Ich habe den Flug verpasst.«

»Du hast deinen Flug verpasst? Das zweite Mal?« Die Stimme wurde schärfer.

»Das erste Mal habe ich ihn nicht verpasst, es wurde gestreikt! Er fiel aus! Und jetzt, jetzt …«

»Hm. Verstehe.«

»Ich weiß nicht, ob du das wirklich verstehst …«

»Dir gefällt es in Italien«, bemerkte Kerstin. »Du würdest am liebsten dableiben.«

»Ja, am liebsten würde ich das.« Jetzt war es heraus. Wie gut es sich anfühlte, das ausgesprochen zu haben.

»Es ist wirklich traumhaft hier, es würde dir auch gefallen, da bin ich sicher! Das Haus hat einen Garten, die Nachbarn sind nett und …«

»Einen Makler hast du wahrscheinlich noch nicht kontaktiert, so wie ich dich gebeten habe, oder?«, unterbrach Kerstin sie. »Dir fehlte sicher die Zeit.« Sie klang ungewohnt sanft. Sarkasmus war das nicht. Eigentlich klang Kerstins Verständnis echt.

»Ich tu's, ja? Ich hab schon ein paar Adressen. Morgen ruf ich einen Makler an und bitte ihn, sich das Haus anzusehen.«

»Morgen.«

»Ja, ich verspreche es, okay?«

»Eine Preisvorstellung hast du aber noch nicht.«

»Nein, ich bin nicht dazu gekommen, das habe ich dir ja erzählt, und jetzt …« Mia begann wieder zu schluchzen.

»Ach, Süße. Lehrerin zu werden ist auch etwas Schönes. Halt mich ab sofort auf dem Laufenden. Ich finde eine Lösung.« Kerstin war mit ihren Gedanken woanders. Das hörte Mia. Und welche Lösung sollte sie schon finden?

»Ich schaff das schon, Mama, glaub mir.«

»Lass mal das ›Mama‹ weg. Natürlich schaffst du das.«

Damit war das Telefonat beendet.

*

Mia hockte im Garten. In der Nacht musste es geregnet haben, denn das Gras legte sich feucht an ihre Hosenaufschläge. Sie scharrte mit einem Stock auf dem Boden, wickelte einen Grashalm um einen Zweig und versuchte sich zu sortieren.

Die Arbeit. Sie hatte nichts mehr zu tun. Alles war überflüssig geworden. Und jetzt? Die Antwort verschob sie auf später. Aber sie würde eine finden müssen.

Auf ihrem Knie krabbelte eine Ameise. Mia beobachtete, wie sie hin und her lief und sich dann wieder auf den Weg nach unten machte, Richtung Erde, die Hosenbeine entlang.

Frieda. Wann war eine Freundin eine Freundin? War sie überhaupt noch ihre Freundin? Mia hatte keine Ahnung. Hatte sie jemals eine echte Freundin gehabt? Außer Miriam? Sie sollte wirklich versuchen, sie wiederzufinden.

Die Abreise. Ja, sie musste einen neuen Flug buchen. Heute oder morgen. Oder übermorgen. Oder nächste Woche. War es nicht gleich? Denn was wollte sie zu Hause? Damit kam sie wieder zurück zu Frage eins.

Das Haus. Kerstin wollte einen Preis. Das war konkret. Morgen würde sie verschiedene Makler anrufen. Das stand schon lange aus. Sie würde die Liste nehmen und sie durchtelefonieren. Einer von ihnen würde sich um das Haus kümmern und eine Summe veranschlagen.

Mia lehnte sich gegen den Stamm des Olivenbaumes, unter dem sie hockte. Irgendwie fühlte sich das gut an. Fest. Ein wenig rau. Der Stamm bog sich zwischen ihren Schulterblättern.

Sie hob das Gesicht. Über ihr bewegten sich die

Zweige mit den schmalen, silbrig-grünen Blättern im Wind. Sie spürte das getrocknete Salz der Tränen auf ihrer Wange.

Mia wusste nicht, wie lange sie dort gesessen hatte. Als sie aufstand, waren ihre Beine eingeschlafen, und ihr Magen knurrte. Es wäre praktisch, dachte sie, wenn Filippo jetzt vorbeikäme, um sie einzuladen. Aber das geschah natürlich nicht, er glaubte ja, sie wäre abgereist. Mia war viel zu müde, um ins Dorf zu laufen. Aber es nützte ja nichts, essen musste sie. Die Bodenluke in der Küche fiel ihr ein. Hatte sie dort nicht ein paar Einmachgläser gesehen? Außerdem gab es noch die Pfirsiche von Simona. Die waren ebenfalls essbar. Heute musste sie über die Runden kommen, morgen würde sie weitersehen.

Mia plünderte die Vorräte, trank noch mehr Wasser, ging hinaus, ging wieder hinein. Grübelte.

Drei Fragen. Antworten: null.

*

Am nächsten Mittag wusste Mia, dass sie sich bewegen musste, wenn sie wollte, dass es ihr besser ginge. Wandern, das war doch ihr bewährtes Mittel, es half im Prinzip immer.

Mit zweien der Immobilienmakler hatte sie telefonisch vereinbart, dass sie kommen und sich das Haus ansehen würden. Eine Nummer auf der Liste hatte nicht funktioniert; bei einer anderen notierte die Geschäftsassistentin ihre Mobilnummer und sagte, dass der Inhaber zurückrufen würde, was jedoch nicht geschah; der dritte Makler hatte kein Interesse, er sagte etwas von neu erbauten Häusern. Erst die vierte und fünfte Nummer brachten Erfolg.

Aus dem Supermarkt hatte Mia sich Brot und Käse, etwas Obst, Milch und Joghurt geholt und dachte das erste Mal, dass ein Motorroller auch für Einkäufe praktisch wäre. Sie könnte eine größere Menge auf einmal mitnehmen, irgendwo ließe sich sicherlich ein Korb befestigen.

In der Nähe ihres Grundstücks, gegenüber vom Castello di Treviano, führte ein Weg hinunter ins Tal. Diesen Weg war sie noch nie gegangen und wollte ihn jetzt erkunden. Sie steckte eine kleine Wasserflasche in ihren Rucksack und folgte ihm, spazierte durch die Olivenhaine und an Feldern vorbei, den Blick meistens gen Siena gerichtet. Auf einer Anhöhe lag die Ruine, die man sogar von Siena aus sah, mit einem hohen Wehrturm, offenbar seit Jahrzehnten verfallen. Mia wurde neugierig und ging den mit Gras überwucherten Wirtschaftsweg trotz der Absperrung hinauf. Verfallene Gebäude, Ställe und niedrige Häuser reihten sich hier aneinander, an äußerster Stelle stand der massive Turm aus Feldsteinen, mit nur wenigen schmalen Fenstern, von Metallklammern verstärkt. Mia sah in die Öffnungen der Gebäude. Die Fenster waren zerbrochen, Türen gab es nicht mehr. In den leeren Räumen lag Müll, vereinzelt verunzierten Graffiti die Wände. Eine Scheune wurde offenbar für die Lagerung von Landmaschinen benutzt. Auf einem der Gebäude erkannte Mia ein Kreuz, das war wohl eine Kirche gewesen. Innen war sie leer. Mia wurde bewusst, dass diese Gebäudeansammlung eine funktionierende Hofstelle war, ein Dorf im Miniaturformat, eine Ansiedlung aus einer vergangenen Epoche. Davon hatte es offenbar viele in der Toskana gegeben. Die Aussicht in drei verschiedene Richtungen, über die Hügel weit bis zum Horizont, war umwerfend.

Mia stieg wieder hinab und bahnte sich ihren Weg durch das Gestrüpp in östliche Richtung, in die sie noch nie gegangen war. Sie umrundete die Hügelkuppe und verspürte ein regelrechtes Glücksgefühl, als sie dem geschwungenen Weg folgte, immer am Rand von Olivenhainen entlang, in denen das Gras von sattgelben Löwenzahnblüten gesprenkelt war.

An einer Weggabelung musste sie entscheiden, ob sie ins Tal Richtung Siena abbiegen oder einen Weg in den Wald nehmen wollte. Mia folgte dem schmalen Weg weiter durch den Wald, entdeckte winzige Waldblumen und freute sich über die Knospen an den Bäumen und Sträuchern, die sich wieder ein Stück weiter geöffnet hatten und ihr frisches Grün zeigten.

Der Pfad führte ein Stück hügelan und öffnete sich unversehens zu einer Lichtung. Nein, es war mehr als eine Lichtung, es war ein offener Hügelhang, mit Wiesen, weiteren Olivenbäumen und einem Häuserensemble in den typischen gedeckten Farben.

Unter einem großen Baum, an dem eine Kinderschaukel hing, blieb Mia stehen. Hier war sie noch nie gewesen, sie staunte über den Blick in ein anderes Tal, der nicht weniger beeindruckend war als der in Richtung Siena.

Ein Mann mit einem Hut kam vorbei und grüßte. Er trug Arbeitskleidung und verschwand in einem Unterstand, in dem ein Traktor und verschiedene Geräte standen, die Mia nicht identifizieren konnte. Auf einer

Koppel dahinter grasten zwei Pferde. Aus einem anderen Gebäude vernahm Mia ein Summen, das aus mehreren Kehlen zu kommen schien, einen auf- und abschwellenden Gesang. Nach einer Weile legte er sich. Leute kamen aus dem Haus, streckten sich, plauderten miteinander und gingen auf ein größeres Haus zu, aus dem Essensgeruch drang. Mia blieb fasziniert stehen und schaute einfach. Zwei Kinder kamen angerannt und schmissen sich auf die Schaukel. Ein kleines Mädchen gab einem etwas älteren Jungen Schwung. Sie warfen Mia ein schüchternes »*Ciao*« zu, dann beachteten sie sie nicht mehr. Kurz darauf wurden sie von einer Frau zum Essen gerufen.

Es schien niemanden zu stören, dass Mia auf dem Grundstück stehen geblieben war, niemand schien sich zu wundern, wo sie herkam.

Ein offenbar noch junger Hund lief herbei, wedelte freundlich mit dem Schwanz und schnupperte an ihr. Mia streckte die Hand aus, um ihm über das Fell zu streichen.

Da ertönte der Ruf eines Mannes: »Fi-do!«, und der Hund sprang fort, hin zu dem Mann und um ihn herum. Der Mann näherte sich. Auch er trug einen Eimer und Arbeitskleidung, schien an die fünfzig zu sein, hatte sonnenverbrannte Haut und trug ein schwarzes Brillengestell.

»Kann ich dir helfen?«

Er hatte Deutsch gesprochen, stellte Mia überrascht fest. »Hallo«, erwiderte sie. »Ja, das heißt, nein, eigentlich nicht, ich bin nur zufällig vorbeigekommen.«

»Aha. Du bist aber nicht von hier, oder?« Der Mann war nicht besonders groß, stämmig und kräftig und sah trotz seiner Arbeitskleidung eher wie ein Intellektueller oder wie ein Künstler aus.

»Nein, ich komme aus Treviano. Ich wohne in Treviano Alto.«

»Also doch von hier«, stellte der Mann fest. Er reichte ihr die Hand. »Thomas.«

»Ich heiße Mia.«

Er überlegte einen Moment. »Treviano Alto. Wo genau wohnst du denn da?«

»Bei meiner Großtante, genau genommen. Mara Klarenburg.«

Die Augenbrauen des Mannes hoben sich, seine ganze Miene wurde wach. »Ah, die Mara. Die ist vor Kurzem gestorben.«

Das war nichts Neues.

»Und du wohnst jetzt in dem Haus?« Er sah sie interessiert an.

»Ja. Meine Mutter hat das Haus geerbt. Ich wollte eigentlich nur den Schlüssel abholen, und jetzt … bin ich hier irgendwie gestrandet.«

»Da bist du nicht die Einzige«, sagte Thomas. »Ich bin auch nicht von hier. Ich komme eigentlich aus Kiel.« Er hob wieder die Schultern. »So ist das, eh? Ist halt schön hier.« Er grinste.

»Lebst du schon lange hier?«, fragte Mia neugierig.

»Na ja«, er strich sich über die Haare, »seit Anfang der Neunziger. Ist jetzt auch schon eine Weile her. Damals war hier alles zusammengefallen.« Er wies über die Hofstelle. »War halt günstig zu haben.« Er lächelte sie wieder an. »Wir haben uns hier ein bisschen was aufgebaut, meine Frau und ich, Selbstversorgerlandwirtschaft. Solarstrom. Gemüse. Wird immer mehr.«

»Und ihr könnt davon leben?« Normalerweise lehnte Mia es ab, Leute auszufragen. Sie mochte es nicht, wenn ihr Fragen gestellt wurden, die sie nicht beantworten wollte, aber zu höflich war, um es nicht zu tun, und verschonte andere Leute normalerweise damit. Wer ihr etwas erzählen wollte, würde es schon tun. Wer nicht, wollte es auch nicht aus der Nase gezogen bekommen. Diesmal war sie jedoch mit der Frage herausgeplatzt, entgegen ihrer sonstigen Zurückhaltung.

Der Mann lachte ihr ins Gesicht. Er würde nicht antworten, wenn er keine Lust hätte, das war klar.

»Es ist nicht ganz einfach, sagen wir so.« Er musterte Mia, als würde er überlegen, was sie wollte. »Ich bin eigentlich Kameramann. Hab lange beim Film gearbeitet. Dann hat's mich hergezogen. Das haben ja viele gemacht in den Achtzigern.« Wieder sah er Mia prüfend ins Gesicht, als zweifelte er, wie viel sie aufgrund ihres Alters überhaupt davon wissen konnte. »Das passte dann einfach, meine Frau hatte Freunde aus Sizilien, die sind auch hergekommen, und noch ein anderes Paar, sie ist Schweizerin, so wie meine Frau, die hatten auch Lust dazu. So halt.«

»Und ihr wohnt hier alle zusammen?«

»Na ja, wir sind keine Kommune, falls du das denkst. Ist schon alles hübsch getrennt: Dort im Haupthaus, da wohnen zwei Parteien, wir haben uns die ehemalige Scheune ausgebaut, und oben wohnt der Simone mit seiner Frau. Dann gibt es hier noch Gästezimmer und das Seminarhaus.«

»Seminarhaus?«

»Hast du es nicht gehört?« Thomas wies auf das Gebäude, aus dem der Gesang ertönt war. »Damit haben wir allerdings nicht so viel zu tun. Finde ich ein bisschen abgedreht.«

»Spannend, das alles«, sagte Mia.

Thomas nickte. »Na dann.« Er wollte sich eben abwenden, da schien ihm etwas einzufallen. »Brauchst du noch eine Ferienunterkunft? Oder vielleicht Freunde von dir? Na, wenn du mal was brauchst, ich heiße Thomas Licht, und das hier ist das Podere Pineto. *Va bene?*«

Mia nickte.

»Oder wenn du mal Öl brauchst, ein gutes Olivenöl, das machen wir hier auch. Sag einfach Bescheid. Gibt auch Biogemüse. Kannst du deinen Freunden sagen.« Damit hob er die Hand, pfiff seinem Hund und ging zur Pferdeweide. »Komm ruhig wieder!«

Mia hob die Hand. Nachdenklich ließ sie ihren Blick über die Ansammlung von Gebäuden schweifen. Ein paar Deutsche lebten hier, klar, davon hatte man ja gehört, von den Toskana-Deutschen und dass die Toskana bei den Deutschen insgesamt beliebt war und einige ausgewandert waren, um die alten Höfe aufzukaufen. Wann war das gewesen? In den Siebzigern? Hatte Thomas nicht von den Achtzigern gesprochen? Moment mal – ausgewandert. Deutsch. Das passte auch zu Mara. Wusste Thomas vielleicht etwas über sie? Die Deutschen kannten sich doch bestimmt untereinander, so viele gab es in der Gegend sicher auch wieder nicht.

»Warte mal!« Mia lief Thomas, der inzwischen die Pferdekoppel erreicht hatte, hinterher.

»Das ging ja schnell.« Thomas machte sich an der Tränke zu schaffen. »Die ist kaputt«, erklärte er.

Eines der Pferde, ein junger Fuchs, kam neugierig näher und senkte schnaubend seine Nüstern an Mias Hosentaschen.

Mia hielt dem Tier ihre offene Hand hin, das Pferd fuhr mit seinen samtigen Nüstern darüber.

»Sag mal, Thomas …«

Thomas sah nicht auf, sondern widmete sich weiter der Tränke.

»Die Mara …«

»Hm?«

»Kanntest du sie eigentlich?«

»Ein wenig. Die war mehr für sich. Man hat jetzt auch nicht mit jedem etwas zu tun, nur weil er deutsch ist.«

»Aber sie ist doch auch aus Deutschland hergekommen.«

»Ja, in den Sechzigern, soweit ich weiß. Sie war Pionierin.« Thomas lachte. »Die war quasi schon Italienerin, als wir hierherkamen. Sie war ja auch 'n Tacken älter.«

Thomas schraubte an der Vorrichtung herum, löste eine Schraube, besah sie, drehte erneut, prüfte, ob sie hielt.

»Weißt du, warum sie hergekommen ist?«

Thomas sah überrascht auf. »Nö. Warum sollte ich das wissen?« Er beugte sich wieder hinunter.

Mia streichelte dem Fuchswallach den Mähnenkamm und klopfte ihm den Hals.

»Es gab halt viele alte Häuser, die bekam man damals für 'n Appel und 'n Ei. Die Italiener wollten sie nicht mehr. Als die hier die Halbpacht aufgegeben haben, in den Fünfzigerjahren, verfiel das alles. Muss man sich mal vorstellen, bis dahin hat der Gutsherr von den Pächtern die Hälfte des Ertrags gekriegt. War 'ne Agrargegend hier, ganz kleinteilig. Deshalb die ganzen Höfe.« Er drückte gegen die Klappe, das Wasser floss nun ungehindert.

»Aber warum gerade die Mara hergekommen ist, das weiß ich nicht. Ich dachte immer, wegen der Liebe.« Er lachte.

»Liebe?«

»*L'amore, l'amore*. Na ja. Die drei da oben.«

»Drei?!«

Thomas sah Mia belustigt an. »Aber du bist schon ihre Großnichte?«

»Natürlich!« Der Fuchs stieß Mia mit dem Kopf an, sodass sie einen Schritt beiseite tat. Sie drückte ihn zurück. »Aber ich weiß trotzdem von nichts, wir hatten keinen Kontakt zueinander!«

»Na, dann kann ich dir auch nicht viel erzählen. Tut mir leid. Sie soll ein Liebesverhältnis mit ihrem Nachbarn gehabt haben. Mit beiden.« Thomas sah Mia bedeutungsvoll an. »Es waren eben die wilden Siebziger, die haben auch vorm Land nicht Halt gemacht. Und die Mara, die mochte sich nichts vorschreiben lassen.«

Mia hielt inne. Versuchte zu begreifen. Was erzählte dieser Mann ihr da? Mara hatte ein Dreiecksverhältnis mit zwei Männern gehabt? Hatte dieser Aussteiger zu viel gekifft? Aber so wirkte er eigentlich nicht, er sah ganz solide aus.

»Okay, Mia. Ich hab's. Die Tränke funktioniert wieder. Und jetzt muss ich mittagessen. Wer arbeitet, hat Hunger. Komm mal wieder vorbei. *Ci vediamo*.« Weg war er.

Mia klopfte dem Fuchswallach noch einmal den Hals. »Komische Geschichte«, murmelte sie.

Dann machte sie sich auf den Weg.

*

Mia schrieb eine Nachricht an Sandro, dass sie noch da wäre und Lust hätte, ihn zu sehen. Seine Mobilnummer hatte er ihr ja zum Abschied an der Ausgrabungsstätte gegeben.

Dann suchte sie die Nummer von Professor Tretmüller heraus. Ihr wurde bewusst, dass Freitag war und sie ihn, wenn, dann heute anrufen musste. Am Wochenende war er selten an der Universität, das verbrachte er privat und vielleicht zu Hause an seinem Schreibtisch, aber am Freitagnachmittag hatte sie Chancen, ihn in seinem Büro zu erwischen. Meistens vermied er den Berufsverkehr und erledigte in aller Ruhe und ungestört ein paar Büroarbeiten, die Studenten starteten Freitagnachmittag meist schon ins Wochenende, und die Sekretärinnen waren nicht mehr da, bevor er sich auf den Weg in den Feierabend machte.

Mia zögerte. Es widerstrebte ihr, Probleme im Hauruckverfahren zu lösen. Am liebsten war es ihr, wenn sie sich von selbst erledigten. Probleme direkt anzugehen, das war nicht ihre Sache. Und meistens verlief alles gut, wenn man sich nicht zu sehr einmischte. Konfrontation war nicht ihr Weg, nein. Frieda, die forderte Reaktionen heraus, aber wie oft hatte sie damit auch schon schiefgelegen?

Aber in diesem Fall war wohl nichts zu machen. Sie

war nicht in Stuttgart, und sie musste mit Tretmüller sprechen. Es ging um ihre Zukunft, Frieda hatte unglaubliche Sachen erzählt, und auch wenn sie ihr grundsätzlich glaubte, musste Mia herausfinden, was daran wahr war. Sie musste erfahren, was Professor Tretmüller selbst dazu sagte, und im Grunde hoffte sie, Mia gestand es sich ein, dass die Angelegenheit halb so wild war, dass sie auf einem Missverständnis beruhte und nur halb stimmte. In der Art, dass sie die Stelle erst später antreten könnte oder dass es mehr Bewerber gab als angenommen oder Ähnliches.

Sie hoffte es nicht nur, sie glaubte eigentlich daran. Mia griff unwillkürlich nach ihrem Anhänger, dann drückte sie beherzt die grüne Taste.

Es klingelte nur einmal, dann war Tretmüller am Apparat. Mia räusperte sich. »Herr Tretmüller ...«

»Ah, Mia, sind Sie es?« Er pflegte eine altmodische Art, den Vornamen mit einem Sie zu verbinden, die eigentlich überhaupt nicht zu ihm passte.

»Wie gut, dass Sie anrufen. Ich habe mir schon Sorgen gemacht.« Ein kleines Lachen. »Frieda sagte mir, Sie seien immer noch in Italien.«

Frieda. Mia schluckte. »Ich ...«

»Kein Problem«, unterbrach sie Tretmüller. »Ihre Freundin hat mir mit ein paar Sachen geholfen, die Handouts für die Erstsemestervorlesung kopiert und Ähnliches, kein Problem. Kommen Sie einfach, wenn es Ihnen passt. Sie kommen doch demnächst, oder? Oder sind Sie ausgewandert?« Er lachte wieder.

»Ich, also ich wollte eigentlich bald ...«

»Schön soll es dort ja sein. Natürlich kenne ich die Toskana. Florenz, Lucca, Volterra, das Chianti. In die

Crete habe ich es allerdings nie geschafft. Also, wenn Sie sich dort wohlfühlen, nutzen Sie die Gelegenheit doch und treiben ein wenig Studien, Altertumskunde sozusagen.« Erneutes Lachen.

»Das tue ich«, erwiderte Mia schlapp.

»Ah, das tun Sie schon. Na, dann ist ja alles in Ordnung.« Auf einmal klang Professor Tretmüller förmlich. »Sie hatten allerdings angerufen, kann ich etwas für Sie tun?«

Wie sollte sie jetzt von der Stelle anfangen, dachte Mia, es war einfach verrückt. Es schien, als hätte es diese Stellenplanung und irgendwelche Vereinbarungen darüber nie gegeben. Aber es nützte nichts. Mia wusste, dass sie, hätte sie einmal aufgelegt, nicht noch einmal anrufen würde. Also nahm sie sich ein Herz.

»Professor Tretmüller, Frieda hat mir erzählt, dass diese Stelle gar nicht mehr …« … mit mir besetzt werden soll, wollte sie sagen, auch wenn es ihr im selben Moment undiplomatisch erschien, so fiel man eigentlich nicht mit der Tür ins Haus. Aber Tretmüller nahm ihr das Ende des Satzes ab.

»… mit jemandem besetzt werden soll, der aus meinem Mitarbeiterstab kommt? In der Tat, die Kollegin Erkenrath hat angemerkt, dass die nächste Doktorandenstelle ihr zustünde, und sie war recht massiv in dieser Forderung.«

Frau Erkenrath, das war die andere Professorin am Fachbereich, eine, mit der Tretmüller ständig im Clinch lag, eine ältere, mütterliche Professorin, die sich in der Männerwelt gut zu verteidigen wusste und ihn gelegentlich in die Schranken wies, was er mit Hohn und spöttischen Bemerkungen quittierte.

»Und außerdem«, jetzt seufzte Tretmüller tief, »wird der Schwerpunkt der ausgeschriebenen Stelle nicht mehr auf der Horaz-Forschung liegen. Es tut mir sehr leid, Mia.«

»Sondern?«

»Zahlen.«

Das war Friedas Schwerpunkt.

»Warum …?« … haben Sie mir das nicht gesagt?, wollte Mia fragen, es steckte ihr in der Kehle, es brannte in ihrer Brust, es stürmte durch ihre Gedanken. Sie wollte es herausschreien, -brüllen, -toben.

»Na, na«, Tretmüllers Stimme klang plötzlich abweisend. »Sie finden etwas anderes, da bin ich ganz sicher, ein Mädchen mit Ihren Begabungen …«

Die reichen aber offenbar nicht aus, wollte Mia sagen. Wieso eigentlich nicht? Fachlich hatte immer alles gestimmt, sie hatte Bestnoten, sie hatte sich ins Zeug gelegt, sich unermüdlich für ihn engagiert. Und jetzt? Kam ihre langbeinige Freundin daher, die mit ihm Sex hatte, nur weil es ihr Spaß machte.

Tretmüller log, und Mia wusste es, aber sie konnte nichts dagegen tun. Schlagartig verließ sie der Mut.

»Ja, dann …«

»Kommen Sie doch einfach vorbei, wenn Sie wieder da sind«, sagte Tretmüller munter, »wir finden schon etwas für Sie, ich würde den Hilfskraftvertrag durchaus noch einmal verlängern.« Das klang gönnerhaft.

Dann beendete er das Gespräch, er müsste weitermachen.

Mia sank in sich zusammen. Hilfskraftvertrag. Das war es doch nicht, was sie wollte. Drei Jahre lang war sie studentische Hilfskraft gewesen. Sie wollte eine

Stelle! Eine richtige Stelle als Angestellte an der Universität, wenn auch nur befristet, das waren diese Stellen leider immer. Sie brauchte das Geld, sie war Ende zwanzig, sie wollte vorwärtskommen. Sie musste vorwärtskommen, sie konnte ihr Leben doch nicht als studentische Hilfskraft auf 8,50 Euro Stundenlohnbasis verbringen, nachdem sie das Studium längst abgeschlossen hatte!

Lehrerin.

Mia legte ihr Gesicht auf die Knie und begrub den Kopf zwischen den Händen.

*

»Och, nö, Mia, du gehst direkt zur Gleichstellungsbeauftragten. Ich komme mit. Es kann doch nicht sein, dass der dich so abserviert. Ich will die Stelle gar nicht! Ich finde diese Fraueneinrichtungen zwar etwas komisch, aber seine Rechte muss man einfordern. Er hat dir die Stelle doch versprochen!«

Friedas Stimme drang durch das Handy, die Worte prasselten auf Mia ein, sie dachte, dass sie bald Kopfschmerzen davon bekäme.

»Was heißt versprochen«, erwiderte Mia müde. »Er hat sie mir in Aussicht gestellt. Es schien immer sicher zu sein, dass ich sie bekomme. Aber offiziell war das noch nicht. Ich hab nichts in der Hand.«

»Macht nichts. Mündlich getroffene Vereinbarungen sind auch Vereinbarungen.«

»Es gibt keine ›Vereinbarungen‹, es gibt eine kackdumme Mia, das ist alles.«

»Mia, Süße, nun reicht's aber. Lass dich nicht runterziehen. Komm erst mal her, dann gehen wir zur Gleichstellungsbeauftragten und lassen dir Gerechtigkeit widerfahren. Der kann doch nicht mit allem durchkommen!« Frieda klang aufrichtig empört.

»Kann er offenbar doch. Du weißt doch, wie das läuft. Der sitzt auf seiner Stelle wie ein König. Tretmüller ist W3, verbeamtet, unkündbar, falls du das vergessen hast.«

»Darum geht es ja auch gar nicht. Sondern darum, dass du die Chancen bei ihm erhältst, die du verdienst.«

»Frieda«, fragte Mia, »sag mal ganz ehrlich: Hast du ihn eigentlich noch mal getroffen?«

Frieda schwieg.

»Ich hab ihm gesagt, dass ich die Stelle nicht will«, sagte sie schließlich.

»Aber du hast ihn getroffen.«

»In der ›Lagerbar‹, außerhalb der Uni.«

Die Müdigkeit wurde unermesslich groß, sie füllte Mias Kopf aus, senkte sich in ihre Gedanken, war wie ein Nebel, der sie einhüllte.

»Wir haben Cocktails getrunken, die waren extrem lecker, da müssen wir auch mal hin, und ein Barkeeper, *so sweet*, der macht eine Pina Colada vom Feinsten –« Friedas Stimme steigerte sich, wurde munter.

Mia kämpfte sich noch einmal durch das Wabern.

»Lass mal, Frieda. Ich bin ja jetzt hier. Ich glaube nicht, dass ich Freude daran hätte, bei einem Professor zu arbeiten, der eigentlich ein Playgirl will.«

Frieda schnappte nach Luft.

Sie war ungerecht, das wusste Mia. Es war ihr egal. Sie legte auf.

Kurz darauf checkte sie noch einmal auf das Display ihres Handys.

Von Sandro hatte sie keine Antwort erhalten.

17. Kapitel

Das Angebot

Mia hörte sie, bevor sie sie sah. »Aber das ist doch viel zu teuer! Was glauben Sie, wo wir hier sind? Sie könnten mir wenigstens den Koffer …«

Sie rannte hinaus – und blieb wie vom Donner gerührt stehen. Dort stand ihre Mutter, erhitzt, das Portemonnaie in der Hand, dem Taxifahrer gegenüber, der ihr geduldig den Koffer abgenommen hatte und offensichtlich darauf wartete, dass er sein Geld für die Fahrt erhielt. Kerstin blätterte ein paar Scheine aus ihrem Portemonnaie. Als er bezahlt worden war, deutete der Fahrer eine Verbeugung an, schlug die Türen zu und fuhr davon.

»Horrend, diese Summe, den Preis hätte er mir vorher nennen müssen«, beschwerte Kerstin sich, während sie den Geldbeutel zurück in ihre »Tote Bag« steckte. »Als wären wir in der Dritten Welt! Nun hilf mir mal.« Sie zerrte am Koffergriff.

Wie ferngesteuert ging Mia auf ihre Mutter zu. Diese strich sich die Haare aus dem Gesicht und drückte ihr einen Kuss auf die Wange. Eine Wolke vertrauten blumigen Parfums hüllte Mia ein. »Na, meine Süße, hallo!« Sie küsste sie herzhaft auf die andere Wange. »Ich dachte, ich guck mich hier mal um.«

»Schön. Hallo, Mama«, sagte Mia lahm.

»Ist dies das Haus?« Kerstin setzte die Sonnenbrille auf die Nase, die sie in ihr dichtes, kastanienrot gefärbtes Haar geschoben hatte, und musterte, was vor ihr lag. Die breiten Brillenbügel waren mit kleinen Glitzersteinchen versehen.

Dann sah sie Mia über den Rand der Brille hinweg an. »Und dir geht es hier gut?«

»Aber ja.« Mia versuchte, das Gefühl unangenehmer Überraschung loszuwerden. »Komm erst mal rein.« Sie stellte Kerstins Koffer im Wohnzimmer ab und bot ihr ein Glas Wasser an. »Wie kommt es, dass du hier bist?«

»Ich dachte, ich schau mal, was du hier machst.« Kerstin nahm einen Schluck.

»Schön. Das finde ich gut. Ich meine, dann machen wir zwei ja mal zusammen Urlaub.«

»Sozusagen. Außerdem wollte ich mir das Haus angucken.« Kerstin ließ den Blick schweifen. »Das sieht doch ganz nett aus. Ein bisschen dunkel. Aber es gibt bestimmt Leute, die sich hier wohlfühlen.«

»Ich fühle mich hier wohl«, sagte Mia.

»Natürlich, meine Süße. Du hattest hier eine schöne Zeit. Mal so richtig Ferien, was? Fast eine Fernreise.« Sie zwinkerte ihr zu.

Mia lächelte. »Soll ich dir das Haus zeigen? Und den Garten? Es ist wirklich zauberhaft, du wirst sehen.«

»Ja, das sehe ich«, murmelte Kerstin. Sie folgte Mia in die Schlafkammer, ins Bad und ins Obergeschoss, das offenbar über Jahre ungenutzt geblieben war und in dem nur ein paar alte Möbel standen. Der Putz blätterte von den Wänden, die Schwellen aus Holz lagen frei. Durch die Lamellen der Fensterläden fiel das Licht in schrägen Streifen herein.

»Das könnte man ausbauen«, sagte Kerstin. »Neue Möbel rein, Wandfarbe …«

»Klar. Das sind noch mal zwei Zimmer«, erwiderte Mia.

Als sie in den Garten gingen, blieb Kerstin stehen.

»Was ist?« Mia sah ihre Mutter fragend an.

Kerstin wies auf ihre Pumps.

Mia lachte. »Zieh sie aus!«

»Meinst du?« Kerstin schob tatsächlich Schuhe und Strümpfe von den Füßen, schlug ihre Designerjeans hoch und lief ein paar Schritte in den Garten, den Blick nach unten gerichtet.

»Hast du noch andere Schuhe mit?«, fragte Mia.

»Ein Paar Sneakers.«

»Na, dann ist ja gut. Und nun guck wenigstens einmal hoch.« Mia wies mit einer großer Geste über die Hügel.

»Die Aussicht ist herrlich«, gab Kerstin zu.

»Ja, nicht wahr? Komm, ich mach uns einen Tee. Und dann erzählst du, wie es auf den Seychellen war, und warum du jetzt hergekommen bist.«

Als Mia die dampfende Tasse auf den Tisch stellte, sagte Kerstin fast beiläufig: »Du hast keinen guten Eindruck gemacht am Telefon.«

Mia schluckte. An ihre Probleme durfte sie jetzt nicht denken, sonst würde sie losheulen. Oder schreien.

»Dieser Job bei deinem Professor, den du unbedingt haben wolltest – das hat dich mitgenommen, oder?« Kerstin sah sie prüfend an und blies in den Tee, um ihn abzukühlen.

»Und wie. Es ist nicht nur, dass ich den Job nicht kriege, es ist der ganze Rest …« Mia wusste nicht, wie sie es ihrer Mutter erklären sollte. »Das ist einfach ein sexistisches Arsch!«, brach es aus ihr heraus.

»Ach, komm, Mia. Nun lass mal. Er ist immerhin dein Chef.«

»Er war mein Chef, meinst du wohl.«

Kerstin nahm die Tasse mit spitzen Fingern am Henkel. »Dann gehst du jetzt also an die Schule und wirst Lehrerin?«

»Ach, Mama. Ich hab gar kein Referendariat. Ich hab nicht auf Lehramt studiert. Das ist ein anderer Studiengang, den ich gemacht habe. Lateinlehrer werden allerdings gebraucht, das stimmt. Das Fach ist nicht so beliebt, selbst nicht unter Lehrern.«

»Verständlicherweise.«

Mia holte Luft. »Wie auch immer: Ich würde es wohl machen können, auch als Quereinsteigerin, und den Vorbereitungsdienst nachholen, aber ich will gar nicht, verstehst du?«

»Na, dann such dir was anderes. Aber es wäre natürlich ganz gut, wenn du langsam mal arbeiten würdest, verstehst du? Dein Studienabschluss liegt ja schon zwei Monate zurück. Die Lea von der Sabine – weißt du? – die hat Betriebswirtschaft studiert und arbeitet seit zwei oder drei Jahren in einer großen Firma.«

»Zwei Monate, das ist nicht viel, Mama. Und Lea hat ein duales Studium gemacht. Da wird man von dem Betrieb, in dem man gelernt hat, übernommen. Man muss sich sogar dazu verpflichten, für zwei Jahre oder so, man hat gar keine Wahl.«

»Siehst du, sie hat sich sogar verpflichtet. Das ist doch eine gute Sache.«

»Ist es, sicher.«

»Mia«, Kerstin beugte sich vor, »da ist doch noch was anderes. Irgendetwas stimmt doch nicht.«

»Na ja, ich finde, das ist genug. Ich habe mich in den letzten Monaten intensiv auf diese Stelle vorbereitet, auf das Forschungsprojekt, das Professor Tretmüller mir vorgeschlagen hatte. Ich hab eigentlich nichts anderes mehr gemacht. Und das war jetzt umsonst. Abgesehen von der Sache mit Frieda. So prall finde ich das auch nicht.«

»Kannst du dich nicht woanders bewerben?«

»Tretmüller ist Spezialist auf diesem Gebiet. Um ihn komme ich nicht herum. Er hat mir das Thema nahegelegt und quasi versprochen, dass ich genau damit, mit diesem Schwerpunkt, eine Stelle bekomme. Stattdessen vögelt er mit meiner Freundin!«

Kerstin schob die Teetasse von sich. »Vielleicht war Frieda besser als du.«

»Besser im Vögeln?! Das ist nicht dein Ernst.« Mia sprang auf.

»Mia, ist gut, steigere dich da nicht hinein, komm wieder runter, Schätzchen!« Ihre Mutter fasste sie an der Schulter.

»Darum geht es doch gar nicht. Der Professor wird schon erkennen, wer fachlich gut ist und wer nicht. Ich meine, Frieda hat vielleicht die bessere Leistung erbracht.«

»Mama, hör auf, ja? Ich hatte eine glatte Eins in der Abschlussprüfung!«

»Das reicht vielleicht nicht.« Mias Mutter betrachtete ihre Ringe. Ein schmaler Goldreif am Ringfinger, am nächsten einer aus Weißgold mit einem grünen Stein. An der anderen Hand trug sie einen silbernen

Ring mit einer schimmernden Perle, daneben einen mit einer kunstvoll geschwungenen Verzierung. Nie hatte Mia sie ohne Ringe gesehen. Ohne hätte sie vermutlich nackt gewirkt.

»Manchmal muss der Einsatz vielleicht etwas höher sein«, sagte Kerstin nachdenklich.

»Mama, das ist nicht dein Ernst. Du verlangst nicht, dass ich mit meinem Prof ins Bett gehe, oder?« Mia war fassungslos.

»Wo denkst du hin! Ich meine nur, dass Leistung sich durchsetzt. Irgendwo muss der Hase ja im Pfeffer liegen. Irgendetwas scheint ja nicht gereicht zu haben.«

Kerstin hatte gut reden. Mia hatte ja selbst gegrübelt, was sie hätte anders machen können, den ganzen gestrigen Abend lang. Der einzige Schluss, zu dem sie gekommen war, war, dass sie nicht nach Italien hätte fahren dürfen. Sie war zu lange hiergeblieben, sonst wäre das alles nicht passiert. Sie hätte ihre Bücher selbst kopiert, Frieda hätte keinen Grund gehabt, zu Professor Tretmüller zu gehen, die Stelle wäre ausgeschrieben worden, und Tretmüller hätte keine Gelegenheit gehabt, an jemand anderen zu denken. Andererseits war es doch verrückt, wenn ihre zukünftige Stelle auf einem solchen Arrangement beruhte. Hätte sie den Arbeitsvertrag erst einmal unterschrieben, hätte ihr Professor nichts mehr machen können. So aber hatte er sie in der Hand.

Mia seufzte. Dass sie hergekommen war, hatte Kerstin ihr eingebrockt. Wenn diese sich selbst um ihre Angelegenheiten gekümmert hätte …

Als hätte sie ihre Gedanken gelesen, lächelte Kerstin versöhnlich. »Ich bin ja jetzt da. Wir gucken mal, wie wir das alles hinkriegen, Kopf hoch, Mia. Das wird schon.« Sie stand auf. »Ich pack jetzt erst mal meinen Koffer aus.«

*

Mia hielt die abgebrochene Duschstange in der Hand, als es kräftig an der Haustür klopfte.

Kerstin hinter dem Duschvorhang fluchte. »Meine Güte, was sind das für Wände, die halten ja gar nichts!« Neben dem Duschvorhang lag der Putz in dicken Brocken. Die Stange hatte sich einfach gelöst, Mia wusste nicht, warum, sie schien ihr bis dahin recht haltbar gewesen zu sein. Sicher, das Bad war klein, es entsprach nicht dem Standard eines Viersternehotels, aber es hatte ein kleines Fenster, ein Waschbecken und eine Duschwanne und genügte vollkommen. Was Kerstin mit der Duschstange angestellt hatte, war Mia ein Rätsel.

»Warte, es hat gerade geklopft! Da kommt jemand!« Mit der Stange in der Hand lief sie zur Tür.

Vor ihr stand ein jüngerer Mann von Anfang dreißig, erwartungsvoll, mit weißem Hemd, ein Aktenköfferchen unter dem Arm. Er streckte die Hand aus. »Artusi, Immobilienmakler, sehr erfreut. Sie sind Frau Schneider? Wir hatten einen Termin.«

Gestern, fiel es Mia siedend heiß ein. Sie hatte ihn schlichtweg vergessen, während sie mit Thomas auf dem Hof geplaudert hatte. Sie nahm die Duschstange in die linke Hand und reichte ihm die rechte. »Sicher, kommen Sie herein, es tut mir leid, ich war gestern unterwegs.«

Das sei kein Problem, versicherte der Makler, er

hätte ja gemerkt, dass niemand da gewesen sei, da hätte er sich gedacht, er käme einfach heute noch mal vorbei. Der Vertragsabschluss solle ja schnell vonstattengehen, oder? So hätte er sie verstanden.

Mia konnte sich nicht erinnern, Derartiges gesagt zu haben.

Um das Haus herum sei er schon gegangen. Das sei ja ein feines Grundstück, und die Lage … Sie wisse ja, was bei einem Hausverkauf zähle, sei die Lage, die Lage und noch einmal die Lage, aber hier in der Gegend hätten sie ja eigentlich ohnehin nur Top-Lagen, da zähle dann doch eher die Größe. Ob sie das Castello di Treviano kenne, das sei natürlich groß, aber so ein kleines Landhaus, das bringe auch schon einen gewissen Erlös …

Der Mann hörte nicht auf zu reden. Dabei hatte er bereits das Haus betreten und hörte nicht auf, Mia rasche Blicke zuzuwerfen, die ihm mit der Duschstange in der Hand verdattert folgte.

Das Castello hätte ja auch Ferienwohnungen, die seien gut nachgefragt, soweit er informiert sei, so nah bei Siena, das sei schon interessant für die Touristen, und es gäbe viele Engländer, die seien an Häusern interessiert, die würden die Toskana sehr schätzen und würden auch gerne mal eines kaufen …

Jetzt sah er nicht mehr Mia an, sondern blickte prüfend durch die Räume. Dabei war sein Schritt so schnell, dass Mia kaum hinterherkam. Er öffnete das Fenster, beugte sich hinaus, schloss es wieder, betrat den Flur, warf einen Blick ins Schlafzimmer, wollte eben die Tür zum Bad öffnen.

»Stopp«, rief Mia, aber es war zu spät. Im selben Moment präsentierte sich ihnen beiden, dem Makler und ihr, der Anblick von Kerstin, ein Badetuch vor der Brust verknotet, die eben ihre Bluse nahm.

Kerstin riss die Augen auf, dann lächelte sie.

»Das ist der Makler«, presste Mia hervor.

»Oh, là, là!« Der Makler lächelte ebenfalls.

Mia schlug die Tür zu. »Das ist meine Mutter. Ihr gehört das Haus.«

»Dann sollten wir besser auf Ihre Frau Mutter warten, bevor wir Weiteres besprechen.« Seine Blicke schweiften wieder ruhelos umher.

Es dauerte nicht lange, da stand Kerstin, in frische Jeans und eine weiße Bluse gekleidet, vor ihnen und begrüßte den Makler. »So sehe ich besser aus, nicht wahr?«

Der Makler verstand offensichtlich nicht, was sie gesagt hatte. Mia übersetzte. Der Makler strahlte. »Ah, eine schöne Frau ist immer schön«, sagte er auf Englisch.

»Er hat schon alles gesehen«, sagte Mia auf Deutsch. »Ich meine, das Haus.«

»Wunderbar.« Kerstin fixierte Artusi. »Was meinen Sie? Wie viel würde es bringen?« Sie hatte es auf Deutsch gesagt, und Mia übersetzte erneut.

Signor Artusi legte gekonnt die Stirn in Falten, zückte einen Bleistift und warf ein paar Zahlen aufs Papier. »Dreihunderttausend. Das sollte drin sein.«

»Dreihundert.« Mia schluckte.

Kerstin klatschte in die Hände. »Sehr gut.« Dann überlegte sie. »Dreihundertzwanzigtausend? Wären die auch drin?«

Der Makler wiegte den Kopf. »Wir können es versuchen. Am besten setzen wir direkt den Vertrag auf, dann kann ich morgen annoncieren, und übermorgen, Sie werden sehen, stehen die ersten Interessenten vor der Tür.« Er strahlte. »Vielleicht sogar schon morgen Abend. Sie haben es doch eilig?«

»Welchen Vertrag meinen Sie?«, fragte Mia den Makler.

»Na, den Angebotsvertrag zwischen Ihnen und mir, damit ich das Haus für Sie anbieten kann. Es wäre natürlich ein exklusiver Vertrag. Aber Sie werden sehen, es geht schneller, als Sie denken. Ende des Monats ist das Haus schon verkauft. Es gibt ein großes Interesse an diesen alten Landhäusern. Die Leute sind sehr nostalgisch, wissen Sie?«

»Ende des Monats«, wiederholte Kerstin.

»Ende der Woche«, sagte Artusi, als hätte er sie verstanden.

Kerstins Gesicht hellte sich auf. »Ich werde darüber nachdenken.« Sie reichte ihm die Hand. »Ich rufe Sie an. Meine Tochter hat Ihre Nummer? Wir melden uns.« Und schon hatte sie den Makler hinauskomplimentiert, nicht ohne ihr Lächeln noch einmal zu vertiefen.

»Schließe nie einen Vertrag ab, ohne darüber zu schlafen, das hat mir übrigens dein Vater beigebracht«, sagte Kerstin befriedigt zu Mia. »Im Geschäftlichen war er gut. Aber wir machen das. Morgen rufst du diesen Artusi an. Das ist ja schon mal eine hübsche Summe. Von der er natürlich seine Prozente haben will.« Sie überlegte einen Moment. »Vielleicht kriegen wir es auch alleine hin. Du sprichst ja Italienisch. Wir bräuchten dann nur einen Notar. Die Prozente würden bei uns bleiben.«

»Einen Notar kenne ich«, sagte Mia und fühlte sich unendlich erschöpft.

»Na bestens. Wir schaffen das schon. Und nun leg doch endlich mal diese Duschstange aus der Hand!«

*

Mia hatte auf dem Sofa geschlafen, das große Bett hatte sie Kerstin überlassen. Lange hatte sie wach gelegen und an die Decke gestarrt, an die dunklen Balken, die sie so mochte. Sie wünschte, sie könnte die Zeit zurückdrehen. Wo war ihre Unbeschwertheit geblieben? Alles hier hatte sich so richtig angefühlt, und jetzt? Tauchte Kerstin auf und riss alles an sich. Wie hatte Mia auch denken können, dass das Haus ihr gehörte? Was war das für eine Illusion gewesen? Im Testament stand Kerstins Name, nein, genau genommen stand er nicht darin, es gab schließlich kein Testament, aber in den Akten des Notars stand er, sie war die nächste Verwandte, daran war nicht zu rütteln. Die Geschwindigkeit, mit der Kerstin die Makler-Sache abgewickelt hatte, hatte Mia schlicht den Atem geraubt. Kerstin wusste, was sie wollte, und wenn sie es in greifbarer Nähe sah, fackelte sie nicht lange.

Wie anders Mia doch tickte. In ihrem Kopf waren die Gedankenwege verschlungen, A führte nicht automatisch zu B, manchmal war ein Umweg über C oder D notwendig. Dafür war bei Kerstin kein Platz. Bei Mias Vater, da war es ähnlich, kamen auch mal E und F dazu. Aber letztlich sortierte auch er die Punkte der Reihe nach. Mia machte auch halbe Schritte.

Sie setzte sich auf. Vielleicht könnte sie Kerstin doch noch von der Schönheit dieses Ortes überzeugen. Vielleicht war nicht alles verloren. Sie musste es einfach versuchen.

Vorsichtig lugte sie ins Schlafzimmer.

»Kaffee«, murmelte Kerstin und legte schützend die Hand über die Augen. »Machst du mir einen, Schätzchen?«

»Gleich«, sagte Mia. »Versprochen. Wenn du vorher mit mir in den Garten kommst. Ich will dir etwas zeigen.«

Kerstin stöhnte und steckte ihre Haare hoch, während sie verschlafen hinter Mia herstolperte, die zielstrebig auf den Hühnerstall zulief. Gackernd stoben die Hühner an ihnen vorbei.

Kerstin fuhr zusammen. »Was ist das denn?«

»Das sind meine, ich meine, unsere, Hühner! Und sie legen echte Eier!«

Kerstin sah sie mitleidig an. »Und was machst du damit? Mit den echten Eiern?«

»Na ja, essen. Frühstücksei, Omelett, Kuchen ...«

Kerstin sagte nichts. »Wie sieht es hier denn mit einem Laden aus? Gibt es sowas auch?«, erkundigte sie sich.

»Klar, den gibt es auch.«

»Na, dann ist ja gut.«

Schweigend gingen sie zum Haus zurück.

Sie wandten ihre Blicke zum Zaun, als von dort ein »*Buongiorno*« ertönte. Es war Signor Martelli. In Mia stieg Freude auf, doch im selben Moment erschrak sie. Wie fahl Signor Martelli wieder aussah, beinahe aschgrau. Und es lag nicht nur am Himmel, der sich diesen Morgen bedeckt zeigte.

»*Buongiorno*, Signor Martelli. Geht es Ihnen nicht gut?«, erkundigte sich Mia besorgt.

Ein ersticktes Husten war die Antwort. Kerstin wandte sich, sichtlich angewidert, zur Seite. Mia wartete, bis Signor Martelli wieder Luft bekam. »Dies ist meine Mutter. Sie ist gekommen, um …« Sie verstummte.

Bruno Martelli wollte etwas sagen, das war zu erkennen, doch als er den Mund öffnete, bekam er den nächsten Hustenanfall. Er winkte ab, drehte sich um und schlurfte zurück zu seinem Haus.

»Wer war das denn?«, fragte Kerstin.

»Mein Nachbar.«

Mia war bedrückt. Sie nahm sich fest vor, später bei Signor Martelli vorbeizuschauen, um zu sehen, ob er Hilfe brauchte. Sie hatte ein ungutes Gefühl.

Beim Frühstück erzählte Kerstin von den Seychellen und geriet dabei ins Schwärmen. »Blaues Wasser, hellblau, ach, was sage ich, türkisfarben! Feiner, weißer Strand, Palmen … Das Beste aber ist die Anlage. Die ist so sauber, das habe ich noch nicht erlebt. Und jedes Apartment hat Meerblick! Nur noch eine Reihe Palmen steht dazwischen. Und der Pool: groß und gut gepflegt. Nette Leute. Das hat man nicht immer. Es ist eine Deutsche, die diese Anlage betreibt, also die Wohnungen vermietet. Man könnte immer hinfliegen, und wenn man es nicht selbst nutzt, vermietet man einfach. Auf die Seychellen will jeder.«

»Jeder nicht«, sagte Mia trocken.

»Warte mal ab, bis du es gesehen hast. Du könntest dort sogar wandern. Im Landesinnern gibt es Berge. Die Insel ist gar nicht so klein.«

Mia rührte Zucker in ihren Kaffee. Kerstin hatte ihr Tässchen rasch hinuntergekippt und sich geschüttelt. »Espresso war noch nie mein Fall.«

»Was machst du, wenn es irgendwann keine Flüge mehr gibt? Dann ist dein Apartment weit weg. Wenn gestreikt wird oder Kerosinmangel herrscht? Hinschwimmen?«, erkundigte sich Mia.

»Du bist mal wieder so negativ. Warum sollte es keine Flüge mehr geben? Die Branche entwickelt sich. Noch ist das Fliegen nicht am Ende. Und wenn es so weit ist, lebe ich nicht mehr.« Kerstin bestrich sich eine Scheibe Brot mit Butter. »Ich möchte das Apartment jedenfalls haben. Das steht fest. Bis Ende Mai hat Ron mir ein Vorkaufsrecht eingeräumt, es mir sozusagen reserviert. Dann verkauft er es möglicherweise auch an jemand anderen.«

»Ron?«

In Kerstins Miene schlich sich ein anspielungsreiches Lächeln. »Na ja, Ron halt. Er lebt dort. Handelt mit Immobilien und einigem anderen. Er sieht ganz gut aus.«

»Und er findet, dass du auch gut aussiehst?«

»Könnte sein.« Kerstin biss in ihr Brot. »Aber ich hab nichts vor, nicht, was du jetzt denkst. Ich möchte einfach öfter an den Strand, ich fühle mich dort wohl, das Klima tut meiner Haut gut, ach, was sage ich, mir insgesamt. Und letztlich bringt so ein Apartment ja auch Rendite.«

»Rendite. Hat Ron dir das erzählt?«

»Ja, klar.« Kerstin sah überrascht auf. »Hast du übrigens noch einen Tee, ein bisschen frisch ist es hier ja schon.«

Rendite. Mia setzte den Kessel auf den Herd. »Und wenn man dieses Haus hier als Ferienhaus …«

»Nein, Mia. Keine Chance.« Kerstin sah sie an. Sehr klar, sehr kühl. »Ich weiß, dass es viele Menschen gibt, die die Toskana lieben. Aber ich gehöre nicht dazu. Für mich ist dieses Apartment auf Mahé eine einmalige Chance. Ich könnte es nicht kaufen, wenn es dieses Erbe nicht gäbe. Aber so, zusammen mit den Wertpapiererträgen der letzten Zeit, kann ich es. Du erwartest doch wohl nicht, dass ich mir diese Chance entgehen lasse? Mia, du musst für dein eigenes Leben sorgen, ich sorge für meins, okay? Ich finde es nett, dass du das Erbe für mich angenommen hast, aber das heißt nicht, dass es nun dir gehört.«

Das saß. Mia hätte sich am liebsten ins Hühnerhaus verkrochen.

»Nein, klar, ich dachte ja nur«, murmelte sie.

»Wenn du möchtest, kannst du gerne schon nach Hause fahren, ich kriege das hier auch alleine hin. Wobei es natürlich nett wäre, wenn du mir mit deinen Italienischkenntnissen helfen würdest. Woher hast die die eigentlich? So dolle waren deine Sprachkenntnisse auf der Schule doch nie?«

»Weiß nicht, ich habe viel gesprochen, und es hat geklappt.«

Die Sehnsucht durchzog Mia fast schmerzhaft. Die Unterhaltungen mit Filippo kamen ihr in den Sinn, die unkomplizierten Scherze. Wie viel hatten sie gelacht. Und die Nächte mit Sandro. Nein, sprachlich hatte es keine Probleme gegeben. Im Gegenteil. Unbeschwert und unbekümmert hatte Filippo sich auf sie eingelassen, in einer selbstverständlichen Mischung aus Italienisch und Englisch, Sandro hingegen hatte es sichtlich genossen, sein Deutsch anzuwenden. Nein, dachte Mia, Sprache stellt für meine Generation kein Problem dar, nicht innerhalb Europas.

Sandro. Filippo. Wenn einer der beiden doch hier wäre. Sie fühlte sich auf einmal so allein. Obwohl oder gerade weil Kerstin da war, ihre Mutter, die immer ihre eigenen Ziele hatte. Die zu Mias einfach nicht passen wollten.

»Mia?«, durchbrach Kerstin ihre Gedanken.

»Hm?«

»Es ist kalt hier.«

Dicke Regentropfen klatschten gegen die Scheibe. Der graue Himmel entleerte sich. Mia schloss die Fenster. Ja, es war kühl geworden. Sie goss den Tee auf.

Ihre Tage hier waren gezählt.

Kerstin hatte ihr Frühstücksei nicht angerührt.

18. Kapitel

Schöne Aussichten

Als sie merkte, dass Kerstin im Haus die Decke auf den Kopf fiel, schlug Mia vor, in Treviano zu Mittag zu essen. Sie war kurz davor, ihr das Fotoalbum zu zeigen, aber Kerstin wirkte unzufrieden, und auch Mia verspürte Hunger. Außerdem wurde es allmählich ungemütlich. Der Regen war stärker geworden, und Mia wollte den Ofen anfeuern, musste aber feststellen, dass sie kein Holz mehr hatte. Außer einem Heizlüfter im Bad gab es keine Wärmequelle.

Mia konnte Kerstin gerade eben davon abhalten, ein Taxi zu bestellen. »Das schaffen wir auch so. Im Flur stehen zwei alte Schirme. Wir warten eine Regenpause ab, ja?«

Sie gingen los, als der Regen nachgelassen hatte, doch auf halber Strecke setzte er wieder ein. Die Schirme erwiesen sich als unbrauchbar; Kerstins Schirm knickte ein, Mias hatte ein kleines Loch, durch das es stetig tröpfelte.

Schließlich kamen sie im Ort an und setzten sich an der Hauptstraße in die Bar.

Kerstin rieb sich die Hände. »So kalt habe ich mir Italien nun auch wieder nicht vorgestellt.«

Anna Marias Eltern begrüßten sie freundlich und boten ihnen eine Suppe an. »Etwas anderes haben wir leider nicht«, entschuldigten sie sich. Suppe. Nicht gerade ein Menü, aber ausreichend, um satt zu werden.

»Na ja, das wärmt wenigstens«, bemerkte Kerstin. »Im Übrigen kennst du hier ja wirklich jeden.«

Mia war sich nicht sicher, ob es als Kompliment oder abfällig gemeint war. Kerstin betrachtete ihre durchnässten Sneakers, an deren Sohlen Lehm klebte.

Mia holte ihr Handy heraus. Immer noch keine Antwort von Sandro. Dafür hatte Filippo ihr geschrieben: »Wie war der Flug? Bist du gut angekommen? Und vermisst du dein Haus?« Filippo! Wie schön.

Mia antwortete mit fliegenden Fingern. »Ich würde es vermissen, aber ich bin noch da! Es ist etwas dazwischengekommen. Und jetzt habe ich Besuch, um den ich mich kümmern muss. Meine …«

Anna Marias Mutter stellte dampfende Suppe vor sie hin. Mia legte ihr Handy beiseite, sie nahm sich vor, die Nachricht an Filippo später zu beenden. Als sie das Handy verstauen wollte, stellte sie fest, dass sie die Nachricht versehentlich bereits gesendet hatte, unvollständig, wie sie war. Egal. Sie konnte die ganze Geschichte sowieso nicht per SMS darlegen. Irgendwann würde sie in Ruhe mit ihm reden, bisher war Filippo noch immer wieder aufgetaucht. Filippo würde ihre Situation verstehen, da war Mia sich sicher. Genau genommen hatte er sich immer ziemlich gut in sie einfühlen können.

Mia steckte ihr Handy in die Tasche und lächelte Kerstin an. »Anna Marias Mutter kocht ganz phantastisch, du wirst sehen.« Ihre Mutter tauchte den Löffel in die Suppe und wartete, dass er abkühlte. Mia hatte das Gefühl, dass sie weiterreden musste, um Kerstin bei Laune zu halten.

»Anna Maria ist meine Freundin, ich habe sie hier kennengelernt.«

Es klang, als berichte sie von einem Mädchen, das sie beim Spielen im Sandkasten kennengelernt hatte. Alles, was sie sagte, hörte sich verkehrt an. »Ich habe sie hier beim Kaffeetrinken kennengelernt, meine ich, ich bin jeden Morgen hergekommen, hier gibt es den besten Kaffee und die besten Hörnchen«, versuchte Mia es noch einmal.

»Morgens Kaffee trinken gehen. So viel Entspanntheit kennt man ja gar nicht von dir.« Kerstin schob den Löffel in den Mund.

Mia sah sie neugierig an. »Und, ist sie gut, die Suppe?«

»Viel zerkochter Kohl.« Kerstin schob einen Kohlstrunk an den Tellerrand.

Mia fand die Suppe köstlich, behielt es aber für sich.

Sie betrachtete ihre Mutter, die erneut in die Suppe pustete. Ihre roten Haare, die durch Sport im Fitnessstudio schlank gehaltene Figur. Die Fältchen in Kerstins Gesicht waren das Ergebnis kontrollierter Mimik.

Mia wandte unwillkürlich den Kopf, als auf der Straße ein Motorrad vorbeifuhr. Es war tatsächlich Sandro. Seine große Gestalt war unverkennbar. Aber er hielt nicht an der Bar. Warum auch. Mia sah, dass er zur Ausgrabung abbog. Seltsam, bei diesem Wetter machten sie dort doch bestimmt eine Pause. Im Schlamm konnte man ja schlecht graben.

Aber es brachte sie auf eine Idee.

»Interessierst du dich vielleicht für Etrusker-Ausgrabungen?« Vielleicht konnte sie mit ihrer Mutter nach Murlo fahren, vielleicht sogar Sandro für eine Führung gewinnen.

In dem Moment, als Kerstin aufblickte, wusste Mia, dass die Frage falsch war. Kerstin hatte sich noch nie für Kultur interessiert. Mit einer Freundin ging sie manchmal auf Rockkonzerte, aber Kirchen und Klöster, das war nichts für sie, ebenso wenig alte Artefakte. Oft genug hatte sie darüber gespottet, dass Mia ein verstaubtes Studium betrieb, eine tote Sprache lernte. »Du musst aufpassen, dass du nicht selbst verstaubst. Man wird nicht jünger, Mia, wirklich nicht.« Das hatte Mia oft genug gehört.

»Ausgrabungen? Eher weniger.« Kerstins belustigter Blick bestätigte ihre Vorahnung.

»Dann nicht. Ich dachte nur. Es gibt hier ein sehr nettes Museum, und wir hätten mit dem Taxi …«

Kerstin legte den Löffel beiseite. »Mia, du vergisst, warum ich hier bin. Du hat es nicht hingekriegt, aus unerfindlichem Grund, das ist auch egal, du bist jung und hattest andere Dinge im Kopf. Aber ich bin jetzt hier, um das Haus zu verkaufen. Okay? Morgen geht mein Flug, und bis dahin ist das Haus wenigstens an einen Makler übergeben. Idealerweise habe ich bis dahin drei Kaufinteressenten. Hast du Herrn Artusi übrigens schon angerufen?«

Mia schüttelte den Kopf. »Ich mache es gleich, ja?«

Während Mia bezahlte und sich erkundigte, wann Anna Maria das nächste Mal wieder da wäre, hatte Kerstin bereits die Tür geöffnet, sodass kühle Luft von draußen hereinkam.

Die Glocke klingelte, als sie hinausgingen.

*

»Ein Taxi, das muss es hier doch geben!« Kerstin blickte in alle Richtungen.

Sie hatte wohl nicht genug Suppe gegessen, als dass sie zufrieden sein konnte, dachte Mia. Wenn man satt war, war man glücklich. Nein, Kerstin war nicht satt. Und sie war ganz und gar nicht glücklich.

Durch das Loch in ihrem Schirm tropfte es. Mia wischte sich das Regenwasser von der Wange. »Ist egal, wir gehen einfach los, und zu Hause duschst du heiß, ja?«

»Zu Hause, es wäre schön, wenn ich zu Hause wäre. Mit einer funktionierenden Dusche und einer Heizung, die ich aufdrehen kann.« Es musste ihr selbst aufgefallen sein, wie giftig das klang, denn mit einem »Ach, was soll's. Laufen wir eben durch den Regen« entschärfte Kerstin die Situation wieder.

Der Duschvorhang, die fehlende Stange. Das würde sie bald reparieren müssen. Mia überlegte, wie ihr das gelingen könnte, während sie hinter ihrer Mutter die Dorfstraße entlangstapfte. Wenn sie zu Hause wären, würde sie sich noch einmal in Ruhe mit Kerstin unterhalten. Die Umstände waren ungünstig, sicher, in der Kerstin-typischen Weise passte ihr gerade alles nicht, aber sobald der Regen vorbei war, hatte sie sicherlich eine andere Sicht auf die Dinge. Dann könnte Mia ihre Mutter davon überzeugen, Großtante Maras Haus als Ferienhaus zu behalten. Auch dieses Haus konnte man vermieten, und mit den Einnahmen könnte Kerstin ihre Reisen an weiße Strände und grünblaue Gewässer finanzieren.

Mia tastete nach dem Anhänger an ihrer Kette. Sie würde den Anruf bei Herrn Artusi verschieben, so wie sie es am Vormittag schon erfolgreich getan hatte, von einer Stunde zur nächsten, ohne dass Kerstin es richtig bemerkt hatte.

Als ein Auto neben ihnen so schnell durch eine Pfütze fuhr, dass das Wasser wegspritzte, sprang Mia zur Seite. Kurz darauf hielt das Auto an.

Der Conte.

»Signora Schneider. So nass. Wenn Sie erlauben, würde ich Sie ...« Damit war er ausgestiegen, der Conte persönlich, hatte das Auto umrundet und öffnete ihnen die hintere Wagentür.

Kerstin strich die feuchten Haare zurück. Ein Strahlen erschien auf ihrem Gesicht, als ob gerade die Sonne durch die Wolken gebrochen wäre.

Mia stellte die beiden einander vor.

»Kerstin, das ist Signor Ombrone, ihm gehört das Castello, das du dort vorne siehst. Signor Ombrone, das ist meine Mutter.«

Achille Ombrone deutete einen Handkuss an. Kerstins Strahlen nahm um einige Grade zu. Jetzt wusste Mia, was sie in endlosen Sitzungen bei ihrem Zahnarzt gemacht hatte: Ihr Gebiss war wirklich makellos.

Um Kerstin war es geschehen. Aber auch Achille Ombrone schien beeindruckt.

Kerstin schob sich in den Fond, und Mia setzte sich neben sie. Sie starrte in den Regen, der auch an der Scheibe von Achille Ombrones Luxuslimousine herunterlief. Sie hätte es vorgezogen, zu laufen.

Der Wagen fuhr an und legte sich so sanft in die Kurven, dass man es kaum spürte. Nach wenigen Minuten standen sie vor der Tür in Treviano Alto.

»Auf Wiedersehen und vielen Dank.« Kerstin hätte

sich auch in Monaco oder an der Riviera gut gemacht. Nein, diese schlammigen Wege hier, das war nicht ihr Pflaster.

»Aber gerne. Kommen Sie doch einmal vorbei. Ihre Tochter weiß, wo Sie mich finden.« Formvollendet.

Dann fuhr er davon.

Kerstin hielt Mia ihr Handy hin: »Und jetzt«, sie machte eine Kunstpause, in der sie Mia fixierte, »rufst du diesen Artusi an.«

*

Während Kerstin summend durchs Haus lief, stapfte Mia mit einer alten Jacke, die sie im Schuppen gefunden hatte, in den Garten und holte die letzten Reste eines vom Borkenkäfer zerfressenen Holzstapels herein. Die Scheite waren zwar feucht, aber vielleicht funktionierte es trotzdem.

Es funktionierte nicht.

Das nasse Holz qualmte. Binnen kürzester Zeit war der Wohnraum rauchgeschwängert.

»Du vergiftest uns«, stellte Kerstin fest.

Als es klopfte, ging sie zur Tür, während Mia vorm Ofen kniete und den Schaden zu begrenzen suchte. Der Qualm trieb ihr die Tränen in die Augen. Sicher war es Herr Artusi, womöglich mit Kaufinteressenten. Sein Interesse an dem Haus schien sehr groß zu sein. Vielleicht gab es nicht viele alte Häuser, die derzeit zum Verkauf standen, womöglich rissen die Immobilienmakler sich darum, und der Gewinn war, wenn man einen Anteil von fünf Prozent der Verkaufssumme ansetzte, ja nicht gering.

Es war Signor Baldi. Er überbrachte eine Einladung von Achille Ombrone, handgeschrieben auf einer Karte.

»Zum Abendessen, Mia«, jauchzte Kerstin. »in seinem Schloss! Anschließend gibt es eine Ausstellungseröffnung!«

»Schloss. Das ist ein herrschaftliches Landgut. Es besteht nur aus Ferienwohnungen.« Mia hustete.

»Na, etwas mehr muss es sein, sonst würde er uns nicht zum Essen einladen«, sagte Kerstin und öffnete schwungvoll die Fenster.

Mia wedelte den Rauch beiseite. »Das Essen besteht sicher nur aus Häppchen. Aber lass dich überraschen. Ich komme übrigens nicht mit.«

Kerstin hielt inne und betrachtete sie mit einer Mischung aus Verachtung und Mitleid.

»Ich halte den Ofen in Gang.«

»Wie du meinst.« Kerstin sah aus, als ließe sie sich von Mia ganz bestimmt nicht den Spaß verderben.

Während Kerstin im Castello di Treviano großformatige Malereien eines lokalen Künstlers betrachtete, der vor fünf Jahren aus Syrien eingewandert war, klopfte Mia bei Signor Martelli an die Tür.

Es dauert lange, bis ein Schlurfen sich näherte und der alte Mann öffnete.

»Signor Martelli, ich … Ich wollte Sie einfach nur besuchen …« Mia wusste nicht, wie sie ausdrücken sollte, dass sie sich Sorgen gemacht hatte.

Ein Leuchten zog sich über sein Gesicht. »Signora Mia, das ist schön, kommen Sie herein!«

Bei Signor Martelli war es gemütlich. Das Feuer in

seinem Ofen flackerte und verbreitete eine angenehme Wärme. Mia, die das Haus noch nie betreten hatte, staunte über die Behaglichkeit und Sauberkeit. Ähnlich wie bei Mara bestand die Einrichtung aus einzelnen Möbelstücken, es war nur ein bisschen voller. Zierdeckchen lagen auf den Kommoden, auf dem Tisch lag eine Zeitung. Ein kleiner Fernseher lief, den Signor Martelli ausschaltete. »Es kommt sowieso immer das Gleiche. Wir leben in schwierigen Zeiten.«

»Schön ist es bei Ihnen.«

»Da staunen Sie, was? Sie hätten nicht gedacht, dass ein alter Mann es nett haben kann.« Signor Martelli schmunzelte. »Ich gebe es zu, Emilia hat ihre Hand im Spiel, sie sorgt dafür, dass ich nicht ganz verderbe.«

»So schnell verderben Sie nicht.« Mia lachte.

»Mögen Sie Tee?« Signor Martelli machte sich am Herd zu schaffen. »Und Ihre Frau Mutter? Was macht sie?«

Mia schluckte. Es lag so viel Wärme in dieser Frage. Ihre Frau Mutter. Dabei war genau die das Elend. Mia schwieg. Es schien ihr unmöglich, etwas zu sagen, das nicht falsch war.

Signor Martelli schwieg ebenfalls und stellte den aufgebrühten Tee vor sie hin. Er betrachtete sie aufmerksam. Es war, als ob er sowieso alles wusste. »Ihre Mutter möchte das Haus nicht behalten, stimmt's?«

Mia nickte wortlos.

Signor Martelli sah nachdenklich auf den Tisch. »Das ist schade«, sagte er schließlich. »Mara hätte es gefallen, wenn Sie das Haus behalten hätten, Sie als ihre Großnichte, da bin ich sicher.«

Mia fiel auf, dass er zum ersten Mal Maras Namen

nannte. »Sie war ein wenig kratzbürstig«, er lachte, »aber sie hatte ein gutes Herz. Sie war verletzt, als sie gekommen ist.«

»Verletzt?«

»Ja, an der Seele. Ihre Seele war verletzt. Sie war jung, aber sie hatte einiges hinter sich. Das haben wir gespürt, Enzo und ich, auch wenn sie nie darüber geredet hat.«

»Sie haben hier also schon gewohnt?«

»Wir haben alle hier gewohnt, die ganze Familie. Damals war es etwas enger hier.« Er lachte. »Dann sind meine Eltern gestorben, sehr früh, und Enzo und ich haben das Haus übernommen. Enzo war mein Bruder. Das habe ich Ihnen aber doch erzählt, oder?«

»Ja, das haben Sie«, beeilte Mia sich zu sagen, auch wenn sie die Zusammenhänge nie ganz verstanden hatte.

»Enzo fand sie sehr schön. Was sage ich, sie war schön, zweifelsohne, die Mara.« Er lächelte versonnen.

»Erzählen Sie mir mehr«, bat Mia. »Gab es eine Geschichte zwischen den beiden, eine Liebesgeschichte, meine ich?«

Bruno Martellis Augen blitzten auf. »Oh ja, es gab viel Liebe. Aber jetzt lassen Sie es gut sein, sonst werde ich noch sentimental.« Unvermittelt begann er von der Pfirsichernte zu sprechen, und Mia wurde müde, fast hätte sie den Kopf auf den Tisch gelegt, so stützte sie ihn nur in die Hand. So krank sah Signor Martelli doch nicht aus.

Sie hörte ihm zu, und nach einer Stunde stand sie auf, um zurück nach nebenan zu gehen.

Kerstin war noch nicht zurück, und Mia legte sich aufs Sofa, wo sie sofort einschlief.

*

»Du kannst hier arbeiten!« Kerstin tanzte um den Tisch herum. Mia hatte ihr gestern Abend schlaftrunken die Tür geöffnet und sich sofort wieder hingelegt. Schlaf war manchmal der beste Schutz. Wenn man schlief, drehte die Welt sich weiter, und zwar ohne einen. Man stieg aus dem Karussell, wenigstens für eine begrenzte Zeit.

»Wie bitte?«

Sandro hatte endlich eine Nachricht geschrieben: »Dann können wir uns ja noch mal sehen, oder?« Kein Wort über die Umstände, warum sie noch da war. Warum auch. Er wollte sie sehen, das war es, was zählte. Mit ihrer Antwort fasste Mia sich bewusst kurz: »Gerne. Immer. Wann?«

»Er hat dir einen Job angeboten.«

Endlich sah Mia hoch. »Wer hat was?«

»Herr Ombrone hat dir einen Job angeboten!«

»Und du hast zugesagt, oder wie?«

»Das habe ich«, trällerte Kerstin.

»Du hast was?«

»Zu-ge-sagt!« Sie deckte Teller und Tassen. Dann drehte Kerstin die metallene Espressokanne auf. »Wie funktioniert das Teil? Ach, bleib nur liegen, ich finde es auch so heraus.« Sie klopfte den Kaffeesatz aus dem Einsatz und füllte frisches Pulver ein, behände öffnete sie Schubladen und Schränke.

Mia schälte sich aus der Decke auf dem Sofa. Kerstins gute Laune war ihr unheimlich.

»Du kannst hier arbeiten, und mir nimmt er das Haus ab!«, jubelte ihre Mutter.

Wumms.

»Das Haus?«

»Ach, Süße, nun sei doch nicht so schwerfällig. Er kauft das Haus. Er will uns dieses Haus abkaufen.«

»Warum will er ...?«

»Ferienwohnungen, er will sich vergrößern!« Kerstin sang schon wieder. Kerstin konnte nicht singen. Wenn sie es trotzdem tat, war das ein schlechtes Zeichen.

»Das Haus gehört dir.«

»Eben. Eben, meine Süße. Du kannst Artusi absagen. Das wird nichts. *No deal.* Das verticke ich jetzt selbst.«

Kerstin vertickte ... dieses Haus. Langsam dämmerte es Mia.

Sie sprang auf. »Du tust was?!«

Kerstin blieb stehen und sah Mia verständnislos an. »Das Haus verkaufen. Wovon rede ich denn? Hörst du mir überhaupt zu?«

Mia stützte sich auf die Fensterbank und beugte sich hinaus. Holte tief Luft. Dann wandte sie sich um. »Du verkaufst das Haus. An Achille Ombrone.«

»Achille heißt er, genau, an Achille. Ich verkaufe an Achille Ombrone.«

»Mama!« Mia schrie es fast. »Das kannst du nicht tun!«

Kerstin rührte sich nicht. Ihre Augen wurden schmal. »Das kann ich nicht tun?«, sagte sie gefährlich ruhig und überlegte einen Moment. »Nein? Das meinst du also? Ich soll hier sitzen und die Sonne aufgehen sehen und Schmetterlinge zählen und warten, bis ich festgewachsen bin? Und die Flugzeuge landen und die Flugzeuge starten, und ich bleibe einfach hier sitzen und schaue zu, wie die Hühner Eier legen? Ja? Ist es das, was du meinst?«

Mia rannte hinaus.

Und direkt dem Conte in die Arme.

Ihr Aufzug war Mia peinlich. Das Schlafshirt. Sie hatte nicht einmal eine Jeans übergezogen.

Ombrone besaß den Takt, nicht an ihr hinunterzusehen.

»Ihre Frau Mutter hat mich eingeladen, vorbeizukommen und mich umzusehen.« Dieses Lächeln. So früh am Morgen. Ein Einstecktuch trug er jetzt nicht, aber der Kragen seines Poloshirts war gebügelt, das sah Mia genau.

»So, hat sie das?«, sagte Mia abweisend.

Ombrone hob die Brauen.

»Dann gehen Sie doch hinein.« Mia kam sich vor wie ein ungezogenes Kind. Was war das für ein Verhalten. Es war völlig untypisch für sie. Es brachte nichts.

Sie riss sich zusammen.

»Bitte«, sagte sie höflich und wies dem Conte den Weg.

*

Es war bereits ausgemachte Sache. Kerstin und der Graf hatten sich bei der Ausstellungseröffnung offenbar glänzend unterhalten, davon zeugten Kerstins rosige Wangen, als sie Achille Ombrone sah. »Achille, mein Lieber!«

»Signora Kerstin!«

Schmalz, Schleim, Kotz, Würg, dachte Mia.

Sie nahmen sich bei den Händen, und es fehlte nicht viel, da hätten sie sich in den Armen gelegen. Nein, dachte Mia, so schien es zwar, aber das war es doch nicht, es war etwas anderes: Da waren sich zwei schlichtweg einig.

»Und, Mia, meine Liebe«, sagte Kerstin zuckersüß, als hätte es nie Uneinigkeit gegeben, »du darfst sogar hierbleiben, hat Herr Ombrone vorgeschlagen. Das möchtest du doch, oder?«

Hierbleiben, in diesem Haus? »Ich denke, du willst das Haus verkaufen. Wo soll ich denn dann bleiben?«

»Nicht hier, aber du könntest im Schloss wohnen, stell dir nur vor. Herr Ombrone bietet dir ein Zimmer im Schloss an, eine Wohnung mit Küche und Bad.«

»Und warum tut er das?«

Achille Ombrone folgte dem auf Deutsch geführten Wortwechsel mit lächelnden Lippen und aristokratischer Miene. Picobello. Wie aus dem Ei gepellt. Eigentlich passte er zu Kerstin.

»Weil er dir …« Kerstin streckte den Finger aus und piekte Mia in den Bauch. »… einen Job auf seinem Anwesen anbietet. Ist das nicht fantastisch?«

»Ich denke, ich soll Lehrerin werden?«

»Ja, aber das willst du ja nicht. Du weißt ja nicht, was du willst, und deine Stelle hast du ja verloren.«

So konnte man es auch sehen. Mia schnappte nach Luft.

»Und was soll das sein? Als Empfangsdame?«, presste sie hervor.

»Genau«, fuhr Kerstin unbeirrt fort, »er braucht

jemanden für die Gäste. Die meisten sprechen ja Englisch oder Deutsch. Da braucht er jemanden mit guten Umgangsformen. Jemanden, der ein bisschen vermittelt, den Leuten die Zimmer zeigt, sie auf Ausflüge begleitet. Jemanden, der Signor Baldi unterstützt.«

»Ich würde mich sehr freuen«, sagte Achille Ombrone in gebrochenem Deutsch, lächelnd an Mia gewandt.

Mia brachte keinen Ton mehr hervor.

19. Kapitel

Blaulicht

Es wäre ja nur vorübergehend, dass sie im Castello wohnen sollte, hatte Kerstin versichert, aber das sei doch eine praktische Lösung, und zwar für alle. Mias erneute Frage, warum sie dann nicht im geerbten Häuschen bleiben könnte, hatte sie deutlich beantwortet: Das würde ja saniert werden – »Signor Ombrone macht ein Schmuckstück daraus, du wirst sehen!« –, und ein Zimmerchen im Castello würde ihr doch reichen. »Dann bist du direkt an deinem Arbeitsplatz! Das ist doch nett, du läufst über den Hof, triffst alle Gäste …«

Erstens könnte Mia in Italien bleiben, und zweitens würde das Haus verkauft, zählte Kerstin an ihren beringten Fingern auf. »Das ist doch super, Schätzchen! Nun sei mal keine Spielverderberin, mach dir das Leben doch nicht so schwer!«

Und wenn sie eine Weile gearbeitet hätte, könnte sie überlegen, wie sie weitermachen wollte, dann könnte sie wieder nach Stuttgart kommen und sich an den Schulen bewerben.

»Aber eine Auszeit, Mialein, tut dir gut. Das wolltest du doch!« Nicht zuletzt könnte sie ihre neuen Freunde weiterhin sehen.

Mia hatte nicht den Eindruck, dass es ihrer Mutter vorrangig um sie ging.

»Du bist dir mit dem Conte also schon einig geworden«, stellte Mia fest. Das musste gestern Abend passiert sein, bei der Ausstellungseröffnung, während sie bereits geschlafen hatte. Typisch Kerstin, dachte Mia, sie fädelte die Dinge über ihren Kopf hinweg ein. Mia fragte sich, warum sie so anders war als ihre Mutter. Tempo und Zielsetzungen waren bei ihnen beiden komplett unterschiedlich.

»Aber ja. Es war ganz leicht.« Kerstins Augen glitzerten, ihr schöner Mund formte das perfekte Lächeln. »Er hat mir viel Zeit gewidmet, und, Mia«, sie sah sie eindringlich an, »erwachsene Leute brauchen manchmal nicht lange, um sich einig zu werden.«

Erwachsene Leute.

»Und du bist zufrieden mit dem Arrangement, da gibt es keinen Haken, nichts, worüber du noch nachdenken müsstet?«, wollte Mia wissen.

»Er hat mir ein gutes Angebot gemacht.« Kerstins ganzes Gesicht strahlte Zufriedenheit aus.

Dann war Kerstin abgereist. Im Regen. Achille Ombrone hatte ihr zuvorkommend seinen Fahrer geschickt, der sie direkt nach Florenz brachte. Mia war zurückgeblieben. Der Regen störte sie nicht. Er passte zu ihrer Stimmung. Sonnenschein hätte sie jetzt nicht ertragen. Von ihr aus hätte es auch hageln können.

Kerstin selbst hatte Signor Artusi angerufen. In hartem Englisch hatte sie ihm die Absage in drei Sätzen dargelegt, ohne auf die Gründe einzugehen. Wenn sie mit dem Conte plauderte, klang ihr Englisch viel weicher, dann gurrte sie regelrecht.

Ihre Mutter. Mia wischte mit dem Finger über die beschlagene Scheibe und starrte in den Garten. Im Grunde war Kerstin nie anders gewesen. Immer in Aktion, immer um sich selbst kreisend. Dabei verursachte sie viel Wirbel. Mia wurde irgendwie im Fahrtwind mitgeschleift.

So auch jetzt. Mia würde zu Signor Cappellini, dem Notar in Monteroni, gehen und den Vertrag aufsetzen lassen, genau wie Kerstin es ihr eingeschärft hatte. »Und diesmal bleiben wir in Kontakt, Mia, täglich«, hatte sie warnend gesagt. Mia müsste dann nur noch unterschreiben.

»Das tust du in meinem Namen, ja? Ich will hier ja nicht ewig durch den Schlamm waten.« Dabei hatte Kerstin noch einmal einen missbilligenden Blick auf ihre ruinierten Sneakers geworfen.

»Die Vollmacht lege ich dir hier hin, hier, siehst du?« Sie hatte sie auf die Kommode gelegt und glattgestrichen. Maras Kommode.

Mia hatte genickt. »Sicher, klar.«

Kerstin hatte ihr einen Kuss auf die Wange gedrückt. »Ich wusste, dass ich mich auf dich verlassen kann, Schätzchen. Das ist fein. Dann hat es sich ja doch gelohnt, dass du hergekommen bist.«

Wenn es doch donnern würde und die Welt unterging, dachte Mia. Aber das passierte nicht. Stattdessen klarte der Himmel auf, und der Regen ließ nach. Lustlos fütterte sie die Hühner. Bei der Frage, was mit ihnen geschehen sollte, hatte Kerstin sie nur irritiert angeschaut. »Suppentopf«, war ihre Antwort gewesen.

Mia seufzte. In vier Tagen war also der Termin beim Notar. Und bis dahin durfte sie ihre Träume begraben.

Ein Job im Castello. Vielleicht war es auch gar nicht so schlecht. Übergangsweise wenigstens. Sie könnte sich überlegen, was sie machen wollte, und erst einmal arbeiten. Eigenes Geld war schon praktisch, das brauchte sie ja. Letztlich war es ebenso ein Hilfsjob wie bei Professor Tretmüller. Und die Aussicht, erst einmal nichts mehr mit der Wissenschaft zu tun zu haben, gefiel Mia durchaus. Ihr wurde regelrecht schlecht, wenn sie daran dachte. All die Artikel, alles umsonst. Das ganze Konzept, durchdacht bis ins Letzte, ausformuliert, geschliffen – für die Katz. Ade, Wissenschaft. Sie würde Empfangsdame werden, dann Gärtnerin. Das machte ihr sowieso am meisten Spaß. Vielleicht sollte sie Hühner züchten. Mia musste trotz ihrer Traurigkeit kichern.

Einen Vorteil hätte der Job jedenfalls: Sie könnte in Ruhe gucken, was aus ihr und Sandro wurde.

Pling! Die erste Nachricht von Kerstin. »Bin am Flughafen angekommen, keine Müdigkeit vortäuschen, Liebes, wir ziehen das durch! Küssi! Deine Mum.«

Pling. Die zweite Nachricht. »Besuch? Na dann viel Spaß.« Filippo.

Pling. Die dritte. »Heute Abend? Um neun?« Sandro.

Zufrieden steckte sie das Handy weg.

*

Mia hatte alle Kerzen hervorgekramt, die sie im Haus finden konnte, sie in Halter gesteckt und angezündet. Sie verteilte Zitronenscheiben in den Räumen, die einen frischen Duft verströmten.

Sie stellte sich vor Tante Maras Kleiderschrank und wählte das schönste Kleid aus, ein cremefarbenes, das ihr gut gefiel. Sie drehte sich vor dem Spiegel und beschloss, barfuß zu bleiben.

Sie stellte einen Wein bereit. Polierte die Gläser, bis sie staubfrei waren. Stellte sie auf den Tisch.

Um halb elf Uhr abends hockte sie an demselben Tisch und legte den Kopf auf die Arme.

Sandro war nicht gekommen.

Sie öffnete den Wein und nahm einen Schluck. Das tat gut. Sie nippte und wollte eigentlich warten, da hatte sie schon den nächsten probiert.

Um elf legte sie sich aufs Sofa. Das Kleid war verknittert. Sie verzichtete darauf, es glattzustreichen. Müde hob sie erneut das Glas, als es klopfte.

Bevor sie etwas sagen konnte, nahm Sandro sie in die Arme. »Es tut mir leid. Ich bin aufgehalten worden«, flüsterte er ihr ins Ohr.

Mia hob eine Augenbraue. Aufgehalten.

Aber jetzt war er da, nur das zählte. »Das macht nichts.« Sie spürte, wie ihre Zunge schon etwas schwer war. Sie barg den Kopf an seiner Brust. Da meinte sie, einen fremden Geruch wahrzunehmen. Irritiert sah Mia zu ihm auf. »Wo warst du denn?«

Er sah auf sie herab. Schwieg einen Moment. »Das, fürchte ich, ist etwas, was dich nicht betrifft.«

Nichts angeht, meinte er. Okay. Mia löste sich aus seinen Armen. Da drehte er sie mit Schwung zu sich und hob ihr Gesicht an. Das Lächeln in seinen Augenwinkeln. Der Sandro-Blick. »Aber das soll uns nicht den Abend verderben, was meinst du?«

Mia schüttelte den Kopf. Sein Geruch hüllte sie ein. Sein Blick machte sie gleichsam willenlos. Sein Begehren raubte ihr den Atem und jeden klaren Gedanken.

Sandro schob sie ins Haus. Hinter ihm fiel die Tür zu.

*

Am Morgen war Sandro noch da. »Ich muss gleich zur Ausgrabung.« Er wirkte angespannt. »So angenehm ist es dort gerade nicht.«

»Warum nicht?« Mia sah ihn fragend an.

Er schüttelte den Kopf. »Privatprobleme.«

Mit Adriana?, wollte Mia fragen, schluckte es aber hinunter.

Im Stehen trank er den Kaffee, den Mia zubereitet hatte. Dabei berichtete er von dem aktuellen Stand der Dinge bei der Ausgrabung. »Die neue Professorin aus Rom, Laura, sie ist wirklich gut. Sie hat den Überblick, weißt du? Den braucht man. Man muss erkennen, was ein Projekt weiterbringt und was nicht, und muss Entscheidungen treffen. Sie ist schnell, und sie ist genau.«

»Und das gefällt dir.«

»Das gefällt mir.« Sandro schmunzelte.

»Sie ist eine Koryphäe auf dem Gebiet. Es gibt viele, die bei ihr arbeiten wollen.« Er nahm einen Schluck. »Es läuft gut. Ich will mich nicht beschweren. Wenn es so weitergeht, habe ich in zwei Jahren meine Habilitation.«

»Du habilitierst?«, fragte Mia überrascht.

»Sicher. Ich mache die Forschung ja nicht zum Spaß. Doch, zum Spaß schon, es bereitet mir wirklich Freude. Aber auf Grundlage der Forschung schreibe ich meine Habilitationsarbeit. Ich werte die Ergebnisse aus.«

»Sicher.« Klar, so lief es, das wusste Mia ja. Ein Stich durchfuhr sie. Sie war jetzt abgeschnitten von jeder Forschung, die Wissenschaft lag hinter ihr, aus und vorbei.

»Und das Etruskergrab, habt ihr es gefunden?«

Sandro schüttelte den Kopf. »Nein. Es ist der Baustein, der uns fehlt.« Er stellte die Tasse ab. »Aber man kann nicht alles haben.«

Von dem geplanten Hausverkauf hatte sie Sandro nichts erzählt, es hatte keine Gelegenheit dazu gegeben. Und irgendwie hatte Mia auch den Verdacht, dass es ihn nicht wirklich interessierte.

Dafür kündigte Anna Maria sich an. Wie Mia sich auf sie freute. Sie antwortete auf die Nachricht der Freundin, während sie das Bettzeug aufschüttelte.

Mit einem Blick auf die Uhr hatte Sandro sich verabschiedet. »Ich muss los.« Er hatte sie auf die Wange geküsst und sein Motorrad gestartet. Mit Schwung war er um die Ecke gebraust.

Mia rieb ihre blauen Flecken. Solch eine Atemlosigkeit hatte sie noch nie erlebt, es war, als trüge die Leidenschaft dieses Mannes sie mit sich fort, in unbekannte Höhen und in jeden Abgrund, als hätte sie gar keine Wahl.

Frieda hätte wahrscheinlich gesagt, sie hätte den besten Sex ihres Lebens gehabt. Und Mia war selig über die Begegnung mit Sandro. Trotzdem, was war das jetzt? Ein richtiges Paar waren sie nicht. Noch nicht? Sandro hatte gestanden, dass er sich in sie verliebt hatte. Sicher war es nur eine Frage der Zeit, bis er sich offiziell zu ihr bekannte.

Ich muss Geduld haben, dachte sie, ich darf ihn nicht bedrängen.

Zumindest hatte ihre Mutter das immer gesagt. »Fall bloß nicht mit der Tür ins Haus, Schätzchen, dann kriegst du sie eher. Spiel auf keinen Fall die Bedürftige, Männer wollen erobern. Gib ihnen die Gelegenheit dazu.« Offenbar wusste Kerstin, wovon sie sprach. Neben ihrem Vater und Thoddi hatte es einige Affären gegeben, Mia wollte allerdings nie mehr darüber wissen und war froh, wenn Kerstin ihre Eroberungen für sich behielt.

Sie goss sich ein Glas Wasser ein und setzte sich auf die Treppe. Jeden Knochen spürte sie, so kam es ihr vor, jede Faser ihrer Haut. Es war, als ob ihr Körper immer noch flirrte, vibrierte, und gleichzeitig war sie hundemüde. Vielleicht sollte sie noch eine Stunde schlafen, sie hatte sowieso nichts zu tun. Vorher allerdings würde sie Signor Martelli einen Besuch abstatten. Der hatte keinen guten Eindruck gemacht vorgestern.

Pling! Ihr Handy. »Mia, wo bleibst du denn? Kommst du überhaupt noch wieder?« Frieda, und Mia hörte die geschauspielerte Kläglichkeit ihrer Stimme, als sie die Nachricht las.

»Vorerst bleibe ich. Aber keine Sorge: Es liegt nicht an dir. Zu viel Etruskerfürst in meinem Herzen.«

Friedas Antwort kam postwendend. »Im Herzen oder im Bett?«

Mia schickte ihr einen breiten Smiley.

*

»Signor Martelli! Hören Sie mich? Signor Martelli!« Mia klopfte so kräftig sie konnte. Etwas stimmte nicht.

Von innen ertönte ein Röcheln.

»Signor Martelli!!« Mia donnerte mit der Faust gegen seine Tür. Etwas schepperte drinnen, wieder dieses Geräusch von schwerem Atem. Sie musste Hilfe holen.

Mia rannte hinüber zu Signora Letizia, die auch sofort die Tür öffnete. »Signor Martelli«, sagte Mia atemlos, »er macht nicht auf, obwohl er zu Hause ist. Etwas stimmt nicht, ich weiß es!«

Signora Letizia schlug die Hände zusammen. »Heilige Madonna, genau wie sein Vater!« Sie hielt bereits das Telefon in der Hand und zeigte auf einmal eine Regsamkeit, die Mia ihr nicht zugetraut hätte. »Wir müssen ihm helfen«, erklärte sie. Sie, die sonst immer jammerte, war auf einmal ganz bei der Sache und setzte einen Notruf ab.

Mit Mia eilte sie zur hinteren Tür, die sich tatsächlich öffnen ließ. Sie fanden Bruno Martelli auf dem Boden, zusammengerollt, mit bläulicher Gesichtsfarbe, die Hand auf die Brust gepresst.

»Fass mit an«, diktierte Letizia. Sie schoben eine Decke unter seinen Oberkörper, Mia strich ihm über das Gesicht und öffnete die oberen Knöpfe seiner Jacke.

Es kam Mia wie eine Ewigkeit vor, dann bremste ein Rettungswagen vor dem Haus. Die Sanitäter sprangen heraus und eilten ins Haus, eine Notärztin warf einen Blick auf Martelli, öffnete den Notfallkoffer und zog bereits eine Spritze auf, während die Sanitäter Sonden anlegten und die Herzaktivität prüften. Die Ärztin befragte Signor Martelli, der mit schwacher Stimme antwortete, über seine Beschwerden. Ernst betrachtete sie das EKG und nickte. »Es ist ein Infarkt. Wir nehmen Sie mit.« Die Sanitäter packten Signor Martelli auf eine

Trage und schoben ihn in den Wagen, wo sie ihn an ein Sauerstoffgerät anschlossen.

»Wohin fahren Sie?«, konnte Mia eben noch fragen, bevor sich die Türen des Rettungswagens schlossen.

»Nach Siena«, war die knappe Antwort. Dann verschwand der Wagen in der Kurve, kurz darauf ertönte das Blaulicht.

Mia schlug die Hände vors Gesicht. Alles brach über ihr zusammen. Sie schluchzte auf, die Tränen schossen ihr nur so aus den Augen.

»Na, na.« Signora Letizia legte ihr die Hand auf den Arm. »Das wird schon wieder. Das wird schon.«

Was da werden sollte, wusste Mia nicht. Aber sie nickte Signora Letizia zu, um ein Lächeln bemüht. »Wahrscheinlich haben Sie recht, Signora.« Dann verschwand sie schnell in ihrem Haus.

*

Viel Ruhe hatte Mia nicht, denn kurz darauf stand Signor Baldi vor der Tür. Der werte Herr Ombrone, er würde gerne … also, wenn sie nichts dagegen hätte, zu ihm zu kommen, um den weiteren Ablauf zu besprechen? Er klang ausnehmend höflich, dennoch merkte man ihm die Dringlichkeit an, mit der Ombrone ihn offenbar losgeschickt hatte.

Den Ablauf besprechen. Mia willigte müde ein. Es nützte ja nichts. Auch wenn sie das Gefühl hatte, noch unter Schock zu stehen.

»Ich kann Sie direkt mitnehmen, also jetzt sofort«, bot Signor Baldi an.

»Na gut. Warten Sie.« Mia lief hinein und zog sich um. Das blaue T-Shirt. Die Strickjacke. Der graue Rock. Es kam ihr vor wie die Verkleidung für ein altes Leben.

»Ah, Signora Mia«, begrüßte Ombrone sie überschwänglich. Er wirkte zufrieden.

Das Innere des Castellos di Treviano war riesig. Hohe Decken, alte Möbel, Truhen an den Wänden, Teppiche – ganz wie Mia es sich vorgestellt hatte und ähnlich dem Palazzo Chigi Saracini.

»Kommen Sie.« Kurz darauf saß Mia auf der Kante eines gut gepolsterten Sofas, ein Glas Wasser in der Hand, eine Tasse Tee und ein Schälchen mit Gebäck vor sich – »Sie mögen doch Tee, oder?« Woher wusste er das? –, und versuchte, die Papiere zu verstehen, die Ombrone vor sie hinlegte. Zumindest tat sie so, blätterte sie durch, ließ die Augen darüberschweifen. Der Mann schien es eilig zu haben. Es sollte ihr recht sein, die Einzelheiten des Vertrags hatten Kerstin und er ja besprochen. Sie musste nur noch unterschreiben.

»Wir übernehmen das Haus, und Sie erhalten ein Zimmer bei uns, wie wir es besprochen haben. Dieser Vertrag hier betrifft Ihre Arbeit bei uns, den Vertrag für den Hausverkauf wird Cappellini uns am Freitag vorlegen.« Der Conte zog sein Gesicht in gespielt sorgenvolle Falten. »Ihre Frau Mutter hat mir gesagt, dass Sie an dem Haus hängen.« Er legte Mia die Hand auf den Arm. »Seien Sie unbesorgt. Es wird sehr schön werden, das kann ich Ihnen versichern. Wir sanieren fachgerecht, das haben wir schon bei anderen Häusern gemacht. Ein wenig frischer Putz, moderne Elektrik, neue Fenster – glauben Sie mir, das tut jedem Haus gut.«

Mia schauderte. Neuer Putz. Sie wollte keinen neuen Putz, sie mochte den Charme des Brüchigen, so wie er war. Andererseits wusste sie auch, dass die Dinge unaufhaltsam zerfielen, wenn man sie nicht erneuerte. Sie hätte sich einen Wiederaufbau des Stalls vorgestellt, eine behutsame Renovierung der oberen Räume. Irgendwann.

Ombrone machte schon wieder ein zufriedenes Gesicht, als hätte sie zugestimmt, dabei hatte Mia kein Wort gesagt und nur die Teetasse hochgenommen.

»Kommen Sie, ich zeige Ihnen Ihr Zimmer.« Mia folgte ihm. Es war ein kleines Apartment in einem der oberen Stockwerke, winzig, aber nett eingerichtet, mit Aussicht ins Tal.

»Es wird dann dieses Zimmer oder ein anderes«, erklärte der Conte. »Wir müssen sehen, wie es mit der Verfügbarkeit aussieht. Aber Sie helfen uns ja, unsere Gäste zu organisieren.«

Mia nickte. Alles schien festzustehen. Und warum sollte sie sich dagegen wehren? Wenn sie noch hier in der Gegend und bei Sandro bleiben wollte, war es die beste Wahl. Sie hätte eine Unterkunft in Treviano, und sie verdiente Geld. Und sie würde nicht nach Stuttgart zurückmüssen, sie brauchte Professor Tretmüller nicht wiederzusehen. Das passte schon.

»Gut.« Mia nickte. Sie fühlte sich erschöpft.

Der Conte strahlte. Dann könnten Sie morgen ja den Vertrag unterzeichnen, ihre Mutter hätte gesagt, Mia hätte eine Vollmacht.

»Ja, das habe ich.« Mia bestätigte es.

»Ihre Mutter, wenn ich das sagen darf, ist eine sehr beeindruckende Frau.«

Mia dachte an die rothaarige Gräfin und daran, was Matilda über Signora Ombrone gesagt hatte.

Der Conte rieb sich geschäftsmäßig die Hände. »Gut, wenn Sie noch etwas wissen möchten, rufen Sie mich an, hier ist meine Karte. Sonst sehen wir uns übermorgen beim Notar in Monteroni, der Termin ist um zehn Uhr. Einverstanden?«

Das letzte Wort war wohl nur pro forma gesprochen worden.

Mia nickte, reichte Ombrone die Hand und wurde von Signor Baldi zum Tor geleitet.

*

Wie ferngesteuert lief Mia zum Haus zurück. Dass sie bald nicht mehr hier wohnen sollte – sie konnte es kaum glauben. Gleichzeitig war es, als wurde sie ein Kokon umhüllen, eine Haube aus Schmerzunempfindlichkeit, die sich über alle schlechten Nachrichten gelegt hatte.

Auch die schwül-warme Luft lag wie eine Glocke über der Erde.

Erst als sie die Hühner gackern hörte und ein schwarzes Huhn von Signor Martelli sah, das auf der Straße herumpickte, wurde Mia wach. Jetzt liefen schon die Hühner von Signor Martelli weg. Sie rannte dem Huhn hinterher. Als sie es zum Haus von Bruno Martelli zurückscheuchte, wurde ihr bewusst, dass er sich derzeit nicht um die Tiere kümmern konnte. Wahrscheinlich hatte er die Hühner schon am Morgen herausgelassen, bevor ihn der Infarkt erwischt hatte.

Mia brachte die Hühner ins Gehege und kontrollierte ihr Futter. Dann schloss sie sorgfältig die Tür. Als sie zum Haus hinübersah, bemerkte sie, dass die Hintertür immer noch ein Stück offen stand. Die Sanitäter waren durch den Vordereingang gekommen. Mia ging, um die Tür zu schließen. Dabei fiel ihr Blick ins Innere des Hauses und auf den Küchentisch. Ein Becher war umgefallen, er lag auf dem Boden, eine Lache Milch daneben. Auf dem Teller lag eine Scheibe Salami, auf die sich eben eine Fliege setzte.

Mia trat ein. Sie wollte schnell die Essensreste entsorgen und die Milch aufwischen.

Sie brachte den Tisch in Ordnung und nahm den Müllbeutel aus dem Eimer, um ihn wegzuwerfen. Sicher würde Signor Martelli eine Weile im Krankenhaus sein, dann sollte der Müll nicht vor sich hin gammeln. Vielleicht hatte Signora Letizia einen Schlüssel, so dass sie das Haus abschließen könnten. Vielleicht, überlegte Mia, lag auch einer irgendwo im Haus. Sie erinnerte sich daran, dass ihre Großmutter einen Schlüssel im Efeu über der Regentonne liegen gehabt hatte, für den Notfall, wo er über Jahre vor sich hin rostete. Als sie ihn einmal gebraucht hatte, hatte sie ihn kaum aus den Ranken lösen können.

Mia betrachtete prüfend die Wände und suchte nach einem Schlüsselbrett. Auf einem Wandbord stand eine Vase. Sie war mit Malereien verziert, die etruskischen sehr ähnlich sahen. Offensichtlich war sie bereits einmal geklebt worden. Mia strich behutsam über die Wölbung. Der Ton fühlte sich rau an.

Mia öffnete eine Tür und wollte sie diskret wieder schließen, denn sie öffnete sich zu Signor Martellis

Schlafzimmer, als ihr Blick auf eine Kommode fiel, die dort in einem Winkel stand.

Auf der Kommode stand ein Bilderrahmen. Und in dem Bilderrahmen war ein Foto.

Auf dem Foto, Mia traf es wie ein Schlag, war ein Mann zu sehen.

Er war es. Unverkennbar.

Der Mann aus Maras Fotoalbum.

20. Kapitel

Tee im Plastikbecher

»Kommst du? Ich bin bei meinen Eltern«, schrieb Anna Maria als Kurznachricht. Wenigstens etwas. Mia war erleichtert und machte sich auf den Weg ins Dorf.

Am Ende hatte sie den Schlüssel tatsächlich gefunden, er hing an einem Band an einem Nagel neben der Haustür und passte für beide Türen.

In der Bar herrschte helle Aufregung. Anna Maria, die gerade aus Rom eingetroffen war, versuchte, die Unruhe ihrer Eltern zu dämpfen. Als sie Mia sah, küsste sie sie auf beide Wangen. »Du sahst schon frischer aus«, bemerkte sie. Mia verspürte Freude und Erleichterung. In Anna Marias Gegenwart wog alles weniger schwer, sie schuf eine Stimmung von »Das schaffen wir schon«.

Signor Martellis Herzinfarkt beschäftigte alle. Mia gab zu bedenken, dass Emilia benachrichtigt werden müsste.

Wie sich herausstellte, war das bereits geschehen. Anna Marias Eltern hatten mit ihr telefoniert und sie über den Stand der Dinge unterrichtet. Sie war offenbar sehr aufgelöst.

Jetzt wollte Anna Marias Vater mit dem Lieferwagen nach Siena fahren und bot Mia an, sie mitzunehmen. »Fahr du nur«, sagte Anna Maria. »Wir können sowieso nicht alle gleichzeitig bei ihm auftauchen. Ich habe vorhin im Krankenhaus angerufen. Wenn eine Person kommt, ist das in Ordnung. Mein Vater setzt dich an der Klinik ab und sammelt dich später wieder ein. Du kannst an der Information fragen, auf welcher Station er liegt.«

»Und Emilia?«, fragte Mia.

»Sie wollte sofort mit dem Taxi losfahren, sie war nicht davon abzuhalten, du kennst sie ja.« Anna Maria schüttelte den Kopf. »Aber wenn sie meint, dass sie es tun muss, dann muss sie es tun.« Während sie sprach, krempelte sie die Ärmel hoch. »So, und jetzt helfe ich meiner Mutter beim Kochen.« Sie gab ihrer Mutter einen Kuss. Diese sah lächelnd zu ihrem Mann hinüber. Der nickte. »Du kannst dich glücklich schätzen, so eine Tochter zu haben.«

*

Anna Marias Vater hatte Mia vor dem Eingang der Klinik abgesetzt und mit ihr vereinbart, sie anderthalb Stunden später wieder abzuholen. Mia versprach, Grüße an Signor Martelli auszurichten, dann lief sie auf den Eingang zu. Die Klinik erhob sich in vielen Stockwerken vor ihr, es war ein breiter Gebäudekomplex. Mia fand den Eingang und stellte sich am Rezeptionstresen an. Nachdem die Rezeptionistin telefonisch nachgefragt hatte, ob ein Besuch möglich wäre, erklärte sie Mia den Weg zur Intensivstation.

Mia fuhr mit dem Fahrstuhl und ging durch automatisch öffnende Türen, schließlich hatte sie den richtigen Trakt gefunden.

Sie klingelte. Im Gang hinter ihr waren das helle Lachen einer Pflegerin und das eilige Quietschen von Schritten zu hören.

Eine freundlich wirkende Krankenschwester öffnete Mia, gab ihr Anweisungen, wie sie sich verhalten sollte, und zeigte ihr, wo sie die Hände desinfizieren konnte. Dann brachte sie sie zu Signor Martelli.

Dieser lag im hinteren Bett, über ihm die piependen Monitore, die in Kurven seine Herztätigkeit anzeigten. Er schien zu schlafen. Mia trat leise näher. Als sie neben ihm stand, drehte Signor Martelli den Kopf. Ein schwaches Lächeln lief über sein Gesicht. »Ah, Signora Mia. Ich kann Ihnen leider keinen Kaffee anbieten, ich darf mich nämlich nicht bewegen«, erklärte er.

»Das sollen Sie auch nicht.« Mia konnte die Tränen nur mühsam zurückhalten. Sie ergriff seine Hand, die auf der Bettdecke lag. In der Vene steckte eine Kanüle, die mit einem Tropf verbunden war.

»Ach, Signor Martelli. Sie fehlen mir!«, brach es aus Mia heraus.

»Das ist gut«, sagte er. Er schmunzelte tatsächlich.

Jetzt kullerte doch eine Träne über Mias Wange. Sie wischte sie fort. »Es ist nur ... die Hühner, Ihr Haus, der Garten. Sie müssen doch zurückkommen!«

»Das werde ich. Das werde ich, keine Sorge.« Seine Gesichtsfarbe ließ Mia da nicht so sicher sein.

Eine Krankenschwester kam herein. Sie trug ein Tablett mit Medikamenten und Besteck und erklärte, dass gleich der Arzt käme. Mia sollte bitte draußen warten.

»Holen Sie sich einen Kaffee«, riet ihr Signor Martelli. »Der Automat ist – wo?« Er sah die Pflegerin an.

»Eine Station tiefer. Die Treppe hinunter, erster Gang links«, war die Antwort.

*

Mia ging die Treppe hinunter. Eigentlich hatte sie keinen Appetit auf Kaffee, aber vielleicht gab es auch Tee. Genau genommen hatte sie auf gar nichts Appetit. Ratlos sah sie aus einem der Panoramafenster. Der große Parkplatz vor dem Gebäude, Menschen, die ihn überquerten, Patienten mit Gehhilfen und solche, die von ihren Begleitern gestützt wurden. Krankenwagen, die vorfuhren oder das Gelände verließen. Die ganze Geschäftigkeit einer riesigen Klinik. Mia war bedrückt. Andererseits: Gäbe es diese Klinik nicht und wäre nicht schnell ein Rettungswagen gekommen, wäre Signor Martelli möglicherweise nicht mehr am Leben. Mia wollte gar nicht daran denken. Nein, es ging nichts über die Segnungen moderner medizinischer Technik.

Da vorne stand der Kaffeeautomat. Mia schlenderte lustlos darauf zu. Jemand stand davor, studierte mit dem Zeigefinger das Display und versetzte dem Automaten mit der Faust einen kurzen und gezielten Stoß.

Es war Filippo.

Mias Herz schlug schneller. Das gab es doch gar nicht. Was machte Filippo hier? Vielleicht wollte auch er zu Signor Martelli? Von hinten legte Mia Filippo die Hände auf die Augen.

Filippo griff nach ihren Händen. Seine eigenen Hände fühlten sich glatt und kühl an.

Er lachte. »Hey. Es tut mir leid, aber …« Er betastete ihre Finger.

Mia nahm sie weg, und Filippo drehte sich um. Er wollte etwas sagen, doch ihm fehlten offenbar die Worte. »Wow.« Er hob die Schultern und lächelte. Dann wies er auf den Automaten. »Willst du einen Kaffee?«

»Lieber Tee«, sagte Mia.

»Okay, du bekommst deinen Tee. Ich muss nur …« Mit konzentrierter Miene stieß Filippo mit der Faust gegen die Ausgabe. Und tatsächlich, ein Plastikbecher flog in die Ausgabeluke. Das Gerät summte, und der Tee floss in dünnem Strahl hinein.

Filippo reichte Mia den gefüllten Becher. »Nenn mich Automatenkönig.«

»Danke!« Mia führte den Becher an die Lippen. »Aber woher weißt du das so genau? Bist du öfter hier?«, fragte sie verwundert.

Filippo schüttelte kurz den Kopf. »Manchmal. Aber erzähl, was machst du, wieso bist du noch in der Gegend?«

»Ich habe dir geschrieben«, sagte Mia.

»Ich dir auch«, erwiderte Filippo. »Aber du hattest Besuch. Da wollte ich, ehrlich gesagt, nicht stören.« Er sah sie nachdenklich an. Dann wandte er sich an den Getränkeautomaten und zog sich ebenfalls einen Tee. Fast hätte er den Becher verschüttet, fing sich aber im letzten Moment und balancierte ihn weiter. »Komm, Mia, wir setzen uns auf die Stufen im Treppenhaus.«

»Meine Mutter war da«, sagte Mia, als sie auf den Treppenstufen saßen, nebeneinander, die Plastikbecher in Händen, mit Blick aus dem Panoramafenster.

»Tatsächlich? Erzähl.«

»Sie will das Haus verkaufen. Na ja, das wollte sie ja die ganze Zeit. Aber jetzt hat sie die Dinge kurzerhand selbst in die Hand genommen.«

»Und das gefällt dir immer noch nicht.«

Mia schüttelte den Kopf. Sie fühlte sich auf einmal wieder so müde. Ohne nachzudenken, lehnte sie sich gegen Filippo. Der blies in seinen Tee und hielt ganz still. Irgendwie hat Filippo eine runde, stabile Schulter, genau richtig, um sich dagegenzulehnen, dachte Mia. Sie fühlte sich aufgehoben. Vielleicht das erste Mal seit Langem. Sie schloss die Augen und öffnete sie erst, als sie eine Bewegung in Filippos Körper spürte.

Ein Pfleger kam die Treppe herauf. Er streckte Filippo die Handfläche hin, dieser schlug ein. »Du kennst ihn?«, fragte Mia überrascht, als er weitergegangen war.

»Ich kenne hier einige«, sagte Filippo.

Bevor Mia nachfragen konnte, eilte eine Ärztin die Treppe herunter und verwies darauf, dass die Treppe kein Sitzplatz sei. »Wir gehen gleich«, sagte Filippo. »Nur noch den Tee.« Er zeigte auf den Becher. Mia war erstaunt über seine Gelassenheit. Und es schien, als würde ihm keiner etwas übelnehmen.

»Und jetzt? Was geschieht mit dem Haus?«

»Ich weiß es nicht.« Mia erzählte in groben Zügen von den Plänen ihrer Mutter.

Filippo runzelte die Stirn. Was er gehört hatte, schien ihm nicht zu gefallen. »Ombrone.«

»Was ist mit ihm?«

»Wenn es um Geld geht, hat er immer seine Hände im Spiel. Er will immer mehr haben.«

»Ist das nicht normal?«

»In gewisser Weise schon. Aber manche Leute, Mia, die drehen die Wahrheit, wie es ihnen passt, nur damit sie ihren Vorteil haben.« Er nahm einen Schluck.

Mia ahnte, dass Filippo durch seine Arbeit wahrscheinlich oft mit Rechtsverdrehungen zu tun hatte. Als hätte er ihre Gedanken gelesen, sagte er: »Und es ist nicht immer möglich, es ihnen nachzuweisen. Aber lass uns an etwas Schöneres denken. Warum bist du überhaupt hier?«

»Wegen – verdammt!« Mia sprang auf. »Ich wollte in zehn Minuten wieder da sein!«

»Wo?«

»Bei Signor Martelli!«

»Na klar.« Filippo schlug sich vor die Stirn. »Das hätte ich mir denken können. Du besuchst Martelli. Der Arme. Ja, ich war auch schon dort. Ein Herzinfarkt. Aber er hat Glück gehabt, er wird wieder auf die Beine kommen.«

»Sicher?«

»Sicher. Ich habe mit den Pflegern gesprochen.«

»Wieso sprechen sie überhaupt mit dir?«, fragte Mia verdutzt.

»Betriebsgeheimnis. Und jetzt muss ich leider los. Grüß Martelli von mir. Wir sehen uns später, ja?«

Schon war er verschwunden. Mia warf ihren Becher fort und stand kurz darauf wieder an Martellis Bett. Emilia war in der Zwischenzeit eingetroffen und betupfte ihre Augen mit einem Taschentuch. »Bruno, Bruno, was machst du nur?«, fragte sie kopfschüttelnd. Dabei bewegte sich ihre kleine, füllige Gestalt ohne Unterlass um ihn herum, zog die Bettdecke zurecht, ordnete die Sachen auf dem Nachttisch.

»Emilia, meine Liebe, setz dich, ja?«, sagte Signor Martelli erschöpft. Ein wenig unterhielten sie sich zu dritt, jedoch war Signor Martellis Müdigkeit unübersehbar, weshalb Emilia und Mia das Zimmer bald verließen.

Auf dem Weg zum Ausgang berichtete Emilia, dass Signor Martelli nicht in Lebensgefahr schwebte, jedoch vorerst auf der Intensivstation überwacht würde und in jedem Fall einige Tage in der Klinik verbringen musste. »Ganz folgenlos bleibt so etwas nicht.«

Um Emilia auf andere Gedanken zu bringen, erzählte Mia, dass sie Filippo getroffen hatte. Das schien zu funktionieren.

»Ah, den kleinen Filippo! Der Arme, er ist so arm dran.« Ihre Löckchen wackelten, als sie besorgt den Kopf schüttelte.

»Wieso?«, fragte Mia verwundert.

»Seine Krankheit, sie lässt ihm keine Ruhe. Man muss es sich nur mal vorstellen: alle zwei Tage ins Krankenhaus.«

Krankheit? Mia verstand gar nichts mehr.

Und dann dämmerte es ihr.

All die ausweichenden Antworten, wenn Mia ihn gefragt hatte, wo er hinmusste. Simonas Andeutungen. Seine Blässe von einem Moment zum anderen.

Mia nahm Emilias Hände, die so klein, fest und rund waren wie die ganze Emilia, und sah ihr in die Augen. »Liebe Emilia, ich weiß, dass Filippo nicht möchte, dass darüber geredet wird, offenbar soll ich es nicht erfahren. Aber bitte sagen Sie es mir: Was ist mit ihm los?«

»Nein, hat er es dir nicht gesagt, du armes Mädchen? Bist du unwissend? Oh, das ist nicht gut.« Sie schüttelte den Kopf. Für Emilia schien es selbstverständlich zu sein, dass Mia aufgeklärt werden musste.

»Filippo hat Leukämie.«

*

Es war warm geworden. Auf eine eigenartige Weise schwül. Der Himmel war bedeckt, die Luft drückend. Kein Windhauch.

Mia zog ihre Jacke aus. Sie lief einfach geradeaus, weg vom Dorf, die unbefestigte Straße entlang, über die sie damals mit der Vespa gefahren war und die in den Wald führte.

Schritt. Schritt. Noch ein Schritt.

Auf der Rückfahrt von Siena nach Treviano war Mia schweigsam gewesen. Anna Marias Vater schien sich nicht zu wundern, sicher nahm er an, dass sie wegen Signor Martelli bedrückt war. Anna Maria hatte sie zum Abendessen eingeladen, aber Mia hatte abgelehnt. »Ein anderes Mal, ja? Ich melde mich.«

Im Haus von Tante Mara hatte sie regungslos auf dem Sofa gesessen. Auch das Telefon blieb still. Kein Sandro, keine Kerstin, keine Frieda. Und kein Filippo.

Mia hatte das Gefühl gehabt, sie würde verrückt werden, wenn sie weiter so dahockte und brütete. Also war sie losgelaufen.

Erst Signor Martelli. Und jetzt Filippo. Nein, zuerst Filippo. Dann Martelli. Es war zu viel. Was war nur los? Signor Martelli hatte schlecht ausgesehen, aber er würde sich wieder erholen, hatte Filippo gesagt. Filippo selbst hingegen … Leukämie, war das nicht unheilbar?

Aus Emilia hatte Mia nicht viel herausbekommen, sie musste bald in den Bus steigen. Es waren mehr Andeutungen als Fakten gewesen, und Mia wurde den Verdacht nicht los, dass Emilia selbst nicht so viel wusste. Aber dieses Wort. Diese Krankheit. Laut Emilia hatte Filippo einen Rückfall gehabt. Möglicherweise. Trotzdem: Dass Mia Filippo im Krankenhaus getroffen hatte, war eine Tatsache. Und dass er ihr die Gründe dafür beharrlich verschwiegen hatte, auch.

Mit einem Tritt katapultierte Mia einen Pinienzapfen, der auf dem Weg lag, ins Unterholz. Sie würde es herausfinden. Wenn sie in Treviano blieb, blieb auch der Kontakt zu Filippo bestehen. Er war ihr zu nah, als dass sie das Versteckspiel mitmachen wollte, auch wenn sie seinen Wunsch nach Schutz respektierte.

Mia stapfte weiter.

Nach einiger Zeit kam sie an eine Abzweigung, es war ein schmaler Pfad, der rechts in den Wald führte. War das der Weg zu Thomas und seinem Anwesen? Mia war sich nicht mehr ganz sicher. Oder der Weg zu einem anderen Hof? Wie auch immer, sie wollte ihn erkunden.

Mia lief unter den Bäumen entlang und hörte die Vögel zwitschern. Zwischendurch war ihr, als mischte sich ein anderer Laut in das Gezwitscher. Der Pfad wurde immer dichter und war ziemlich überwachsen. Nein, hier gab es wohl kein Haus, das bewohnt wurde, höchstens einen verlassenen Hof. Mia folgte den Reifenspuren in der Mitte.

Da sah sie das Motorrad. Ein Motorrad mitten auf dem zugewachsenen Pfad. Glänzend. Verlassen.

Sandros Motorrad.

Und da sah sie auch Sandro. Sandro, dessen Oberkörper Adriana verdeckte, von der Mia nur den Kopf und die Beine sah. Adrianas Beine, um Sandros Rücken geschlungen.

Sandro, der Adriana gegen einen Baumstamm presste.

Adriana, der die Haare ins Gesicht fielen, die die Lider geschlossen hielt und den Mund geöffnet. Adriana, die kehlige Laute von sich gab.

Mia drehte sich um und rannte davon.

21. Kapitel

Enthüllungen

Wie sie die Nacht überstanden hatte, wusste Mia nicht mehr. Stundenlang hatte sie sich hin und her gewälzt und keinen Schlaf gefunden. Immer wieder stand ihr die Szene im Wald vor Augen, in Endlosschleife lief sie vor ihrem inneren Auge ab, ohne dass sie die Bilder verscheuchen konnte.

Mia stand auf, starrte aus dem Fenster in die Dunkelheit, hörte draußen ein Käuzchen rufen und etwas rascheln, vielleicht waren es Stachelschweine, vielleicht ein Fuchs, vermutlich jedoch einfach nur Mäuse, dann legte sie sich wieder hin und wälzte sich erneut hin und her.

Am Morgen war ihr Entschluss gereift: Sie würde abreisen. Es war längst überfällig. Was sollte sie hier noch. Schnellstens und flugs zurück nach Stuttgart. Den Hausverkauf würde sie noch abwickeln, dann würde sie den ersten Flieger nehmen, der möglich war. Signor Martelli würde sie natürlich noch einmal besuchen, das auf jeden Fall. Mit Anna Marias Vater hatte sie vereinbart, dass er sie auch heute wieder mit nach Siena nahm. Und sie würde versuchen, Filippo noch einmal zu sehen. Mia seufzte. Was war das nur für eine furchtbare Geschichte, die ihr Emilia erzählt hatte. Aber auch hier war sie überflüssig. Filippo hatte ihr nicht einmal davon erzählen wollen. Vermutlich aus gutem Grund. Auch wenn sie sich eingebildet hatte, dass er sie mochte, und sie ihrerseits Filippo ausgesprochen gern hatte, seine Gesellschaft schätzte, seinen Humor, einfach alles – so beruhte das Verhältnis offenbar nicht auf Gegenseitigkeit. Filippo hatte kein Vertrauen zu ihr, sonst hätte er ihr von seiner Krankheit erzählt. Und auf einmal wurde ihr auch bewusst, dass er sich in letzter Zeit eher ferngehalten, sie überhaupt nicht mehr besucht hatte. Nein, sein Interesse an ihr war ziemlich offensichtlich erloschen.

Es war der Moment der Wahrheiten.

Mia wandte sich ab, als ihr Blick zufällig in den Spiegel fiel. Sie sah grauenhaft aus. Egal. Sie zog Jeans und T-Shirt über und fütterte die Hühner.

Suppentopf. Natürlich. Im Zweifel würden sie im Suppentopf landen. Kerstin hatte recht. Und wer brauchte so viele Eier? Das war sowieso ungesund.

Als Mia sich bückte, um den Eimer aufzuheben, rutschte etwas von ihrem Hals ins Gras. Ihre Kette. Der Anhänger war verschwunden. Die feinen silbrigen Glieder mussten zerrissen sein, ohne dass sie es bemerkt hatte, vielleicht gestern im Wald.

Na, ihr Glück war sowieso perdu. Alles ging gerade den Bach hinunter. Resigniert stopfte Mia die Kette in die Tasche.

Sie wollte sich jegliche Sentimentalität verbieten. Der Aufenthalt hier war eine nette Unterbrechung des Alltags gewesen, mehr nicht. Und in Stuttgart würde sie sich um den Vorbereitungsdienst für das Lehramt bewerben. Auch wenn es dauern würde, vielleicht konnte sie Prüfungen nachholen, die ihr den Einstieg ermöglichten, vorher ein Praktikum machen. Letztlich wäre es nicht so viel anders als die Anfängerkurse an der Universität. Nur ohne Forschung. Vielleicht könnte sie nebenbei promovieren. Wer weiß?

Mia schulterte ihren Rucksack und machte sich auf den Weg ins Dorf. Die schlaflose Nacht steckte ihr in den Gliedern, sie war hundemüde. Stur sah sie geradeaus und verbot sich den Blick über die Hügel. Was sie sich schwer verbieten konnte, ohne sich Nase und Ohren zuzuhalten und sich komplett zu verhüllen, war der Duft, der in der Luft lag, das Summen der Bienen, den Windhauch, der über ihre Wangen strich.

Mia konzentrierte sich auf ihre Füße. Es war schön, und es ist vorbei. Ein Mantra im Takt der Schritte. Schön ... vorbei. Schön ... vorbei. Zum Glück, setzte sie bitter hinterher.

Als sie an der Mauer vorbeikam, hinter der das Castello lag, hörte sie Stimmen. Auch dagegen konnte sie nichts tun. Als Mia die Stimme von Achille Ombrone erkannte – die andere Stimme war die von Signor Baldi –, hatte sie den Impuls, die Finger in die Ohren zu stecken. Auch mit diesem verrückten Grafen wollte sie nichts mehr zu tun haben. Was für eine schwachsinnige Idee, hier arbeiten zu wollen.

Dann aber vernahm sie Signor Martellis Namen.

»... braucht er ja nicht mehr ... Krankenhaus ...«

»Ja, er wird längere Zeit in der Rehabilitation verbringen.« Signor Baldis Erwiderungen waren deutlicher zu hören.

»... Wohnung in Siena ... wahrscheinlich Pflegeheim ...«

»Das ist wahr, die alten Leute kehren oft nicht zurück.«

»… das Haus kaufen …«

»Die Lage ist recht einträglich.«

Die beiden näherten sich offenbar der Mauer. Mia hörte Schritte und das Hecheln von Ombrones Hund. Es war ein brauner Jagdhund, der oft an seiner Seite lief.

»Man könnte die Häuser zusammenlegen. Seines und das der Deutschen. Dann lohnen sich größere Umbauten. Man könnte einen gemeinsamen Pool anlegen. Eventuell sogar einen Tennisplatz.« Sätze von jenseits der Mauer.

Jetzt verstand Mia alles ganz genau.

»Meinen Sie, er würde …?«

»Das hängt vom Preis ab, würde ich sagen. Der alte Martelli hat niemanden, dem er das Haus vererben kann.«

Das Hecheln des Hundes wurde lauter, verbunden mit Geräuschen, die Mia als heftiges Kratzen mit den Pfoten interpretierte. Dann aufgeregtes Bellen, offenbar hatte er etwas entdeckt, das eine Beute für ihn war. Ombrone pfiff ihn heran und wies ihn scharf zurecht. Er jaulte auf. Die Stimmen der beiden Männer entfernten sich.

Mia kniff die Augen zusammen und riss sie wieder auf. Sie schüttelte den Kopf, rieb ihre Schläfen und klopfte sie leicht mit den Fingerknöcheln. Es nützte nichts, Augen und Ohren zu verschließen.

Achille Ombrone, der Conte des Castello di Treviano, wollte Signor Martellis Haus kaufen, um es zusammen mit dem von Großtante Mara in ein Feriendomizil umzuwandeln. Die Welt war so. Auch wenn sie es lieber anders gehabt hätte.

Ein Feriendomizil.
Mit Tennisplatz. Und Pool.

*

Die Geräte waren immer noch angeschlossen, doch Signor Martelli sah schon etwas frischer aus. Er drehte den Kopf, als er Mia hereinkommen hörte, und lächelte.

»Signora Mia! Ich muss mir ernsthaft Sorgen machen, dass Sie nichts Besseres zu tun haben, als einen alten Mann im Krankenhaus zu besuchen! Sie sind jung. Fragen Sie Filippo, ob er Sie ausführt!«

Er schmunzelte. Es war tatsächlich das vertraute Schmunzeln. Etwas matter als sonst, aber seine Augen strahlten dieselbe Wärme aus wie immer. Das gab Mia das Vertrauen, dass sein Herz zuverlässig schlug, was auch immer die Geräte sagten. Aber auch die schlugen regelmäßig aus, soweit Mia es erkennen konnte.

»Signor Martelli! Solange ich noch hier bin, werde ich Sie besuchen. Es geht Ihnen besser, das sehe ich. Und es freut mich aufrichtig.« Himmel, sie hatte sich die blumige italienische Redeweise angewöhnt, die gleichzeitig so einfach war, so schlicht. Und so klar. So direkt und höflich, solange es keine Flüche waren. Die fielen ebenso direkt und umso derber aus.

Signor Martelli sah sie an. Solange sie hier war, hatte sie gesagt, das war ihm nicht entgangen. Dieser alte Mann bekam alles mit, vielleicht weil er nicht so viel Wirbel um sich selbst veranstaltete. Er war der Außenwelt gegenüber aufmerksam, weil er sich nicht ständig auf sich selbst konzentrierte.

Mia schluckte. Sie presste Daumen und Zeigefinger zusammen.

Hier lag der alte Mann, eben dem Tod entronnen, in den Kissen, und in Treviano nutzte der Conte seine Notlage aus und plante den Hauskauf. Andererseits: Vielleicht war es nichts Schlechtes und Signor Martelli wollte es so? Vielleicht war es ihm ganz recht? Vielleicht konnte er das Geld gut brauchen?

Signor Martelli hatte sie beobachtet.

»Heraus mit der Sprache! Wo drückt der Schuh?«

»Signor Martelli«, begann Mia und verstummte wieder. Die Geräte sandten einen regelmäßigen Piepton aus. Sie konnte ihm doch nicht hier diese Hiobsbotschaft überbringen. Was war, wenn sein Herz stehenblieb? Mia stellte sich vor, wie die Kurve erstarb und zu einer gleichmäßigen Linie wurde, das Piepsen zu einem Dauerpfeifton, so wie man es aus Fernsehfilmen kannte.

»Ich ... also ...«, sie holte Luft, dann sah sie ihn an. »Haben Sie eigentlich ...« Ihr Testament gemacht?, wollte sie fragen. Aber das war der falsche Ansatz.

Mia versuchte es erneut. »Gibt es eigentlich jemanden in Ihrer Familie, der sich um Sie kümmern könnte, außer Ihrem Bruder, meine ich?«

»Der ist ja tot«, stellte Signor Martelli fest. »Und sonst – nein, da ist niemand.« Er sah Mia verwundert an. »Warum fragen Sie?«

»Nur so«, sagte Mia verlegen. »Weil Sie ja jetzt hier im Krankenhaus liegen und Ihr Haus allein lassen mussten ...«

»Oh, mögen Sie sich um mein Haus kümmern? Ich wäre Ihnen sehr verbunden. Wenn es Ihnen zu viel wird, könnten Sie auch Signora Letizia fragen. Aber Signora Letizia ist eine sehr neugierige Person und auch nicht mehr so gut auf den Beinen, sie hat ihre eigenen Sorgen …«

»Zu gerne, Signor Martelli. Aber ich bin nicht mehr lange da. Ich werde nach Deutschland zurückfahren.« Wie weh es tat, dem alten Mann das gestehen zu müssen.

Betroffen sah Bruno Martelli sie an.

»Meine Mutter hat sich entschieden, das Haus zu verkaufen«, fuhr Mia fort. »Das wissen Sie ja. Was Sie nicht wissen, ist, dass Signor Ombrone das Haus kaufen wird. Er möchte ein Feriendomizil daraus machen.« Mia biss sich auf die Unterlippe.

Martellis Miene verfinsterte sich. »Ombrone«, aus seiner Brust klang es wie ein Knurren, »der kauft alles auf, was er unter die Nägel kriegt. Der denkt, wir leben immer noch im Mittelalter. Feudalismus. Gutsherrenart. Aber das war einmal!« Martelli schlug mit der Faust auf die Decke.

Mia erschrak. Aber die Kanüle schien sich nicht gelöst zu haben.

»Was ist mit meinem eigenen Haus, will er das auch? Sagen Sie es mir ganz ehrlich.« Martellis Augen funkelten.

Mia nickte stumm.

»Wusste ich es doch. Der alte Ombrone war in Ordnung, aber der hat nichts mehr zu sagen, er ist über achtzig, und der junge sieht in allem nur die Münzen blinken.« Martelli schüttelte energisch den Kopf. »Aber nicht mit mir.« Kurz warf er einen Blick aus dem Fenster, dann wandte er sich Mia zu. »Hören Sie. Versprechen Sie mir, dass Sie Ombrone nicht in mein Haus lassen. Man muss aufpassen wie ein Fuchs. Und wenn ich Ihnen einen Rat geben darf: Verkaufen Sie an jemand anderen.«

Damit sank Martelli ins Kissen zurück.

Die Kurve der Herzschlagfrequenz hob und senkte sich regelmäßig. Die Zahlen hatten sich nicht verändert.

Ratlos stand Mia vor dem Getränkeautomaten. Sie hatte ihm wie Filippo einen kräftigen Stoß verpasst, aber anders als bei diesem war nichts herausgekommen. Frustriert wandte sie sich ab. An jemand anderen verkaufen. Wie stellte Martelli sich das vor? Aber gut zu sprechen auf Ombrone war er auf keinen Fall. Wusste er schon länger, dass Ombrone an den Häusern interessiert war? Das war offenbar kein Geheimnis. Aber was geschah mit Martellis Haus, wenn er tatsächlich nicht zurückkehren könnte? Hätte, Wenn und Aber – Mia dachte, dass Bruno Martelli erstaunlich munter ausgesehen hatte. Und seine kämpferische Haltung hatte sie beeindruckt. Ja, man musste für seine Interessen einstehen. Was man aufgab, das war weg.

Was man aufgab …

Mia rannte nach oben und nahm zwei Stufen auf einmal. Der Pfleger, den Filippo kannte, sprang theatralisch zur Seite. Mia beachtete ihn nicht und eilte weiter.

Sie riss die Tür auf.

»Signor Martelli, da ist noch etwas, ich möchte Sie etwas fragen …«

Ein Arzt, die sich über Signor Martelli beugte, hob vorwurfsvoll den Kopf, und die Pflegerin bedeutete Mia mit einer ärgerlichen Geste, draußen zu warten.

Es schien Mia, als wollte Martelli ihr etwas sagen, er sah sie mit weit geöffneten Augen an und hob den Arm.

Aber da stülpte die Schwester ihm bereits die Sauerstoffmaske über das Gesicht. Der Arm sank wieder aufs Bett.

*

»Das ist ein Arsch. Ein Wichtigtuer.« Anna Maria öffnete die Bierflasche, dann stieß sie mit Mia an. »Ich kenne ihn von früher. Wir waren achtzehn. Na ja, ich war achtzehn, und er war dreißig. Es war, als hätte er nur darauf gewartet, dass ich volljährig bin. Was soll ich sagen, ich fühlte mich geschmeichelt.« Sie nahm einen tiefen Schluck. »Ich hab's zum Glück schnell begriffen. Und so dolle war es auch nicht.« Sie lachte. »Er baute darauf, dass ich mich von seinem Namen, also seiner Familie und seinem Besitz, blenden ließ.«

Anna Maria musste schon damals sehr hübsch gewesen sein, dachte Mia. Passend für Achille Ombrone, der gerne auf die Jagd ging. Der sich die Leute gefügig machte.

Der sie fragte, ob sie für ihn arbeiteten.

Der Nachbarhäuser zusammenlegte. Und Pools hineinbaute.

Mia sprang auf und stellte die Bierflasche so heftig auf den Tisch, dass sie überschwappte. »Ich muss los, Anna Maria, wir sehen uns.«

Im Laufschritt eilte Mia die Straße hoch. Fast hatte sie die Abzweigung des Weges erreicht, der hinter dem Castello hinauf nach Treviano Alto führte, als ein Motorroller scharf bremste und sich ihr quer in den Weg stellte.

Es war Adriana.

Offenbar hatte sie nur eine kurze Strecke zurückgelegt und es nicht für nötig befunden, einen Helm aufzusetzen.

Adriana warf den Zopf zurück. Ihre schwarzen Augen leuchteten, ihre Miene drückte Entschlossenheit aus.

»*I want to say you something*«, begann sie. Das Englisch, das sie sprach, hatte einen stark rollenden italienischen Akzent.

Mia war ratlos. Sie konnte doch Italienisch. Wahrscheinlich wollte Adriana sichergehen, dass Mia alles verstand, vielleicht wusste sie nicht, wie gut Mia Italienisch sprach, weil Sandro mit ihr Deutsch redete. Wahrscheinlicher war, dass sie ihr damit zeigen wollte, dass sie Ausländerin war, und zwar eine unerwünschte.

»*Sandro, he is not my boyfriend. I don't love him. And he is not loving me. But we have a relationship. Sandro is a free man. And he will not give up this relationship. Is very deep. You understand?*«

In Mias Kopf arbeitete es. Hatte Sandro Adriana dazu aufgefordert, mit ihr zu sprechen? Was trieb sie an? Was wollte sie von Mia? Mia betrachtete Adriana, mit ihren dunklen Haaren und ihren funkelnden Augen. Wie sie dort auf dem Roller saß, mit absichtsloser Lässigkeit, eine Hand auf dem Oberschenkel, die andere fest am Lenker. Wie ein wunderschönes Bild. Wie konnte man sich dieser Adriana entziehen? Sandro ganz sicher nicht.

Mia begriff, dass Sandro sich nicht festlegen würde. Er hatte seine Arbeit, und er liebte Frauen. Aber sich festzulegen, das war nicht in seinem Sinn.

Adriana starrte sie an, in einer wilden, entschlossenen Mischung aus Zorn und dem Willen, zu behalten, was ihr zustand. Nur eines zeigte sie nicht: Furcht.

Mia sah sie nachdenklich an. »Ja, ich glaube, ich verstehe, was du meinst.« Sie hob das Kinn zum Gruß und ging weiter, an Adriana vorbei die Straße entlang und bog ab. Hinter sich hörte sie das Aufbrausen des Motors.

Mia wunderte sich, dass es ihr egal war. Adriana hatte recht. Sandro würde die Beziehung nicht aufgeben. Natürlich nicht, Sandro war ein freier Mann. Nicht mehr, aber auch nicht weniger. Fast hätte sie gelacht. Sandro als fester Partner. Ja, das war eine schöne Vorstellung gewesen. Wenn sie ehrlich war, hatte sie nie daran gedacht. Keine Zukunftsfantasien mit ihm verbunden. Sie hatte sich einfach nur geschmeichelt gefühlt. Sie hatte sich seiner Anziehungskraft nicht entziehen können, das war alles.

Sandro. Mia seufzte. Doch, sie mochte ihn. Seine blanken Augen. Seine Aufrichtigkeit. Seine absolute Konzentration, wenn er über die Ausgrabung und seine Arbeit sprach. Er hatte ihr eine Liebeserklärung gemacht, das ja, aber die war offenbar aus dem Moment geboren gewesen. Er hatte sie nicht wiederholt. Und wo er sie getäuscht hatte, da hatte sie sich umgekehrt nur allzu gerne täuschen lassen. Man konnte ihm Vorsatz unterstellen, aber ... Man konnte es auch lassen. Denn: War es nicht auch schön gewesen? Es war berückend gewesen, aufregend und hatte vieles übertroffen, was sie bis dahin erlebt hatte, es war – Mia wurde schwindelig, wenn sie daran dachte – sensationell.

Noch vier Schritte, dann war sie bei Maras Haus angekommen.

Sie hatte jetzt Wichtigeres zu tun, als über Alessandro Munotti nachzudenken.

*

Vorsichtig und doch so rasch sie konnte, öffnete Mia den Schrank und zog die Schublade heraus. Sie schlug das Fotoalbum auf. Blätterte sich durch die Seiten, bemüht, keine Knicke hineinzubringen. Irgendwo hier war es gewesen. Die Zwischenblätter raschelten. Irgendwo bei den Bildern mit dem Mann in Rom. Dem Mann, der auf Signor Martellis Kommode stand. Und da, tatsächlich, da sah man sie: Mara mit der Amphore in Händen, die sie an beiden Henkeln festhielt. Sie hielt sie hoch wie eine Trophäe. Die Amphore, die ebenfalls auf Martellis Kommode stand.

Mit ihrem Handy machte Mia ein Foto.

Dann schrieb sie eine Nachricht an Filippo: »Ich brauche dich und deinen Fiat. Könntest du mich nach Siena bringen. Heute? So bald wie möglich?«

Sie war gerade dabei, das Album sorgfältig wieder zu verstauen, als es an der Haustür klopfte. Sollte es Filippo sein, so schnell? Mia richtete sich auf, klopfte den Staub ab und öffnete.

Es war Ombrone. In legerer Kleidung, seinen Jagdhund neben sich an der Leine.

»Signora Schneider. Wenn es Ihnen recht ist, wollte ich kurz ins Obergeschoss schauen. Bevor ich das Haus kaufe, würde ich gerne noch prüfen, über welche Ausbaureserven es verfügt. Vielleicht ist der angesetzte Preis ja zu hoch.« Er lachte.

»Signor Ombrone. Es passt mir eigentlich gerade nicht …«

»Es dauert nicht lange. Morgen würde ich sowieso kommen.«

Mia holte Luft und griff an ihren Hals. Das Kleeblatt war nicht mehr da. Ein winziger Schreck durchfuhr sie, ein unangenehmes Gefühl. Dann fasste sie sich. Egal, das Glück zählte jetzt nicht mehr. Ein Entschluss war das, was wichtig war.

Sie richtete sich auf.

»Signor Ombrone, es passt mir wirklich nicht. Es tut mir sehr leid. Bitte kommen Sie ein anderes Mal wieder. Im Übrigen glaube ich nicht, dass der Preis zu hoch ist. Er kann gar nicht hoch genug sein. Genau genommen ist das Haus unbezahlbar.«

Achille Ombrone zog die Brauen hoch. Sein Hund bellte. Ombrone gab ihm mit der Leine einen kurzen Ruck, und er legte sich hin. Dann lächelte er verständnisvoll. »Natürlich. Es ist das Erbe Ihrer Mutter. Sie möchten es bewahren. Sehr verständlich. Aber glauben Sie mir, es wird äußerst attraktiv.«

»Mit Pool?«, rutschte es Mia heraus. Es war bissig gemeint.

»Mit Pool, ja.« Er lächelte. »Das wäre doch schön, nicht wahr? Ein Blick bis nach Siena.« Der Hund sprang wieder auf. Er hatte die Hühner von Signor Martelli gesehen, die über die Straße liefen.

»Wenn Sie bei uns leben, können Sie die Bauarbeiten bestens verfolgen.«

Mia gab sich einen Ruck. »Signor Ombrone, ich enttäusche Sie ungern, aber: Ich werde nicht bei Ihnen arbeiten.«

Ombrones Augen wurden schmal. Seine Miene verhärtete sich.

»Es tut mir leid. Ich fürchte, ich verstehe Sie nicht.«

»Ich werde nicht bei Ihnen arbeiten«, wiederholte Mia. »Meine Pläne sehen anders aus. Ich habe mich dagegen entschieden. Es tut mir leid.«

Wieder ein kräftiger Ruck an der Leine. Der Hund jaulte auf. Ombrone fixierte sie. »Ich denke, es war ein großzügiges Angebot. Aber gut. Wie Sie meinen. Wir sehen uns morgen beim Notar.«

Noch einmal knipste er sein Lächeln an. »Falls Sie es sich überlegen möchten: Ich bin immer offen für eine zweite Entscheidung.« Zusammen mit seinem Hund verschwand er den Hügel hinunter.

Mia scheuchte dic Hühner in Signor Martellis Garten. Sie glaubte nicht, dass es noch etwas zu entscheiden gab. Nicht in dieser Sache.

Ihr Handy meldete sich. Filippo hatte eine Nachricht geschrieben. »In einer halben Stunde bin ich da.«

*

»Ich musste noch tanken«, sagte Filippo, »sicherheitshalber. Steig ein.«

Als Mia Filippo von ihrem Verdacht erzählte, fuhr dieser sich durch die Haare. Mia musste sich zusammenreißen, um ihm nicht über den Kopf zu streichen. Diese Haare, die immer wieder in alle Richtungen abstanden, immer wieder anders, und sich einfach nicht glätten lassen wollten, faszinierten sie.

Wie hatte sie nur glauben können, dass er sie nicht

brauchte? Filippo war immer noch derselbe. Und das trotz seiner Krankheit. Es war unglaublich! Wie frisch er heute aussah, wie fröhlich er war. Filippos Humor traf Mia tief ins Herz. Er war offenbar entschlossen, sich nicht unterkriegen zu lassen, und er hatte ihr nichts von seiner Krankheit erzählt, um sie nicht zu bedrücken, um kein Mitleid hervorzurufen.

Mia überlegte, ob sie Mitleid empfand. Nein, davon war sie weit entfernt. Es war eher Hochachtung, die sie verspürte. Und die wahnsinnige Lust, mit Filippo Zeit zu verbringen. Mia erschrak, als ihr das bewusst wurde.

»Was machst du denn nachher?«, fragte sie.

Filippo warf ihr einen prüfenden Blick zu, und Mia wurde bewusst, dass er nicht wusste, dass Emilia ihr von seiner Krankheit erzählt hatte.

»Egal«, sagte sie schnell. »Gehen wir noch etwas trinken, wenn du Zeit hast?«

»Gern.« Dann fasste Filippo zusammen, was er von Mia erfahren hatte. »Deine Mutter will euer Haus an den Conte verkaufen.«

»Ihr Haus«, seufzte Mia.

»Gut, ihr Haus. Und das Haus von Signor Martelli, denkt er, bekommt er quasi mit dazu. Und du meinst, dass Signor Martelli schnell ein Testament machen sollte, damit Ombrone sein Haus nicht kaufen kann.«

»Genau.«

»Und Martelli weiß von den Kaufabsichten?«

»Ja, und ich musste ihm versprechen, niemanden in sein Haus zu lassen. Aber ob er gehandelt hat, das weiß ich nicht. Ich möchte mit ihm darüber sprechen. Außerdem ...« Mia knibbelte am Saum ihres T-Shirts, »... gibt es da noch etwas anderes.«

Sie berichtete Filippo von der Entdeckung der Amphore auf dem Foto im Maras Album, die jetzt in Signor Martellis Wohnzimmer stand.

»Bist du sicher? Ich meine, Keramiken ähneln sich oft …«

»Ganz sicher. Und dann ist da dieser Mann, der auf Martellis Kommode steht und sich ebenso auf den Bildern in Maras Fotoalbum findet. Sie waren offenbar ein Liebespaar.«

Filippo hörte aufmerksam zu. »Na, zum Glück sind wir schon da.«

Er parkte das Auto, und gemeinsam eilten sie zum Eingang. Filippo winkte der Frau an der Anmeldung zu und nahm die Stufen. »Das geht schneller.«

Zusammen mit einer Pflegerin schlüpften sie durch die Tür. Mia erschrak, als sie Signor Martellis Bett leer vorfanden. Ein fremder Mann lag darin.

»Er ist verlegt worden«, ertönte die Stimme der Pflegerin von hinten. »Und ohne Erlaubnis darf man diese Station übrigens nicht betreten.«

»Wir sind schon wieder draußen, Signora!« Filippo wickelt sie offenbar alle um den Finger, dachte Mia.

»Stockwerk sieben, Zimmer 111«, rief die Pflegerin ihnen hinterher.

Filippo lief los.

»Nun warte mal auf mich!«, beschwerte sich Mia.

»Komm.« Filippo fasste sie bei der Hand.

Kurz darauf standen sie an Signor Martellis Bett.

»Ah, das ist gut, dass ihr da seid«, empfing er sie fast vorwurfsvoll. Sein Gesicht hatte einen rosigen Ton angenommen, er schien fast wieder der Alte zu sein.

»Was macht Ihr Herz, Bruno?« Filippo nahm die Hand des Alten.

»Es schlägt.« Signor Martelli lächelte. »Wie es scheint, sogar sehr regelmäßig, jedenfalls brauche ich diese Maschinen nicht mehr. Nur ein paar Medikamente.« Er zeigte auf den Tropf, der weiterhin Flüssigkeit in seine Vene abgab. »Bald bin ich wieder draußen.«

Er wandte sich an Mia. »Was machen die Hühner?«

Mia musste lachen. »Denen geht es gut. Aber was mich beschäftigt, Signor Martelli, ist etwas anderes …«

»Sie waren in meinem Haus.«

Mia sah ihn überrascht an.

»Ich wollte mit Ihnen reden, aber ich kam nicht mehr dazu. Auf einmal standen all die Ärzte an meinem Bett.« Für einen Moment sah er wieder grimmig aus. »Aber gut, ich soll mich nicht aufregen, hat die Schwester gesagt. Versuchen wir es also ohne Aufregung.« Er lächelte.

Mia beugte sich vor. »Auf Ihrer Kommode steht …«

»… eine Amphore. Ich habe mir gedacht, dass Sie sie möglicherweise entdeckt haben. Sie waren so aufgeregt. Haben Sie hineingeschaut?«

Mia schüttelte den Kopf.

»Nicht?« Jetzt wirkte Martelli überrascht. Dann überlegte er.

»Gut. Dann tun Sie es jetzt. Und vielleicht ist es gut, wenn Sie den kleinen Filippo dabeihaben.«

Filippo stöhnte scherzhaft auf. »Bruno, verraten Sie es mir: Wann bin ich in Ihren Augen erwachsen?«

»Das klären wir später. Zuerst die Vase. Also, Sie nehmen die Vase und bringen sie hinüber in Maras Haus. Sie stellen sie dort auf den Sims im Wohnraum und stellen sich vor, dass sie immer dort gewesen ist. So weit verstanden?«

Mia verstand überhaupt nichts. Aber das machte nichts. Sie nickte. Filippo folgte Martellis Ausführungen mit aufmerksamer Miene.

»Dann schauen Sie hinein, rein zufällig, versteht sich. Vielleicht putzen Sie gerade das Haus. Ja, Sie wischen Staub.«

»Signor Martelli«, stöhnte Mia. »Das Haus ist blitzeblank, was denken Sie!«

»Ich weiß, ich weiß. Aber darum geht es nicht. Sie wischen also Staub, auch bei der Vase, und auf einmal fällt sie um. *Capito*? Rein zufällig natürlich. Und heraus fällt«, er machte eine Kunstpause, »oh Wunder, eine Schriftrolle.«

War er verrückt geworden? Mia überlegte, ob der Herzinfarkt in Signor Martellis Kopf etwas durcheinandergebracht hatte, auch wenn er eigentlich ganz klar wirkte.

Filippo hatte schneller verstanden als sie. »Was steht darauf?«, fragte er.

Bruno Martelli sah die beiden lange an.

»Es ist das Testament von Mara.«

22. Kapitel

Die Amphore

Filippo schüttelte den Kopf. »Da klaut der alte Martelli einfach ein Testament.« Gemeinsam hatten sie die Amphore aus Bruno Martellis Schlafzimmer geholt und auf den Sims in Maras Wohnzimmer gestellt.

»Stimmt, hier macht sie sich gut«, stellte Mia fest. Und es war tatsächlich, als hätte sie dort immer gestanden, es gab einen winzigen Fleck, eine runde Verfärbung auf dem Holz, die genau dem Umfang des Bodens der Amphore entsprach.

Filippo starrte das Gefäß an. »Ich kann es nicht fassen.« Er wandte sich Mia zu. »Was passiert hier eigentlich?«

»Ich weiß es nicht. Aber dass es sich gut anfühlt, egal, wie es ausgeht, das weiß ich.« Mia lächelte.

Filippo stellte sich dicht neben sie. »So, und jetzt findest du die Schriftrolle.«

Mia fasste die bauchige Amphore an beiden Henkeln und neigte sie. Im Innern war das Ende einer Papierrolle zu erkennen. Mia schüttelte das Gefäß, und die Rolle rutschte heraus.

»Das ist wie im Krimi.« Mia konnte sich der Aufregung nicht erwehren, als sie das Band, das um die Rolle gewickelt war, löste.

Was Martelli ihnen erzählt hatte, war einfach zu verrückt. Eine Kontrolle der Krankenschwester hatte er noch abgewartet, dann hatte er um ein Glas Wasser gebeten, um seine Lippen zu befeuchten, und ihnen die ganze Geschichte erzählt.

Wie Mara damals angekommen war, aus Deutschland, und in Treviano ein Haus gesucht hatte. »Sie hatte sich in den Ort verliebt«, sagte Bruno Martelli, »in die Aussicht und die Lage auf der Höhe, das gefiel ihr. Gleichzeitig schien es ihr weit genug weg von allem.«

Wie sie in das Haus der alten Martellis gezogen war, in das Haus von Brunos Großeltern, die nicht mehr lebten, in das Haus nebenan.

»Wir fanden sie nicht uninteressant, mein Bruder Enzo und ich«, schmunzelte Signor Martelli. »Sie war sehr für sich. Aber man lernte sich kennen. Das blieb nicht aus.«

Wie sie sich näherkamen, damals in den Sechzigerjahren, gemeinsam Ausflüge nach Rom machten, in die Umgebung, wie sie alles anschauten und vieles gemeinsam erlebten.

»Wir kosteten unsere Jugend aus«, sagte Martelli. »Man ist ja nur einmal jung, nicht wahr? Wir waren wohl auch ein bisschen beeinflusst von der Zeit.«

»Und die Liebe?«, platzte Mia in seine Erzählung. Sie konnte nicht mehr an sich halten.

Signor Martelli lächelte. »Ich sagte ja, es gab viel Liebe.« Er erzählte, wie Enzo sich in Mara verliebte und beide ein Paar wurden. »Aber nur vorübergehend, das war damals so. Zumindest in einigen Kreisen. Zu denen wir eigentlich nicht gehörten, aber wir waren infiziert.« Außerdem seien beide, Mara und Enzo, sehr unabhängige Geister gewesen, erklärte er.

»Und Sie?«, fragte Filippo.

»Ah, und ich? Ja, das willst du wissen.« Signor Martelli gluckste. »Ich war ebenfalls verliebt. Die Mara war wirklich schön. Ich mochte sie. Und wir kannten uns gut. Vielleicht hat auch sie mich ein wenig geliebt. Manchmal ...« Er brach ab und sah in die Ferne.

Filippo räusperte sich. Signor Martelli erzählte weiter. Wie Enzo in Rom geblieben war, um zu studieren, Mara aber auf dem Land bleiben wollte. »Sie brauchte das, sie brauchte die Ruhe, die Freiheit. Und letztlich, nun ja, letztlich verstanden wir beide, sie und ich, uns auch ganz gut.«

Die Beziehung zu Enzo war offenbar abgebrochen, als dieser in Rom blieb. »Manchmal kam er zu Besuch, dann war alles wie früher.« Signor Martelli schwieg einen Moment versonnen.

Eine Beziehung zu dritt? Mia wurde nicht ganz schlau daraus. Aber zuzutrauen war es dem alten Martelli.

Auf jeden Fall lebten er und Mara einvernehmlich nebeneinander. Die Beziehung war enger geworden, als Enzo in den Achtzigerjahren bei einem Verkehrsunfall starb.

»Und das Haus?«, fragte Filippo.

Bruno Martelli sah ihn an. »Das Haus ...«, wiederholte er.

Mia sah ihn erwartungsvoll an.

Bruno Martelli seufzte. »Das Haus gehört mir«, sagte er schließlich und nahm einen Schluck Wasser.

»Ihnen«, sagte Mia. Signor Martelli schwieg.

»Aber ...« Mia fehlten die Worte.

»Geerbt hat es Mias Mutter«, sprang Filippo ein.

»Ja, das ist richtig.«

So gern Signor Martelli von der Vergangenheit berichtet hatte, so wortkarg war er jetzt.

»Mein lieber Bruno«, sagte Filippo, »erklären Sie uns, was passiert ist.«

Signor Martelli nahm noch einen Schluck Wasser. Er musste sich zu einer Antwort offenbar erst durchringen. »Sie wollte nicht, dass das Haus an ihre Familie fällt. Sie hat es mir überschrieben.«

»Per Testament?«, fragte Filippo.

»Per Testament.« Martelli seufzte erneut.

»Aber dann gehört das Haus Ihnen«, stellte Mia fest. »Warum haben Sie nichts gesagt?«

»Weil ich anderer Meinung bin als Mara, was das Thema Familie betrifft.« Das kam klar und deutlich aus Martellis Mund.

Filippo begriff schneller als Mia. »Dann haben Sie die Urkunde unterschlagen.«

Signor Martelli hob beinahe unmerklich die Schultern.

»Theoretisch ist das strafbar«, sagte Filippo nachdenklich.

Signor Martelli hob wieder die Schultern. »Was hätte ich machen sollen? Und was ist nicht strafbar in diesem Land? Man muss sich zu helfen wissen.«

Sie sprachen noch eine Weile weiter, Filippo stellte geschickte Fragen, und schließlich hatte auch Mia verstanden, dass Signor Martelli gewollt hatte, dass das Haus an Maras Familie ging. »Ich brauche es doch gar nicht, ich habe doch ein eigenes Haus.«

Mias Herz klopfte. »Und warum wollte Mara nicht, dass wir das Haus bekommen?«

»Ich weiß gar nicht, ob sie wollte, dass Sie das Haus nicht bekommen, Mia. Sie kannte Sie nicht.« Er lächelte. »Sie hätte Sie gemocht, da bin ich sicher. Sie wollte vor allem nicht, dass ihre Eltern das Haus erben«, fuhr er fort, »oder ihre Schwester. Ich weiß nicht, was mit ihrer Familie war, aber ich weiß, dass sie nichts mehr mit ihnen zu tun haben wollte.«

Dann hatte eine Arztvisite ihr Gespräch unterbrochen, und Mia und Filippo hatten sich auf den Rückweg nach Treviano gemacht.

»Der alte Martelli.« Filippo fuhr sich durch die Haare. »Er ist ein Fuchs.«

»Ich glaube, er ist ein guter Mensch«, sagte Mia. »Gibt es das, gute Menschen?«

»Es ist aus der Mode gekommen«, sagte Filippo. »Aber ja, das ist er wohl auch. Zumindest seine Absichten sind gut.«

Der Jurist. Pauschal ließ er nichts gelten.

Auf dem Papier, das geglättet auf dem Tisch vor ihnen lag, stand es tatsächlich. Blau auf weiß, in sorgfältig geschwungener Schrift, versehen mit Ort, Datum und Unterschrift: Mara Klarenburg hatte das Haus den Brüdern Martelli vermacht, und zwar schon vor langer Zeit.

»Tja«, Filippo sah Mia an. »Es ist Brunos und Enzos Haus. Enzo lebt nicht mehr, also gehört es Bruno. Soweit ich sehe, ist nichts daran zu ändern. Und wenn du nicht willst, dass deine Mutter das Haus verkauft, sollten wir das Testament schleunigst zu Cappellini bringen.«

»Lass uns das tun«, sagte Mia. »Wenn es Bruno Martellis Haus ist, muss er selbst entscheiden, was er damit macht. An Ombrone verkauft er jedenfalls nicht, schätze ich. Und wenn ich das alles richtig deute, war genau das seine Absicht, als er uns von dem Testament erzählte: den Verkauf an Ombrone zu verhindern.«

*

Mia saß unter dem Olivenbaum. Nachdem sie Signora Letizia beruhigt und ihr versichert hatte, dass mit Signor Martelli alles in Ordnung war und er auf jeden Fall zurückkäme, hatte sie sich unter »ihren« Baum gesetzt, der ein bisschen abseits von den anderen stand, und sich gegen den Stamm gelehnt.

Die hellen Türme, die Hügel, die Landschaft, die immer gleich blieb, egal, was geschah. Und die Olivenbäume vor ihrer Nase, die Blätter, die sich im Wind wiegten, ein lichtes Dach bildeten, wenn man darunter saß.

Was gerade geschehen war, musste sie erst einmal verdauen. Die vergangenen Stunden waren abgelaufen wie in einem Film. Nur dass sie keine Zuschauerin war, sondern sich mitten darin befand. Das Haus, ihr Haus, Kerstins Haus, Maras Haus, gehörte Signor Martelli. Die Annahmeerklärung war hinfällig. Das Haus konnte nicht verkauft werden, jedenfalls nicht mehr von Kerstin.

»Was den Hausverkauf betrifft, so gibt es unerwartete Probleme, lass uns morgen früh telefonieren, dann sehe ich klarer«, hatte Mia an Kerstin geschrieben.

Mit Filippo am Steuer und der Papierrolle in der Hand war Mia nach Monteroni gefahren. Sie hatte allen Mut zusammengenommen und Cappellini erklärt, dass sie diese Papierrolle vor einer Stunde zufällig in einer verstaubten Vase gefunden hätte. Sie blieb standhaft, auch als dieser sie zweifelnd ansah. »Ich war dabei«, hatte Filippo bestätigt, und Cappellini hatte es geschluckt. »Gut.«

Filippo hatte Mia nahegelegt, die Legende mitzutragen. Dass Martelli der Urkundenunterschlagung verdächtigt wurde, wollten sie um jeden Preis vermeiden. »Man darf nicht immer alles so genau nehmen, Mia. Beziehungsweise muss man unterscheiden: Manche Sachen sind wichtig, andere nicht. In diesem Fall ist es wichtig, dass Maras letzter Wille respektiert wird.«

»Und das Haus nicht an Ombrone gerät.«

»Das«, lächelte Filippo, »ist möglicherweise der positive Nebeneffekt.«

Cappellini wollte die Sache prüfen und sie benachrichtigen. Außerdem wollte er den Conte und auch Mias Mutter persönlich darüber informieren, dass der Termin am kommenden Vormittag zunächst ausfallen müsse.

Dann hatte Filippo Mia wieder nach Hause gebracht und war mit ausgestiegen.

»Was ist eigentlich mit dir?«, fragte er, als sie vor dem Haus standen. »Bedauerst du es, dass das Haus nicht mehr euch gehört? Immerhin verliert ihr etwas. Ein Haus. Einen finanziellen Wert.« Mia schüttelte den Kopf. »So richtig weiß ich noch nicht, wie ich das finde«, gab sie zu. »Aber von Verlieren kann ja eigentlich keine Rede sein. Das Haus hat uns bis vor Kurzem gar nicht gehört. Ich wusste nicht einmal, dass es eine Großtante gab.«

Nachdenklich betrachtete sie das Haus aus Natursteinen, das vor ihr lag, mit dem rankenden Wein, dessen Blätter inzwischen glänzend grün geworden waren, und mit dem Steinhaufen an der Seite, neben dem ein Topf mit einer großen Pelargonie stand.

»Und meine Mutter ist finanziell gut gestellt. Sie braucht dieses Haus nicht, um glücklich zu sein, auch wenn sie es gerade glaubt.«

Die Abendsonne färbte den Himmel rot, und die Mauern des Hauses schienen zu leuchten.

»Jetzt kann Martelli es verkaufen, und zwar an wen er will. Wer weiß, was er mit dem Geld vorhat. Vielleicht möchte er ja auch mal eine Weltreise machen.«

Filippo lachte.

»Und irgendwann finde ich vielleicht auch heraus, warum Mara Deutschland den Rücken gekehrt hat«, sagte Mia.

»Das wäre sicherlich interessant für dich. Na dann.«

»Sehen wir uns?«, fragte Mia.

»Jederzeit. Wie lange bleibst du noch?«

»Im Grunde kann ich bald los.« Mia lachte. »Vielleicht bis übermorgen.«

»Dann sollten wir noch mal zusammen Pasta essen«, sagte Filippo. »Vielleicht bereite ich sie diesmal zu, was meinst du?«

Jetzt saß sie hier im Garten, rieb ein Stöckchen in der Hand, warf ein Steinchen weg und versuchte nachzudenken.

War es wirklich erst gestern gewesen, dass sie Sandro und Adriana im Wald gesehen hatte? Es versetzte ihr einen Stich. Kurz und schmerzhaft. Gleichzeitig hatte sie das Gefühl, dass gerade Dinge geschahen, die bedeutend wichtiger waren.

Es schien ihr der längste und gleichzeitig der kürzeste Tag, seitdem sie hier war. So viel war geschehen.

Filippo. Er hatte sie bei allem begleitet. Schade, dass er jetzt nicht da war. Sie hätte sich gerne an ihn gelehnt. Das hatte sich gut angefühlt. Gleichzeitig hatte sie das Bedürfnis gehabt, allein zu sein, um alles zu sortieren. Und Filippo hatte sie auch nicht gefragt, ob sie mit ihm abendessen wollte. Sie hätte nein gesagt. Vielleicht hatte er es gespürt.

Und dann war da noch seine Krankheit. Nichts hatte er darüber verlauten lassen, und sie selbst hatte ebenfalls nichts gesagt. Wenn sie ehrlich war, hatte sie es über dem Trubel vergessen. Filippo lebte so sehr im Hier und Jetzt, er war ihr so zugewandt, dass es unvorstellbar war, dass es diese Krankheit gab, auch wenn Mia sich gut an die Momente seiner Blässe, seines raschen Aufbruchs erinnern konnte.

Die Wolken wurden immer flammender, sie schoben sich übereinander, der Himmel war feuerrot.

Und dann die Liebesgeschichte. Mara und Enzo. Das war ebenfalls kaum zu fassen. Und lange her. Was wirklich geschehen war, würde Signor Martelli ihnen vielleicht nie erzählen, aber er hatte gute Erinnerungen daran, zweifelsohne. Ein bisschen staunte Mia darüber, was die alten Leute angestellt hatten. Es schien so etwas gewesen zu sein wie freie Liebe. Und das hier auf dem Land.

Mias Handy zeigte eine eingegangene Nachricht an. Kerstin: »Ich hoffe sehr, dass du morgen früh klarer siehst. Am besten glasklar. Ich habe wahrhaftig keine

Lust, noch einmal zu kommen.« Eine zweite Nachricht war von Sandro: »Sehen wir uns heute Abend?« Mia starrte darauf. Der hatte Nerven. Als Zweitfrau war sie ihm offenbar gerade gut genug. Oder war sie die Erst- und Adriana die Zweitfrau? »Nein«, schrieb sie zurück. »Das möchte ich nicht.« Wieder dieser kleine scharfe Stich. »Vielleicht können wir irgendwann reden.« Sie schickte die Nachricht ab.

Der Sonnenuntergang war vorüber, es dämmerte rasch. Hier im Süden lag zwischen Tag und Nacht nur ein kleiner Streifen, der blass am Horizont erschien und immer schwärzer wurde.

In dieser Nacht schlief Mia erstaunlich gut. Nur ihre Träume waren wild, in ihnen kreiste alles durcheinander. Signor Martelli. Mara. Die Amphore. Und Filippo.

*

Am nächsten Morgen war Mia sofort hellwach. Sie machte sich auf den Weg zur Bar. Heute würde Cappellini das Testament offiziell annehmen und erklären, dass die Vererbung des Hauses an ihre Mutter hinfällig wäre. Wenn Filippos Vermutung zutraf. Mia war äußerst gespannt. Ein guter Cappuccino wäre in jedem Fall nicht verkehrt. Und ein Brioche. Der Appetit beschleunigte ihre Schritte.

Schon von Weitem sah Mia, dass Sandro an einem der Tische saß. Ihr Herz klopfte unwillkürlich. Der Etruskerfürst. Wie immer mit seinem *caffè* in der Hand.

Mia straffte die Schultern und versuchte, Sandro zu übersehen. Doch im selben Moment merkte sie, dass es keinen Sinn hatte. Solange sie in Treviano war, würde sie Sandro begegnen, der Ort war zu klein. Und ihm demonstrativ aus dem Weg gehen, nein, das würde sie nicht tun. In die Rolle der Gekränkten zu kriechen, das lag ihr nicht.

Sandro sah ihr entgegen. Als ob nichts wäre. War tatsächlich nichts in seinen Augen? Konnte das sein? Jetzt war Mia doch fassungslos.

Anna Maria trat aus der Tür. »*Ciao*, Mia.« Ein mitleidiger Blick traf sie. Sie schien mehr zu wissen als Mia, als ob die Situation sie nicht überraschte. »Einen Cappuccino, Mia, ja? Und ein Brioche?« Damit verschwand Anna Maria wieder in der Bar.

»Mia …«, begann Sandro und stellte seine Espressotasse ab. Er wirkte ernst. Stand kurz auf und setzte sich wieder.

Mia wusste nicht, was sie sagen sollte. Unschlüssig betrachtete sie den zweiten Stuhl. Dann setzte sie sich kurz entschlossen.

Sandro nahm die Sonnenbrille ab. Prüfend sah er sie an. Er öffnete den Mund, schien dann aber doch nichts sagen zu wollen. Und er hatte recht. Es gab nichts zu sagen. Es lag an ihr.

Irgendwie konnte Mia ihm nicht böse sein. Die Gestalt, die ihr so vertraut war. Sie mochte ihn. Nach wie vor. Sie konnte es nicht ändern. Er hatte ihr etwas vorgemacht, ja. Aber sie war diejenige, die mitgemacht hatte. Und zwar nur zu gerne.

Mia zog die Brauen hoch. Sie ließ ihre Sonnenbrille, wo sie war, nämlich im Haar. Und sah Sandro an.

Seine glänzenden Augen, die sie ruhig betrachteten. Nein, nichts hatte sich geändert.

Mia musste lachen.

Sandro schmunzelte ebenfalls.

Dann tat Mia etwas, was sie selbst überraschte: Sie streckte ihm die erhobene Handfläche entgegen. Sandro schaute verblüfft, dann schlug er ein.

»Das war's dann, oder?«, fragte Mia.

»Es hängt von dir ab«, sagte Sandro.

Mia nickte nachdenklich. »Ja, das war's. Ich bin anders gestrickt.«

Sandro sah sie fragend an.

»Anders gewickelt. Also, ich meine, ich kann das so nicht.«

Sandro überlegte offenbar immer noch, ob er ihre deutschen Worte richtig verstanden hatte.

Mia lachte. »Ich bin monogam!«

So knapp konnte man die Beziehung zu einem Etruskerfürsten erledigen. Auch wenn es schade war, äußerst schade. Und wenn es genau genommen nur eine Affäre gewesen war.

*

Bevor sie diesen Gedanken vertiefen konnte, hielt ein Auto vor der Bar. Achille Ombrone ließ das Fenster herunter. Auch er trug eine Sonnenbrille. Das Wetter zeigte sich heute zu gut, der Himmel war streifenlos blau.

»Was soll das heißen, Signora Mia, was habe ich da von Cappellini gehört? Sie werden das Haus nicht verkaufen?«

Wie unwohl Mia sich in solchen Situationen fühlte. Sich erklären zu müssen. Zu rechtfertigen. Nein zu sagen. Gleichzeitig war sie erleichtert, denn es waren Fakten geschaffen worden, die sie entlasteten.

»Es gehört uns gar nicht, Signor Ombrone.«

Wie zu ihrer Verteidigung hatte Sandro sich ebenfalls erhoben.

»Was soll das heißen, es gehört Ihnen nicht?«

»Hat Cappellini Sie nicht informiert? Das Testament ist gefunden worden. Meine Großtante hat das Haus ihrem Nachbarn vermacht, Signor Martelli. Meine Mutter kann es nicht verkaufen.«

Jetzt nahm Ombrone die Sonnenbrille ab und musterte sie. Das eine Auge war etwas dunkler als das andere, stellte Mia fest. Es wunderte sie, dass ihr das bisher nicht aufgefallen war.

Sie hielt seinem Blick stand. »Es lag ein Irrtum vor. Es tut mir leid.«

Ein feines Lächeln zog sich über sein Gesicht. »Martelli. Nun gut. Dann werde ich mich an Martelli wenden.« Es wirkte allerdings so, als sei er nicht ganz überzeugt von dieser Idee.

Damit fuhr er die Scheibe hoch, und das Auto glitt davon.

Mia klärte Sandro auf. Wie sie Staub gewischt und dabei das Testament in der Amphore gefunden hätte. Die ganze Wahrheit musste vielleicht auch Sandro nicht kennen.

Doch Sandro schien mehr zu ahnen, als sie dachte. Er schmunzelte. »Gut gemacht, *bravo*, Signor Martelli.«

»Was meinst du?«, fragte Mia.

Sandro musterte sie genauso wie zuvor der Conte.

Nein, Lügen war nicht ihre Stärke.

»Was auch immer du gemacht oder nicht gemacht

hast, du hast es gut gemacht, Mia«, sagte Sandro. »Und jetzt muss ich los. Sehen wir uns noch mal?«

»Bei Gelegenheit. Sag mir Bescheid, wenn ihr das Grab gefunden habt, das interessiert mich«, sagte Mia.

Sandro lächelte. »Das Grab. Na, ob wir das noch finden, steht in den Sternen.«

Nachdem Sandro gefahren war, trank Mia ihren Cappuccino und plauderte mit Anna Maria, die sich nach Signor Martellis Befinden und dem Fortgang der Dinge erkundigte.

»Und mit Sandro – alles klar?«, fragte sie, als Mia bereits aufbrechen wollte.

Mia spürte, wie ihr Lächeln in sich zusammenfiel. »Ich glaube schon. Sagen wir so: Ich hoffe es.«

Anna Maria legte ihr die Hand auf den Arm. »Glaub mir, es ist besser so«, sagte sie warm. »Sandro ist ein wunderbarer Mann, aber er …«

»Kann sich nicht festlegen«, ergänzte Mia.

»*Esatto*. Anders als Gianluca. Meine Güte«, Anna Maria war schon wieder in Bewegung, »der Mann klebt an mir, und er tut nichts. Dabei müsste er mir helfen. Luca!«, schrie sie ins Haus. »Er ist da, er ist heute Nacht angekommen, wusstest du das?«

Über ihnen öffnete sich eine Balkontür. Gianluca erschien, barfuß, mit nassen Haaren, ein Badetuch um die Hüften gewickelt. Auch seine Brusthaare glänzten feucht, er hatte offenbar gerade geduscht.

»Verschon uns mit deinem göttlichen Anblick«, stöhnte Anna Maria.

»Du hast mich gerufen.«

»Ja, aber ich wusste nicht, dass du nichts anhast.«

»Sonst magst du es.« Er warf ihr eine Kusshand zu, dann drehte er sich um und verschwand.

»Männer.« Anna Maria lachte. »Melde dich, Mia, wenn du Hilfe brauchst, ja? Lass von dir hören.«

*

Mia war auf dem Rückweg zum Haus. Gerade betrachtete sie eine Eidechse, die sich auf einem Feldstein sonnte, als das Telefon so anhaltend klingelte, dass Mia schließlich annahm. Kerstin. Wenn Kerstin anrief, klingelte das Telefon aufdringlicher als bei anderen, auch wenn das technisch kaum sein konnte.

»Mia, kannst du mir erklären, was …«

»Mama, hör zu: Es ist genauso, wie Signor Cappellini, der Notar, dir gesagt hat.« Dann fiel ihr ein, dass Cappellinis Englisch recht schlicht war. »Oder konntest du ihm nicht folgen?«

»Keinesfalls«, sagte Kerstin trocken. Sie geriet in Fahrt. »Ich verstehe einfach nicht, warum diese Südländer nicht wenigstens – wenigstens, Mia! – Englisch sprechen, damit man sie verstehen kann. So schwer ist das doch nicht, ich meine, wollen die denn nicht, das man sie versteht? Stattdessen …«

»Dein Englisch ist auch nicht oxfordmäßig, und den Conte hast du ganz gut verstanden«, bemerkte Mia.

Giftiges Schweigen folgte. Ein Schweigen, bei dem sich der Äther schwefelgelb zu färben schien. Kerstin beherrschte es.

Mia holte Luft. »Okay, ich erkläre es dir. Es ist ganz einfach, da gibt es eigentlich nichts zu verstehen: Dass

Großtante Maras Haus dir zugeschrieben wurde, lag daran, dass es kein Testament gab. Du warst die nächste Angehörige, die ausfindig gemacht wurde. Jetzt ist aber ein Testament aufgetaucht. Und dieses Testament besagt, dass Mara ihr Haus Signor Martelli vererbt hat.«

»Und wer soll das sein?«

»Der hustende Nachbar.«

»War Mara bei Sinnen, als sie das Testament verfasst hat?«, fragte Kerstin kühl.

»Davon kann man ausgehen. Jedenfalls ist das Testament gültig.«

»Wer sagt das?«

»Cappellini. Deshalb hat er dich angerufen.«

»Ich möchte dir sagen, Mia, dass ich das nicht in Ordnung finde. Absolut nicht in Ordnung.« Das kam in aller Schärfe.

Mia spürte Verzweiflung in sich aufsteigen. »Wieso in Ordnung? Denkst du, ich hätte das Testament geschrieben? Für meinen armen Nachbarn, damit er noch ein zweites Haus hat? Falls ihm sein eigenes nicht mehr gefällt?«

Kerstin gab einen bellenden Laut von sich, dann legte sie ohne Abschied auf.

Mia war übel. Warum waren Gespräche mit ihrer Mutter so mühsam? Hatte sie irgendetwas getan, was Kerstin recht gab in ihrer vorwurfsvollen Haltung? Hatte sie sich unfair verhalten? Hatte ihr Verhalten in irgendeiner Weise dazu geführt, dass Kerstin das rechtmäßige Erbe entgangen war?

Mia ging die letzten Tage durch und überlegte. Was war geschehen, das Signor Martelli dazu veranlasst hatte, das echte Testament geltend zu machen? Und was hatte sie damit zu tun? Nun, sie hatte ihm von den Kaufabsichten des Conte erzählt, was die beiden Häuser betraf. Hätte sie das nicht tun sollen?

Wäre es für Martelli möglich gewesen, einen einmal getätigten Hausverkauf anzufechten, mit dem richtigen Testament in der Hand?

Mia wusste es nicht. Sie wusste nur, dass sie nicht anders gekonnt hatte, als ihrem Nachbarn von den Plänen des Conte zu berichten. Und er schien ihr dankbar dafür zu sein. Und worauf sie überhaupt keinen Einfluss gehabt hatte, war Maras Testament. Mara hatte nicht gewollt, dass ihr Besitz an ihre Familie fiel, so einfach war das. Sie hatte das Haus ihren Nachbarn vermacht, den beiden Brüdern, zu denen sie offenbar ein enges Verhältnis gepflegt hatte.

Nein, wie sie es auch drehte und wendete, sie hätte unrecht handeln müssen, um das Haus für Kerstin zu erhalten. Das Testament zerreißen und behaupten, es hätte nie eins gegeben. Signor Martelli der Lüge bezichtigen. Es war fraglich, ob Filippo das überhaupt mitgemacht hätte. Wahrscheinlicher war, dass sie es sich mit allen hier im Ort verdorben hätte und am Ende möglicherweise selbst der Unterschlagung überführt worden wäre. Eine unangenehme Vorstellung. Und wozu? Damit Kerstin eine Wohnung auf den Seychellen hatte. Und sie einen Laptop.

Mia überkam ein Gefühl der Bitterkeit. Warum konnte ihre Mutter die Dinge nicht annehmen, wie sie waren? Warum ließ sie ihre Enttäuschung an Mia aus?

Ja, Mia hatte andere Wünsche, sie hatte nie ein Hehl daraus gemacht, dass sie das Haus gern behalten hätte.

Warum konnte ihre Mutter diesen Wunsch nicht respektieren, sondern leitete daraus eine Feindseligkeit ab? Für Kerstin gab es nur zwei Seiten: die, die für sie war, und die, die gegen sie war. Dass sie selbst sich dem Wunsch eines anderen unterordnete, war undenkbar. Und wenn sie sich doch einmal dazu entschloss, bei Kleinigkeiten, wurde sie nicht müde, zu betonen, dass sie zurückgesteckt hätte. Sie konnte machen, was sie wollte, sie würde es ihrer Mutter nie recht machen.

*

Mia lief durch den Garten, pflückte ein wenig Rosmarin und Salbei für einen Kräuterstrauß, den sie auf den Tisch stellen wollte, goss die Pflanzen und inspizierte den Pfirsichbaum.

Ihr Handy klingelte. Schon wieder. Sie hatte vergessen, es leise zu stellen. Was hatten die Leute eigentlich gemacht, bevor es mobile Telefone gab? Mia erkannte die Nummer nicht, es war eine Nummer aus Deutschland, und nahm ab, um sich zu beschweren. »Hier ist Mia Schneider, und ich befinde mich gerade im Urlaub«, simulierte sie eine automatische Ansage. »Die Sonne scheint, der Wind weht, und vor meiner Nase steht ein Pfirsichbaum. Ihr Anruf kann im Moment leider nicht entgegengenommen werden.«

Ein Räuspern am anderen Ende.

Mia stutzte.

»Mia? Störe ich Sie?« Es war Tretmüller. Was wollte er? Warum rief Tretmüller sie an, nach alldem? Wollte er ihr die Stelle doch noch antragen?

»Geht es Ihnen gut dort unten, ja? Trinken Sie genug Wein? Genießen *la dolce vita*?« Er lachte affektiert.

Was soll das?, dachte Mia. Seit wann interessiert ihn mein Weinkonsum? Den interessieren doch nur Cocktails mit attraktiven Studentinnen. Sie spürte, wie die Wut in ihr hochstieg. Es war ein ungewohntes Gefühl.

»Professor Tretmüller, wie kann ich Ihnen helfen?«

»Gut«, seine Stimme wurde ernst und geschäftsmäßig, »Sie müssen mir tatsächlich helfen, Mia. Es geht um Folgendes ...« Er macht eine Pause, schien die passenden Worte zu suchen.

»Die Stelle?«, vermutete Mia.

»Ja, genau. Eine Stelle. Die könnte vielleicht auch entstehen.« Er lachte wieder.

Mia wurde misstrauisch. Was sollte das? Worum ging es wirklich? Heinrich Tretmüller rief sie nicht ohne Not an.

»Soll ich zurückkommen? Gibt es ein Vorstellungsgespräch? Eine neue Bewerberrunde?«, wollte Mia ihm helfen.

»So eilig ist es nicht. Aber«, seine Stimme wurde munter, »es gibt einen Vortrag, mit dem Sie auf sich aufmerksam machen könnten. In der Fachwelt ist sowas immer gerne gesehen, das wissen Sie selbst, Vorträge und Veröffentlichungen sind alles ...«

»Einen Vortrag? Worüber und bis wann?«

»Nun, das ist der Haken, es müsste recht bald sein, genau genommen bis übernächste Woche, in Kopenhagen, auf der europäischen Jahrestagung, es ist der Eröffnungsvortrag für einen Themenschwerpunkt.« Er lachte wieder. »Es geht um Horaz, und das schütteln Sie doch aus dem Ärmel, das ist doch Ihr Thema.«

Nein, das stimmte nicht. Es war Tretmüllers Thema. Nicht Mias. Und Tretmüller wusste das.

»Übernächste Woche«, wiederholte Mia, »in Kopenhagen.« Sie überlegte. Das könnte sie schaffen, wenn sie sich ranhielt. Solch ein Tagungsvortrag umfasste normalerweise zwanzig Minuten plus Diskussion, das waren etwa acht Seiten. Und sie, Mia, würde ihn halten. Sie käme ins Gespräch, könnte internationale Fachkontakte vertiefen ... Davon hatte sie in der Tat immer geträumt.

»Ich mache es«, sagte Mia entschlossen.

»Ich wusste es. Ich wusste, dass ich mich auf Sie verlassen kann«, sagte Tretmüller und klang erleichtert. »Was meinen Sie, wann sind Sie fertig?«

»Fertig? Im Zweifel sitze ich bis kurz vor der Tagung daran, meine Zeit ist knapp. Vielleicht schreibe ich ihn erst nachts zu Ende.« Das Letzte war gar nicht ernst gemeint, doch Tretmüller schwieg betreten.

»Professor Tretmüller?«

»Ich müsste ihn natürlich vorher lesen«, erklärte Tretmüller vorsichtig.

»Müssen Sie das?« Vielleicht wollte er ihn gegenlesen, zu ihrem eigenen Schutz, um sicherzugehen, dass sie als seine Studentin keinen Unsinn verzapfte?

»Hören Sie, Mia, ich bräuchte den Vortrag schon, sagen wir, zwei, drei Tage vorher. Ich muss ja wissen, was ich erzählen werde.«

Wie verblödet war sie eigentlich? Hatte das Landleben sie dumm gemacht? Ihr fehlte scheinbar eine Information. Mia begriff nicht.

»Ich kann vieles, aber aus dem Stand einen Vortrag halten, den ich vorher nicht gelesen habe, das kann ich nicht.«

»*Sie* wollen den Vortrag halten?«

»Wer sonst?«, fragte Tretmüller irritiert. Auch er hatte offenbar eine lange Leitung. Dann lachte er wieder gekünstelt. »Ach, verstehe, Sie dachten, dass …« Der Satz blieb unvollendet.

Endlich verstand Mia, dass Professor Tretmüller sie brauchte, um einen Vortrag fertigzuschreiben, den er selbst halten musste. Wahrscheinlich war es zeitlich eng geworden. Und sie, Mia, war wieder die Hilfskraft, die einspringen sollte. Mit ihrer unermüdlichen Einsatzbereitschaft, die ihr die Aussicht auf eine Stelle und eine eigene Karriere verlieh. Einer Stelle, die er einer Studentin zu geben bereit war, die mit ihm ins Bett ging.

Ihre Ernüchterung war groß.

»Ich bin hier beschäftigt, ich schaffe das nicht, es tut mir leid.«

Tretmüller schwieg einen Moment. »Sie sind doch an einer Promotionsstelle interessiert«, sagte er.

»Aber ich kann den Vortrag selbst nicht halten, wenn ich es richtig verstanden habe«, sagte Mia. »Oder doch?«

»Das Tagungsprogramm steht natürlich fest, es ist schon gedruckt, ich wurde extra angefragt. In der Publikation könnten wir Ihren Namen später vielleicht unterbringen …«

Mehr musste er nicht sagen. Er war nicht an ihrem Vorwärtskommen interessiert, er brauchte Hilfsarbeiter für seinen Job.

»Tut mir leid«, wiederholte Mia.

»Wie Sie meinen«, sagte Tretmüller frostig.

»Sie können ja Frieda fragen«, schlug Mia vor. Es klang bissiger, als sie wollte.

Tretmüller schwieg.

Mia wurde hellhörig. Immerhin war Frieda ihre Freundin. Gewesen.

»Das … ist im Moment nicht möglich«, sagte er knapp. »Frieda hat sich … von der Uni verabschiedet.«

Also von ihm verabschiedet? Die Affäre war schon wieder vorbei? Mia musste kichern.

»Na dann. Tut mir leid«, sagte Mia. »Schönen Tag noch.«

Diesmal lachte Tretmüller nicht mehr.

*

Ihre Bücher packte Mia als Erstes in den Koffer, sie hatte keine Lust mehr, sie zu sehen. Am liebsten hätte sie die Ausgrabung noch einmal besucht oder das Museum in Murlo. Am liebsten hätte sie noch viel mehr hier in der Gegend angeschaut, all die Kunstschätze und Altertümer, die bedeutenden Malereien aus vielen Jahrhunderten, die erhaltenen antiken Stätten.

Vielleicht könnte sie bald wiederkommen und die Gegend noch viel besser kennenlernen. Vielleicht als Freiwillige an einer Ausgrabung teilnehmen? Es gab solche Programme, das wusste sie. Aber zunächst einmal wollte sie ihre Angelegenheiten in Stuttgart regeln und an ihrer Zukunftsperspektive arbeiten. Von irgendetwas musste sie leben, auch wenn ihr Vater sie, vielleicht aus schlechtem Gewissen, immer wieder mit großzügigen Zuwendungen bedachte. Ohne dass sie darüber gesprochen hatten, landete immer wieder etwas auf ihrem Konto, mit dem Vermerk »für deine Ausbildung«. Als sie ihn einmal darauf angesprochen hatte, hatte er es abgetan, als sei es nicht der Rede wert. Außerdem hatte er Verständnis für Mias Ambitionen. Als Architekt wusste er, dass man in der Wissenschaft wie in der Kunst Durststrecken überwinden musste, um irgendwann erfolgreich zu sein.

Bald zahle ich es dir zurück, dachte Mia.

Ja, sie würde sich, wenn sie in Stuttgart war, um eine solide Laufbahn als Lehrerin kümmern. Noch war es nicht zu spät, auch wenn sie andere Träume gehabt hatte. Ein Mädchen wie Matilda zum Beispiel – Mia musste schmunzeln, als sie an sie dachte –, das würde sie gerne unterrichten.

Außerdem wollte sie von der Stadt aufs Land ziehen. Sie brauchte frische Luft. Raus aus der stickigen Stadt, die Wohnung im Mehrfamilienhaus über der Vermieterin kündigen, ins Umland gehen, wo sie vielleicht einen kleinen Garten haben konnte. Ja, sie würde etwas ändern in ihrem Leben. Es war an der Zeit. Vielleicht könnte sie sogar ein paar eigene Hühner haben.

Mia hatte das Bedürfnis, etwas Handfestes zu tun, und machte sich auf den Weg zum Gewächshaus.

23. Kapitel

Abschied

Am nächsten Tag packte Mia den Rest ihrer Sachen zusammen. Vier lange Wochen lagen hinter ihr. Am Sonntagmorgen würde sie abreisen, sie hatte einen Flug um 10 Uhr 20 ab Florenz. Simona würde sich, so war es abgesprochen, sowohl um Maras als auch um Signor Martellis Haus kümmern. Diesem ging es besser, er war definitiv über den Berg. Filippo war am Freitagabend noch einmal bei ihm gewesen und hatte ihn über die neuesten Entwicklungen unterrichtet. Martelli hatte es zufrieden aufgenommen.

Mia brachte das Haus in Ordnung und nahm Abschied. Wieder einmal, dachte sie. Aber diesmal war sie zufrieden und leichten Herzens. Wenn sie Glück hatte, verkaufte Martelli gar nicht und sie könnte beim nächsten Besuch noch einmal hier wohnen. Andererseits: Was sollte er mit einem leer stehenden Haus? Martelli war schwerlich als Ferienhausvermieter vorstellbar. Aber dann würde sie woanders unterkommen. Vielleicht bei Simona und Lorenzo, in dem Gästezimmer, das Filippo ihr am Anfang angeboten hatte? Ein Leben ohne diesen Ort und seine Menschen konnte sie sich nicht mehr vorstellen.

Mia hielt einen Moment inne. Blieben noch Maras persönliche Dinge. Sie würde sich mit Martelli und

Kerstin darüber unterhalten und eine Lösung finden. Das Fotoalbum, sie hätte es gerne behalten. Zunächst, hatte Bruno Martelli ihr über Filippo ausrichten lassen, würde er das Haus ohnehin so lassen, wie es war, und zwar bis er wieder bei Kräften wäre. Dann würde man weitersehen.

Mia hatte Fenster und Türen geöffnet, hantierte aber mit Besen und Kehrblech, weshalb sie das Auto, das vor dem Haus parkte, erst wahrnahm, als es hupte.

Es war Filippo. Er hatte angekündigt, dass er noch einmal vorbeikommen würde, wenigstens kurz. Kurz, hatte Mia gedacht und ein leises Bedauern empfunden. Bei allem, was sie mit Filippo zuletzt erlebt hatte, hätte sie gern mehr Zeit mit ihm verbracht. Alles war so aufregend gewesen, und Filippo war trotz seiner Lebendigkeit ein Ruhepol für sie. Er hatte alles so gründlich durchdacht und so verantwortungsvoll gehandelt. Sie hätte es ihm gar nicht zugetraut.

Filippo pfiff ein Lied vor sich hin, als er ausstieg.

»Hey.«

»Hey.«

»Was meinst du, wie wäre es mit einem kleinen Ausflug?«

»Einem Ausflug? Ich dachte, du hättest keine Zeit?«

»Ich habe sie mir genommen. Merke dir, Mia, Zeit hat man immer, es ist nur eine Frage der richtigen Einteilung.«

»Und mit mir einen Ausflug zu machen ist die richtige Einteilung?«

»Absolut richtig«, erwiderte Filippo.

»Dann nehme ich eine Wasserflasche mit.« Mia wollte hineinlaufen und ihren Rucksack holen.

»Das brauchst du nicht«, sagte Filippo und wies auf die Rückbank. Dort standen mehrere Papiertüten, ein Brot ragte heraus, eine Käsetüte, daneben lagen ein paar Vorratsdosen und auch eine Wasserflasche.

»Wow, was ist in dich gefahren?«

»Es ist dein Abschied, oder?«

»Ist das ein Grund zum Feiern?«

»Ein Anlass für ein Picknick auf jeden Fall.«

Bald darauf saßen sie unter dem ausladenden Schirm einer Pinie, die einsam auf einem Hügel stand. Sie waren nicht weit gefahren. Mia kannte den Platz nicht, und der Anblick verschlug ihr die Sprache. Es war, als könnte man die ganze Toskana überblicken. Hügel reihte sich an Hügel, dazwischen Zypressen vor den vereinzelten Gehöften, in weiter Ferne erhoben sich Berge.

Ein leuchtendes frisches Grün überzog die Hänge, bald würde der Mohn rote Tupfer dazwischen setzen, über manchen Feldern lag ein gelber Schleier.

»Und das zeigst du mir jetzt«, sagte Mia. »Zum Abschied.«

»Genau«, Filippo grinste. »Damit du wiederkommst.«

Mia knuffte ihn in die Seite.

Filippo packte die Tüten aus. »Der Mensch muss essen. Deshalb habe ich etwas mitgebracht.«

Mia staunte, was er alles mitgebracht hatte. Ein köstliches Brot, Käse, Oliven … »Und hier, eine Wildschweinsalami. Die beste.« Er hatte eine kleine Tischdecke mitgebracht, die er jetzt ausbreitete und auf der er die Köstlichkeiten verteilte. Mit einem Messer schnitt er das Brot in Scheiben. »Ach, das hätte ich fast vergessen, eingelegte Artischocken.« Außerdem zauberte er Thunfisch-Sandwiches hervor und Tomaten mit Mozzarella.

»Du willst mich mästen«, stellte Mia fest.

»Verführen«, sagte Filippo. »Ich muss dir etwas bieten, damit du uns alle hier in guter Erinnerung behältst.«

»Das tue ich sowieso, da kannst du sicher sein.«

»Nach dem Essen bin ich doppelt sicher.«

Dann öffnete er eine Flasche Bier, an der die Tropfen herunterperlten, so kühl hatte sie gestanden, und bot sie ihr an. »Salute!«

»Salute!«

Nach dem Essen rieb Mia sich den Bauch.

»Es war vorzüglich, Filippo. Jetzt hast du mich in der Hand.«

»Wer weiß, wozu das noch mal gut ist.« Filippo lachte. »Aber in der Hand brauche ich dich gar nicht, ich habe dich auch einfach gerne neben mir sitzen.«

Mia lehnte sich zurück und stützte sich mit den Ellenbogen ab. Ein leichter Windhauch strich durch ihr Haar. Die Weite machte sie besoffen. Oder war es doch das Bier? Sie betrachtete prüfend die Flasche. Nein, sie hatte sie erst zur Hälfte getrunken. Filippo hatte sich entschuldigt, dass er nur zwei Flaschen mitgebracht hatte. »Ich halte nicht zu viel von Alkohol. Außerdem muss ich noch fahren«, und Mia hatte versichert, dass ihr das sehr entgegenkam. Sie nahm noch einen Schluck. Jeder einzelne schmeckte umso besser, frisch und herb.

Die Toskana war wie ein Traumland. Alles wirkte so sanft und freundlich. Sie sah zu Filippo hinüber, der aufrecht saß und seine Arme locker über die Knie hängen ließ.

Die Sommersprossen in seinem Gesicht. Die feinen Linien seiner Züge, die von Witz und Heiterkeit gezeichnet waren.

Und trotzdem gab es etwas Schlimmes in seinem Leben.

Es brannte ihr auf der Seele. Sie musste es wissen. Jetzt.

»Filippo, darf ich dich etwas fragen?«

Er hob fragend die Brauen.

»Emilia hat mir erzählt, dass ...« Warum war es dermaßen schwer?

»... dass ...« Mia setzte sich auf, öffnete den Mund, schloss ihn wieder. Es war hoffnungslos.

Filippos Gesichtszüge begannen ein feines Spiel zwischen Ernst und Schauspielerei. Kaum konnte sie das eine vom anderen unterscheiden.

»Emilia hat dir also etwas erzählt«, stellte er fest.

»Ja.« Mia war erleichtert.

»Etwas über mich?«

Mia nickte.

»Na, dann kann ich mir denken, was es war.« Filippo nahm einen Pinienzapfen auf, der zwischen den Baumwurzeln lag. Dann blickte er auf Mia. »Und was willst du wissen?«

Das fragte Mia sich selbst. Ob es wahr war? Ob er sehr litt? Was für dämliche Fragen. Filippo hatte sicher seine Gründe, dass er bisher nicht mit ihr über seine Krankheit gesprochen hatte. Mia bereute es auf einmal heftig, davon angefangen zu haben. »Es tut mir leid, ich ...«

Filipp unterbrach sie. »Pass auf, meine liebe Mia. Ich

kann dir sagen, was du wissen willst. Du möchtest wissen, ob es stimmt, dass ich krank bin.«

Mia nickte schwach.

»Ja, es stimmt. Ich bin sogar sehr krank. Die einen trifft es, die anderen nicht, man weiß nicht, warum, nicht wahr?«

Filippo rollte den Pinienzapfen in der Hand. »Es stimmt also, was Emilia dir erzählt hat. Das ist die schlechte Nachricht.« Er fuhr sich durch die Haare und sah angespannt aus.

Mia hielt die Luft an.

»Eine gute Nachricht gibt es allerdings auch.«

Filippo sah zu ihr hinunter. Mia fielen zum ersten Mal die Sprenkel auf, die seine Iris belebten.

Filippo dehnte die Pause kunstvoll. »Jetzt möchtest du wissen, welche.« Er grinste.

Mia stieß den Atem aus. »Das wäre nett.«

Filippo wurde wieder ernst und sah sie ruhig an.

»Die Therapie hat angeschlagen. Ich bin für gesund erklärt worden. Gerade gestern.«

Mia war aufgesprungen. Sie musste sich bewegen. Das war nicht auszuhalten. So nah bei Filippo zu sein, so nah an den Informationen, die sie gewollt hatte und die sie jetzt doch überwältigten. Sie lief ein paar Schritte, drehte um, blieb neben Filippo stehen.

»Entschuldige«, sagte sie.

Filippo blieb ungerührt sitzen. Er löste einen länglichen Kern aus dem Pinienzapfen, der von einer schwärzlichen Schicht umgeben war, und rieb ihn sauber, bis er hell glänzte. »Möchtest du?«

Mia schüttelte den Kopf. Filippo steckte ihn selbst in den Mund.

Mia ließ sich wieder nieder. »Gib mir doch einen.«
Filippo löste den nächsten Kern und reichte ihn ihr. Er schmeckte bitter, ein wenig süßlich. Nussig.

»Es ist schwer zu glauben, ich weiß. Und es ist – wie alles im Leben, Mia – nicht sicher. Aber zunächst, sagen die Ärzte, bin ich tatsächlich gesund. Ob geheilt, wird sich herausstellen. Ein seltener Fall. Ich kann mich glücklich schätzen. Anderen geht es nicht so.«

»Aber dann, dann hast du …« Mia fehlten die Worte. Doch sie merkte, dass sie alles wissen wollte, sie wünschte sich, dass Filippo weitersprechen würde.

Er tat es. »Es war die Hölle. So eine Krankheit ist nicht leicht. Das ist sie nie. Vor allem meinen Vater hat die Situation sehr mitgenommen. Er war Knochenmarkspender. Aber es gab auch ein paar andere Menschen, die betroffen waren. Simona, Lorenzo. Sie haben sich große Sorgen gemacht.«

»Was ist mit Anna Maria?«

Filippo lachte. »Anna Maria war super, sie war die Einzige, die mit mir Witze gemacht hat. Und der Pfleger in der Klinik, den du gesehen hast, Edoardo, er hat mir sehr geholfen. Aber«, wiederholte er, »es war die beschissenste Zeit meines Lebens.«

Kraftausdrücke war Mia von Filippo nicht gewohnt.

Er sah sie an. »Und jetzt ist es vorbei. Vielleicht. Vielleicht auch nicht. Aber erst einmal, das kann ich dir versichern, das haben die Ärzte auch mir versichert, sieht es gut aus. Man muss daran glauben, Mia, man darf die Hoffnung nicht aufgeben.«

Mia war sprachlos. Sie hätte gern etwas gesagt, etwas Verständnisvolles, Tröstendes, Aufmunterndes. Aber was? Filippo brauchte keine Aufmunterung, das wurde ihr jetzt klar. Er hatte die schlimme Situation überstanden, ganz allein, aus eigener Kraft, mit ein paar Menschen an seiner Seite. Nein, Worte waren überflüssig, abgesehen davon fielen ihr keine passenden ein.

»Huh«, machte sie schließlich. Der Laut entwich ihr und drückte alles aus, was sie empfand. Ihre Erleichterung, Ratlosigkeit und Freude, vor allem ihre Anspannung, die ganze Mischung.

»Huh?« Filippo lachte. Sein warmes Lachen, das zusammen mit seiner tiefen Stimme so beruhigend auf sie wirkte. »Also gut, huh.«

Er warf den Pinienzapfen fort und stand auf. »Na komm, machen wir uns auf den Rückweg.«

Gesättigt, durchsonnt und mit einem guten Gefühl, auch wenn Mia sich nicht erklären konnte, woher es eigentlich rührte, fuhren sie im klapprigen Fiat Punto zurück nach Treviano.

»Bleibst du noch einen Moment?«, fragte Mia.

»Du wirst lachen, aber ich muss ins Krankenhaus. Zur Kontrolle. Die letzten Untersuchungen. Die lassen mich nicht aus ihren Fängen. Noch nicht. Aber wenn du wiederkommst, dann sehen wir uns, ja?«

»Auf jeden Fall.«

»Gut.« Filippo fuhr sich durch die Haare. Sie standen in alle Richtungen ab. Mia musste schmunzeln. Sie streckte die Hand aus und zupfte eine Piniennadel aus seinem Haar.

Filippo schien die Luft anzuhalten. Er blieb ganz still stehen und sah sie auf eine Weise an, die Mia verwirrte. Sie schloss die Augen. Ihr war tatsächlich ein wenig schwindelig geworden.

Da spürte sie Finger, die ihr Gesicht nahmen, und

einen zarten Kuss auf ihrer Wange. Auf ihren Lippen. Warm. Sanft.

Filippo räusperte sich. Dann machte er ein paar Schritte rückwärts und winkte. »Pass auf dich auf!«, rief er, setzte sich ins Auto und brauste los.

Mia winkte.

Sie vermisste ihn.

Schon jetzt.

24. Kapitel

Ankunft

Die Wohnung war leer, als Mia in Stuttgart ankam, Frieda hatte den Schlüssel bei der Hausmeisterin hinterlegt. Ein leichter Frieda-Duft hing noch in der Luft, ihr blumiges Parfum.

Mia hatte das Gefühl, als sei sie Jahre weg gewesen. Stuttgart erschien ihr fremd. Der Verkehr. Die Leute, die Luft. Vor allem die Sprache. Alles war eiliger, ihr fehlten die Ruhe, die klangvollen italienischen Wörter, die Freundlichkeit der Menschen auf der Straße. Ihr fehlte der Wald. Ihr Haus. Der Garten. Ihr fehlten die toskanischen Hügel.

Mia blieb zehn Tage, fand eine ehemalige Mitstudentin, die vorübergehend ein Zimmer suchte und von der Vermieterin als Untermieterin akzeptiert wurde, dann flog sie wieder zurück. Mit Sommerkleidern und ein paar T-Shirts mehr im Koffer. Mit Büchern, die diesmal Romane waren. Und dem Wissen, dass sie für ein paar Wochen genug Geld auf dem Konto hatte.

Ralf, ihrem Vater, hatte die Vorstellung von dem kleinen Landhaus in der Toskana gefallen. Er hatte gelacht, als Mia ihm davon erzählt hatte, und aufmerksam zugehört. Besonders hatte er sich für Signor Martelli und die Geschichte mit dessen Bruder und Mara interessiert. »Na, wenn dahinter nicht der Schlüssel für einige Verhaltensweisen deiner Mutter steckt«, hatte er es auf den Punkt gebracht.

Ralf hatte Mia zugeredet, zurückzukehren, wenn es ihr so sehr am Herzen lag, und ihr einen Scheck ausgeschrieben. Sie hätte fleißig studiert und für ihren guten Abschluss noch eine Anerkennung von ihm gut. Sie solle die Zeit in Siena nutzen und einen Sprachkurs machen. »Das macht man nur, wenn man jung ist. Bleib dort, so lange du kannst. Reisen bildet.« Na ja, das war vielleicht ein etwas altmodischer Spruch, aber dass die Toskana ihren persönlichen Horizont erweiterte, das konnte Mia bestätigen. Bis sie einen Referendariatsplatz bekäme, würde es ohnehin dauern, die Bewerbung dafür hatte sie jedenfalls abgeschickt.

Bevor sie abreiste, wollte Mia ihre Mutter besuchen. Da gab es einiges zu klären. Am Telefon hatte Kerstin reserviert geklungen. Es schien, als wüsste sie selbst nicht, wie sie sich verhalten sollte. Ihre Begrüßung fiel unterkühlt aus. Mia war kurz davor, sich umzudrehen und zu gehen, da trat Kerstin auf sie zu. »Na, komm her.« Sie schloss ihre Tochter in die Arme. Dann schob sie sie von sich und sah sie nachdenklich an. »Ich war sauer.«

Dass sie das eingestehen kann, ist ein erster Schritt, dachte Mia. »Kann ich verstehen«, sagte sie laut. »Du hast dir eben Hoffnungen gemacht. In deiner Vorstellung hast du schon unter Palmen gesessen.«

Kerstin musste lachen. »Ja, in Gedanken hatte ich die Wohnung auf den Seychellen.« Dann wurde sie wieder ernst. »Na ja«, sagte sie. »Es sollte wohl nicht sein.«

Sie erkundigte sich nach dem Conte. »Ja, der Herr Ombrone war auch enttäuscht, das glaube ich gerne«, sagte sie spitz. So ganz wollten ihr die Verhältnisse immer noch nicht in den Kopf. Sie tat sich schwer, das erkannte Mia.

Gleichzeitig gab es Hintergründe, die Kerstin besser kannte als sie, die diese allerdings am liebsten ignoriert hätte. Und die hatten etwas mit ihrer eigenen Familie zu tun, mit der Schwester ihrer Mutter, also mit Mara. Diesmal würde Mia sich nicht abwimmeln lassen.

»Mama«, sagte sie, »irgendeinen Grund muss es doch gehabt haben, dass Tante Mara mit ihrer Familie gebrochen hat.«

»Ach Mia, das ist lange her«, sagte Kerstin ausweichend.

»Erzähl es mir.«

»Ich weiß es auch nicht so genau.« Kerstin nahm eine Gießkanne von der Fensterbank und gab einen Schluck Wasser in eine Vase mit Blumen, die auf dem Tisch stand. Dann rückte sie die Schale mit Obst daneben zurecht. »Es interessiert mich auch gar nicht.«

Das war wohl eher der Grund. Mia sah ihre Mutter forschend an. Was hatte dazu geführt, dass Mara Klarenburg ihre Herkunftsfamilie verlassen hatte? Sie war nach Italien ausgewandert und hatte offenbar nie wieder Kontakt zur ihr aufgenommen. Und auch umgekehrt hatte sich nie jemand bemüht, Mara wiederzusehen. Oder war das nur die halbe Wahrheit? Bis zum Schluss jedenfalls schien Mara von ihrer Familie nichts wissen zu wollen, sie hatte sogar verhindert, dass ihr Erbe an die Familie fiel.

Mia fand, dass sie das Recht hatte, die Gründe dafür zu erfahren.

»Mama. Ich war dort. In Maras Haus. Ich habe mich

um alles gekümmert. Das Fotoalbum angeschaut. Ich will das jetzt wissen.«

Kerstins Finger mit den Ringen daran klopften unruhig auf den Tisch. Sie streckten sich, glätteten die Tischdecke. Kerstin war sichtlich unbehaglich zumute. »Das ist eine lange Geschichte, Mia. Wirklich lange her. Und nicht sehr erfreulich.«

Mia war erstaunt. So kannte sie Kerstin gar nicht. Die hielt sich Unerfreuliches normalerweise mit Arroganz und Entschiedenheit vom Leib.

Mia versuchte einen Anfang. »Oma und Mara, die waren doch Schwestern. Andere Geschwister gab es nicht, oder?«

»Nein«, bestätigte Kerstin.

»Haben sie sich gestritten?«, bohrte Mia nach.

»Gestritten nicht. Es war viel schlimmer.« Wie um ihren Fingern etwas zu tun zu geben, nahm ihre Mutter eine Orange aus der Schale und griff nach dem Messer, um sie zu schälen. Sie schwieg einen Moment, dann spach sie weiter. »Also gut. Du hörst ja sowieso nicht auf. Als Mara sechzehn war, verliebte sie sich in den Nachbarssohn. Die beiden wurden ein Liebespaar.«

»Ein Liebespaar?«

»Ein Liebespaar.« Mit dem Messer ritzte Kerstin die Schale der Orange an mehreren Stellen senkrecht ein. Dann sprach sie weiter.

»Als Mara siebzehn war, wurde sie schwanger. Sie steckte gerade in der Ausbildung. Ihre Mutter bekam Angst, dass sie den jungen Mann von nebenan heiraten würde. Er erschien ihr aber nicht standesgemäß. Nicht gut genug. Ihr eigener Mann war im Krieg gefallen, sie schlug sich gerade so durch und wollte, dass ihre Töchter etwas Besseres werden. Schule, Ausbildung, Status durch Heirat mit einem wohlhabenden Mann, das war wichtig für sie.«

Kerstin brach die Schale auf. Das Fruchtfleisch war unverletzt und von feiner weißer Haut überzogen.

»Sie hat ihrer Tochter zugeredet, das Kind abzutreiben, und einen Kurpfuscher besorgt.« Kerstin hielt einen Moment inne. »Das war in den Fünfzigerjahren. Die Verhältnisse waren anders als heute. Außereheliche Verhältnisse waren ebenso verboten wie Abtreibungen. Und ich glaube ...«, langsam zog sie die weiße Haut ab und teilte das Fruchtfleisch, »... dass Mara daraufhin keine Kinder mehr bekommen konnte. Ungewöhnlich wäre das nicht. – Willst du?« Sie reichte Mia ein Stück.

Mia nahm es entgegen. Die Frucht war sauer, der Saft zog ihr den Mund zusammen. »Und?«, fragte sie.

Kerstin sog die Luft ein. »Das alles habe ich irgendwann herausbekommen. Glaub nicht, dass es ein Gesprächsthema am Abendbrottisch war. Ich musste Oma ziemlich unter Druck setzen, bis sie es mir erzählte.«

So wie ich jetzt dich, dachte Mia.

»Das Unschöne an der Geschichte ist, dass dieser Nachbarsjunge sich anschließend in Maras Schwester verliebt hat.«

»In Oma?«

»Genau. Beziehungsweise scheint es mir so, als habe nicht er sich verliebt, sondern als hätte umgekehrt Oma ihn haben wollen. Jedenfalls hat sie ein Verhältnis mit ihm angefangen, als Mara weg war, um ihre Ausbildungsstation in Frankfurt zu machen. Und sie wurde ebenfalls schwanger.«

Mia zog die Brauen hoch.

Kerstin sprach weiter. »Ob gewollt oder ungewollt, ich weiß es nicht.«

»Also gab es wieder eine illegale Abtreibung«, vermutete Mia.

»Nein, diesmal wurde geheiratet. Oma war wohl ziemlich scharf auf den jungen Mann, und ihre Mutter hat sich schließlich gefügt. Oma war zwei Jahre älter als Mara, sie hatte ihre Ausbildung beendet und bereits eine Stelle in Aussicht. Sie wollte das Kind, und ihre Mutter, also deine Urgroßmutter, hat es erlaubt unter der Auflage, dass der junge Mann sie heiratet.

Der hat sich also gefügt. Aber, Mia, ich bin den Verdacht nie losgeworden, dass er es bereut hat, nicht um Mara gekämpft zu haben.«

»Wer war das? Kennst du ihn? Es ist also jemand, mit dem Oma ein Kind hatte?« In dem Moment, als sie das sagte, begriff Mia. Erschrocken schlug sie sich die Hand vor den Mund.

Kerstin nickte bestätigend. »Ja, das war Opa. Mein Vater.«

»Dein Vater liebte eigentlich eine andere?«

»Ich nehme es an. Manches war komisch in der Ehe meiner Eltern. Einmal habe ich ein Foto von Mara gefunden. Und auch einen Brief, den er an sie geschrieben hat. Er wäre offenbar gerne hingefahren. Ja, Italien schlug er öfter als Urlaubsziel vor, als ich ein Kind war, daran kann ich mich erinnern. Aber Mama schimpfte über Italien, sie schien einen regelrechten Italienhass entwickelt zu haben. Sie wollte nicht hin. Ich nehme an, aus gutem Grund. Sie hatte wohl Angst, meinen Vater zu verlieren. Sie hat ihn ziemlich unter Druck gesetzt.«

Unter Druck setzen, das kannst du auch gut, dachte Mia.

Kerstin hielt ein Stück Orange in der Hand, ohne es in den Mund zu stecken. Sie sah nachdenklich aus.

»Das sind Kindheitserinnerungen. Mein Vater ist ja sehr früh gestorben.«

»Hast du gute Erinnerungen an ihn?«, fragte Mia.

»Ja, eigentlich schon. Er mochte mich. Und ich liebte ihn. Aber er war oft wie abwesend, nicht ganz da. Mit Mama ging er sehr höflich um, aber ich erinnere mich nicht, dass die beiden je Zärtlichkeiten ausgetauscht hätten. Das muss irgendwann vorbei gewesen sein.«

»Und Mara?«, wollte Mia wissen.

»Mara ist abgehauen. Bei der Hochzeit meiner Eltern war sie schon nicht mehr dabei, sie ist auf keinem einzigen Foto zu sehen. Es war, als gäbe es diese Schwester nicht mehr. Die Ausbildung hat sie wohl noch beendet, dann war sie weg.«

»Und warum ausgerechnet nach Italien?«

Kerstin zuckte mit den Schultern. »Keine Ahnung. Der Italientourismus kam gerade auf. Capri-Fischer, das Land, wo die Zitronen blühen. Ich weiß es nicht. Vielleicht hatte sie romantische Vorstellungen, vielleicht wollte sie einfach nur weit weg, und Italien war damals sehr weit weg.« Jetzt schob Kerstin sich das Orangenstück in den Mund.

»War es so eine Art Sehnsuchtsziel?«

»Ja, das könnte man sagen.« Kerstin machte eine Pause und starrte die Orange an. »Letztlich ist es wohl folgerichtig, dass wir nichts geerbt haben«, stellte sie fest.

»Stattdessen hat Mara ihr Haus den Martellis vermacht«, sagte Mia nachdenklich, »den Nachbarn.«

Kerstin sah Mia fragend an.

»Die Martellis müssen so eine Art Ersatzfamilie für sie gewesen sein«, sagte Mia. Dann erzählte sie Kerstin, was sie über Maras Verhältnis zu den beiden Nachbarbrüdern wusste.

Kerstin räumte die Orangenschalen fort. Sie beschäftigte sich länger als nötig in der Küche. Mia erschien sie müde, als sie zurückkehrte und ihre manikürten Hände übereinanderlegte.

»Wie ging es dir mit der Erkenntnis, dass dein Vater eine andere Frau liebt?«, fragte Mia.

»Es war mir als Kind gar nicht bewusst. Und später habe ich es verdrängt, genau wie Oma. Diese Mara durfte es nicht geben. Das habe ich von ihr übernommen.«

Sie schwiegen beide.

»Und du fährst also wieder los«, sagte Kerstin schließlich.

Mia nickte. »Ja. Ich kann noch mal in Maras Haus wohnen, hat Filippo mir ausrichten lassen.«

An Kerstins irritiertem Gesicht erkannte Mia, dass sie nicht wusste, wer Filippo war. Genau genommen wusste sie gar nichts.

»Ein Freund«, erklärte sie, »einer, der mir in dem Durcheinander sehr geholfen hat.« Mia überlegte, ob sie mehr erzählen sollte, verzichtete jedoch darauf.

»Ich bleibe einen weiteren Monat. Vielleicht mache ich einen Sprachkurs in Siena. Leihe mir ein Auto und gucke mir die Gegend an. Ich habe viel zu wenig gesehen. Es gibt so wahnsinnig viele hübsche Städte, Museen, Ausgrabungsstätten, Kunstschätze … Außerdem ist die Landschaft traumhaft.

Dann komme ich zurück und suche mir hier in Stuttgart einen Job. Einen Referendariatsplatz kann ich erst nächstes Jahr bekommen. Die Unterlagen habe ich mir schon besorgt und ausgefüllt. Jetzt kümmere ich mich um die Häuser, bis Signor Martelli zurück ist.«

»Was hat dieser Martelli denn mit Maras Haus vor, weißt du das?«

»Keine Ahnung. Bislang liegt er im Krankenhaus. Zuerst muss er wieder gesund werden. Ich glaube nicht, dass er an Achille Ombrone verkauft, auf den ist er nicht gut zu sprechen. Vielleicht an einen Bekannten? Nein, ich weiß es nicht.«

Kerstin sah Mia an. »Na dann. Viel Glück.«

Kerstin beherrschte auch ein herzliches Lächeln. Und das Lächeln, das sie Mia jetzt schenkte, war echt. Es sah aus, als ob es für Kerstin selbst eine Befreiung wäre.

*

Sie war wieder da. Öffnete Fenster und Türen. Es war Mitte Mai, alles blühte, manchmal gab es ein Wärmegewitter, nachdem der Regen von den Blättern tropfte und gleich verdunstete, der Sommer näherte sich auf Hochtouren.

Den Ofen brauchte sie nicht mehr. Mia lief in Kleidern und kurzen Hosen herum. Die Wanderstiefel hatte sie gegen Sandalen eingetauscht, ihre Haare kürzer geschnitten.

Was es alles zu tun gab! Sie staunte. Im Garten wuchsen Gräser und Kräuter, Salat und Gemüse. Die Hühner hatten in ihrer Abwesenheit Nachwuchs bekommen.

Mia war nicht klar, wie das geschehen konnte, jetzt war sie jedenfalls mit Füttern und Aufzucht beschäftigt. Sie kochte fast täglich und probierte immer neue Gerichte aus. Simona hatte ihr ein paar Rezepte verraten, und auch Anna Marias Mutter versorgte sie mit Tipps.

Als Mia eines der Fachbücher fand, das sie vergessen hatte, musste sie lachen und schob es zum Ofenholz. Als Anmachpapier für den nächsten Winter.

Sie hatte einen Rhythmus gefunden, in dem ihr nichts zu fehlen schien, zumindest nicht für diese paar Wochen. Einen Sprachkurs schob sie auf. Sie hatte einen auf ihr Laptop geladen und saß abends mit Kopfhörern im Olivenhain und prägte sich neben den Vokabeln vor allem Grammatik ein.

Mindestens jeden zweiten Tag kam Filippo vorbei. Sie kochten zusammen und lachten viel dabei.

Nach einer Woche blieb er zum ersten Mal über Nacht. Mia erwachte am nächsten Morgen, als Filippo noch schlief, und spazierte leise in den Garten, um ihre Pflanzen zu inspizieren. Plötzlich wurde sie mit einem Eimer Wasser übergossen. Es war Filippo, der hinter ihr hergeschlichen war. Mia rannte zum Brunnen, um sich zu rächen, im Nu war eine Wasserschlacht in Gang.

Signor Martelli musste drei Wochen in einer Rehabilitationsklinik bei Asciano verbringen. Was ihm zuerst überhaupt nicht gepasst hatte. »Ich bin doch gesund«, hatte er geschimpft. Aber dann hatte er sich gefügt und gab sogar zu, dass es ihm von Tag zu Tag besser ging. Mia und Filippo besuchten ihn alle paar Tage. Meistens trafen sie Emilia, die ihrem alten Freund die Treue hielt. Sie brachte ihm Obst und Süßes und kümmerte sich unermüdlich um ihn. Sie war etwas ruhiger geworden.

Manchmal saß sie in einem Sessel und las ihm etwas vor, oder die beiden gingen im Park der Klinik spazieren. Mia und Filippo spekulierten darüber, ob Emilia bei Signor Martelli einzog, wenn er entlassen würde. Sie hatten den Eindruck, dass Emilia nur darauf wartete, dass Bruno Martelli sie fragte, und wünschten ihr, dass sie nicht zu lange warten musste.

Aber Emilia hatte offenbar nachgeholfen. Sie verkündete den Entschluss, nach Treviano Alto zu ziehen, sichtlich stolz. »Es ist besser«, erklärte sie. »Sollte noch einmal etwas passieren, bin ich da.« Mia hatte nicht den Eindruck, dass Signor Martelli sehr betrübt darüber war, im Gegenteil. »Manchmal ist es Zeit für einen neuen Schritt im Leben«, erklärte er munter.

Als Mia die Ausgrabung noch einmal besuchte, freute Sandro sich, sie zu sehen, und nahm sich viel Zeit, ihr die neuesten Fundstücke zu zeigen. Adriana blieb verhalten, verzichtete jedoch auf offene Feindseligkeit.

Die Amphore von Signor Martelli war leider nicht etruskischen Ursprungs, so wie Mia angenommen hatte. Es war eine Nachbildung, wenn auch eine täuschend echte. Laura, die Professorin, kam extra nach Treviano, um sie zu begutachten. Als sie da war, unterhielt sie sich eine Weile mit Mia über deren Studium. Zwei Tage später überreichte Sandro Mia einen Zettel mit dem Namen einer Professorin in Siena, einer Kollegin von Laura, und erklärte, dass Mia sich bei dieser melden sollte. Sie würde gerade ein Forschungsteam zusammenstellen, bestehend aus Nachwuchswissenschaftlern verschiedener Fächer, um die Fundstücke und die Erkenntnisse von Treviano auszuwerten. Sie, Mia, könne sich als Altphilologin für dieses Team bewerben, Internationalität sei gerne gesehen. Nur ein Empfehlungsschreiben bräuchte sie, von ihrer deutschen Universität, ob das ein Problem sei? Sie hätte bei ihrem Professor noch etwas gut, sagte Mia beglückt, das sollte klappen.

Frieda hatte kichernd berichtet, dass Tretmüller für die Mitarbeiterstelle einen Mann einstellen musste, nachdem die Gleichstellungsbeauftragte sich für eine interne Quote ausgesprochen hatte. »Der rührt sich nicht mehr«, hatte Frieda gesagt. »Der hofft nur, dass nicht rauskommt, dass er mir die Stelle angeboten hat, nachdem er was mit mir angefangen hatte.«

»Ja, aber«, hatte Mia gefragt, »warum willst du sie denn nicht mehr?«

»Ach, Mia, nein, ich habe sie nie gewollt. Ich fand Heinrich Tretmüller lustig, das war alles. Die Stelle hätte ich dir gegönnt. Das war aber eigentlich klar, oder?« Genau genommen schon. Es war Mia gewesen, die Frieda weitergehende Absichten unterstellt hatte. Letztlich war es Tretmüller gewesen, der Mia abserviert hatte. Und wäre es nicht Frieda gewesen, mit der er angebandelt hätte, wäre es über kurz oder lang eine andere Studentin gewesen. Mia hätte er nie so unterstützt und eigenständig arbeiten lassen, wie sie es gebraucht hätte.

Frieda. In zwei Wochen würde sie zu Besuch kommen. »Der Film, bei dem Frederik Regie führen soll, handelt tatsächlich von einem auferstandenen Etrusker«, hatte sie verkündet. »Es ist eine Zeitreisekomödie, irre, oder? Ziemlich idiotisch, bringt aber Geld. Jetzt will er sich die Locations anschauen.«

»Und du fährst mit.«

»Klar, das Referendariat an der Schule beginnt ja

erst im Herbst. Und ich muss doch gucken, was du da unten machst.« Friedas Stimme hatte vergnügt geklungen. Das Hotel in Siena war bereits gebucht, und Frieda hatte angekündigt, dass sie eine »unvergessliche Weinprobe« verlange. »Ich meine ein richtiges Besäufnis, Mia, mit allen, die du da unten kennst. Mindestens mit deinen Männern, aber sehr neugierig bin ich auch auf Anna Maria.«

»Meine Männer!«

»Es gab da doch mehrere, oder nicht?«, schmunzelte Frieda. »Na, wenigstens Filippo könntest du mir vorstellen. Keine Angst, meine Liebe, Frederik ist ja auch dabei.«

»Ich habe keine Angst. Wenn es drauf ankommt, versenke ich dich auf ewig im Etruskergrab.«

Frieda lachte. »Das ist gut, Mia. Setz dich durch. Manchmal bin ich eine blöde Kuh, und das muss mir dann auch jemand zeigen. Und keine Sorge, irgendetwas habe ich auch gelernt bei dieser Aktion. Ich habe mich nämlich nicht besonders wohlgefühlt mit Tretmüller. Ich hab vielleicht zum ersten Mal ein wenig nachgedacht.«

»Na, dann kommt. Ich organisiere den Wein.«

*

Es war ein paar Tage nach dem Telefonat mit Frieda, als Mia im Garten die Salatköpfe inspizierte. Ja, die müsste man jetzt ernten. Wie viel Salat passte wohl in einen Menschenmagen? Am besten lud sie Filippo zum Essen ein sowie Simona und Lorenzo und verschenkte ihn an Emilia und Signora Letizia, sonst machten sich die Schnecken über ihn her.

Mia lief gerade mit dem Salat in der Hand zum Haus, als es hupte. Das war ein helles Hupen, das sie nicht kannte. Neugierig bog sie um die Ecke. Dort stand Filippo. Mit der Vespa, die so hellblau glänzte wie der Himmel über den Hügeln.

»Hey, was ist das?«

»Das ist deine Vespa.«

»Meine Vespa?«

»Na klar. Sie gehört doch jetzt dir.«

Es war immer noch ungewohnt.

Ja, jetzt war es ihr Haus. Mia konnte es immer noch nicht glauben. Signor Martelli hatte ihr das Haus überschrieben! Samt allem, was sich darin befand.

Vier Tage nachdem sie und Filippo ihn aus der Klinik abgeholt hatten, hatte er bei Mia am Gartenzaun gestanden.

»Ombrone hat mir ein Angebot gemacht.« Er schob den Strohhut beiseite und rieb sich den Kopf.

Mia sah ihn fragend an.

»Das Haus betreffend«, ergänzte er.

Mia blieb die Luft weg. Das Haus. Ombrone. Wollte Martelli jetzt doch verkaufen?

»Das Angebot ist wirklich gut, wirklich, nicht schlecht«, nickte Martelli. Er sah Mia an. »Aber ich hatte eine andere Idee und wollte Sie fragen, was Sie davon halten.«

Eine andere Idee, dachte Mia, oh nein, was war nur los mit diesem Haus, dass alle etwas damit anstellen wollten? Konnte man nicht einfach darin wohnen?

Signor Martellis Äuglein blitzten. »Bevor es wieder

kompliziert wird und ein Testament geschrieben werden muss und dieses verschwindet oder bevor wir einen Mietvertrag aufsetzen, das scheint mir alles recht kompliziert …«

Mia verstand gar nichts. Überhaupt nichts.

»Kurz, ich suche eine sichere und praktische Lösung.«

Mia wurde ungeduldig. Heraus mit der Sprache, dachte sie. Was um alles in der Welt hatte er vor?

»Ich möchte Ihnen das Haus überschreiben und wollte fragen, ob Sie annehmen würden.«

Mia fehlten die Worte. »Das ist nicht Ihr Ernst.« Sie fiel dem alten Mann um den Hals.

Der schob sie von sich. »Nicht nötig, nicht nötig«, brummte er.

Dann hatte er sich umgedreht und war ohne ein weiteres Wort auf sein Haus zugegangen. Dort hatte Emilia gestanden, die Hände in die Hüften gestützt, und bereits nach ihm gerufen: *»Bruno! Vieni a mangiare.«* Signor Martelli konnte gar nicht so viel essen, wie Emilia kochte, und oft luden sie auch Mia und Filippo dazu ein.

Ein Huhn war gackernd vorbeigerannt. Noch einmal hatte Martelli sich umgedreht und verschmitzt gelächelt.

Filippo stieß Mia an. »Was ist?«

»Sie sieht so anders aus.«

»Ich habe sie zu Lorenzos Freund gebracht, der hat sie noch einmal durchgecheckt. Und ein bisschen aufpoliert. Jetzt darfst du damit auf die Straße. Hey, Mia, es ist eine Überraschung. Steig auf!«

Mia lachte. »Ich soll fahren?«

»Na klar.« Er küsste sie, und Mia schlang ihm die Arme um den Hals und kostete den Kuss mit allen Sinnen. Dann löste Filippo sich von ihr. »Du musst jetzt Probe fahren.«

»Allein?«

»Allein.«

Mia stieg auf.

Kurz darauf war Filippos Gestalt hinter der Kurve verschwunden. Mia nahm den Hügelweg. Der Weg holperte. Die Vespa knatterte. Mia lachte.

Sie hob die Hand und jubelte. Toskana, für immer.